孤雁吹箫

王文武 ◎ 著

三辰影库音像出版社

图书在版编目（CIP）数据

孤雁吹箫 / 王文武著. — 北京：三辰影库电子音像出版社，2018.6（2025.4重印）

ISBN 978-7-83000-343-2

Ⅰ.①孤… Ⅱ.①王… Ⅲ.①散文集－中国－当代 Ⅳ.①I267

中国版本图书馆 CIP 数据核字（2018）第 086801 号

书　　名：孤雁吹箫
作　　者：王文武
出版发行：三辰影库音像出版社
地　　址：北京市朝阳区焦化路甲 18 号中国出版创意产业基地
出 版 人：王六一
印　　制：三河市兴国印务有限公司
开　　本：787 毫米 ×1092 毫米　　1/16
印　　张：19.75
版　　次：2018 年 8 月第 1 版
印　　次：2025 年 4 月第3次印刷
书　　号：ISBN 978-7-83000-343-2
定　　价：48.00 元

版权所有　翻版必究

凡购买本社图书，如有缺页、倒页、脱页，由发行公司负责退换

目 录
CONTENTS

第一辑 此情可蓄

高老爷子	002
爱，可以穿越时空	006
爱在"不让知道"中	009
宝贝，我把音乐送给你	010
悲悯的父子情	012
不让她抱着怨气入睡	016
大姨子	019
大姐大爱	022
大老板 二老板	025
大姨夫	027
风镐声声	029
佛 珠	032
父爱的背后	033
好好的	035
花 事	037

甜的回忆	041
路在自己脚下	045
母亲笑了我哭了	048
那一夜	050
难忘那盆骨头汤	052
清除杂草之恨	054
想念蚊帐	056
信佛的母亲	058
饮蜜思槐	060
母亲会写十个字	061
谁叫我长得这么帅	065
这辈子嫁给我你后悔吗？	067
行走在自己的路上	069
云 祭	071
白衣袭人	072
寒冬的温暖	077
荷花女	079
那张粉红色的送物单	081
瞧这姐妹俩	084

山鸡的笑，候鸟的苦	087
书　屋	090
淑女的情怀	092
谁能言尽汝之美	097
谁说女子都小资	099
藤　椅	102
铁树无花	104
我的座位前面是你	108
想起那场关于秋的对话	116
学　姐	119
养活理想	122
一束鸡冠花	124

第二辑　往事如梦

九成的雪	130
九成散记	135
梦回镜湖	141
鱼　缸	144
窗外的枇杷树	147
面对油菜花开	149
何止是苍蝇的悲哀	150
不是所有的爱都没有错	152
迟到的忏悔	154
懂　得	156
感悟四月	158
何事秋风悲画扇	159
回想当年大学时	163

回想当年坐船时	166
假期的悲哀	170
见菊思蟹	172
绝壁牡丹之偶感	174
练字偶得	176
凉拌面	178
两只蜂子	180
又见草子花开	182
远古的呼唤近在耳畔	183
你的温柔我不懂	185
生活果真需要浓妆？	188
细思量	191
想起了那头猪	192
想起伦敦塔	194
制度为何不温情	196
中秋桂花赋	198
粽子清香	200
最对不起的人是谁	201

第三辑　孤雁吹箫

悲剧与美无关	204
搬走多余的椅子	205
命运和运气	206
涅　槃	208
别让精神家园的坚守者哭泣	210
鲁迅的"梦"	212
逼真自然　思想深刻	213

"飘"一次足矣	214
平凡的人,不平凡的爱	216
强　音	217
人性化的英雄更立体	219
人与人之间	221
"忍"的力量	222
生命的存在和活着的喜悦	224
生命中最珍贵的是什么	225
是"情痴"还是"行痴"	227
随心所欲与从心所欲	229
它仍没有远离	231
未来的另一种解读	233
"一"说	235
医者与健康的关系	236
由慈善的书画想到的	238
语言艺术化了的悲哀	239
缘之缘	241
茶　说	242
阅读经典心自芳	245
蜘蛛的梦	246
"人罪"的拷问	247
忏悔与颤抖	249
直白与真实的差别	252
给希望留点空间	253
你的价值由你自己定	255
爱的实质	256
爱情是一场炼狱	258
容若不死	260
孤独中的阅读	263

关于写作	265
关于诗和诗人	267
关于道歉	268
关于笑和哭	270
借口永远长不成理由	273
由诸葛三兄弟想到的	275
学费、扩招及其他	276
五官民主生活会	278
法海多管闲事为哪般	282
由孔子的"义"和"道"想到的	283
自重和面子	284
春晚的鱼	286
人生是一道菜	287
雅俗之间	289
也说道德与法	290
由《凡尔赛和约》想到的	292
也说婚姻和爱情	293
杂说"成功是失败之母"	295
以儿子的心态立世	297
由北大老校长们想到的	300
由外甥的工作想到的	301
草语寸心	303
素面与素心	305

第一辑 此情可蓄

　　此情可蓄，与朝霞共融，与彩虹共舞。此情可蓄，没有水分，不含泡沫，未见功利，是没被污染的香茗，请容我小心翼翼地置于清澈的泉水中，还其绿嫩，舒其自然，展其本色。"繁枝容易纷纷落，嫩蕊商量细细开"，这是我焦渴、枯萎生命状态中的甘泉。"随风潜入夜，润物细无声"，我期待着在那个重逢的季节，仍能怀揣感恩的心、感动的情，再华山论剑，再草堂谈诗，再雪夜煮酒，再桃园看花，再跃马横枪……

高老爷子

高老爷子之于我，是我的恩师、朋友和长者，是引导我走向人生拐点的人。

"高老爷子"这一称谓，最初出自一位青年企业家之口。那是在他退休后的一次小范围聚会上，高老爷子面对众人继续称呼他"高书记""高院长"，连连摆手说，不妥，不妥，我已是一个普通的退休老头子了。这时，那位青年企业家笑着说，那就喊"高老爷子"。他做思考，说"好，好"，脸上露出慈祥的笑容。于是，大家就这么叫开了。如今，凡我认识的人都已习惯于使用这一称呼，不论老少。

我认识高老爷子是在20世纪90年代。那是我大学毕业后的第二年，他作为市转换经营机制改革领导小组的副组长，进驻我所在的企业，搞砸"三铁"试点。我听过他的一次不到三分钟的即兴讲话。他听过我同样只有三分钟演讲比赛的演讲。我们彼此并没有单独的交流。因为他是领导，我能认识他，但他未必能记得我。

就在此后的第三年，他被调入新芜区任区委书记。我也在这一年从原来的国有企业跳出来，考到新芜区一家区属企业任副总经理。不过我应聘在先，比他到新芜区要早半年。第二年，我曾就自己的入党问题给他写过他一封信，这算得上是我们第一次对话了。在这封信里，我向他汇报了我的思想状况，说在大学时我就被列为发展对象了，但1989年"六四"风波后，这件事被搁置下来。到了企业，我再次被列为发展对象，并进入考察期，工作岗位连续调整了两次，入党问题一直未得到解决。我对中国共产党的热爱和向往是坚定的，即使今天我深陷囹圄，但内心深处依然深爱着她和她全心全意为人民服务的宗旨，并愿为她牺牲一切。

高老爷子很快把我的信批转给了我单位的党组织，并亲自到我单位找到我，和我长谈了一次。他说，现在年轻人还能如此坚定共产主义信念应该给予支持，勉励我好好工作。在他的关心下，我加入党组织的梦想很快变成了现实。

因为在同一个区工作,偶尔听到一些关于他的传说,他在就任新芜区区委书记之前,是市统计局局长,用时任市委主要领导的话说,是属于大器晚成的那一类人。其实,在统计局工作之前,早年他在市人事局和劳动局工作期间已经是"高山打鼓——名声在外"了。特别是在人事局工作期间,稍比我年长的人都叫他"活工资表",用现在的话说就是"活电脑"。凡他经手的工资认定调级,不论是谁,只要报上姓名,他能在瞬间把你的工资报出来,精确到分。就因为这,当年30来岁的他曾被上级人事部看中,想调他到人事部工作,但阴差阳错,终未成行。

高老爷子给我最为深刻的印象是求真、务实、创新。

他接管这个区时,且不说财政收入只有二三百万元,入不敷出,连他自己办公室的椅子都只有三条腿,空调更是不用说了。于是他把原来办公室的椅子搬过来,原来单位同事合伙给他送来了空调,算是"嫁妆"了。他思路清晰但从不长篇大论。他到区里第一次开机关干部和区属企业负责人会议,只讲了三句话,时间不超过十分钟。他说,我经过一段时间的调研,认为新芜区当务之急要实现"三个起来",即财政实力要壮大起来,办公大楼要建立起来,干部队伍要成长起来。他的讲话目标明确、切中要害,在全区上下引起强烈共鸣。办公大楼在第二年建了起来,财政收入在他的任期内年年翻番,干部的精神面貌发生翻天覆地的变化。他倡导求真务实,坚持每年集全区之力干一件大事,而这件大事必须和强区富民这一奋斗目标紧密挂钩,从不上形象工程。

那年,全市公开招聘县处级领导干部,我不知天高地厚地报了市经贸委副主任之职,没料到笔试中竟成为全区唯一通过的选手,虽然在最后的面试中被淘汰,但我并未气馁。在这个时候,他第二次到企业找到我,说,你在经济管理方面表现出的才干我已经注意到了,不知是否愿意到区里经济综合部门工作?就这样,我从企业调入政府工作,主持全区经济计划委员会工作,负责全区的经济运行、计划安排、企业改制、科技进步、安全生产、商贸旅游等工作。为了更好地锤炼我,他又先后把我下派到当时全区唯一的亿元村工作,任村党委副书记,兼集团公司总经理,随后又在街道任职。在我完成这家集团公司改制重组任务后，我再次回到区里工作，并在两年后走上了领导岗位。

第二次回机关工作，正赶上市委、政府调整市区企业管理体制改革，按照属地管理的原则，原市属或各行业主管局管理的企业，分期分批地划到区里。这些企业大多在经济转型过程中处于停产或半停产状态，消化、吸收、盘活的任务异常艰巨。这项工作给了我巨大的舞台，我是改革的坚定执行者和探索者。但面临的一个难题是，如何抓住机遇，迅速实行改革？正常情况下，一个企业从资产评估开始，形成较为完整的改制方案，在提交职代会讨论表决通过之前，要先后上区长办公会、政府常务会议、书记办公会、区委常委会和体改领导小组会议。仅这些会议都要几个月时间，如此，一个企业改制最快也得半年。全区划转接受的有50多家，要完成全面改制工作需要二十几年。高老爷子听取我的汇报后，率领我们逐个企业调研，确立了"分类指导、整体研究"的指导思想。我们根据企业现状、市场前景、经济效益分析和所处地段等多重因素，综合分析后提出：关停一批，破产一批，退二进三一批，股份制改造一批，出售重组一批等改制模式，对具备条件的企业，在改制方案形成之后，一次性提交党政联席会议，扩大至体改领导小组成员参加，这样大大提高了行政效率。虽然此后不久，高老爷子调离新芜区，到一所高校任院长，但他确定的这种一次性集体研究的工作模式一直得以保留。这种创新的会议研究模式，使得全区50多家企业率先在全市改制完毕，前后只花了三四年时间。后来企业运行情况表明，正是抢抓了这难得的历史机遇，区级经济总量呈几何级数增长。

教育不是高老爷子熟悉的领域，但他到了高校后，推出新的办学模式，加大横向联系，密切联系市场等改革举措，不仅与浙江大学等名校合作搞了远程教育，而且结合城市社区发展状况，率先与地方政府合作，成立了社区学院，为社区建设和管理培养了一批急需的实用性人才。后来，他调任市政府咨询委任副主任。这是他退休前工作岗位的最后一站，但他仍坚持深入社区、深入一线、深入企业，亲自撰写调研报告，供市政府决策使用。

高老爷子除了务实、创新精神始终贯穿在他工作中外，还有一个显著特点，那就是特别关注培养年轻干部。在他的思想中，年轻代表未来，年轻代表希望，年轻表明我们的事业后继有人，能够持续发展。记得那次和他一道参加乌鲁木齐贸易洽谈会，行程安排得满满的，先到兰州洽谈一个项目，然后日夜行车，每天以800公里的急行军赴往乌鲁木齐。那天，因为赶路到下午2点钟才找到一家路边小店吃饭，三五个炒菜很快上来，但店里中午的剩饭只剩一碗，新淘的米还在电饭煲里。他用不容置疑的口气说："年轻人饿得快，谁最年轻这碗饭谁先吃。"我实在不好意思吃下这碗饭，但在他"严厉"的目光下，我还是狼吞虎咽地吃下了，令同行的人颇为嫉妒和感动。

在此后的工作之中，我在行政岗位上一步一步向前迈进。每逢重大决策，我都会想起高老爷子，我必须按原则办事，必须让他放心，千万不让老人家失望。正是因为心中始终有高老爷子，这么多年来，我没有利用手中的权力搞过任何钱权交易，没有让一分国有资产流失。但我终未守住廉洁自律这道防线，模糊了人情往来的界线，逢年过节时收了不该收的财物，让自己停止了行政生涯的脚步，这对高老爷子来说是一个无情的打击。

我无颜面对高老爷子。他对我恩重如山，尽心培养，希望我走得更远些，为人民多些好事，但我中途就被迫退出跑道，如此恩将仇报，实为大不仁大不义也。没想到高老爷子竟驱车几百公里，一次又一次到监狱来看我，勉励我要迅速站起来，深刻反思自己，利用这几年难得的宝贵时间，静下心来研究一些东西，争取在自己所热爱的领域里积聚一些爆发的力量，用行动证明自己的价值之所在。他的话再次让我感动，锥心之痛再次阵阵袭来。他依旧话不多，但句句都能深入人心。我一直认为虽然他说话不多，但他的话就像一大堆矿石中提炼出的几克稀有金属，比夸夸其谈的人所说的长篇大论要深刻得多。多年来，他视我如子，但我除每年元旦一张贺卡、春节一束鲜花外，没有半点回报。在昨日我写给他的信中，我咬着牙，噙着泪，这样写道："在行政岗位上，我没有走进人民大会堂，我将以自己的汗水洗刷自己的罪行，但我会在恢复自由后，洗心革面，重新做人，争取在新的领域做出人民认可的成绩，以坚定的步伐走向人民大会堂。"

衷心祝愿高老爷子身体健康，亲眼目睹这一天的到来。

爱，可以穿越时空

读过一则这样的爱情故事：一辆公共汽车坠入洪水中。当身为驾驶员的丈夫和身为售票员的妻子在给众人分发完救生衣后，面对仅剩的一件救生衣，两人发生了争吵。丈夫要妻子穿上，向河对岸游去。妻子不同意，要丈夫穿上。丈夫说："我会游泳，你穿上，实在不行，你可以抓住我的手，拉我一把。"妻子说："你穿上，你是男人，有力气，我会紧紧抓住你的手。"说完，妻子不容分说地把救生衣套到丈夫身上，拉着他的手下水了。丈夫不容分说地把她的手握得铁紧。但洪水太猛，两个人这样手拉这手，生存下来的希望很渺茫。她求他松开手，但他抓得更紧。她无奈，用嘴使劲咬他的胳膊，疼痛中他不得不松开手。她被洪水冲走了，在她的头被洪水吞噬之前，她对他大声喊着："我——爱——你。"

这是一种真爱，一种壮烈的爱。她带着对他的爱去了另一个世界，他带着她的爱生活在此前他们共同生活的世界里。爱穿越了时空，让人震撼，平凡的他们在生死攸关的特殊时刻，诠释着爱的力量和爱的伟大。

爱，还有另外一层解读，这是自认为很懂得爱，并一直沐浴在爱的阳光雨露中的我，忽然间醒悟的。

岳母去世的时候只有64岁，岳父长她4岁。可能是岳母病重拖的时间太长，岳父在岳母去世时，并没有流下很多的泪水。对此，我甚至把其原因归结为他和她在一起生活时，感情或许不是很好。尽管我没有向妻子询问相关的情况，但从我认识妻子进入这个家庭开始，他们之间的争吵就不曾间断过。

我认识妻时，岳父已是退休在家，但仍在外找了份站柜台的活儿。那时，他领的还不是养老金，叫退休工资，一个月也就140块左右。这钱是一分不少归岳母的，算是他的生活费。他站柜台的收入归他自己，差不多也是一百四五左右。岳父烟、酒、茶都来，尤其爱酒，若不是岳母管得严格，一日三餐都离不开酒。尽管他常反抗说花的是自己钱，但每天只能在中餐和晚餐过过酒瘾。按照岳母的规定，一瓶酒要喝三次，即每次最多只能喝三两三。但稍不留神，两餐酒瓶就见底了，于是争吵就开始了。好在岳父知道是自己违反规定了，并不理直气壮，但他总是"虚心接受，屡教不改"。后来岳母把监督岳父喝酒的权利下放给了我女儿，说这事交给谁都不放心，他们大人都会帮着老头子来骗她，只有几岁的孙女能说真话。这是他们争吵最多的事因。除此之外，他们常常为儿女的事争吵。读私塾出身的岳父，尽管一生都是跑销售的，用他老人家的话说，除了台湾省没去过外，中国没有他没去过的地方。他说这句话时，对台湾省的这个"省"字说得很重，从未见他省略过。但是用岳母的话说，他是老顽固，思想极不解放。为啥呢？他总是喜欢借着酒力，说这个儿子大手大脚花钱，迟早要吃苦的，或说那个女儿不关心小孩读书，迟早要后悔的，等等，真正是"生不满百年，常怀千岁忧"。他常挂在嘴边的一句话是"吃不穷，穿不穷，算计不到一世穷"。而岳母恰恰相反："儿孙自有儿孙福。""儿女有钱花证明他们有本事，哪像你一辈子没存过一千块钱，叫你大方都大方不起来。""念书又不是喂饭，什么叫不关心？关键靠自己。"这样的争吵往往是针锋相对的，谁也不让谁，谁也说服不了谁，但多数情况下是因岳母的观点受益者众，群起而挺之，岳父大人只得叹息，但叹息过后并不吸取教训，没两天又会再犯。

岳母走了后，偌大的房子只剩下岳父一人，他的四个子女都曾多次劝他选择任何一家住下来，但他都没接受。好在不久，老房子要拆迁了，大家私下里认为，这回老爷子要搬家了吧。可岳父大人再次做出了出人意料的决定："反正我也活不长了，不再买新房子了，但也不到你们家住，小的家（我爱人在家最小）有间车库，她现在还没买车，我就去那车库住。"

多次做工作无效，只得由着他，车库面积只有20多平方米，装不了许多东西，这就意味着他在搬家时要舍弃很多家什。原以为要让一贯视财物如命的他一下子丢掉那么多东西，需要费些口舌，没料到，除了一桌、一床、一柜外，他仅带上一只小木箱子。小方桌是吃饭要用的，床是他结婚时的老床，柜子是结婚时岳母的嫁妆。当然热水器和空调等是新装的，此前他的老房子里一直没有。安顿完毕，大家催促着去我家吃个团圆饭。他说，你们先去，我一会儿就到。可菜都上齐了，还不见他来，我只得下去请他。

我走进他刚布置好的新家时，只见他一手拿着锤子，站在那张小方桌面前，像和尚念经似的嘴里说个不停。我喊他，他才回过神来，边收拾那只小木箱边说："我才把她的照片挂上去，这墙钉钉子不好钉，费了很长时间，这下好了，她也到了新家了。"我抬头一看，一张岳母的遗像和一个装满全家老老小小照片的木制玻璃相框，依旧像在老房子时那样，挂在小方桌的上方。我不由自主地走上前去，仔细地端详着照片。"这样好，我每天吃饭睡觉时，都能和她唠叨几句，像这么冷的天，我把空调开着，她也能暖和。"岳父的声音很平和，像拉家常似的。

那一刻，我眼湿了，心潮了。我对他们之间的爱理解错了，更被他们的爱感动了。他们皆是平凡得不能再平凡的人，在一起生活时不曾轰轰烈烈过，甚至是吵闹一辈子，但他们的爱却无时无刻不真实地存在着，平凡地穿越着时空，这种爱虽然谈不上伟大，但同样让人震撼。

有了这一层醒悟，我常思虑着，多数常态生活中的人们，很少像那对司机夫妇那样，在特殊的境遇里，发出一箭穿心式的爱的呼唤和呐喊，但他们的爱却有着水滴石穿般的力量和恒久。不仅在他们都活着的时候纠结在一起，而且在一个人死了后能在两个不同的世界里横向传递着，同时还在上辈与下辈间纵向延伸着。他们生前的唠叨、争吵，除了是他们自身相互关爱的一种表达外，不也是在以鲜明的态度，把对相同的人或事，做出互为对立的表达，给子女们多一份思考、辨析、警醒和启迪吗？只是他们这种表达和传递的方式，总不被子女们所重视，以至于曲解了他们的良苦用心，待到真正明白过来时，他们已经走了，自己也不再年轻了。

岳父走了，已有八个多月了，但我刚刚才知道，妻和家人都瞒着我，怕我受不了多重打击。听妻说，他是呼唤着我的名字离去的。我再也见不到他老人家了，他带着永远的遗憾走了，我也因此背负上了永远也还不了的债。但愿到了那个世界的岳父，又和岳母去争争吵吵了，更愿他们的爱还能穿越时空，在这个世界里回荡。

谨以此为祭文，悼念我刚刚知道离我而去的岳父，和离开我已整整八年了一生并无固定工作的岳母。

爱在"不让知道"中

刚参加工作的那年夏天的一天，我收到生平第一封电报，也是至今为止唯一的一封电报："母病重，速回。"那一刻，我差点晕了过去。我猜想，母亲一定是离开了这个世界。因为在此之前，母亲已多次病危过，但从未告诉过我们，都是我们放假回家时才知道的。而这次，电报来了，虽字面上是母病重，但绝对不会是这么回事。以前，我曾为同村里的伯父代发过同样的电文，当时伯父已死了，但族上的长辈怕外地的儿子一时受不了，特别交代我，只能写"病重"，不能写"病危"，更不能写"病故"。

六神无主地奔回家里，并未听见想象中的哭叫声，我的心稍稍安定了些，轻手轻脚地迈进母亲的房间，看到母亲躺在床上，床面前的点滴让我确信母亲是活着的，我的泪水还是流了下来。父亲对我说："幸好你弟弟碰巧回来，不然人已没了。"我三弟是学医的，当时还在医院实习。我还未开口问清楚到底是怎么回事，母亲开口了："叫你不要让孩子们知道，你偏不听。"母亲的声音像疲倦的蚊子叫，有气无力的。"你老是这么说，万一出事了，孩子们怪我怎么办？"父亲一脸的无奈。"你什么事都不让我们知道，那养我们干什么？"我几乎是吼叫着说出这句话的。母亲无语，两颗泪珠滚到耳后。

在离开父母的日子里，我曾几次因意外事故而住院，也一直瞒着没告诉父母。那次，我的手被冲床切去一节中指，因是夏天发生的，发炎了，不得不做第二次手术，疼痛不说，差不多半个月都没办法洗澡，身上的异味难闻。我几次想打电话告诉母亲，但忍住了。那天，三弟路过来玩儿，帮我洗了一把澡，临走时，还一再对我说："千万别让爸妈知道。"我会意地点了点头，看来"不让他（她）知道"已融进了我们的血液。尽管我们几个兄弟报喜不报忧的做法，一再遭到母亲的批评，但20多年过去了，我们互相都恪守着"不让他（她）知道"的底线。

小弟结婚的时候，母亲被接了过来，父亲在家留守。那晚，大哥因疲劳驾驶出了车祸。电话通知我时已是深夜 12 点多钟,我向妻子简单地交代了几句,便悄悄出了家门。第二天还是被母亲发现了我的异常,一再追问。在被迫无奈的情况下,我说出了事情的真相。母亲二话没说,拉着我就要上医院。幸好大哥无大碍,只是些外伤。从医院出来时,母亲告诉我:"千万不要让你爸知道,还有你侄儿,等好了再告诉他们。"我的心,再次被潮湿了。

宝贝,我把音乐送给你

孩子,我亲爱的宝贝!当妈妈在海边孕育你生命的时候,爸爸正在红色的窑洞里奋笔疾书。

我用什么迎接你的到来呢?我用什么作为我迎接你的第一份礼物呢?

朋友送我一盒《班得瑞》,我听过一遍,仅仅一遍。那如浴春风的洗礼涤荡,连血液也一同过滤净化了一般,宁静、缥缈、从容、淡定,让我空空如也不知所云地获得满足,灵魂在无边的遐想中得到净化、升华。森林里,大海边,夕阳下……音乐和我之间传递着陌生而熟悉的美感,是一份优雅。这份优雅来自于相对的静默,仿佛对峙,任何一点点一点点虚假和浮躁都会破坏这种静默,就会变成噪音,变成痛苦的呻吟。

我想再听一遍,就一遍。但我想到了你,我不配听这美妙的声音,我怕再听一遍会污染了她的纯洁和纯情。我决定把她送给你,让她代表我去迎接你,迎接你的到来。

我全身已被污染,锈迹斑斑,伤痕累累。只有你,酣睡的婴儿,不曾污染的赤条条才配得上享受这美妙的音乐。我为偶然间获得这一配得上送你的礼物而欢欣不止,激动不已。

宝贝,爸爸也曾像你一样,几十年前带着一声啼哭赤裸裸地来到这个世界上。爸爸的童年是苦涩、寒冷而欢快的,我敢肯定在我没有记忆之前,我是快乐的、纯洁的、透明的,不知道什么叫忧,什么叫愁,什么叫怕。当然,爷爷是没有条件送我任何礼物的,即便有条件也想不到送我音乐的,更不要说《班得瑞》了。从这个意义上说,你是幸运的。

我希望你从这里出发,带着一望无际的清纯和清澈上路,以如同森林般的健康身躯,朝阳般的微笑,大海般宽广的胸襟,在如银的沙滩上,轻歌曼舞。没有哭泣,没有哀怨,没有颠沛流离。

但是,宝贝,我不得不告诉你,迎接你的真实的世界,有风,有雨,有雷,有霜,可能还有冰山、地震、海啸、泥石流,你未来的生存环境可能比现在还浑浊,空气中弥漫着更多的尘埃,河流上漂浮着蓝藻,食品中隐藏着苏丹红……但你要学会在黑夜中孤独地行走。这又是你的不幸之所在。

我是咬着牙决定把你带到这个世界来的。你长大后也许会问,既然这世界如此不干净为何要把我带到这个世界呢?我承认,爸爸是自私的,我希望我的生命在未来的世界上得以延续,我的血液在未来的生命中流淌,像涓涓细流,流向远方,流向永远。爸爸还希望你能绕过爸爸的不幸,增加免疫力和适应能力,在灰色阴暗的底色中绽放出鲜美的花。

"我能行吗?"也许你会问。一定行,我的宝贝,记住,和音乐交朋友,和《班得瑞》共栖共生。

孤独的时候,你找她,你会走向自然;

挫败的时候,你找她,你会充满憧憬;

委屈的时候,你找她,你会积聚力量。

在我的周围,将来在你的周围,什么都有可能背叛你,但音乐不会,尤其是《班得瑞》不会,就算全世界所有的人都哭了,只要你和她在一起,依然感到心在笑,她离你的心很近。希望你在《班得瑞》的陪伴下长大,并真正地喜欢上她,爱上她,在与她的交流中学会独立、坚强、豁达和自信,在与她的共鸣中激活生命。如果我的愿望我的希望能在若干年后成为现实,我会为我最初的选择而自豪。即使我已到了另一个世界,我也会含笑九泉。

宝贝,这些,是我送《班得瑞》给你的目的和意义所在,希望和愿景所在,希望你淡定地接受,真诚地拥抱。

有所守望就有所纪念,有所纪念就有所期盼。柏拉图说,音乐是连接灵与肉的桥梁。音乐是上帝的声音,《班得瑞》是上帝给人类的摇篮曲,唤醒人类的天良。卡拉扬说,与音乐忠诚相伴一生的人是幸福的,犹如与上帝相守一世的人，如此，罪恶才会离我们远去。

孩子，我的宝贝，我把音乐送给你，接住。

悲悯的父子情

有时候，人在特定情况下，潜意识的举动连自己都感到莫名其妙，事后想想多是追悔莫及。

那是五六年前发生的一件事。我出差路过老家，想回去看看父母。车到家门时，"铁将军"把守着。我跑到隔壁问细娘（老家对小婶的称呼），细娘领着我边喊边向田畈跑去。母亲听见喊声，从田中间慢慢移到田埂边，再慢慢地爬起，缓缓地在田埂上一晃一晃地朝我走来，没有往常那么疾奔。母亲走近时，我看见她头上系着一条"红领巾"，一看我就知道母亲的老毛病——眩晕病又犯了。再看她的腿上，泥巴越过了膝盖。我的泪在眼里打转，可嘴上却冒出这样一句："田里挖出多少黄金来了？"母亲没有回答我，快快地说："怎么回来也不先打个电话？"脸上挤出十分难看的笑容，像作弊的孩子被老师逮住了。

回到家里，我本想发火，但看见父亲挑着一担粪桶走进院子，佝偻着身子，脸像黑焦炭。我递给他一支烟，便回到自己的房间，呆呆地坐在床上。

这是何苦呢？父亲已经是七十五六岁的人了，母亲也年过七旬，还要这么作弄自己。几年前我们就不让他种地了，到城里和我们一起住，无奈父亲说什么也不同意。母亲的身体一直很差，身患多种疾病，特别是这眩晕病由来已久，前几年"双抢"中，大中午在田里犯病了，差点送了性命。据母亲自己说，这病是生我小姐时落下的。当时她在月子中，二姐生了重病，父亲又不在家，母亲抱着二姐在雪地上行走，半路上鞋子就湿了。母亲只得脱了鞋，光着脚在雪地里走。回到家里，她高烧不退，还是细爷赶到外地把父亲找回来。母亲被送到医院，才捡回一条命，从此，这眩晕病就一直折磨着她。

吃过晚饭，我和母亲唠了一会儿家常，差不多11点了，母亲催促着我早点休息，并用水桶装上半桶热水，叫我泡个脚就上床睡觉。

　　大约夜里两点多时，我起来解小便，一出房门，就看见母亲坐在客厅旁边的楼梯下摘棉花（棉花在田里来不及摘，先整棵地挑回家，有空时再慢慢摘，不至于在田里被雨水浸湿变质了）。"你这是何苦呢？"寂静的夜里，我一声声嘶力竭的吼叫，一脚把装棉花的箩筐踢翻了。母亲好像知道我会踢这一脚似的，并不惊慌，"你这孩子，再不摘都要生虫子了。"母亲低着头，像是自言自语："要是往年早就摘完了，今年不知怎的，手上一点劲都没有。"

　　爸，爸，又是你这个狠心的爸……我气得直咬牙，本想冲到父亲的房里，把他叫出来，质问他为什么这样作弄人，作弄自己还不算，为何还要作弄我那快要死了的娘？但我控制住了，半蹲下身子，双手抓住母亲的手———一双裂开好多小嘴似的口子，像风化了的石头的手，说："妈，我求您了，快去睡吧，明天跟我一块儿走。"

　　第二天我起床时，母亲已把早饭烧好了。她正在喂猪食，看样子她根本没把我昨晚说的话当真。我心里盘算着，硬攻可能不行，只能"智取"。吃早饭的时候，父亲坐在桌旁，母亲坐在门口的小凳子上。我对父亲说："爸，其实我这次回来，是因为奥奥（我女儿）她妈病了，想请妈过去照顾几天，没想到她眩晕病又犯了……""你这孩子，也不早说，怪不得回来也不打个电话。"母亲先开口了，从凳子上站起来，"我眩晕好了，我马上跟你去。"我偷偷地观察父亲的表情，他的脸像裂开的核桃仁，看不出任何变化。大约过了分把钟，他说话了："什么都不重要，身体是革命的本钱，你们在外，我和你妈最担心的就是你们的身体。"

　　我本想借机反问一句，你们怎么不知道爱惜身体呢？我们在外最担心的不也是你们的身体吗？但怕言多必失，引起他的怀疑。吃过早饭，我和妈妈一块儿走了。母亲趁我和父亲说话的工夫，弄了一袋荞麦粉、几根天麻和两大壶香油。一路上，母亲几次问我关于媳妇的病都被我含糊过去了。直到车快到家时，我才告诉她，我是撒谎骗她出来的。母亲说，你这孩子，把妈的心吓得"扑通扑通"地跳，要是让老头子知道了，非把天捅破不可。

　　母亲住下后的第二天，我强行把她带到医院，给她做了个全面检查。检查的结果并不出乎意料，全身都是病，肝肿大、胰腺炎、胆囊炎、心脏病、颈椎错位、腰肌劳损……母亲死活不住院，说人老了像机器人一样，没啥了不起的。没办法，我只得请老中医给她开中草药调理。

母亲在我这儿住下来后，我打过几次电话给老父亲，不知道他在田里头忙还是耳朵背，没听见，一次都没和他通上话。我问母亲："家里的电话老是没人接，您打过电话回去吗？""随他去，让他尝尝一个人过日子的滋味。"母亲赌气地说。

一天晚上，老父亲终于打来了电话。没等我开口，他在电话那端就吼开了："你这个不孝的儿子，你骗我，你忍心把老头子我一个人丢在家里，半个月了，你连个电话都不打，我在家里要是死了都没人知道。"说完，电话挂了。我愣在电话机旁，脑子里一团麻。

母亲看我发蒙的样子，以为发生什么大事了，呆呆地望着我："是你爸的电话？"半晌，我点了点头。"他，他没事吧？"我能感觉到，母亲的话是提到嗓子口说出来的。我赶紧安慰道："没事，他骂我。""这个死老头儿，不知好歹，儿子把我接过来看病，花钱，还骂他，真是没良心，等我回去收拾他。"母亲愤愤地说。

原来，父亲没接到我电话，打电话给我小弟，弟媳妇接的电话，她并不知情，穿帮了。次日，我送母亲回去。一路上，我想，老父亲也确实不容易，那么大年纪了，还要在田地里忙个没完，一个人在家，忙里忙外还要养鸡喂猪，恐怕连三餐饭都弄不到嘴里。但是母亲都成这样子了，70多岁还下田种地，不是太残忍了吗？

母亲回到家里，放下包袱，一声不响地收拾起乱七八糟的客厅。父亲并不搭理我，也不和母亲说话。我不知道如何打破这沉寂，一个劲儿地抽烟。父亲在院子里站了一会儿，又挑着他的担子出去了。

记忆中，我和父亲很少真正坐下来交流过，我们都不善于表达，这是我们父子俩共同的悲哀。

晚上，母亲把菜端上桌。我盛了一碗饭，正准备坐下来吃。从不喝酒也反对我喝酒的父亲拿来一瓶酒，对我说："等会儿吃，我们喝点酒吧。"我惊讶地望着他："你喝酒？""少喝点，少喝点。"父亲边倒酒边说。

这餐饭吃的时间特别长，从晚上7点多喝到11点。父亲说的话特别多，比他一辈子对我说的话加在一起还要多。他说，我知道，在你们兄弟几人中，你性子最急，脾气暴躁，但心肠最软；你顾家，你心痛父母，你照顾兄弟姐妹，你为我们两个老的没少操心，但，但是……

"但是钱花错了，心白操了，没良心的东西，儿子那么孝顺，你还骂他。"一旁一直无语的母亲终于开口了。

"是的，我不该骂你，你好心把你妈接去看病，我还骂你，爸是老糊涂了。"老父亲一口干了杯中的酒，"但怎么不来个电话呢？害得我在家丢了魂似的，差点也跑过去了。"

"孩子打了几次电话，都没人接，怪得了孩子？"母亲把话抢了过去。

"噢，是爸错怪了你，爸罚一杯。"父亲又要干杯，我拽住了他："不要喝了，你已经多了。"

那晚，父亲确实喝多了，但思维很清楚，他向我谈了他的人生经历，谈了他的爱情，谈了他一生中最惨痛的教训，这些都是我第一次听到。

在酒精的作用下，我忽然有种冲动，想紧紧抱住老父亲。他并不是我过去印象中的那个古板和冷酷的父亲，他和我有太多的相似，只是我遗传了他那不善言辞的基因，使得我们之间的交流是那么困难，我对他的认识又潜伏着那么多盲点。我总觉得自己已经算见过大世面的人了，已经超越了父亲的见识，习惯聆听领导的指示，乐意咀嚼品味同事们的恭维，而忽略了给我生命的那个沉默寡言的人，才最了解我，最懂我，最爱我。

次日，我离开家时，一切又恢复了常态。我递给父亲一支烟，就钻进车子里。形同枯柴的父亲木桩似的站在那儿，白发苍苍的母亲追着车子，跑出一大截，仍挥动着枯枝般的手……

窗外，寒风呼啸，一束圣洁的阳光紧贴着车窗不离不弃。我一抹眼泪，蓦然回首，才发现自己没有长大，没有走出父母的视线。

不让她抱着怨气入睡

夫妻间不磕磕碰碰的我没见过,再恩爱的夫妻也有摩擦的时候,只不过大小不同而已。

我和妻结婚近20年了,虽谈不上相敬如宾或恩爱有加,但我一直奉行着一条原则:绝不让她抱着怨气入睡。

刚结婚不久,因一点小事,我和妻争吵起来。当时我们和岳父岳母住在一块儿,为了不让战火扩大,殃及无辜的老人,我从家里"逃"了出来。我漫无目的地行走在陌生的街区,突然天下起大雨来,我赶紧改走为跑,想找个地方躲雨,没想到情急之中跌了一跤,浑身都是泥浆。如此狼狈还能去哪儿呢?无奈之中我别无选择,只好回家。

妻还靠在沙发上生闷气,脸上挂着泪水。见我进门,妻又想开口继续声讨我,但见我一副惨兮兮的样子,赶紧从沙发上跳起来,急切地问:"怎么了?"我见她焦急而又关切的样子,心里忽然一亮,气也消了一半,但仍像傻子一样呆呆地站着,什么话也不说。她解开我的衣扣,扒去我的外衣,问我到底怎么了,我就是不说。她只得亲自给我端来热水,亲自给我擦洗,末了把我推进放满水的浴缸。见我还是一言不发,坐在浴缸里一动不动,她再一次亲自上阵,给我打肥皂……

那天晚上,我第一次体会到什么叫雨后的彩虹更美,也就是在那个晚上,等妻入睡后,我披衣起床,制定了那条后来一直奉行的准则:不让妻抱着怨气入睡。

当时,我是这样想的,家是极易发生摩擦或冲突的地方,在这过程中彼此有些牢骚或抱怨是难免的,也是正常的。如果这些抱怨或牢骚在宣泄过后,仍没有得到及时的澄清或消除,堆积于心里,时间久了一定会发霉变质。也许在以后的某一天,他们不再争吵了,这极有可能意味着他们的感情已走到尽头了。从另一个角度讲,如果彼此的争吵是因为一些琐事,而非原则性的大问题，也就是说在你还没下定决心和她彻底"拜拜"的情况下，她还是你的爱人你的妻子，你们今天不和好，明天不和好，总有一天会和好的，与其让自己所爱的人多煎熬几日，不如早点把乌云驱散。退一万步来说，真的憋出什么毛病来，不仅是你的麻烦，而且日后连后悔都来不及了。

我之所以想出这条准则，是那天晚上躺在床上想到旧时的戏子。旧时的戏班子有一项严格的规定，不许任何戏子留妆过夜。这是一种要求自律的生活方式在细节中的体现，人可以是戏子，但不能活得像戏子。受此启发，夫妻间可以有争吵有抱怨，但不能让怨气过夜。

规定制定出来，我并没有告诉妻子，并不是说我立场不坚定，有些事一旦说白了，也就没太多的意义了。不过，我得承认，真的要严格遵守起来确实不易。

记忆中印象最深的一次，一位美女老师给我发来一条情意绵绵的信息，而且是深夜11点多钟发来的。当时我正在洗澡，于是我让妻子帮我看。妻子看过之后倒没说什么，我问她是谁发来的信息？她说，你自己看，语气明显有些变调。等我匆忙洗完澡一看那条信息顿时傻眼了。这可怎么办呢？我又不能打电话过去问人家，更不知道该怎么向妻解释。妻此时侧睡在床上一言不发，这不能怪妻，换了谁都会生气的。我说，这位老师我认识才半年，是为朋友的小孩应聘托人找到她辅导的，在一起吃过一两次饭，发过几条信息，但确实没任何关系……任凭我怎么说，妻始终一言不发，我也不知所措。

没办法，就这样我们俩背靠背睡到天亮。其实，我根本无法入睡，妻每动一下我都清楚。我每动一下妻也清楚。总算熬到天亮，妻先起床了，她那天没有做早饭，直接送女儿去学校了。

妻走后，我赶紧给美女老师发了个信息：昨晚的信息到底咋回事？她很快回了：早上好！那信息有什么不好吗？我赶紧打过电话去，告诉她，我爱人看见那信息，今天早饭都没做，我要倒大霉了。她在电话里"咯咯咯"地笑："那你只好自认倒霉呀。"一种幸灾乐祸的口气，说完就挂了电话。

我只得空着肚子赶去上班。大约半个小时后，美女老师给我发来一条信息：请把那条信息用别人的手机转发给你太太。我气愤，一股莫名的火在心里涌动，想喷发而出但又不知她葫芦里卖的是什么药，回她几个字："请不要火上浇油！"

很快她又回过信息来:"要不把你爱人电话号码给我?"我实在想不出更好的办法,就把我爱人的电话号码发给了她。

整整一上午我在办公室都忐忑不安的,也不知她要我爱人的号码到底干什么。到了中午,我把信息又仔细看了一遍,"我看到你的第一眼就深深地爱上了你,被你深深地吸引住了,你温柔而又霸道,我一口一口吮吸着你,你散发的味道让我陶醉……"我的姑奶奶,你干吗要这样折磨我呢?

就在我急得直跺脚的时候,手机响了,是妻子的信息:啤酒,你吃过了吗?我不解,忙拨打电话去。妻冷冷地说:"有什么事吗?"我心凉了半截,不知如何回答。终于妻说话了:"傻瓜,那条信息你没看完,是啤酒。"说着电话里传来"扑哧扑哧"的笑声。

原来,那是一条搞笑的愚人信息,在信息的一大块空白后面还有两个字:啤酒。而那一天正是愚人节,只不过我和妻子都忘了这个节日。

晚上,我搂着妻说,下次若是遇到类似的事情千万别先生闷气,有话把它说出来,就算是争吵几句,也别带着怨气入睡。妻捏住我的鼻子:"胆敢还有下一次。"我说,可能你还不知道,自从十多年前我们吵架出门后,我摔了一跤,我就给自己定了一条规矩,不让你带着怨气入睡。我从书房找出那本已发黄了的日记本,指着那条准则给妻看。妻眼睛湿润了,抱着我,说,难得你这么体谅我,我爱你。

我在那条准则的基础上又增加了一段话:吵架是一种博弈,一输一赢是"零";双方皆输,两败俱伤是"负数";我们吵架一定要实现正博弈,以最直接的方式解决最需解决的矛盾和冲突,在睡前把问题归"零"。

大姨子

叫她"大姨子"是区别我同胞的姐姐,平日里我一直叫她姐,女儿也不叫她大姨,而是一口一个"亲妈"。

她下岗多年,丈夫胃切除后身体一直不太好,公公病逝,母亲和父亲相继离世等。自我认识她后,她好像就没摆脱过痛苦。她哭过,但从没倒下去,即使自己晕倒躺在病床上,也总是不停地指挥着,今天你去把那事处理了,明天你去把那人情还了。

我是先认识她然后认识妻子的。准确地说,我和妻是经她介绍认识的,这从常理上说也很正常,但若与当时我的实际状况结合起来看,就有点不正常。做姐姐的谁不希望自己的同胞妹妹找个好妹婿,嫁个好婆家,过一辈子幸福的日子呢?她见到我时,我一无所有,上无片瓦,下无寸土,身上分文都没有,有的只是债务。可在物欲横流的社会,她认准了我,把我介绍给了她妹妹,并说服所有反对的人,使我漂泊多年的身心在异乡找到了停靠的港湾。

那时,我没有住房,常年租住在离工厂不远的居民家,直到结婚时仍没有住房。她从自家的房子中腾出一间来,供我们结婚使用,直至女儿出世。她烧给我们吃,帮我们洗衣服,每每给她丈夫买衣服时,总是给我备上一套。我知道她对我的关心和呵护,缘于她对自己妹妹的疼爱,但不仅仅局限于此,她对我抱有很大的期望。

她对自己的丈夫近乎苛刻,她有一张不饶人的嘴,她训斥丈夫有时像大人骂小孩,但对我却是另一种"苛刻"。中午我在午睡时,若是隔壁左右哪家电视机的声音大了些,她会轻手轻脚地"猫"着身子,去请人家把声音调小些。若是见到有人劝我喝酒,她总是替我挡着,说他胃不好,实在不行,她端起我的酒杯把它干了。其实她一点酒都不能沾,喝了会过敏。若是我从外地出差回来,只要知道时间,她总是叫上她丈夫一块儿到汽车站、火车站或码头上等候,不管刮风下雨,寒冬酷暑。若是看到我身上的衣服没熨烫服帖,不仅会批评她妹妹，而且会立即让我脱下，放下自己手中的活儿，把衣服熨烫好。若是知道我和妻子闹意见，她总是先批评她妹妹，你看他瘦成那样的，一个外乡人在这里打拼容易吗？

有时，她和她丈夫争嘴时，我以"其人之道""刺激"她："你看姐夫都瘦成那样了，你以为他容易吗？"她总是转怒为笑，说，他和你不一样，你是靠脑力吃饭的，更累，是心累。她就是这般善解人意。

我生病住院的时候，她是守候在我床边最多的人。她从不让她妹妹在医院里陪我过夜，总是催促着让她回去照顾好女儿。只要她在外面听到任何关于我的传言，她会在第一时间告诉我，有时在我家等到深夜。

她的一个好朋友找我想买一块地，我在充分论证她的项目和资金实力后拒绝了。那个朋友请她帮忙说说情，她不仅把她送来的礼物如数退回，而且请她的朋友理解我的难处。为此，她得罪了这位朋友。事后她听这位朋友背后说我的坏话，竟和那个朋友大闹了一场。而在此之前，我一点不知道这个朋友曾找过她，她未曾开口提过一句要我关照之类的话。

迫于生计，下岗后的她，自谋职业，帮人做家具销售业务。她从来未向我提出过一次，要我帮她疏通什么关系，或帮助做某笔业务。她的儿子从师范院校毕业，她也只是向我提出，要我关注这方面的信息。直到现在，她的儿子还没有如她所愿成为一名教师。这是她最大的心病，也是我感到最愧疚的地方。那次，她查看完儿子笔试成绩回到家后，连晚饭都没吃，愣愣地坐在沙发上。虽然那天化过妆的她看上去还那么清爽美丽，但透过细密的粉底，一张被时间侵蚀的脸以及触目惊心的纹路，让我感到一阵心酸。我下决心要帮助她除了这块心病，然而此时最残酷的事发生了。

我被隔离审查，继而被羁押。在长达500多个不能和家人见面的日子里，她东奔西走，还坚持每隔两三天到看守所看我一次。尽管她知道看不到我，但她想用那一张张写有她名字的送物单告诉我：坚强起来，我和所有的亲人都没有放弃你。

在这500多个日子里，我唯一见过她的两次都是在法庭上。我无法和她言语，即使想看她和我的亲人，也只能是表情木讷地一视，我怕我坚强不起来，我更怕她流泪。但当我被推进囚车时，我听到她声嘶力竭地呼叫。我回首望去，她抱着她的妹妹在哭泣,我的泪水再也控制不住了……

我是她嫁接出的苦瓜,自己的苦是自己酿成的,再苦也无话可说,但苦了我的妻子,苦了我的女儿,也苦了她十几年如一日的呵护和浇灌。我让她失望,没有给她和她妹妹一丝丝甜蜜的回报。

临投改前,我终于在看守所里和她及我的亲人们见面了。尽管隔着厚厚的玻璃,但我们终于可以说话了。我说点什么呢?我能说得出点什么吗?她和妻子哭了,哭得如同泪人。

她苍老了许多,眼睛深陷着,满脸的疲惫和皱纹。记得我初次见到她时,她尽管已是一个四岁孩子的母亲,但浑身上下洋溢着青春靓丽,鲜艳润泽的樱唇,高挺丰满的酥胸,尤其是那一双黑白分明、水汪汪的眼最为动人。就是在此之前,我最后一次到她家吃饭时,她的脸依然红润着,头发梳理得有模有样。

她是平凡而坚强的女人,不是那种称得上伟大的女性。她无法控制住自己的泪水,但她含泪而出的话语让我终生难忘:"留得青山在,不怕没柴烧。你是好人,下辈子我还会把我妹妹嫁给你。"她一手牵着我的女儿,一手搂着我妻的胳膊。妻哭着说不出话来,只是一个劲儿地点头。三个女人泪流满面的镜头永远定格在我的视线里,烙在我疼痛的心中。

我一仰脖子,想给她们一个坚定的笑容,但我终只做出吞下眼泪和苦水的一咽。我已越过轻狂洒脱的山峦,可能再也打不响激情的响指。但我坚信,即使前方依旧黑暗,依然风雨飘冷,伤痕累累的我会坚强地撑起一把伞来,燃起最原始的手把,与她们风雨同行。

大姐大爱

在我的兄弟姐妹七人中，吃苦最多的是大姐。她是唯一一天学没上过的，尽管她经常到学校去，但都是送我们上学。小姐读书也不多，但好歹把小学读完了。二姐很小就死了，我没什么印象，如果不死的话，估计也读不了几年书。大哥为了我们也不得不在初中毕业后就辍学，相比较而言，我们几个小的是幸运的。

读书改变了我和两个弟弟的命运，我们能读完大学与他们的牺牲、奉献是分不开的，每每想起都会心存感激。特别是成家立业后，生活境遇上的差异显露出来，一种愧疚感不时袭来。女儿的一句话更是让我无地自容。那天因一件小事我批评大哥，言语很重。女儿事后悄悄地对我说："假如你是老大，你没读到大学，大伯伯是你弟弟，他这么批评你你好受吗？"

我的大姐是个普普通通的农村妇女。和她那个年龄的大多数人一样，只上过几天扫盲夜校，总共识不了几个字，但她却有着善良、宽厚、刚毅的性格。在我人生的旅程中大姐是与我携手并肩、风雨与共的亲人。

大姐大我 14 岁，听妈妈说，大姐出生的那年发大水，紧接着就是三年自然灾害，爷爷就是那个时候饿死的。大姐四五岁时体重还不足十斤，皮包骨头，像只青蛙。父亲多次让母亲自个儿逃命去，不要管孩子了。母亲不忍心，自己挖草根吃，摘树叶吃，浑身都浮肿了，但仍天天去捉土蛤蟆给大姐吃。那种土蛤蟆只有硬币大，浑身土色。我小时候抓它用来喂食鸭子，不说吃了，看着都恶心。三年自然灾害过去了，大姐算闯过鬼门关，这时父亲也解甲归田了，为了生计只得从头学起木工活儿，长年在外。家中四个女人——奶奶、妈妈、大姐、二姐带着五个未成年的孩子。大姐成了母亲的最大帮手，带妹妹——带了大妹，又带小妹妹。等哥哥出世，带哥哥的"轻松活儿"便轮不上大姐了，二姐生病，小姐带哥哥。大姐已是半个劳力了，跟着母亲日出而作，日落而息。童年的磨难铸就了大姐坚韧的性格。她从十多岁起就和成年劳力一样到生产队挣工分，起早贪黑地耕耙收种，早晚还要帮母亲烧火做饭，挑水打柴，照顾弟妹的衣食穿戴。很难想象，大姐是如何用她那稚弱的双肩托起这副重担的。

大姐出嫁的时候，我上小学三年级。那是我家最困难的日子。母亲身体每况愈下，而我尚在读小学，哥哥刚上初中，大弟弟才进学堂门，小弟弟还未断奶。大姐说，她今生最大的遗憾是没能上学，家中即使再困难，也要供我们读书。最初的两年，大姐总是尽其所有隔三岔五地回娘家，为的是给我们送来几个鸡蛋或一两斤猪肉。后来大姐来得少了，每次来的时候总是泪流满面。我不清楚大姐流泪的原因，等我弄明白时，我已经上高中了。可能是体质弱的原因，大姐嫁过去多年一直没有怀孕，这在乡下农村里可是不得了的大事，婆婆家的人冷嘲热讽，大姐度日如年。在以后的岁月里，大姐的泪水常常揪着我的心。好在大姐夫是非常心善的人，并没有给大姐施加太多的压力，大姐才坚强地挺过来。每次回家大姐都是以泪洗面，母亲除了东奔西走找一些乡间"名医"外，也没有能力把她送到大医院检查、治疗。她吃的中药能用车装，但就是不见肚子鼓起来。长期的思想重负终于把她压垮了，她精神恍惚，吃什么吐什么，尤其不能见天黑，夜里开灯在满屋子转，送到医院检查，除了说严重的营养不良外并无其他结果，只得回家接受"名医""巫医"的再折磨。整个人都变了形，一阵风都能吹倒。在此情况下，姐夫抱养了一个女孩，按老家的说法叫"压怀"或"压子"。第二年大姐真的怀孕了，并于次年生下一个漂亮的女儿。至此大姐的生活才恢复正常，病也好了，人也精神了许多。

大姐最困苦的时期，我一直在学校读书，除了在心里为她祈祷外给不了任何帮助，而大姐这么多年来，除了实在不能动弹的那两年，每年至少要给我们每人做两双鞋，鞋底都是一针一线纳出来的。她知道家里条件差，总是把自家最好吃的留下来送到我们学校。大姐家离父母亲住的地方有20多里路，平日里总是每半个月回去一趟，看看父母，帮父母抢干一些农活儿，再晚都得连夜赶回去，因为大姐夫常年不在家，家里养着鸡和猪。若是得知我们回去了，再忙她都赶回来，有时她回到家我们已经走了。春节的时候，她总是挑着大包小包的东西早早地送到家里，这一包是大弟弟的，那一包是小弟弟的。

她看养的猪四条腿子基本上是我们兄弟四人承包了，而我们每年带给她的不外乎一两斤茶叶和给外孙女吃的一两包饼干。偶尔给她一点钱，她总是推上半天，说城里花费大，什么都得买，不像农村，只要人勤快，不生病，吃的不用花钱。

那年母亲病危，送到三弟的医院抢救。等我赶回去，大姐已陪母亲两天两夜了。母亲度过危险期后，母亲和大姐催促着我们赶快回去上班。临行前，我们预存了部分住院费，丢了几千块钱给大姐。大姐挺不好意思地说："妈生病光花你们的钱，我真没用……"我赶紧打断她的话："钱并不能代表什么，相比较而言，你给予父母的比我们不知要多多少倍。"大姐说："我做的都是些小事。"我说："姐，千万不要这么说，父母需要的正是这些看起来很小的事，我们对不住你，也对不起父母……"

和大姐分手后，我绕道去看了小姐。小姐生病躺在床上，母亲生病没有告诉她。从小姐家出来我的心情异常沉重，父母对我们的付出比两个姐姐要多得多，可我们回报了什么呢？两个姐姐为了我们做出那么大的牺牲，我们又曾补偿过什么呢？天下的父母们都希望自己的子女飞得越高越好，可飞得越高，守候的机会就越少，这是何苦呢？这几年，小姐的身体一直不好，照顾父母的担子压到大姐一个人身上。大姐也是近60岁的人了，一天往返四五十里路，身体也吃不消。我曾向母亲建议，让大姐搬过来和他们一起住。母亲说，那怎么行呢？她也是做奶奶的人了，她对她的孙子看得比什么都重，她有她自己的家啊！我仍不放弃，私下里问大姐，大姐说等孙子大了，她就回去陪爸妈，现在真丢不开。大姐的孙子是抱养的女儿生的，大姐对他视同己出，疼爱有加。忽然间，我感到大姐的不平常，尽管她没上过学，心中没有装进知书达理的文字，但心中填满着无私、博大的爱——爱父母，爱兄弟，爱儿孙，爱得那么质朴、深沉、宽广。

大老板 二老板

俗话讲：一娘生九子，九子不像娘。我兄弟姐妹七个，兄弟四人性格各不相同，只是自己看得不太清楚而已。妻兄弟姊妹四人，在我看来，性格各异，尤其是她的两位哥哥，女儿的大舅和二舅，更是一阴一阳，差异分明。我习惯称他们为"大老板""二老板"。要说他们的共同点，找来找去只有一点，那就是他们俩都是大个子，一米八五以上。

"大老板"性格开朗，侠义豪爽，嗜酒如命。其实说起他喝酒，还是我的"功劳"。我和他小妹认识的时候，他快40岁的人了，仍是滴酒不沾。那时岳父倒是每餐必酒，有时"二老板"陪着喝两杯。我呢，为了能给未来的丈母娘和丈人老大人留下好印象，谎称自己不会吃酒。其实岳父大人肯定是希望找个有"共同语言"的，但形势很清楚，岳母是绝对权威，我只好取悦一把手而得罪二把手了。后来，两家定亲时，我的老父亲一时高兴，从来不喝酒的他竟酒后吐真言，说我不是不能喝，真喝起来半斤八两也不在话下。坏了，从此我不能再做一只"披着羊皮的狼"。岳母大人似乎在知道事情真相后也没有生气，只是每次吃饭前多了一项程序，让我陪岳父喝一点。"大老板"对于我的"欺骗"则直呼上当，说你不能欺负我不能喝酒的，并说从今儿个开始我要喝酒，不然的话我弄不清你到底是哪路神仙，怎么敢把妹妹嫁给你呢？谁怕谁呀，既然谎言没了，喝就喝呗。于是我和"大老板"隔三岔五就切磋上了。当然，他根本不是我的对手，每喝必多，但半年后我发现他进步神速，估计是岳父大人的遗传基因发挥了作用，我们差不多能打个平手。这本没有什么，坏就坏在他是个特别"执着"的人，从此他爱上酒了，有一种相见恨晚的感觉。他现在一天不喝酒就受不了，有时因为工作上的原因，一天没喝酒，哪怕回到家是夜里一两点钟了,也得喝上两杯。用他自己的话说,有酒虫在爬,不把它们弄安稳哪能睡得了?

"二老板"据说酒量很大。我之所以用"据说"二字,说起来惭愧,尽管我们认识已20多年了,但并不知道他的酒量有多大。从我们第一次见面他就喝酒,这么多年也常在一起喝酒,但每次到了一定的份上他就不喝了,说刹车就刹车,任凭你再怎么劝说,哪怕两杯敬一杯,他就是不端杯子。而且他有天然的"保护色",一杯酒下肚脸就红,再加上爱夫如命的二嫂子在旁边渲染:"你看二老板这张脸,真的不能再喝了。"当然这个时候说话的肯定不止一个人,首先大嫂子得说:"能喝不能喝得喝出来看,你老是说二老板不能喝,我进这门有30多年了,从来没见过二老板醉过,倒是你大老板喝酒的时间不长,醉了不知有多少回了。"小字辈们此时兴风作浪:"好,一家一瓶,看谁先投降。"但二老板总是任凭风浪起,稳坐钓鱼台,只是埋头抽烟,就是不端酒杯。有时我也有意"挑起战火",想看看他们的酒量到底谁大,但大老板的"豪言壮语"通常都被二老板的"棉花"弹了回去。

有一次,我问女儿,你看你的两位舅舅像弟兄俩吗?女儿一本正经地对我说:"怎么不像?这叫优势互补,懂吗?"大舅是'今朝有酒今朝醉',明明身上只有一百块钱,他会请十个八个的到星级酒店吃饭,潇洒走一回。二舅呢,会过日子,明明身上有一万块,他也只会说只有千把块,他的逻辑是'吃不穷,穿不穷,算计不到一世穷'。女儿虽小,但看问题还是有点功力。其实二老板并不抠门,只是他对生活思考得较长远些。我常在酒桌上问他们一句话:"今年你们存款增加了多少?"大老板肯定说:"明年这个时候估计有多少多少。"二老板的话是:"物价上涨这么厉害,能不挖老本就不错了。"有时我对妻说,你别看大老板整天东奔西窜的,弄不好存款还没有二老板多。妻子说,可能是吧,你用一招就能试出来。我问何高招能试出深浅?妻说,你哪天对他们说你有急事需要用钱,他们准会倾其所有。

妻的话我深信不疑。至此我总算找到他们的第二个共同点,对我都是真心的好。

大姨夫

这是按照女儿的叫法这么称呼的,他是迄今为止我见过的最好的男人。

他的个子很高,很瘦,裤腰的尺寸两尺左右,和苗条的女人差不多,衣服穿得乱七八糟的,头发很少很稀,但留得很长,有点自然卷,和艺术家很像,所以我们见面时多以"艺术家"相称。看他长得那么瘦,我常担心他站在稍大一点的风中会被风吹倒。但到目前为止,我的担心还没实现。

他是电焊工,不知他的师父是不是左撇子,他干起活儿来是左手,但生活中吃饭、打球又是右手,所以他干起本职工作来更得心应手,左右开弓是一手绝活儿,很早就获得船级社国际级证书,这个被他视为生命。前些年因患严重的胃溃疡,他的胃被切除了四分之三,厂部照顾他,把他调到相对轻松一点的质检岗位上。他干了半年就向厂部提出重回原来的岗位。春节期间,他的一些在外地发展得很好的徒弟回来给他拜年,心疼他快50岁的人还整天或蹲或躺或趴着烧电焊,劝他干脆病退算了,到他们那里上班,工资待遇比现在要高出好几倍,他谢绝了。他从部队转业回来20多年就这样一根接一根烧着他的电焊,像他手中一根接一根烧着的香烟一样。医生在他的胃切除后曾建议他把烟戒掉,他没有戒。他是个执着的人。

他的妻子,也就是我在一篇文中描述的大姨子,长得清秀,特别爱美,怎么看他们俩也不像一家人。大姨子通常是不化妆不出门,衣着很讲究,用她自己的话讲,穿得利索些是对别人的一种尊重。他说我尊重的是铁板,不用那么讲究。大姨子唯一被我"批评"的习惯是爱唠叨,而且专找"艺术家"唠叨,唠叨起来就像机关枪扣动扳机一样。有时我"怂恿"他反抗,他总是笑着说,随她,刀子嘴,豆腐心。没想到他并不宽阔的胸膛竟收藏着如此宽广的包容和深厚的情怀。大姨子曾经告诉我：他这个人很少见，第一次上我家门，穿着一身海军装，裤腿一边高一边低，高的爬到膝盖，低的扫地拖。我一见就想笑，这哪是相亲，简直是上门收破烂的。但我妈看中了，说这人老实，靠得住。我反问，你觉得靠得住吗？大姨子说："太靠得住了，像石头一样。"

那年他的胃切除不久，他的老母亲被车撞了，躺在床上半年多都不能下地。真是祸不单行，这个时候，他老父亲又被查出晚期肺癌。我们大家都替他和大姨子捏把汗，这一关怎么过呀？但他并未长吁短叹，每天先伺候躺在床上的老母，再骑上自行车赶到医院，给老父亲送饭菜，还坚持不请假，照常上班。下午下班他送饭菜到医院，帮老父亲擦洗身子，就留在医院过夜，家里的老母亲就交给大姨子。几个月下来，已经很瘦的他更瘦了。本来他和他的老父亲长得就很像。一天他陪老父亲吃完饭，送碗到水房洗，路过医护室，护士小姐大叫："26床，谁让你把针头拔了到处乱跑。"护士错把他当作他父亲了。他把这个故事告诉我们时，我们都笑不出来，但他笑了，大姨子哭了。雨中的"机关枪"再次响起，埋怨他不会照顾自己，抱怨这样下去非把他拖垮。他说，怎么办呢？都赶上了。他永远一副没脾气的样子。

胃切除后，他把酒戒了，这是医生的最后通牒。但每逢过年过节大家聚会时，为了不让大家扫兴，他总是主动倒上白酒，有时还要和小字辈比拼一番："老虎病了不是猫，还是老虎。"这时他的军人风采展现无遗。有时候，我想替他解围，主动要求和他联手，来"教训教训"这些"狂妄"的小字辈。他总是笑着说，杀鸡焉用宰牛刀，我一个人对付就足够了，你不能多喝，几十万人民等着你带领他们奔小康呢。

他和大姨子一样处处护着我。岳母胃癌手术后，四个子女轮流值班守护，但每次轮到我值班时，他总是替下我，说，你肩上的担子重，回去好好休息吧。我生病住院期间，他和大姨子轮流照顾我，让我妻子在家照顾好女儿。

几年前春节期间，我在酒桌上提议，今后每年从四个大家庭中选出男女各一名作为当年"最佳家庭标兵"，小字辈们异口同声地说，男的根本不用选，年年都是"艺术家"。看来"群众"的眼睛是雪亮的，好人大家都是认同的。但愿好人一生平安。

风镐声声

溽夏的太阳很烈，尤其是中午的阳光狠毒得似把把刺眼的银针射向每个角落，没一处可躲。本来妻已把房间的空调开启了，让我去休息一会儿。我刚躺上床，对面工地上的风镐就疯狂地响起，发出单调而复杂、刺耳又尖锐的巨大声音：嗒，嗒嗒，嗒嗒嗒嗒……声音是从对面的医院那十几层大楼上传出的。由于回声的缘故，它的声音变得震天价响。心本就燥热，听到这声音，浑身更不自在。自搬进这房子，我就没过过安静的日子，一家接一家地装潢，冲击钻响着没停过。尽管有人在小区的告示栏贴出过醒目的"大字报"，但丝毫作用不起。有的人家因为小孩要参加中考、高考，与人发生争执，直至打得头破血流也无济于事。找物业公司，物业公司也为难，谁家不装潢呢？

实在受不了这折磨，我索性穿好衣服，对妻说，还是到办公室眯一会儿吧。妻抬头望了一眼对面的工地，点了点头，算是答应了。

出了门，水泥地面像被烤热的蒸笼，淡淡的轻烟似的冒着若隐若现的热浪，空气里尽是尘土被烧焦的味道。不知何故，出了小区大门，我竟没有如平常一般向左拐朝单位方向走去，而是径直走向对面的工地。

工地上的杂乱肮脏比垃圾场更为狼藉不堪，白色的黑色的红色的塑料袋漫天飞扬，下水道黑色的淤泥露出狰狞的面孔，散发出阵阵臭气……在高楼脚手架一米不到的地方，有一排石棉瓦搭盖的工棚，三五成群的灰头垢面的农民工蹲在地上吃饭，周遭笼罩着淡黄色的尘雾。一个穿着花裤衩和白背心的女人正在一根从地面伸出的没多高的自来水龙头下冲洗着碗筷，水花溅得四处飞扬。女人的身后站着一个七八岁的小女孩，一蹦一跳的，嘴里唱着"小燕子，穿花衣，年年春天来这里……""快到屋里去，外面太阳太毒。"那女人把手中的筷子一甩，散落出去的水砸到小女孩身上，她一溜烟似的钻进了工棚。

我正想和那小女孩聊上几句，见她已钻进工棚，也就没再开口叫住她，从那女人的身旁绕过向围墙那头走去。

"你怎么到这儿来了？"一个熟悉的声音从我侧面的工棚里传出。我侧头一看，姐夫，不错，是小姐夫。"你怎么在这里？"我很是吃惊，姐夫怎么会在这儿呢？他是做木工的，本来在北京做装潢，后因姐姐生病，两个孩子都在读大学，为了方便照顾姐姐，他和姐姐都搬到我楼下的车库里住，这样隔三岔五陪姐姐上医院方便些。"也才来没几天。"姐夫拍了拍身上的灰尘，挺不自然地对我说。

"你不是在搞装潢吗？"我问。

"活儿断了，在家歇了两天，后来找到这儿，正好碰到家门口一个熟人，他把我介绍给工头，一百块钱一天，离家又近。"他递给我一支皱巴巴的香烟。我赶紧从自己口袋里掏出一包烟，自己取出一支后，剩下的全扔给了他。他接住后又送了过来："这么贵的烟，一根抵得上我一包，我抽糟了。"他伸过来的手像焦炭似的，那根像蛇头一样的大拇指，让我看了一阵心悸。他的那根大拇指算得上千锤百炼了，被电锯锯断了一截，后又多次被钉锤砸破，砸破了也不上医院，随便找块布条子包一下，发了炎自己用针刺破放出脓水，长出来的形状像烂了的生姜头。姐夫的左腿比右腿也矮些，前些年从工地上掉下来，跌断了，在医院只住了半个月就出院了，错了位。他只比我大5岁，但眼前的他俨然是一个60岁出头的小老头了。

"我姐知道你在这儿干活儿吗？"我问。

"对了，你千万别告诉她。"他被我的这句话问得吃惊了一下，"我对她说仍在搞室内装潢，上次腿跌了之后，她死活不肯让我再上室外工地干活儿。"

"你吃过饭了吗？"他见我一时不言语，问了一句。

"吃过了，你呢？"我问。

"他们有的已吃过了，我才从上面下来，正准备吃呢。"他用手指了指望不到顶的大楼。

"那你赶快吃饭吧，都一点多了。"我说这话的时候，向旁边侧了一步，原以为他会走过去在水龙头那里洗一把，没想到他把两手在腰间一擦，进了工棚。一会儿工夫，他端出一大碗饭，饭上面堆着一堆紫黑色的茄子，旁边一大勺红彤彤水辣椒。

"其实，离家就几步路，你回去吃不也行吗？"我望着他狼吞虎咽的样子，心头一酸，牙关咬紧，咀嚼肌紧绷。

"不能回去，一回去你姐就会怀疑。再说，这两天她的病又犯了。"他嘴里含着饭，说出的话嗡嗡的，不十分清晰。

说到小姐的病，我的心再次颤了一下。尽管此前我曾无数次自责过、颤抖过，但每次一提及小姐的病，我都胆战心惊。小姐的病，我负有不可推卸的责任。那年小姐的儿子——我的亲外甥，参加高考以全校第一名的成绩，超出一本线56分，结果在我的指导下所填的志愿全部撞车。一个农村的孩子就这样在亲朋好友都喝过喜酒之后，硬是没等到大学录取通知书，只得重新复读一年。姐姐受不了这个打击，急疯了，落下这病根子——神经忧郁症。

姐夫在我对面蹲了下来，我也蹲了下来。我一眼看见他膝盖上的两个大窟窿，像牛眼睛一样望着我，这件裤子是我多年前淘汰的一条旧裤子。

"祥子,来客人啦。"身后一声叫唤，像土雷似的，我吓了一跳，忙站起身来。

"是我孩子二舅。"姐夫也站了起来，从口袋里掏出我刚扔给他的那包中华烟，一只手递过去，轻轻一抖，一支香烟冒出头来，"来，抽支好烟。"

"哇，中华啊，一支抵我们一包。"那汉子接过烟用鼻子嗅了嗅。

姐夫向我介绍："就是这位老乡介绍我来这工地上的。"我向他点了点头，算是打招呼了。他手里拿着一把风镐，上下打量着我，半晌，他说："你做了那么大的官，怎么不给自己亲姐夫安排个事呢？"

"大哥，安排个事也不是说不行，但到工厂里上个班，一个月也就千把块钱，没用啊。"我扯着嗓子对他说，此时身后的风镐又响了起来。

"那是，那是，千把块钱管个屁用。"他的声音比我叫得还响，"你就不能安排个好差事？听说供电局里看门的一个月都四五千块。老弟，有权不用，过期作废。"他转身对姐夫说，"这把风镐坏了，我得赶紧送去修。你吃完饭，把东边那间房子里的模板给拆了。"姐夫应了一声，那人便朝工地的出口处走去了。

此刻，我的头脑里一片模糊，四周像死一般令人窒息，尽管风镐的声音叫得更凶更糟杂更来劲。我记不清和姐夫打没打招呼，沿着脚手架下那条又窄又弯的便道走了出去。我想去车库里看看我的姐姐……

佛 珠

母亲信佛,对佛珠不陌生。在我为母亲准备的佛堂里,除了挂着那条荸荠色的、大若汤圆、长约三尺的大佛珠外,小一点的佛珠也不少。但我这里要说的这串佛珠,虽不敢言是天下唯一的稀世珍品,但也十分难得。

那天,在我全然不知情的情况下,忽然一声巨响,我跌倒在了多年行走其间的围墙上,接着一块很大很沉的砖头击中我的头部。接下来发生的事我毫无知觉,毫无记忆。多天后,我才醒悟,在那经年潮湿的围墙上,早已长满了厚厚的青苔,这些潜伏在阴暗墙角处的青苔,是一个个蓄势待发的机关,等待着我的到来,跌倒,击落。

母亲几经周折,给我送来一条盖有九华山地藏菩萨和南海普陀山观世音菩萨大印的红色腰带,母亲不知道我是不能系腰带的。为了最大限度发挥它的功能,不辜负母亲的疼爱之心,我把它先揉成一条绳子,打上一个个"结",然后两端系结起来,一数十八颗,正好与手腕外径相符,但不能戴在手腕上,只得藏于贴身的内衣口袋里,每天夜里在被窝里诵经祈求。这串布质的佛珠帮了我很大的忙,让我度过了那段煎熬的日日夜夜。我不会太多的经文,《法华经》《楞伽经》等太深奥,我便反复默诵几句最简单的佛语。我祈求,不为成佛,深知罪孽深重;不求因戒生定、因定生慧,般若智慧对我未来用处不大;不求悟透五蕴皆空、十二因缘的道理,因为纵然是空,纵然是因缘和合的幻象,都已迟了,我只求一件最简单的事情:早日回家,与亲人团聚。

有求必应。佛经里明明这样讲过,观世音菩萨听到我称念他的名号,会使深处苦难的人得到解脱。地藏王的慈悲如大云覆盖世界,即便在鬼门关也能把我解救出来。母亲说过,佛在心中。果然,我虽伤得很重,终未死去。只可惜,那串佛珠还是被人抢夺了,那是一群不信佛的人,他们幸灾乐祸地把它当作垃圾焚烧了。这不是我的过错,别人不知道,佛是知道的。

父爱的背后

如今女儿已经 15 岁了，她是 1995 年出生的，我下面要说的这件事发生在 1992 年，屈指数来应该有 18 个年头了。

那是那年临近春节的一个大雪纷飞的早晨，我刚到办公室，单位前门传达室就打来电话，说父亲来了。我想，这怎么可能呢？过几天我就回家了，父亲怎么会在这个时候来呢？莫不是家里发生什么事了？老母亲生病了？但也不对呀，两个老人不管家里发生什么事，哪怕是生了很重的病也从没有及时告诉过我呀。来不及细想，我朝前门奔去，远远地看见父亲站在单位的大门口，身上的雪花将他堆积得像一个圣诞老人，走近看，头发、胡子都是白的。"你怎么来了？"我上气不接下气地问。父亲一把把我拽到路边的车棚下，"还问我，你这孩子，怎么这么大的事都不和家里说一声？"他一副责备的样子，弄得我丈二和尚摸不着头脑，"什么事没告诉家里呀？"父亲一边扫打着我身上的雪花一边故意加大力度捶打我，笑着说："你还装，你还装。"我这才想起给父亲扫去身上的雪。当父亲的脸恢复本来面目时，我看到父亲的额头上鼓起一个很大的血疱，"这血疱是怎么回事？""没事的，没事的，你还不带我去看看孙子？"父亲笑得很幸福，但我却更糊涂了。父亲跑到传达室挑出一担包袱来："快到房间去说，这些都是你妈临时赶出来的，都是今年的新棉花。"

我只得领着父亲朝我租住的小屋走去。"小宝宝夜里睡觉吵闹吗？"父亲一出大门口就问。"哪儿来的小宝宝？我婚都没结，女朋友还不知道在哪儿！"我说。父亲站住了，一脸迷茫地望着我，半晌才说出一句"不是说你添了宝宝了吗？""谁说的？真是开玩笑。"我终于弄清楚父亲此行的目的了。

原来，几天前高校放假，老家卫生院的院长来接在大学读书的儿子，顺便想到我这儿坐坐，估计他的家乡话人家听不懂，或者在传达室填写会客单时把我名字的两个字合到一块儿，成了"斌"字，而单位里正好有一个同事叫王斌，也是大学毕业，也是安庆人，前些日子添了个儿子。这位院长估计是怕在这个时候打扰不方便，就回去了，特地跑到我家对父母亲说了。可怜我的老父老母熬了几个通宵，赶制了两套"婴儿用品"——棉被、棉袄、棉裤、棉鞋、棉枕头，欢天喜地地送来，没想到是"竹篮打水一场空"。望着父亲有些失落的样子，我又想笑又感到难过，我以十分肯定的语气向父亲保证，两年内保证让他们二老抱上孙子。父亲这才露出一丝笑容，说是该考虑了，但这事急不得。

水烧开了，我给父亲泡了杯热茶。我端给他时，又一次看到那个血疱，有鸡蛋大，再次问他是怎么回事？父亲先是不说，继而淡淡地说了一句，不小心在车上碰的。父亲当天晚上就乘船回家了，随后两天我也回去了。在我的追问下，母亲这才告诉我父亲头上的血疱是上次到我那儿被四路公共汽车的司机打的。一股怒火从胸中腾起，我让父亲把事情的经过和我详细说清楚。父亲还是支支吾吾地不肯说，在我的一再请求下，他才告诉我：

那天我没有赶上上午的船，是坐下午四点的那班轮船的，到芜湖是夜里两点多，那时没有公共汽车了，天又在下雪，我就在码头上等到天亮，按照以前你信中所说的等四路公共汽车。上车后，售票员要我付一块钱行李费。我说一个人才两毛钱，这点行李怎么要一块钱呢？我把身上所有的零钱全掏出来，只有七毛钱，其他的钱我放在被子里。都说芜湖小偷多，我在家动身时就放好的，身上只放了十块钱。我怕在车上打开包裹弄脏了被子，就和售票员商量。没想到车子突然停下来，那个司机跳过来就是一掌，我还没反应过来，他就把车门打开了，把我的两个包裹丢下车，然后一把把我推下车，说土包子没钱就别坐车，给老子滚。我在地上还没站稳，他把那条扁担扔下来，正好砸到我额头上。我怕被子被弄潮，赶紧用扁担把它挑起来，没再乘车了，一路问到你单位的。

我听着父亲的叙述，早已气得把拳头捏得嘎嘎响，恨不得立即回去找那龟孙子算账。父亲站起来，拍了拍我肩膀，说，都过去了，又没伤着哪里，就当被狗咬了一口。我当时为什么不告诉你，就怕你不冷静惹出什么事来。其实当时我也挺气的，他也是爹娘养的，不说别的，至少我能生得下他来，他还称我的老子，真是没教养。

春节过后，我回单位上班。临行前，父亲一再叮嘱我，千万不要去找那个司机,否则他不会原谅我。好几次我看到四路公共汽车,心中就有一种隐痛纠结起来,就想去找那个司机把他狠狠地揍一顿,但一想到父亲的话我就克制住了。经历过一些世事后,我越来越觉得父爱背后包含的忍让,让我学会了容忍、宽容,也使我更明白了父爱的深沉和期盼。

好好的

妻那天又一次到监狱看我,隔着玻璃,泪眼婆娑,抓起的话筒一头紧贴着耳朵,一头对着颤动的唇,几次欲言又止,许久没传递出一句话给我。我故作微笑,说,不要担心,我在里面很好。她似乎不相信,把我从头开始打量起,目光经过我的眼、鼻、嘴巴、颈项,再踮起脚来,想看平视状态下看不见的下半身。末了,对我说:"在里面,好好的。"前面三个字,说得很轻,我听得模糊,后面的三个字,我听得清清楚楚真真切切。

"好好的",刹那间,我身子像被触了电似的,"我怎么了?"一个已过不惑之年的男人,竟让比我小的女人,用心血和眼泪送给我这三个字——"好好的"。我无语,除了拼命地点头,我实在做不出第二个动作来。

"好好的",最早听到这三个字是母亲第一次送我到学堂时说的。那时,我很小,只有六岁,用母亲的话说,是送到学校"关水的"。因为我自小特别爱玩水,村里又有小孩溺水身亡,母亲只好提前把我送到学校,临和母亲分手时,母亲摸着我的头说:"好好的,听老师的话。"

后来,女儿上幼儿园了。在妻送过若干次,女儿不再哭闹时,我第一次送女儿到幼儿园。我把女儿从自行车后架上绑着的小座椅上抱下来,牵着她的手送到幼儿园大门口,在女儿跨过大门,和我再见时,我学着女儿的样子摆摆手,说:"好好的。"

从母亲送我上学,听母亲说"好好的,"到我送女儿上幼儿园,对女儿说"好好的",其间有二十多年。直至今日,我也许不止一次说过"好好的",或许听到别人说"好好的",但我真的未曾思考过这三个字究竟包含着哪些不可或缺的内容。但今天,也就是我对女儿说"好好的"的十二年,母亲对我说"好好的"三十七年后,面对妻对我说出的这三个字,我无论如何是要深深思考的。

无论是母亲对我说的,还是我对女儿说的,都是上辈人对下辈人说的,面授的对象都是不谙世事的小孩。因为说得太多太深,小孩子没法儿理解,于是选择小孩已经分得清了的"好"和"坏",希望他(她)好好的。它可能包含着:上课认真听讲;下课出来活动活动,但不要与其他同学打架;走路要慢一点,不要跌跤;上厕所不要挤,免得一只脚踩到屎坑里……

那妻对我说的"好好的",又包含着哪些呢?我想到朱自清先生的话。他在《刹那》一文中是这样说的:既然求生,当然要求好好地生。如何求好好地生,是我们各人"眼前的"最大的问题;而全人生的意义与价值却反是大而无当的东西,尽可搁在一旁,存而不论。因为要求好好地生,断不能用总解决的方法;若用总解决的方法,便是"好好的"三个字的意义,也尽够一生的研究了,而"好好地生"终于不能努力去求的!

朱先生所言极合我心。着眼于我之现在,"好好的"也应该是阶段性的要求,这并不是说此后就不用"好好的",恰恰相反,只有"好好的"走过这段特殊的路,以后"好好的"走下去才有可能。故妻对我所说的"好好的"是有特定内涵的,而不是我全人生中总的目标,尽管这一目标也可以用三个字概括:好好的。

我不能对不起妻,我必须想清楚妻所言的"好好的"是什么,只有弄清楚了它是什么或者包含着什么,我才会努力做到。不知我理解得是否全面、准确,思考了良久,想想妻所说的"好好的"至少包含着这么几层含义:好好的,一切已过去了;好好的,安心改造吧;好好的,别再折磨自己;好好的,除了身体是"1",其他都是后面的"0";好好的,家里的事请放心,我会处理好的;好好的,我和女儿都很想你,爱你,等你;好好的,留得青山在,不怕没柴烧;好好的,想吃就吃,想睡就睡,千万别熬夜,晚上睡觉不要蹬被子,我不在身边,不能给你盖……

我知道了,我会听话的。我不会沉陷于过去,往事只会增添惆怅和叹息。再回首,谁也不可能让我把过去招回来,重走一遍。我不会过多过久地向前眺望,重拾山河是"明天"的任务,期盼"明天"就是明天,就在眼前,只会使期望变为企望、失望,继而感到绝望。这些都与"好好的"背道而驰,我不会越走越远，为了实现"好好的"的叮嘱和守望。

好了，"好好的"，我只能停下笔来，"好好的"去做我今天应该做的事，然后"好好的"睡上一觉，明天"好好的"醒来，"好好的"去迎接新的太阳。

花　事

自小在农村长大，对植物有特殊的情结。其实农村里的动物也很多，如经常放的牛、母亲养的猪、满院的鸡鸭等，它们都是作糟的生灵，到哪儿哪儿脏，故内心里并不喜欢，植物就不一样，静静地送给人美的享受。

好不容易在城里结束寄人屋檐下的日子，终于在结婚后的第三年拥有了自己的房子，而且不是那种铁窗铁笼子似的单元式楼房，是单门独院的"小洋楼"。这房子是自己花钱盖的，先盖的是二层，后又加了一层。正房子的面积有300多平方米，前面院子有70多平方米，后面的院子也有50多平方米。这得感谢岳母大人，是她老人家不辞辛苦找村里的领导，以小女儿（我妻子）的名义申请了一块地皮。理由是小女儿虽已成家，但户口并没迁走，女婿又是外地的，至今没房子住。理由尽管很充分，但岳母大人所在的那个村，早已成市中心了。市里早就有计划改造这样的"城中村"，只是苦于拆迁成本太大，一直干打雷不下雨。岳母同村子的人也有许多儿女长大了成家了的在自个儿家盖房，尽管城管执法队员来过几次，也像模像样地下达了停建通知书，但房子最终还是盖起来了。我很是奇怪。岳母说，还不是钱开的道，有钱能使鬼推磨，这话能有假？要不，我们也自个儿盖算了。我忙说，不可不可，得按规矩办。其时我还未到政府工作，只在企业里弄个中层干部，按说也没有什么大不了的，但一向不敢越雷池半步的我还是一次又一次地阻止了岳母。岳母气急了，说："你和那老头儿（我岳父）一样，生怕树叶子打破头。"岳母是那种不达目的不罢休的人，尤其是事关她最疼爱小女儿的大事。于是她三天两头往村干部那儿跑，可能是她缠得太紧，也可能是她抓住了村干部的什么把柄，在跑了大半年后，终于给她跑成了。尽管批准的那块地，是一个废弃的鱼塘（当时村民们的垃圾都往里倒，差不多已成四五米宽、六七米长的一个臭水沟），但着实令全家人感到兴奋。不过建造成本要大得多，光基础就消耗钢筋 15 吨，总建造成本在 10 万元左右。但与市场上买的商品房相比，还是要合算得许多许多。

  房子盖好了，望着前、后两个大院子和一个 40 多平方米的阳台，我好一阵激动，开始四处买花买草，其重视程度不亚于建房子。岳母也很支持，但言明必须给她留一块地方，她要栽葡萄。我更是求之不得，把前面院子靠东边的一块地留给她，并事先把葡萄架给她支好。在岳母的葡萄藤已爬上葡萄架的时候，我的前后院已一片生机盎然，花红柳绿，各种花草盆景近百盆。

  一个周末，我抱着女儿准备到对面小区的超市买点日用品。在经过一栋居民楼时，见一楼一户庭院的墙壁上，挂着一块用硬纸壳写的牌子，上面写着"有盆景出售"，心中甚喜，忙放下女儿，敲门而入。开门的是一位 60 岁左右的老人，旁边放着一张躺椅。开了门后，他就靠到躺椅上，也不问我干什么。我环顾了一下院子，虽只有十多平方米，但层层叠叠摆放着至少上百盆各式各样的花卉盆景，养得很精致，每盆盆景都看不见土色，而是覆盖着一层毛茸茸的青苔。我问老人："这些盆景出售吗？""外面写着牌子。"老人话冷冰冰的，丝毫没有做生意人应有的热情。我心想可能他刚为某件小事和家人争吵过，于是掏出香烟，递给老人一支。"这盆景怎么卖？"我小心翼翼地问。"你说哪一盆？"老人的态度仍不见好转，语气还是生硬得很。"我说的是这里面所有的。"我用手在院子里画了一圈。老人从躺椅上跳起来："你全部买？买那么多干吗？""我爱花卉盆景。"我说。"你也养花养草？"老人的眼睛直直地看着我，是不是他觉得像我这样年纪轻轻的，不可能有闲工夫去伺候这些玩意儿，或者说还没有那份雅兴或品味。

  "是的，我家里也养了百十盆花草，不过没您老养得好，养得精致。"我说得很诚恳。"不可能，这小区，这方圆几里地，谁家养盆景我没有不清楚的。你家住哪里？"看来他养盆景很有些年头，而且还非常注意横向联系。"我不住这小区，在后面，过条铁路就是。"我用手指了指方位，但他是看不见的，楼房挡着。

  老人见我一手牵着女儿，话说得也诚恳，估计不再怀疑我所说的，随即进屋拿出一个计算器。"我还真没想到一个人想买这么多盆景。前两天，来了几个人，最多也只是一人买了两盆三盆的，要我一下子报价，还真难倒我了。"老人的口气有所缓和，但仍没有一丝丝喜悦的成分。老人在计算器上按了几下，把计算器往躺椅上一扔："唉，算了吧，我也不想算了，总共给五千块吧。"老人的叹息让我感到奇怪，但又不方便问。他报的价，说句内心话，不高。但买卖心不同，我试探着问："能不能便宜点？"

"便宜？还要怎么便宜？你也是养花的人，这么多盆平均一拉一盆摊不上50块。要不是我那狗日的不争气儿子，你出一万块我都不会卖。"老人有些生气，显得很激动。我赶紧掏出烟，赔着笑脸："您老别生气，有什么事想不开的呢？"老人一屁股坐到躺椅上，说："都是我那不成气的儿子，整天游手好闲的，30岁了，才找上一个媳妇。要买房子，没钱，逼着我买房子。买就买吧，为了儿子。我让他挑个一楼，这样我的这些东西就有地方摆了。谁知道他狗日的，根本不把我的话放在心里，买了个四层的，上不着天，下不着地，我这些花草往哪里放？我让他换一个一层的，价格也便宜些。他倒好，说一楼潮气大，媳妇不同意。好了，媳妇的话是圣旨了，老头子的话是放屁。他狗日的可知道，这些都是我的命根子。我老伴死了头十年了，谁陪我？他狗日的陪我？除了伸手向我要钱，一个月也见不到三回，都是这些花这些草陪我啊！我要不是被逼得走投无路，哪会卖我的命根子。"

老人一口气说了这么多，说着说着声音哽咽了，我一时不知所措。

"老人家，你看这样好不好？你这些花草就像您的孩子，要是分开着卖给人，你就不可能再看得到了。我就住在后面，花草我全部买下，等于孩子没有失散，您老什么时候想看看，随时来，我还有很多东西要向您请教呢！"我这么一说，老人似乎一下子醒悟过来。"对，对，我怎么没想到呢？"老人从躺椅上站了起来，来回走着，双手一个劲儿地搓着。

"这样吧，我也算遇到知己了。这些花你全部拉走，两千块，但有个前提，我想看的时候得给我看。"老人的话让我感到意外，两千块，光买花盆花钵都不够，这不等于白送吗？"不行，钱我照付。你什么时候想看什么时候来，我岳父岳母整天都在家，您有空时让您和他们认识一下，以后常串门，就当走亲戚。"说完，我就掏钱包，准备付一点定金。老人一把按住我的手说：

"就两千块，多一分我不收。"最后在我的一再坚持下，我们以折中的数字两千八百块成交。我说，带一个八图个吉利，他笑了。这是整个下午我看见他第一次笑。老人家笑起来很和蔼。

第二天，我就把一百多盆花草盆景拉了回去，一家人高兴得像过节似的。有了这一百多盆花草盆景的加入，顿使我的"花园"增色不少，品味也提高了许多。

第二个周末，我如约来到老人家，按照我和他一周前的约定，想带他去认个门，同时和我岳父岳母熟悉一下。但我还未走近老人家的房子，远远地就看见原来挂硬纸壳的墙边，搭有一个灵堂，我心头一惊，这是谁家在这儿搭了灵堂？不会是老人家什么人吧？他老伴已去世了，他家还有什么人？我加快步伐，怀着一颗忐忑不安的心情向前跑去。让我感到万分意外的是，灵堂里挂的遗像正是这位卖花给我的老人。

我愣住了。怎么可能呢？一周前他还是好好的。我自言自语。旁边的一位中年妇女说："怪可怜的，这么好的一个老人，就这么好端端地死了。"我把说这话的中年妇女拉到旁边，问她到底怎么回事。她说，老人有个不争气的儿子，正准备结婚，老人为了儿子，把这房子卖了。这还不够，前天晚上，儿子回来问他要钱，他说没有。儿子说你卖掉那么多花，钱呢？老人一生爱花，一听儿子提到他的花，和儿子吵了起来。儿子竟把老人的一台电视机砸了，老人一气之下喝药自杀了。

我在老人的遗像前敬了三炷香，转身离去，回到家里，我望着那一盆盆老人亲手培植的花草树木，心似针刺。

此后的日子，每当我给它们浇水施肥时，我都会想起它们原来的主人，那位可爱的老人。

大约在那位老人去世两年后，我的岳母就一病卧床不起了。从医院做完手术回来，又在病榻上坚持了半年，在她临终前一个星期，她把我喊到面前。她说话已很吃力了，断断续续地问我，栀子花可开了？我说，开了。其实我心里没底，那段时间我确实没有心情去打理花事，不知道栀子花开了没有，但为了不让她失望，我说开了。她说，她想看看栀子花。当时她已基本无法下床了，我跑到院子里，栀子花打了很多花骨朵儿，但没有绽放。我对妻说，我出去一趟,看看花鸟市场里有没有已绽开的栀子花,让她先陪岳母说说话。

还算幸运,花市里有开得很大的栀子花。我连价都没还,买了两盆。我把一盆送到岳母的床头间。岳母一看,摇了摇手,其实都不能叫摇手,她的手已经举不起来了,她动了动手指,对我说:"那不是你花房里的栀子花,难为你了。"我鼻子一酸,泪水喷涌而出。这些年我忙于工作,花房的打理,浇水施肥都是岳母做的,她对花房里的一草一木都了如指掌。

晚上,我把花房的栀子花移了一盆到卧室里,开着空调,希望它早点开放。大约三天左右,花终于绽开了。我和妻迫不及待地把那盆倾注着岳母爱的栀子花端到岳母面前,岳母笑了。

两盆栀子花陪着岳母走完了最后的三天,岳母走时,妻特意把那两盆栀子花的花摘下来,放在她身边。让人琢磨不透的是,岳母走后不久,那两盆栀子花都先后枯了,而同时买来的另一盆仍枝叶茂盛。"花已随岳母而去了。"我对妻说。妻再次涌出泪水,点点头,说,她一辈子没见过什么名贵的花。听她说,外公家门口有一棵大栀子花树,自小她就爱栀子花,一辈子都这样,就爱这一种花。

花草树木是通人性的。我对此坚信不疑,尤其是两位老人先后随花而去,更加重了我对花事的虔诚和盼顾。

甜的回忆

早年曾经写过的一首诗有这么两句:"生于饥荒的岁月,嘴巴咀嚼不出豆腐的鲜嫩。"这是实话,但多少有些阿Q,真实的情况是吃不上豆腐当然嚼不出豆腐的美味,有点类似于"吃不到葡萄讲葡萄酸"的味道。嘴巴是不能停的,话可以不说或少说,但东西不能不吃,不然就会饿死。我的爷爷就是在1960年活活被饿死的,不过,当时我还没出世,是后来父亲告诉我的。我出世没几天,妈妈因为发高烧,被赤脚医生打了青霉素,奶水回去了再也挤不出一点点奶来,我是妈妈用米糊、面糊喂大的。可能是没吃奶水的原因,我自小长得比较瘦,但饭量特大，可是家里没有真正的白米饭给我吃。山芋和萝卜是我的主要粮食。因为没有油水，山芋和萝卜都是清水煮的或是蒸的，虽吃的时候感觉很饱，但没一会儿工夫又饿了。饿了怎么办？只得四处找东西吃。家里是没希望的，于是就把目光瞄向外面的田地里。

那时候责任田还没分到户，偷公家的东西吃，我是不敢的，这样可供选择的目标也只是一家一小块的自留地了。为了满足嘴巴的需要，其实是抵制不了胃的抗议，我几乎偷吃过一切我认为能吃的东西。竹子园里的小竹竿、高粱地里的高粱秆、田埂边和池塘边上的野刺果子……还跑到几里外的外村偷过桑树上的桑葚果子和玉米秆，这已是最高档的享受了。躲在桑树林里把嘴吃成紫色还不肯出来，非得把两个口袋装得满满的。玉米秆的甜，那是我吃过的世界上最甜的东西。但这些东西是不曾多享受的，概因美好的东西都是来也匆匆，去也匆匆，一年之中能吃上一两回就算这一年没白过了。

记得有一次我正在田埂边摘那红彤彤的"蛇果子"，路过的婶婶大声叫道，那东西有毒，吃了会死人的。我停了下来，故意绕了一大圈，又回到原来的田埂上。我不相信婶婶的话，长得这么鲜红的果子怎么不能吃呢？但又真的害怕有毒，于是我采取并不立即食用的方式，先把它装到自己腰包里，待回家以后问问母亲再说。摘的时候，我的口水都流出来了，但还只是把它放在鼻子下闻闻它的清香味。

回到家里，母亲见我从口袋里掏出这种"蛇果子"，没等我开口，一把把我的手打翻了："这东西不能吃，你吃了没有？快说。"母亲焦急的样子让我感到害怕，若不是婶婶说的那句话，我可能真的会中毒死掉的。"我没吃，是婶婶告诉我的。"我边说边把口袋里装得满满的"蛇果子"往外掏，像丢毒药似的，恨不得把衣服脱了丢得老远。"既然婶婶告诉你了，你为什么还摘？"母亲伸手过来打我，但手停在半空中没有落下，她知道我是饿极了。后来长大了才知道那所谓的"蛇果子"是野草莓，但直至今日也未弄清楚这东西到底能吃不能吃，不过那艳亮的红果子若是真的不能吃，真是太可惜了。

红的东西不能吃，绿的东西总可吃吧。实在饿极了，我就捡野菜吃。记得有一次在人家芝麻地里弄猪菜时，我看芝麻秆上长着娇滴滴、绿油油的芝麻叶子，心想这东西一定比青菜好吃，于是偷偷地摘了一些藏在菜篮子底下，生怕人家发现了。回到家里,我学着母亲炒青菜的样子,把芝麻叶子炒熟了,拿起筷子夹了一叉放进嘴里……哎呀,我的妈呀,那个苦那个涩的,我赶紧吐了出来,差点把肚子里一点点存货也带了出来。

记忆中最"甜美"的一次享受是我上小学三年级的那年冬天。我在学校里和同学们玩儿"抛梭子"(抛梭子就是两个人面对面把手拉紧,组成一对,七八对人排成一排,另外一个人爬到他们的手臂上,落在两三对人的"手链"上,大家齐声喊着向后抛掷着,落在后面人的"手链"上,前面空出手来的人以最快的速度,跑到最后面再次手拉手,组成新的"手链"。如此反复,确保上面的人不落下来。这种游戏适合于操场大空间、人多时玩耍),玩儿过了头,一群人站在水泥课桌上玩儿起来,结果从空中掉落下来,左肩撞击到水泥课桌的尖角上,造成粉碎性骨折。

当时我并不知道后果有这么严重,只是感觉左手和左胳膊动弹不了,稍微想动一下就有钻心的疼痛。回到家里,我不敢向母亲说。但母亲还是一眼看出了我的异样,带我跑到大队部的医疗室,赤脚医生说送医院吧。在公社的医院以及一些主治跌打损伤的医生都无计可施的情况下,母亲决定带我到县中医院,找那位专治跌打损伤的骨科专家何医生。临动身前的那个晚上,母亲特地抓了四只老母鸡,因为在母亲看来,找号称"何半仙"的何医生治疗是不能空着手去的,据说排队等候的人很多。没料到第二天一早起来,外面飘着鹅毛大雪,母亲没有半点犹豫,背着我就出门了。到县城先要步行20多里小路,赶到隔壁公社的车站乘车。出门还没走出几里地,母亲的靴子进了雪水,每走一步都"哗哗"地响。母亲干脆把靴子脱下来,让我搭在她右肩上的右手给抓住。就这样,母亲赤着脚,一手托着我的屁股,一手拎着四只老母鸡走了十几里雪地,中途不曾歇过一次。

好不容易赶到县医院,已是下午两点多钟。母亲打听到何医生的住处,把我放在医院大门口,先去了何医生的家,把四只老母鸡送上,然后把我背到骨科门诊室门口等着那位何医生的到来。我当时又饿又痛,在大门口时看到有人在卖"高粱秆"。我对母亲说,饿,痛,我想吃高粱秆。母亲说,这里哪有高粱秆卖?我说,有,在大门口。母亲跑出去,果然买回了一根很长很粗的"高粱秆",对我说,这不是高粱秆,是甘蔗,很甜很甜的,我先把皮撕下来，待会儿医生给你治疗时，你就吃它。

母亲先是把甘蔗用两手抓住，往抬起的右腿上一折，甘蔗断成了两截，又拿出其中一截，重复着相同的动作。一会儿工夫，一根长长的甘蔗就变成筷子长短的六七截了。母亲挑出一截很粗的皮呈紫色的甘蔗，用牙齿把皮撕下来。当青紫色的皮全都剥去后，露出白色略带微黄的甘蔗芯时，我的口水已咽下去好几回了。母亲用手抓着递到我嘴边："来，先吃一口。"我一口咬下去，那甜似蜜汁的（那时我没有吃过蜂蜜）记忆是我一辈子都忘记不了的，这才是世界上最甜最甜的东西了。一时间，我竟忘了疼痛，伸手要去抢母亲手里的甘蔗。正在这时，一个穿白大褂的医生来了，他领着母亲，先背上我去照了一张片子。等片子出来后，他摇了摇头说："粉碎性骨折，几天了？怎么不早来？"母亲不好意思地小声说："没想到会这么严重。"许是这位医生这时才发现母亲是光着脚的，"快把鞋拿上。"母亲理解错了，以为我又一次没救了，急着哭了起来："求求您，求求您救救我的孩子。"那位医生忙劝慰母亲说："放心吧，我会治好这孩子的，不过待会儿手术时会很痛的。"

"我不怕，我有甘蔗吃。"我不知哪儿来的勇气，对白大褂说了这么一句勇敢的话。医生笑了："还挺勇敢的。"后来我才知道，这位骨科医生就是那位祖传三代的骨科专家"何半仙"。他并没有给我开刀做手术，他所说的手术，完全是凭感觉，把我的骨头先拼对上，然后打上石膏，再照一张片子后，检查是否真的拼对上了。许是耽误了四五天，碎骨头之间已有新的连接，他给我做这手术整整花了两个多小时，疼痛是难忍的，钻心的，但母亲一直在我身后紧紧地抱着我，不时地把甘蔗送到我嘴边。就这样，当我的左肩连同左胳膊都打上石膏时，甘蔗已全吃完了，我始终没叫一声。

在走出医院大门时，作为对我勇敢的奖励，母亲又买了一根甘蔗给我，同时还买了两个烧饼。我让母亲吃一个，她说，我不饿。在我一再恳求下，她撕了一小块塞进嘴里……

从县城回到家已是深夜11点多了。第二天，母亲病了，发了高烧，我用自己的嘴巴撕出一截甘蔗来，送到母亲嘴边。母亲咬了一口："真甜，太甜了，你吃。"那一刻，我哭了，但并没出声。母亲也流泪了，用手摸着我的头……

路在自己脚下

大哥，仅比我大两岁。由于年龄相近，在兄弟姐妹中，是我接触相处机会最多的一个。我们一同上小学，一起上中学，同睡一张床，直到他结婚为止。

记忆中的大哥是特别聪明的。从小学到初中，家里堂屋墙上贴满了他的奖状。尤其是数理化，无论是学校里、公社里，还是县里、市里组织的竞赛，他没有一次不参加的，参加了没一次不获奖的。

然而，英语改变了他的人生。

那时，农村孩子是到初中才从ABC开始学英语，而且，初中升高中时，英语成绩也不计入总分。自然，学校对英语是不重视的，英语课形同虚设。但等大哥念到初二时，学校突然接到上面通知，初中升高中英语占20分，计入总分数。学校就临时找了一个懂点英语的开手扶拖拉机的司机来代课教英语，因为相对于100分为满分的其他学科，英语只有20分是不足为怪的，自然也没有几个人在认真地学，那是个推崇"学好数理化，走遍天下都不怕"的年代。等到大哥到初三准备升高中时，政策再次突变，英语改为按100分计算了！结果，他尽管其他学科都非常好，但因英语的跛腿，当年没能考上高中。母亲想咬咬牙省吃俭用让他复读一年，但大哥执意没有复读。

直到若干年后，我才懂得，大哥是为下面几个弟弟能继续念书而放弃复读的。如果他继续念书，家里根本无法承受四个人的念书负担。尽管他现在还以自己英语差为借口来表明当初不再复读的原因，但他的良苦用心却永远让我们兄弟歉疚和感动。

辍学时，大哥才15岁，跟着父亲学手艺，做木匠。17岁，就独自到北京闯荡。从那年开始，他每个月按时给我们三个弟弟寄钱，除保证我们正常的学习费用外，还寄钱给我，让我周末回家从镇上买点红糖、麦乳精等营养品给母亲，而且，不能让父亲知道。因为父亲太"抠门"，妈妈因过度的体力劳动身体很虚弱，经常浮肿。当然，对于父亲当初的"抠门"，现在我们做子女的才真正明白那是为了挣扎着生存，不得不那么做的。

大哥的懂事和勤劳，给我们兄弟留下了深深的印迹。周围的乡亲们也常以大哥为榜样，教育着自己的子女，要担负起"长兄当父"的责任来。

其实，刚到北京的那几年，大哥的日子过得是很辛苦艰难的。接到的活儿是极不稳定的，时好时坏，收入自然不高也不稳定，没活儿时不得不住在天桥底下。幸好，北京承办亚运会，给大哥带来了事业的转机。他与人合伙注册了一家装饰公司，他的聪明才智得到了发挥，率先在当时农村听说"万元户"就不得了的老家跨进了十万元户的行列，在村子里也是第一个把家里老屋翻盖成了楼房，并买了汽车的人。

然而，就在事业蒸蒸日上之际，他的合伙人，趁大哥回家过年时，携款而去。大哥因此遭受了沉重的打击。尽管后来一切从零开始，大哥在北京发展得也还不错，但我一方面担心他继续待在北京会因为那件事和他人结怨而发生什么意外，另一方面觉得二三线城市也有许多发展机会，就劝大哥离开了北京，来到江城。

到了一个新的环境，失去了他往昔多年营造的人脉资源，尤其是习惯于北方人的豪放直爽，对南方人的精明心计，大哥有点不适应，显得急躁和寡欢起来。我也觉察到了。我本该在这个时候和他好好谈谈，但我没有，尚抱着让他自己去适应新环境的想法。那个时候，我刚好从企业调入政府工作，于是，我对他说，凡是政府性投资项目一律不得进入。

他几次提出来要回北京发展，我都没有同意，也没有和他耐心地沟通。他开始酗酒，开始彻夜不归。嫂子有意见，儿子读书都没人管了。我觉得他颓废了，就把侄儿、侄女大包大揽地从老家接到江城读书，想以此激发他的责任意识，并以亲情和家的温暖唤醒他的激情。我开始按照自己设计的人生规划，给他布置任务，让他放弃了又苦又累又脏的装潢工作，做汽车零部件实体。我以我接触到的成功人士做例子，给他施加压力。然而，任凭我如何努力，只见他的黑发一根根白，一天比一天多，就是见不到他脸上的笑容。虽然他整天也在忙碌着，但业绩却日益暗淡。我开始对他感到失望，开始控制不住情绪的愤怒，而对他大呼大叫起来，我俨然成了家中的"老大"。

我连做梦都在呼唤着过去的"大哥"回归。那年他在北京居住的房间里烧木炭取暖，发生煤气中毒，在被人救出来清醒后的第一时间，凌晨三点钟，给我们兄弟一一打电话，告诫和提醒我们一定要注意炭炉、煤气……我想好好和他谈谈心，但他已习惯于以沉默来无声地应对我。我们之间产生了裂痕，裂痕又在我的自以为是的心理作用下，变成了创伤，潜伏在我和他心中，腐蚀着风化着血浓于水的亲情。看到他那双布满血丝的眼和闻到那浑身充满的酒气，我日夜不得安宁，滋生着哀其不幸却怒其不争的痛苦。

　　那天，我看书时，读到一段话：天下的父母，如果你爱孩子，一定让他从力所能及的时候，开始爱你和周围的人，做些力所能及的事，绝不可按照你设计的道路逼着他优秀。大哥不是孩子，我也不是父母，但我心里对大哥是深爱着的。我希望他取得骄人的成绩，但我忽略了他的"力所能及"和专长，让他在陌生的环境陌生的领域一次又一次地体验着失败，而陷入自卑的泥潭。女儿的一句话——假如你是老大，你没上大学，大伯伯是你弟弟，他这样对你，你能高兴得起来吗？——让我陷入深刻的反思中。

　　我对大哥的爱是真诚的，但因我的固执己见反成了他的羁绊。我搬出的石头，非但没有成为他的铺路石，反而成了他的绊脚石。是我摧毁了他创造激情的欲望，是我曲解了成功的内涵，忽略了他自身的理解，置他于荒郊野外的事业孤岛中。

　　我，终于明白，在我们人生旅途中，有时，不得不进入出售败绩的超市。如果不坚守住自己的内心，就会被所谓的成功外壳所迷惑，被包装着的痛苦日积月累，以至于扯开后连甩都来不及了。

　　"你想干什么，就干什么吧。想到哪儿发展，就到哪儿发展。"我找到大哥，多年来我第一次低着头对他说，"但希望你明白一点，生命给予我们的时间并不充裕，心力交瘁、白发苍苍的父母亲和我们并肩而行的日子屈指可数，只有你重新振作起来，重新找回昔日'大哥'的面貌，他们才会多活几年。"

　　大哥点着头，以多年罕见的笑容和我道别。他解放了，我也解放了。

　　他重新回到自己所熟悉的领域，如鱼得水，虽还没有风生水起，但已游刃有余。

　　我惊喜大哥又"回来"了。惊喜之余，我自懊悔。这惊喜的到来，是不是因为我的固执而差点葬送了呢？

"路在自己的脚下",当我重新品味大哥曾经对我说过的这句话,内心的感受是局外人无法揣度的。

母亲笑了我哭了

那年,岳母去世后,一时找不到合适的人来照看女儿,我把乡下老母亲接了过来。以前,我也曾多次动员过父母亲来和我们一块儿过,母亲倒没明确表示过反对,但固执的父亲坚决不同意,坚持自己种几亩田养活自己。"只要我还能动,就不麻烦你们。"末了他肯定会补上一句,"我可不想把这把老骨头丢在外面。"私下里我也曾做过母亲的工作。"我也想去你们那儿享几年清福,说真心话,我也70多岁了,骨头也硬了,真做不动了,但那死老头子就这么倔,他嫌城里那铁门铁窗,像个牢房似的,住在对门的人都老死不相往来,即使天天见面,也不打个招呼,进门出门,像鬼一样一闪,哪有我们村子上自在,捧着饭碗,转上几户人家,回来饭碗就空了。"母亲说的这些都是实话,毕竟我在乡下生活过20多年。

其实,我那时的房子并不是铁笼子似的高楼大厦,是属于那种城中村的单门独户的小二楼,前后都有园子,园子里我还养了一些花草树木,岳母在世时还种了几棵葡萄,周围的环境和乡下老家差不多。因为这次接母亲来是有照看女儿的任务,母亲爽快地答应了,父亲也没反对。

母亲来的这段时间,我仿佛一下子回到童年时代。做饭洗衣的事不用我们烦神,早餐也不用到街面上去吃了,每天熬得很稠的粥或热气腾腾的肉丝面,总会在我起床后二三分钟内端上桌。母亲是个闲不住又特爱干净的人,她不习惯用拖把和吸尘器,总是跪在地上用刷子或抹布擦洗地面。我劝过几次,她说闲着也是闲着,活动活动对身体有好处。

那段时间,母亲每天都笑容满面的。我和妻暗地里说,妈估计对我们这里的环境还挺适应的,如果能长久地住下来该多好!春节回去再做做爸爸的工作,让他们一块儿过来。妻点头并对我约法三章:以后和妈说话不得大喊大叫；每周至少要三个晚上回来吃饭；半个月陪妈上一次街。我满口答应了，并努力按章执行。

那天周末，我推掉一些应酬，早早地回家想好好地表现一下。到了离院子大门还有几步远时，我习惯性地掏出钥匙，但走近一看，大门是开的，母亲正和一位60多岁的老人坐在院子里聊天，又说又笑的。见我进门，那老人立即站了起来，笑着对母亲说，这就是您老的二公子吧？看，多精神，又那么有出息。我微笑着和她打招呼，说你们继续聊，就直接进屋上楼了。

过了一会儿，母亲在楼下叫我，见到我忙解释说：那个老人，就住在前面，她是来给她儿媳妇侍候月子的。我说，你是怎么认识的？她说的话都是真的？现在外面骗子那么多，小心一点为好。尽管我说这些话的时候，是带笑带说的，而且语气一点也不高，但母亲还是像犯了错的孩子似的说，是的，是的，都是我老糊涂了，下次不了。我心里一酸，搂着母亲的肩说，我也没怪你，如果她真的就住前面，你们在一起唠唠家常不也很好吗？母亲连"嗯"了几声转身去做饭了。

此后母亲和那位老人是否还拉过家常，我不太清楚，但我再也没见到过。大约在那之后个把月时间，家里被偷盗了。除了我住的那个房间被翻过之外，其他地方没有任何痕迹，所有的门窗没有一点点的破坏。很显然，小偷是从大门直接进来的。我报了警，但一个礼拜过去了，案件没有一点进展。母亲那几天脸色很难看，几乎天天问我案子破了没有。我知道她急，更知道她内心里所担忧的。我安慰她，没事的，你不要自责，这和你没任何关系，现在的小偷太猖獗。但母亲还是在几天后告诉我，你父亲身体不好，想回去看看。我说，那我明天陪您一道回去。母亲说，不用了，你工作那么忙，给我买一张车票就行。

后来案子破了，在母亲离开后半个月。我第一时间打电话给母亲，是岳母在世时租住她房子的一位房客偷偷地配了家里的钥匙作案的。母亲一个劲儿地说，那就好，那就好，我还一直以为是我在你那儿闯的祸，我的心一直悬到现在。母亲问我钱物可追回了，我怕她不安，故意骗她说，都追回了。其实一分钱也没追回，还倒贴了几千块，是请办案人员吃饭的。

春节回家时，老父亲和我聊天，把母亲借口他生病回家的事告诉了我，让我此前的猜测得到了证实。那晚，我躺在床上，久久不能入睡，想着自己生活在被钢筋水泥包裹得严严实实的城市里，习惯于对周围的人小心提防，不敢相信任何人，分不清善良和虚伪，不敢相信真诚和友善，这是何等悲哀啊！

节后临离开家返回单位时，我抱着母亲说，妈，今年有空我回来把房子翻盖一下，我想退休后回来陪您过。母亲笑了，笑得那么开心。上车后，我却哭了。

那一夜

前年春节，几个外地的朋友赶到老家去给我父母亲拜年。原计划是吃过晚饭就走的，车子都已发动了，被老父亲站在车前硬挡住了，"千万不能走，已经起雾了，待会儿这雾会'熟人抵面不相识'，安全第一，就在寒舍将就一晚吧，明儿个一早再走"。其时，是有点薄雾，但并不浓。朋友们拗不过老父亲，只得下车观察一段时间再说。果然如老父亲所言，雾越来越大，像焚烧秸秆产生的浓烟似的。"幸亏听了老人言，不然吃苦在眼前。"朋友中有人庆幸道。

人是留下来了，可在哪儿睡呢？这可愁坏了母亲。母亲把我拉到她房间，轻声地和我商量。朋友共有七人，一对夫妇，另加四男一女，大哥家侄儿、侄女的床能腾出来，能安排四个人，老三夫妇已回单位上班，他们的床上能安排那对夫妇，剩下的那个女的咋办呢？母亲说，要么你们晚上睡到我们床上。你那张床干净漂亮些，让给那位大姐住。我问，那你们呢？母亲说，我们就搭地铺。"不行，不行，你们这么大年纪了，父亲才从医院出来，万万不可。"我坚决反对着，"这样吧，让她和小翠（我妻子）睡我床，你去和大嫂倒腿，我和爸爸睡。"

方案就这么定了，我出来向朋友们宣布时，大家面面相觑，似乎不太相信一个农村家庭能一下子安排这么多人睡觉。其中一位朋友说，不要麻烦了，我们经常熬夜，打一夜牌就行了。父亲说，那不行，明天要赶路，一定要休息好，12点前结束。

像大多数父子一样，尽管小时候我很惧怕他，甚至恨过他，但长大后我一直很尊敬他。但作为两个男人，在我的记忆里，我还没有同父亲同床共眠过。估计父亲也没料到我会这样安排，他很是激动，特地换了一床新床单，并早早地在床上躺下。12点过后，朋友们都安顿好了，我才轻手轻脚地进了房间，小心翼翼地爬上床。父亲睡在里边，为了不把父亲弄醒，我尽可能轻地把身子平躺下去。这时父亲说话了："你习惯睡里边还是外边？"我说："你还没睡呀？我随便哪边都行，就睡外边吧。"躺下后，我隐隐有些担心，生怕我的双脚晚上不老实，把父亲给揣了。

父亲在那年夏天的时候，一天中午在阁楼上取柴火时，不小心从梯子上摔下来，跌落在下面的铁犁上，而铁犁旁就是铁耙。若是跌落在铁耙上，那后果不堪设想。母亲搀扶着父亲到床上，到了下午三四点钟时，父亲呼吸困难，似有什么东西堵住了喉咙，母亲不得不打电话通知做医生的三弟。三弟用120救护车把他接到医院，一检查，肋骨断了三根，而且在移动的过程中，把脾和肺刺破了，情况十分危险。三弟通知我时，说情况不容乐观，希望我们都回来。我放下电话就赶了回去。到第二天，几个会诊的医生才轻出一口气，说，内出血已经止住了，堵在咽喉的那口痰也吸出来了，生命已无危险。

如此严重的病情，可倔强的父亲只在医院住了半个月就偷偷地跑回家了，弄得三弟四处打电话找人……

大约在三四点钟，我终于困极了睡了过去。但当我醒来时，我发现我的双脚不能动弹，很快我就明白了，是父亲把我的一双腿抱在他怀里，我再也睡不着了。父亲可能也意识到我醒了，缓缓地放开了两手，继而坐了起来："你身上好像火气也不大，一双脚到下半夜都是凉的，要多运动。"

母亲估计是听到了父亲的说话，推门进来，说："老头子，那些师傅们都起来了，你今天是怎么了？平常你不是早起来了吗？"父亲应了一声，说："我这就起来，小五子（我小名）睡觉还打呼噜呢。"

父亲答非所问，显然，他昨天一夜也没睡好，但从他的口气中，我能感觉得到，这一夜他是幸福的，满足的。而这一夜，对我来说，何尝不是终身难忘的，刻骨铭心的。

难忘那盆骨头汤

那年,妻单位破天荒地在春节期间组织部分员工去"新马泰"旅游。妻在征求我意见时说,算了吧,大过年的,丢下你们父女俩我不放心。妻很少出远门,难得有这一次机会。我说,你一定要去,外面的世界真的很精彩,到国外去更难得,放松放松吧。为了使她不再犹豫,我向她保证,我一定把女儿照顾得好好的,不仅每天安排好她的衣食起居,而且还把她的学习抓起来。才上三年级的女儿也在一旁鼓动着,她的心思我知道,妈妈走了她自由多了,至少我不会像妈妈盯得那么紧。

妻是在大年初二早上出发的。那天送妻出门时,外面下着毛毛细雨,本想送妻到她单位,但妻说,女儿一个人在家,你快回去吧。回到家里,我和女儿约法三章,初二到初四只玩不学习;初五开始每天看三个小时书;爸爸到哪儿女儿到哪儿,爸爸吃啥女儿吃啥。女儿高兴地直往我脸上"擦口水"。

"外面下着雨,今天我们就不出门了吧。"我对女儿说,"我这里有一部美国大片《二十四小时》,我们一起看。"女儿高兴得跳了起来。原以为这《二十四小时》最多不过几个小时就打发了,没想到它竟长达48小时。当然这是看完后才知道的,若是此前知道,我绝不会做出这种荒唐的决定的。

刚开始看的时候,家里的电话响个不歇。女儿说,老爸,你得想个办法,烦死人的。我干脆把电话线拔了,把手机调到静音上。也不知是什么时候了,女儿说,老爸,我肚子饿了。我赶紧把播放器调到暂停状态,跑到厨房把微波炉打开,从冰箱里把妻走之前准备好的饭菜取出来,随便热一下,在女儿"快点,快点"的催促声中,按下播放键,边吃边看。

就这样,我们父女俩尽情地享受着"大餐",只要女儿说饿了,我就去忙上十来分钟,直到把冰箱里的熟食全部吃完了,《二十四小时》还没完。中途我和妻仅通过两个电话,连上洗手间眼睛都盯在电视上。到了第二天,也就是初三上午,我实在有些困了,对女儿说,应该快完了吧,我们把它看完再好好睡一觉。我真的不敢相信女儿的劲头比我还大。就这样，女儿边吃着零食边继续往下看。当女儿再一次提出肚子饿了时，我不得不亲自下厨做菜了。"老爸，给我做个汤吧，好几顿没喝汤了。"女儿的要求不过分，我爽快地答应了。做什么汤呢？蛋汤是最方便的，但女儿不吃，这我是知道的。就在我犯愁之际，我的眼光落到上一顿才啃完的猪蹄子上，心头一喜，有了。我把那些骨头挑大一点的捡了一碗，用热水烫了两遍，然后倒入锅中，注入满满的一锅水，点上火，急匆匆地跑到楼上花房里，从自己栽种的葱上剪下一把葱来，再把火调到最小，让它慢慢熬，自己又跑去看碟片了。

当我再次打开锅盖时，锅里只有半锅乳白色的浓汤了，放上葱，试了一下味道，加了点盐，先给女儿舀了一碗，送给女儿。女儿尝了一口，说，老爸，手艺不错嘛，真好喝，鲜。我也喝了一碗，味道确实不错。剩下的一碗，第二餐又被女儿享受了。

《二十四小时》终于看完了，我们谁也没劲再爬起来了，我迷迷糊糊地和女儿倒在床上睡了。幸好在睡之前，我和妻又通了个电话，报告家里一切正常，让她安心玩儿。

一觉醒来，一看手机，已是初五的上午11点了。我赶紧给女儿的大姨妈打电话，说中午上她家吃饭。她在电话里责问我，你们这两天上哪儿疯去了？打家里电话，白天白天没人接，晚上晚上没人接，手机通了还是没人接。我对着女儿伸了伸舌头，女儿一把抢过电话："我和爸爸到美国去了一趟。"我赶紧把电话又抢回来，挂了。

我对女儿说，这事可千万不能让大姨妈知道，她知道了，你妈就知道了，我们可就惨了。"那怎么骗大姨妈呢？"女儿此时才意识到问题的严重性，说，"要不，就说我们回安庆老家了。"思考了半天，我对女儿说，就说我们在家睡觉看书，怕人家来拜年，把电话线拔了，手机调在静音上，反正这也不算说谎，我们确实在家没出门。女儿点头表示赞成，这一关总算过去了。

半年后，妻又买来一些卤猪蹄，我边啃边说，这骨头得留着，晚上烧汤喝。妻瞪大着眼睛望着我，说，你没发烧吧。"老爸，你也真敢想，那东西烧汤能喝吗？"女儿在一旁也发言了。

我忍不住大笑起来："怎么不能喝？那天你不是喝了两大碗吗，还一个劲儿地说鲜呢。"我把那天骨头汤的故事说了出来,女儿一听,舌头一伸,做呕吐状。妻在听完之后也禁不住笑了起来:"你看你,是怎样做爸爸的?我就知道你们俩离开我准会弄出些新闻来。"

清除杂草之恨

很小的时候,干得最多的一件事就是除草。山芋地、棉花地、小麦地、油菜地……到处都是杂草,父母亲总是没完没了地叫我去除草,让我对杂草恨之入骨。但还不能过久地反抗,因为父母这样安排,已是很大的照顾了,若是要你下到田里干活儿,泥巴齐膝盖深,下蒸上晒的,更不是滋味。田里也有除草的活儿,但多是父母亲自己干。旱地里除草,因为没有泥水之困,活儿不累,只要会走路,有一双手(一只手也行,同村里就有一个和我同龄的拽子,经常在我相邻的地里除草),就能干。但这活儿量太大,比如说这山芋地吧,刚插山芋没几天,草就长出来了,要除一次草;开始长藤了,要除完草再施肥;藤长满了,还要再把山芋藤掀起来,拔掉里面的杂草,怕它偷吃养料,影响山芋生长。恨这些长不出任何粮食的杂草如此作弄人,折腾我,以至于每次清除的杂草之后,我都把它堆在太阳底下,刚晒干瘪还没有干透时,就迫不及待地点上一把火,听见它"嘶啦嘶啦"的哭叫声,心中有一种解恨的痛快:"叫你长,叫你长,累死我了,烧死你,烧死你。"那种痛快的感受差不多和当年的游击队员烧毁日本鬼子的火药库那般,有种胜利者的喜悦。

在读过"野火烧不尽,春风吹又生"那个破句子后,我有些沮丧,原来它们是烧不死的,这种沮丧在一次除草中演变成一种心惊肉跳的害怕。那天,我随父亲去给山芋地除最后一遍草时,在掀起的藤中,竟一同抓着一条很粗的蛇来,吓得我魂都飞了出去,一声大叫后哭着掉屁股跑了。我一口气跑出百步外,口中还在惊呼:蛇,蛇……像疯了一样。那天任凭父亲怎么劝我,骂我,打我,我也不敢再回到那块地里去了。于是我更恨这杂草了,如果不是因为消灭它,我怎么会去掀山芋藤呢,不掀山芋藤,我就不会抓到那条可怕的蛇了。

我本应该是恨蛇的，但因为我怕它而不敢恨它，自然而然地把这恨转嫁到杂草身上。我最怕的动物就是蛇，不要说看了，只要一想到蛇，包括我写到这里时，身上都会冒出很多鸡皮疙瘩。赵忠祥先生主持的《动物世界》，我非常喜欢看，但只要一见到蛇，立马换频道。其实，父亲也是怕蛇的，他曾在拔杂草时被蛇咬过，但他好像觉得已被蛇咬过一次，蛇不会再咬他似的。后来我才知道，他只是无可奈何而已，他不干谁来干呢？此后，每次除草的时候，母亲总是要我带上两根竹竿，短的一根抓在手上，用它先挑起山芋藤；长的一根摆放在地头间，最好把它插起来。我问母亲为什么。她说，竹子是蛇的大舅舅，再凶再毒的蛇，见到它的大舅舅，也凶不起来了，就不会咬人了。我不知道母亲的这话是从哪儿学来的，但此后我真的未在拔草时见过蛇了。

工作几年后，一次回老家看望父母。那天父母正在棉花地里除草，我对父亲说："现在不是有种除草剂了吗？怎么还除草呢？"父亲说："那是懒人的做法，现在水田里都用除草剂了，但哪有拔草的效果好呢？特别是这旱地，除草的目的不单单是除草，更主要的是松土。"父亲说的"松土"我懂，就是让植物的根系能进行有氧呼吸。但我并没有说出来，怕父亲引出我小时候偷懒的往事。

"长庄稼离不开这些杂草。"父亲仍不紧不慢地对我说，"庄稼未种下去之前，田地里都长满了杂草，把它翻过来时，杂草被闷在里面，上面的一层土因为它的根系存在，土是很松的，里面的一层土因为杂草烂了，做了肥料，当然它们只是草烂了，根并没有死，是假死，过一段时间又会长出来，所以还得把它们除掉。当再次拔出它们时，泥土又一次被松动了，这对庄稼生长是非常有利的。"

"这杂草按您这么说，还有城市里'红绿灯'的功能呢。杂草起来了，就是红灯亮了，提示你该松土、该停步了。"我突然冒出这么一句话。父亲一时没反应过来，半晌停下手中的锄头，一边点头一边说："对，对，差不多，有这个意思。"

"这杂草还有另外的好处，下雨的时候，它们能防止泥土被雨水冲走，特别是庄稼刚种下去的时候，还没有根系，杂草的根系就起到固定沙土的作用，防止狂风刮起沙尘。"父亲似乎要给我好好地上一课，围绕杂草又说出了这么一段话。听父亲说到这儿,我眼前似乎浮现出漫天弥漫沙尘的沙漠和经常刮沙尘暴的城市……

是的,正是这些杂草默默无闻的奉献,才使我们这里还没变成沙漠,让我们享受种花赏花的乐趣,享受收获丰收的喜悦。一棵杂草在常人眼里是平凡的,在我过去的心中是可恶的,但在修了一辈子地球的父亲心目中,它是极其有用的。

自那天起,我对杂草有了不同的看法,从过去"清除杂草"时之痛恨发生了一百八十度大转变,心中已"清除"了对杂草的恨,而且在面对杂草被清除时,总能想起它们曾做出过的贡献,对它们以顽强的生命力在暂时死亡和再生的状态中,体现出独特的价值感到由衷的钦佩。

想念蚊帐

记忆中,蝉和蚊子是夏天的符号,蝉鸣和蚊子叫是夏天到来的标志。

蝉是非常倒霉的,它们一出现就成为我们的猎物。我们在竹竿上绑上用柳树枝圈成的椭圆形的圈,再在蜘蛛网上绕过,就成了捕捉它们最温柔的武器,谅它们再有本事也逃不出我们编织的"天罗地网"。它们成了"俘虏",不会立即执行死刑,我们会撕断它们的翅膀。它们还能飞,但不可以再"翱翔",在墙壁间撞来撞去,有点像自杀。晚上把它们用瓶子装起来,留个小洞,它们是死不了的,偶尔也哭泣几声。真的要是死了,我们也不会埋葬它们的,晒干了收起来能做药,小孩发烧发热用它们泡水喝,效果特好。大人们对其药效的推崇鼓舞着我们拼命追灭,比电影中那些"抓到共匪赏大洋五百"还要灵验。后来读到《蝉》这篇文章才知道蝉的生命就这么一个夏季,心中不免产生怜悯之情,此后就不再抓蝉了。

相对于"戏弄"蝉而言,面对蚊子,我们是没有太多的办法的。那时夏天基本上都是露天在稻场上过的,最初责任田没有分到户,稻场就一两个,全村子人老老少少、男男女女都会集中到一块儿,一家一个"势力范围"。家里的凉床不够用，在地上铺一张席子，一样能睡到天亮。对于劳作了一天的人们来说，这是最幸福的时光，孩子们听着世世代代传下来的故事算得上最好的启蒙教育了。作为讲故事的交换条件就是驱赶蚊子，办法也是大人们教的，从田边地头弄些野蒿子，堆放在燃着了的瘪稻子上，产生浓浓的烟雾从上风口飘过来，蚊子会躲得远远的。不过到了后半夜蚊子们会在烟雾没了的时候报复性欺负我们。

后来责任田分到户了，每家每户都有了自己家的稻场，通常情况下上半夜是在稻场度过的，下半夜要回到床上的。大人们说下半夜有露水，人沾上露水第二天会浑身发软，没力气干活儿。那时家里床上都挂上了蚊帐，母亲会把蚊帐里的蚊子驱赶走，再迅速地把蚊帐门合上压到席子下面。但那时一张床上要睡三四个人，加上我们睡觉又不老实，常常夜里会把蚊帐门弄开。一直守候在外面的蚊子会迅速钻进来，饱餐一顿，次日一早一个个儿吃得肚大腰圆的，白色的蚊帐上布满着小黑点，这时的它们沉浸在自我陶醉的状态中，一个个呆头呆脑的。我们会把蚊帐门关上，一个个消灭它们，手上沾满鲜血……

后来上初中、高中、大学，都挂蚊帐，不仅仅在夏季，几乎一年四季都挂。此时的蚊帐防御蚊子的功能退居其次，主要是承担起一方小天地的功能。因为有了心思，有了梦想，蚊帐一放下来，一个独立王国就形成了，看一本温情似水的小说，读一封热情似火的情书，写一篇与心共舞的日记，想一个如花似玉的女孩……在这个我是国王的王国里，我主宰着一切，非常有成就感。

结婚后就没有用过蚊帐了，蚊子在高处失去了其低矮阴暗的生存优势。那天在超市闲逛时，看到了色彩、形状各异的蚊帐，许是想找回一些失落的回忆，也有可能是想找点国王的感觉，我竟不假思索地买了一床粉红色的蚊帐，是圆弧形的。当我悄悄地把它挂好，正在享受曼妙的孤独时，妻竟轻悄悄地走了进来，二话不说也钻了进来，依偎在我的身旁，对我说，这是我们两个人的世界……

一句话让我顿感鼻子一酸，为了生活，不，为了所谓的成功，我们疲于奔命，混迹于泥石流般的人群中，丢失了自己的生存空间、情感和真实……我伸出一只胳膊搂着妻："让那些名呀利呀像蚊子一样见鬼去吧。"

女儿放学回家看到我们床上挂了蚊帐，气得晚饭都不吃了，当晚非赖在我的床上不走，作为离开的条件，明天给她买上一床天蓝色的蚊帐。孩子也不容易，她也需要自己的天地，自己做自己的国王。

信佛的母亲

母亲信佛已经有些年头了。小的时候我不懂，长大了知道了也并没有太往心里去。

那年春节回家陪父母亲过年，大年三十晚上，一家人围坐在两张大方桌旁，久等不见母亲出来。我正准备动身去喊，大嫂说，不用叫，她上三楼敬香了，一会儿就下来，妈已经吃素了。我很是吃惊，信佛，为佛敬香我能理解，但为什么要吃素呢？

果然，三十晚上母亲虽坐在桌上，但她食用的仅是一碗素油面条和两碟素油蔬菜。饭毕，我问母亲，你信佛没什么不好，但不一定要吃素啊，这样身体能吃得消吗？母亲说："我以前只是初一、十五吃素，现在改为全吃素了。你放心，我胆囊炎见不得荤，这样身体反而好多了。"

初一早上，我准备上三楼阳台去伸展一下身体。刚上三楼，我就看见母亲颤巍巍地跪在佛像面前，表情虔诚而凝重，双目紧闭，口中念念有词，双手合十，叩头，五体投地，一次，两次，三次……我眼泪模糊了，悄悄地退下楼来。

为了能让母亲在我城里的家安心过下去，在我搬入新居的时候，我在跃层为母亲准备的房间里的隔壁，单独为母亲准备了一间佛堂，特地从九华山请回几尊佛像——地藏王菩萨、观世音菩萨等。一切准备就绪，我把母亲从老家接过来，领她看了佛堂。母亲很吃惊亦很感动，说，难得你有这片孝心。

但母亲终是不太习惯城里生活，更主要的是老父亲不愿上城里来，一个人在老家更让人放心不下，所以母亲常年仍和父亲一起待在农村，一年当中偶尔上我这儿待上十天半个月。母亲不在的日子，我也敬香。我敬佛实际上是替母亲敬佛，或者说，我心中的佛是母亲，我敬香是敬母亲的香。

那年最小的弟结婚，母亲过来了。母亲有时住在小弟家，有时住我家，但无论住在哪家，她每天早晨都到我楼上的佛堂敬香，风雨无阻，一天没少过。幸好我和小弟同住一个小区，但我住跃层，小弟住在另一栋房子的四层，一个70多岁的老人如此上下楼也不太容易。

那天，大哥疲劳驾驶，出了车祸，先是通知小弟的，小弟通知我，我们商量着不让母亲知道。但母亲感到异常，还是逼着我们说了事情的真相，拉着我就上了医院。母亲知道我脾气不好，在亲耳听了医生关于伤势的介绍，确认大哥无性命危险后，一把把我拽到医院的过道上："你就不要埋怨你大哥了，真实谢天谢地，菩萨保佑，车毁了就毁了，只要有人在，什么东西挣不到？"

母亲一生过的都是清贫的日子，她手头上最多时也不过百十块钱。钱对她而言不能说不重要，何况一辆十多万的车子，母亲能不心疼吗？但她在灾难面前看重的是人，人的生命。陪母亲走在回家的路上，我问母亲："大哥逢凶化吉是佛祖保佑的吗？"母亲虔诚地告诉我："那当然，不是佛祖保佑还能车毁人不亡？"我问母亲，佛祖在哪里？母亲想了半天，对我说："佛祖在人心中，心中有慈悲有善心心中就有佛。"母亲不曾读过书，但母亲对佛的领悟确如书里说的，"佛在心中"。看来，母亲信佛但并没"迷"佛。"留得青山在，不怕没柴烧。命最主要，其他的都是身外之物，要舍得舍得。"母亲像是自言自语，又像是对我禅示一般。

是的，母亲说的何尝不是人生哲理呢！我们很多时候追逐着这个，追寻着那个，恨不得早一点登上成功的顶峰，而忽略着平凡而真实的每一天，体会不出每一天的平常而美好。如此当我们无法割舍太多的纠葛时，我们的人生便已经被绑架了。

饮蜜思槐

妻托人又给我带来两瓶洋槐蜜,并让我坚持每天早晚都要吃。

妻在蜂产品公司工作过,对蜂产品比较了解。曾听她介绍过,在众多蜂蜜中,洋槐蜜是品质较高的一种,对此我虽没有表示过异议,但内心是不太引以为然的。

槐树在我的记忆里是最没有出息的一种歪脖子丑陋的树,小时候,几乎家家户户房前屋后都长满了这种树,好像也没有人去栽,都是风吹子落,自己发芽生根的。这种叫刺槐的树,很令人厌,不仅结不出可吃的果子,还浑身长满刺,稍不留神,就遭它袭击。在大人们那里,它除了当柴火好像也没有什么用处,它的枝干长得太粗野,没有一根是直的,连做个锄头柄都不易找到。

唯一有用的,也给我们带来乐趣的是用它的叶子"算命"。刺槐的叶子很别致,每个叶柄都由十多片乃至二十几片叶子组成。叶子是椭圆形的,生长对称。因为每一枝的叶子数量是不等的,可由被"算命"的人随即摘下一片,交给我们,并报出家中的人口数,我们就在几分钟后报出家中男女的数量,并算出谁最先死。这种算命的方法说出来很简单:依据所报的家庭人口数,从顶端的一片叶子开始计数,每逢与人口数相同的叶子时,就把这片叶子撕下,循环多次,直至所剩叶子数量和家庭人口数相等,才停下来,左边的为家中男人的数量,右边的为女人的数量。若是谁家新媳妇肚子里怀了宝宝,通常我们会被大人们"请"到田间地头,为她算一算,看看肚子里的宝宝是男是女。农村的人多是喜欢男孩,若算出是男孩,往往能领到一把瓜子的奖赏;若算是女孩,新媳妇的男人往往会给我们一巴掌,让我们滚一边去。

槐树开花,多在五月。花开得很小,呈白色或淡黄色,粉嘟嘟的闪烁在一联联碧叶间,微风吹过,叶摆花摇,会有股淡淡的甜香味。因为槐树开花很少连成片,很少看到蜂农前来安营扎寨,倒是那时村上的每家每户都养有几笼蜂子。自家酿制的蜜是舍不得自家吃的，多是到医院看望病人时珍贵的礼品。蜂蜡留着，年冬时纳鞋底时用。

这就是我关于槐树，准确地说是刺槐的全部记忆。这几天，我翻了几本书，从书中了解到，槐树花在含苞待放时采下来，晒干，可入药。槐树的叶和花，都可食用。到了这个时候，我忽然想起母亲曾告诉我的故事：三年自然灾害时期，槐树上是看不到树叶的，全被人吃光了。

槐树最美的一张名片，莫过于《天仙配》里那段姻缘，"开口把话提"的老槐树作为七仙女和董永的媒人和唯一证婚人。为什么选择多刺的槐树来成就这段姻缘呢？是不是深含着爱无坦途、命运多舛的真谛？现在人把花红色艳的玫瑰作为爱情的表达，淡化了"刺"的警示，是喜是忧，我一时还真的说不清楚。

喝着妻送来的洋槐蜜，嘴里是甜的，心里却是五味杂陈。

母亲会写十个字

母亲特别能干。

烧锅、做饭、喂猪、做鞋、纺棉花、裁衣服等，只要是女人能干的她都会；本是男人干的犁田、打耙、踩水车、扛麻包等她也会。她不像朱德母亲那般"妇女们轮班煮饭，轮到就煮一年"，她是煮一辈子，煮给儿女吃，还要煮给孙子孙女吃。父亲常年不在家，她一个人要带7个孩子，家虽穷但总收拾得井井有条。她做事快得像一阵风，田间、地头、山上、河边、厨房里飞来飞去，两条油黑的粗鞭子变成稀疏的白发，天天两头见星星。直到现在，母亲近80岁了，村里有什么红白喜事办喜酒，母亲虽不能再亲自掌勺，但仍常被人家请去做现场指导。

但母亲不会写字。

知道母亲不会写字是我上小学的那年，母亲把我送到学校，对老师说："我把娃送来关关水。"我奇怪，到学堂里不念书怎么是"关关水"呢？那年我六岁，没到上学的年龄，特喜欢玩水，不知道什么叫害怕。母亲没工夫管我，而且同村里一个小伙伴和我一道玩儿水时被淹死了，母亲怕了，只得把我送到学校里去"关关水"。当然这是我长大后，才知道的。

老师答应收下我，让母亲填一张表。母亲像做错事的孩子，两只手在面前直搓着，低声说，我不会写字。那一刻，我还以为母亲是客气，像村子里人喝酒一样，坐在桌上都说不会喝，可真的喝起来酒量都不小。这世界还有母亲不会的事？那天放学的时候，我问比我大两岁的哥哥："你说妈到底会不会写字？"哥说："我也不知道，反正我没见过妈写字。"

在一个月朗星稀的夜晚，我们一家围坐在稻场上的凉床上，我和哥哥非得吵着妈妈写字给我们看，我把作业本和铅笔塞到妈妈手上。妈妈说，我不会写，不要糟蹋纸了。我们不依不饶，母亲被逼无奈，用右手的中指在嘴上沾着口水，在凉床上一笔一画地写出三个字来。字写得很大，母亲写得很慢，写完后，一个劲儿地说，丑死了，丑死了。我和哥哥互相对视了一下，心想，我猜对了吧，妈妈那么能干，怎么会不会写字呢。母亲写的三个字我不认识，哥哥只认识第一个字"夏"。于是我脱口而出："是妈妈的名字。"母亲点了点头，"对，是妈妈的名字。""妈还说不会写字，这么难的字都会写，你把我们的名字也写出来。"我兴奋地拍着手说。

母亲摆着头说，写不出来，真的写不出来。我和哥哥一个抱着母亲的一只胳膊，来回摇晃着："不行，你骗人，不写不行。"母亲只得答应："好，好，我再写一个。"母亲又一次把中指沾上口水，在凉床上先画了三横，然后在最上面一横上比画了半天，找到中点，然后深呼吸一口气，慢慢地画下去，落在最下面一横中间，母亲并没有把手提起来，而是斜着身子，侧着头，在确认这一竖和这一横连上了，才长嘘一口气，说："这是你们的姓，王字，也是你爸爸的姓。"这字我认识，比我们老师写得漂亮多了。

接下来任凭我们怎么吵闹，母亲没再写了。她说，我没上过学，我自己的名字是外公教的，外公就教这三个字，但后来又忘了，不会写了。这些年，你爸爸在外面常写信回来，信我看不懂，只能请人读给我听，回信也是请人代写，每次总得给人家一两个鸡蛋。我知道，那信封中间一排那三个字是我的名字，于是我睡在床上就用手指头在床单上比画着，这才没把三个字退给你外公。这"王"字是我问你爸的,他说三横一竖,村上扎的狮子头上有这字。我琢磨着半天,这"王"字和咱家蒸粑用的蔑折子差不多,但中间那一竖不能出头。

母亲说得很认真,估计是真的,我们没有再闹了。没想到母亲突然笑着对我们说,对了,我还会写一个字,而且写得特漂亮。我们再次欢欣雀跃起来,瞪大眼睛看着母亲,只见母亲把手指头伸到嘴里,沾了口水,迅速地在凉床上画出一个很大的"0"来,好圆好圆,像天上的月亮一样。我们让母亲再画一个,母亲竟一口气画出四五个来,一个比一个大,一个比一个圆。母亲看见我们目瞪口呆的样子,笑着说,熟能生巧,熟能生巧,这字可是我天天练出来的。我们更惊讶了,母亲每天忙得屁股不沾灰,哪有时间练字呢?

母亲领我们走到锅灶前,掀开锅盖,从碗柜里端出一个瓦罐来。瓦罐是装香油用的,母亲从瓦罐里取出一支毛笔,在锅里绕了一下:"这活儿不是天天练吗?"母亲说这话的时候声音有点哽咽,"没办法,苦了你们。"这办法是母亲发明的,那时家里油少,白水煮萝卜、青菜是常有的事,有些菜容易粘锅,但又不能用勺子舀油,那太浪费、太奢侈了,只能用毛笔蘸一点香油在锅里画一圈。

算上这个"0"字,母亲应该会写五个字了。长大后我才知道,我们七个人的名字都是母亲起的。我曾问母亲,你不识字咋会起名字呢?母亲说,你们几个姐姐的名字我没费什么心思,女孩子名好起,都是萍啊红啊梅的,倒是你们兄弟四个的名字,我还真费了不少脑筋。你大哥之前是三个姐姐,你奶奶在你大哥出世之前是很不高兴的,你大哥出世后,她看得比什么都重,找算命先生算命,说你大哥命中缺木,难养。我急得连觉都睡不着,什么东西木多呢?有人帮我起名,说什么槐呀桥呀,我都不满意。我托人写信给你爸,你爸回信说,两个木是林,三个木是森,我本来想用"森"字,但左思右想,这"森"字不好,和阴森森的"森"同音(母亲不知道是同一个字),我就淘汰了"森"字,用了"林"字,树林只有长大了才叫成林,是吧?你们四个都是"文化大革命"出生的,中间一个字都是文字。取你名字是我突然想到的,你在家排行老五,当年又是文攻武斗的,所以取了这个名字。没想到你上学后,你们学校那个江校长知道你的名字后,硬是把他儿子的名字也改过来了,叫江文武，不是和你初中同班吗？他原来的名字叫江乐平。我问过江校长，你那么有学问，咋把孩子名字改了？江校长说，你起的名字好哇，说什么文武双全有出息。

母亲谈起这些事好似中了大奖，越说越兴奋。她接着说，你下面的老六，生下来身体比较弱，常生病，我希望他强壮起来，就起了个"强"字，不过后来听说他自己改过飞翔的"翔"，还有吉祥的"祥"，都蛮好的，但户口本上还是强壮的"强"。最有意思的是小老七，本来我取的名字叫文元。当时我生他的时候正好40岁，不想再生了，生了也养不活，想到此结束，团圆了，但有人说团圆的圆字是女孩名字，同音的有一个状元的"元"，我一听就这么定了，做父母的哪个不望子成龙？没想到你小弟才两岁时，"四人帮"被打倒了。有人对我说，"四人帮"里有一个叫姚文元的，他的名字和你家小老七一样。我听了一夜没睡着，第二天找到大队书记，把名字改了，杨家将中不是有一个忠臣叫杨文广吗？我是想了一夜想出来的。

母亲70岁生日那天，她在接受我们儿女的祝福的时候，给我们四兄弟每人一条手帕，手帕上绣着一个很大很圆的红太阳，旁边写着我们四兄弟的名字，下面还有四个字：同心同德。母亲指着下面四个字，说，这四个字是你爸用粉笔画的样子，我绣出来的，但上边你们的名字是我自己写着绣出来的，你们没想到吧，我可是一辈子就只会写这几个字哟。

那天，母亲是快乐的，我们更是幸福的，晚上我屈指一算，母亲这辈子连同那个"0"在内，一共只会写十个字，但在我心中，这十个字是我一生中认识的最美最温暖的文字。

谁叫我长得这么帅

这小子是我妻的大侄儿，比妻只小九岁。

他挺会忽悠人的。在北京当兵时，他写信告诉我，叔，我现在特想念书。我说，行啊，赶明儿退伍回来再考个大学，反正现在大学招生不受年龄限制的。

退伍回来后，我问他，去念书吗？他回敬我，先成家立业，娶妻生子，然后再去读书，反正现在大学招生也不受年龄限制的。我说，你小子就是离不开女人，上学时就谈恋爱。他头一甩，摆出个 pose："谁叫我长得这么帅呢？"你还别说，这小子长得确实很帅，一米八的个子，方方正正的脸型轮廓分明，特别是当了几年兵，浑身上下透出一股男人的阳刚之气。

退伍回来不到一年，这小子结婚了。结婚的那天，我和妻一大早就去了他家。他比我更早，率领车队去接新娘子去了。突然，他打来电话："叔，咋办呢？她舅舅要我付'养娘费'。"我问："之前没提过吗？""没！"他说。

我是外乡人，不懂当地的风俗习惯。原来姑娘家的风俗是姑娘出嫁时，姑娘的舅舅或伯伯叔叔之类的亲戚，要"没事找事"地"刁难"一下男方，非得双方吵红脸，这叫"红脸亲"，意味着姑娘到婆家后，日子过得红红火火。

"那你回来，你长得那么帅，还要付'养娘费'吗？……"我还没说完，他小子就把电话挂了。过了一会儿，他真的跑回来了。家里人大吃一惊，问他咋回事？他说，我和叔通过电话后，把桌子一拍，说，这亲咱不接了！我就回来了……

你还别说，就他这么一"拍"，还真拍出结果来了。姑娘舅舅说，这孩子有骨气，中！

他那丈母娘和老丈人，对这个女婿，看得比儿子还重。直到现在，我还常提起他那"英雄壮举"。他小子总是头一扬，说，谁叫我长得这么帅呢？

记得我和他小姑（他叫小姥）谈恋爱，第一次和他见面时，他就向我挑战说，咱们下棋，你赢了，什么都好说。我还真被这小子给镇住了，心想，就我那下棋水平，无论是象棋还是围棋，都是一个字，"臭"。但怎么说也不能输给一个小学才毕业的娃啊。"现在流行下五子棋，你会吗？"我虚晃一招，他中计了，好，就下五子棋。我乐了，唯有这五子棋才是我的强项。

那年春节，我向准岳母提出来，想和她女儿一道回老家过年。丈母娘不同意，说，亲还没定，大姑娘家的，咋能就到男的家过年呢！后来，大伙转弯子，丈母娘总算勉强同意了，但有一个附加条件，就是让她的大孙子陪着一块儿去。这小子倒也尽职尽责，在轮船上寸步不离，下船后转车，下车后步行20多里坑洼不平的土路，可把这小子给彻底整垮了。等到了我家，他就一头倒在床上呼呼大睡去了。一觉醒来，外面烟花炮仗响成一锅粥似的，他跳下床，自顾自乐去了，早把他奶奶交代的事忘得干干净净了。

这小子头脑灵活，"结婚生子"任务如期完成后，真的开始有板有眼地"立业"了。几年时间里，买了车子买了房。听说，现在又把车给换了，开起宝马了，比我过得风光多了。

这小子心地特善良。他爷爷生病期间，他几乎天天都来陪，并亲自把爷爷送到上海等地治疗。爷爷从医院回家后，他一天两趟，有时他前脚刚走我回家了，一个电话立马又赶回来。为考验他的孝心，有时夜里十一二点，打电话给他说，爷爷不行了，他肯定二话不说，立即赶过来。一次，两次，……这小子好像骗不怕似的，偶尔发一两句牢骚，你们这不是明摆着涮我吗？我女儿说，谁叫你长得那么帅呢？

这两年，他为了我的事，东奔西走，头发都急白了。朋友们都说，他成熟了。可我听了心里很不是滋味，我多么想看到他把头一扬，脱口而出："谁叫我长得这么帅呢。"

这辈子嫁给我你后悔吗？

窗外，漫天雪花飞舞，又是一个清凉的玉洁世界。我又一次想起那雪花飞舞的镜湖畔，我和你相识在纯白的世界里，留下了我们的第一次合影，你是天蓝色的，我是酱灰色的。

这辈子嫁给我你后悔吗？这是我无数次拷问自己的一句话。我的答案我是清楚的，因为我欠你的太多太多。看过《今生欠你一个拥抱》吗？那个失去双臂的军人，欠他的恋人、后成了他的女人一个拥抱，我虽未身残，但欠下你的何止是个拥抱？！

落尽深红绿叶稠，旋看轻絮扑帘钩。和你相识的时候，我借着一件羊毛衫（我从未告诉你是借的，结婚后你在清洗我的衣衫时，你问那件咖啡色羊毛衫呢？我问为什么要问那羊毛衫？你说不好看，太老气。我说那就好，是借的），背负着上学时欠下的几千元债务，赤手空拳和你走到了一起。结婚时，没有新房，没有彩车，甚至没有为你租一件漂亮的白色婚纱，我内疚，尽管我从未向你说过。

孩子出生时，你用沾满肥皂沫的手挥舞着对我说，快去睡吧，明天还要上班。

孩子上幼儿园时，我做了一名公务员，从此所有的家务全由你大包大揽，你忘记了日月星辰和自己的生日，但我和女儿的生日你一次没记错过。你原来娇嫩的小手长出了老茧。

孩子上学后，你陷入更大的忙碌的旋涡。你希望把我们的女儿培养成令人骄傲的公主。你陀螺似的飞转在家、单位、学校、菜市场和各种各样的培训班。

我呢，在你的支持和呵护下，一步步爬行着，争强好胜的我在成就了自己的同时，家成了旅店。尽管有时你也有怨言，尤其是女儿成绩下滑时，但更多的时候是心疼我酒气熏天地摇晃着依靠在防盗门上。你白发早生了。如今，我不仅失去了工作失去了自由，连和你正常说话的权利也失去了，家里的千斤重担压在你身上不说，你还要因此背负着沉重的十字架……

你晕车，但为了夫唱妇随，每年都陪着我到几百里外的老家和父母吃年夜饭，你吐了一次又一次，胆汁都吐出来了，你说怕过年。现在你更怕过年了，不是因为晕车。

你不喜欢交际。我也一样，但为了所谓的仕途，每到年关，迎来送往的应酬，让我正月十五都不能陪你们母女俩吃上一顿团圆饭。你和女儿站在自家的阳台上，听别人的鞭炮声，看他人放飞的烟花。

你渴望平淡平安。你的工作岗位二十年如一日，多年来没有因为我职位的变化而变化。你患有严重的颈椎病，连换一个工种的要求你都没提过。你身上没有珠光宝气的华贵，没有绫罗绸缎的柔美，你需要的是一家人平平安安。这是你常说的，也是你真心想得到的，但我连这一点都无法满足你。

你希望我陪你到大排档上吃一碗热气腾腾的牛肉面，你希望周末的时候陪你去一趟超市，你希望我到大医院里去把身体做个全面检查，你向我提出的最后一个希望是在结婚十五周年时陪你看一场电影……只差一个月，你和我之间竖起了一扇铁栅栏，密不透风。

我给你发得最多的信息是：对不起，有接待。而现在连这样的信息你也读不到了。你对我说的最多的一句话是：快洗澡，早点睡。我现在哪有热水澡洗呢？

我以为你柔弱的身躯挺不过那寒冷的冬天，然而你出乎意料地坚强起来。没有过不去的冰山，留得青山在，不怕没柴烧。你极力控制着自己，仰着头望着天花板对我说，好好的，保重身体，我永远等着你。

我还值得你等吗？

值。下辈子还要和你在一起。你终于泪如雨下。

好的，好的，我会好好的。有你这句话，我何憾之有！

好的，好的，你也要好好的，不要再把最好的饭菜都留给我，不要再舍不得花一分钱在自己身上，不要……

我不放言任他弱水三千，我自谈笑风生。但我坚定信念和你手挽着手，心连着心，即使匍匐在泥泞的土地上，也准备着随时跃起……

絮飞时节青春晚,绿锁长门半夜灯。雪花如絮,总有飘尽的时候,思绪是不会飘尽的。我的思绪永远系于镜湖畔的那棵柳树上……

行走在自己的路上

一位令我十分尊敬的长者,坚持每天早锻炼、晚散步的习惯已多年,几十年如一日,风雨无阻,实属不易。我没有陪他早锻炼过,出差到外地,曾有过几次陪他晚散步。说是散步,绝不是闲庭信步,差不多跟小跑似的。他比我整整长24岁,然半个小时后我就不得不停住脚步,嘴里喘着粗气,身上是一身热汗。他笑着对我说,不行了吧?就在这儿等我吧,我半个小时后和你在此会合。

一次,这位长者从国外归来,我到机场接他。车上我问他,在国外人生地不熟的,总不会早锻炼晚散步吧?他笑着反问我,为什么不呢?还会走丢了不成?我有些诧异。他似乎看透了我的心思,把手一挥,说:"一天没落下,风雨无阻。早上出门时我带上一张宾馆的服务卡,这是万不得已情况下做应急之用的,实际上我一次没用过。我出了宾馆门,选择一个方向,见路口一律向左拐,要么一律向右拐,从一而终。这样只会有两个结果:一是形成一个圆圈,二是圈子越转越大。第一种情况正是我所需要的,第二种情况呢,也没关系,我沿原路返回,原来一律向左的路口,我一律向右,向右的一律向左,你说我还回不了宾馆?"

我佩服这位长者的智慧,亦敬佩他生命不息、运动不止的毅力,但他的话似乎又给了我更多的启示。

我们每个人一生都会多次面对纵横交错的道路和十字路口,如果始终围绕一个方向,坚定一个目标,一心一意地行走在其中的一条路上,不被其他道路的景色所吸引,或被迷惑,终会抵达理想的目的地。反之,或漫无目的,或随心所欲,或哪里热闹往哪里去,最终迷失方向,混迹于拥挤的人流中,是必然的结果。

有人会说，如此执着地行走在一个方向或一条路上，将会错过许多体验，观赏不到其他的景致。这是一种主观上想丰富人生的人的观点。其实，这把丰富人生的观念给曲解了，世上的路你永远走不完，这是其一；其二，你沿着一条路走下去，路旁的花草树木、山川河流，若是你喜欢的话，足够你一辈子欣赏的，若你根本不喜欢，换一条道你还是不喜欢；其三，只要你坚持走下去，其他路上的景致，终将会在这条路上出现，只不过呈现得早晚而已。路跑得多未必收获就多，这如同吃的饭多未必汲取的营养就多一样。

也有人说，我何必起早摸黑地去找路赶路呢？我随着人流而行不也很好吗？这话不能说没有一点道理，但若按照独立人格的标准来考量，这是一种行尸走肉般的行走。一个人如果仅仅把自己依附在群体之中，人云亦云，也许过得也很风光，但并不鲜活，而且一旦遇到意外风雨，如事业挫败、情感变故、亲人亡故等，他会在原有的人群中走失或掉队，或许能在自我调节后依附到一个新的群体，但他已没有任何竞争力可言了。况且这种不习惯于独立思考的人，自我调节的能力是值得怀疑的。这种人其实根本不在行走，而是在随波漂流，像大海中漂浮的一片落叶，是毫无目标的。

还会有人不屑地说，路在脚下，但路更在嘴上，我有一张嘴不能问吗？这的确很聪明，也不失为一种好办法，但谈不上智慧。有过迷路或不认识路经历的人都知道，你问人家某个地方怎么走，有人会告诉你，有人会摇头。告诉你的有一半是真的，也有一半是假的，假的一般是人家应付你，也有知道的不想告诉你。我这么说，并非不相信别人，只因为这世界不负责任的人和习惯欺骗的人不少，就算他们全都是好人，但这些人当中有许多人连自己要走的路都不清楚，他就算给你指点一下，你又怎么能鉴别得出是对是错呢？自己的路放在别人的嘴巴下，风险是很大的，况且在这个竞争异常激烈的今天，有人恨不得把你踩在脚板底下，把你当成路，你又能相信谁呢？

当然，"条条大路通罗马"，多走几步，多绕几个圈子，或许也能最终抵达"罗马"。但请不要盲目乐观，第一，你心中的"罗马"有吗？第二，也许你能抵达"罗马"，但已白发苍苍，风烛残年了，又有多大意义呢？第三，条条大路通罗马，不也正说明了另一种可能，即条条大路都不通"罗马"吗？人人都是才，这是建立在执着、坚毅、奋斗的基础上的，反之，人人都可能不是才。

好久没有见到这位长者了，我也偏离了航向，迷茫之中再次想起这位长者的话，百感交集。不过请长者放心，我会坚定地行走在自己的路上，不管前方风有多大雨有多猛。

云 祭

在一个寒冷的夜里，我又得到一个噩耗，一位令人尊敬的长者离世。这一天是大年初三。

还是我在看守所即将投改时，一位前来探视我的朋友对我说，本来她也要来的，但她父亲跌了一跤，住在医院里，她说过段时间再来看你。所以在大年初三的那天，我第一次能够通话时，打了个电话给她，祝她新年快乐，并问候老爷子老妈。没想到电话那端传来了哭声，悲凄的哭声，我意识到不好，但仍不敢肯定。她抽泣着告诉我，他跌倒后再也没站起来，前后只有几十天，虽全力救治还是走了，已经好几个月了。她告诉我准确的时间，只可惜我当时心里堵得慌，已记不清她接下来所说的话了。

而在这之前的一个月，妻告诉我，岳父大人也走了，是在去年春天的四月走的。我清楚地记得，妻告诉我的那天，正下着大雪，该是冬天吧，第二年的元月，一个寒冷的日子。那晚，我彻夜难眠，于是夜半着衣而坐，写了篇《爱，可以穿越时空》的祭文。从未生过冻疮的我，第二天早上发现手上生出了冻疮，我用嘴吮吸着红得发紫的冻疮。我觉得这不是冻疮，而是岳父揪扯我手留下的痕迹，他是带着遗憾，呼唤着我的名字而离去的。

而这位老人，我连面都未曾见过，但又似见过无数次面，很稔熟。我是通过他的子女之口了解这位老人的。他是从企业退休下来的，一生养了好像有五六个儿女，性格豁达，待人诚恳，教育子女很有方法和耐心，是属于慈父那种类型的。他的几个子女都被培养成才了，有做企业的，有在政府工作的，都很优秀。子女是父母的一面镜子，通常子女很优秀的，特别是教养和修养方面很突出的，一般情况下都有一个良好的家庭教育环境，父母的和谐相处是首要的前提。老人的小儿子是我的朋友，他的小女儿是我曾经的同事。老人一直和小女儿一起过，听他小女儿说，老人家一辈子与世无争，对他们的要求也极低，身体健健康康，工作开开心心，家庭平平安安。老人从不拿张三家的钱财或李四家的地位来说事，常挂在嘴边的一句话是，做人做事要对得起良心，对得起自己，更要对得起他人。老人为了培养子女上学基本上没有什么积蓄，多年来和小女儿一家住在一起，和女婿处得像朋友似的。女儿、女婿工作忙，衣服有时都是他们老夫妻俩洗。这和我岳父岳母一样，晚年生活是以保障"一线"工作的子女无后顾之忧为己任，还担负起照顾、接送孙子、孙女的重担，他们忙而快乐着。我曾吃过他们老夫妻俩做过的渣粉肉，是咸肉做成的。据说是他们老家的一道很有历史的名菜，味道确实不错，不腻，有咬劲，回味无穷。

如果不出意外，老人应和我的岳父、岳母安息在一个山上，他们很快就会熟悉，但我却不能上山去给他们烧上一张纸钱。我记不清是谁写下过这样的句子：阳光从山那边转来，它知道山那边；风从山头吹过，它知道山那边；鸟飞过群山，它知道山那边；只有我不知道，因为我没有上山。其实，我差点先于他们上山，不过我挺过来了，但，躲过了初一还能躲得过十五？

老人家，既然躺下了，就安静地睡吧。在我未上山之前，你们就是我心中的山，青色的，青山。"青山元不动，白云自去来"，我就委托白云去造访青山，祭拜你们吧。

白衣袭人

日子总是要走的，没有什么可以永远带在身边。只有那些美好的记忆，能让我们偶尔静静地想起、怀念，甚至陶醉。

白衣章怡，绝对属于人们常说的美女。美到什么程度呢？是让男孩子崩溃的那种。我认识她的时候，女儿已经两岁，但仍被她的美丽所怔住。记不清当时张开的嘴巴有多大，只清楚地记得那天见面时我的语无伦次。

15年前,我受一家企业的邀请,前往该企业参加一个项目评审。当我驱车赶到时,公司老总在大门口等候。站在公司老总旁边的是一位白衣袭人的女孩,长发飘逸。我以为是公司负责接待的,目光从下车的时候开始,就被似从安徒生童话里走出来的白雪公主所吸引,待走近他们和老总握手时才收回了视线。"这是我们公司的章总,文章的章。"老总的介绍让我吃了一惊,继而感到很愉悦,我有更多的理由去近距离注视她。"您好!欢迎指导!"她一袭白衫白裙恍若梦幻般地飘落至我的面前,大大方方地伸出右手,芳唇启合,露出洁净齐整似玉若瓷的牙。不知为什么,这时我忽地想起邓丽君的那首歌:一个女孩,名叫诗意,心中有无数秘密,因为世上难逢知己,她必须寻寻觅觅,以为她脸上没有露出痕迹,在她的脸上早已写着孤寂……

在项目评审材料中,我从公司基本情况和治理结构中获悉,她是公司的两个股东之一,另一个大股东是公司的老总。这位老总,几年前我就认识了。原是某事业单位一位副处级干部,早年负责单位三产创收项目。估计是掌握了一些商海"游泳"技能,停薪留职下海了。到南方闯荡了几年,这两年又回到内地,和她合作经营了这家公司。公司不是很大,厂房也是租赁的,但经营管理得很有功力。

项目评审结束后,她的美也就储存在我的记忆里。彼此没有机缘再见面,连电话也没联系过。

直到大约三个月后,我接到章总的电话,想请我帮忙协调一件棘手的事。我愉快地答应了。这件事说大不大,说小不小。稽查分局在稽查过程中,发现他们公司有偷税漏税的行为,因此,想请我和分局领导共进晚餐,协调一下能否从轻处理。民营企业的偷税漏税和政府官员腐败一样,几乎没有一个是干净的。不查到没关系,查到了真正地依法处理也不是小事。像这类事应该是老总亲自出面,可那天晚上,那位老总始终不见踪影。也就是那天晚上,我了解到,那位老总基本上是挂名的,公司的大小事务都不管,因为老总在外面还有其他公司的股份。这家公司原是章总创办的,后由于资金不足,那位老总先是借了部分钱给章总,后提出以债权转股权而要求参股。为了把公司更好地经营下去,章总同意了。但在股权变更时,那位老总把自己使用的一辆旧桑塔纳车也作价二十万,计入了公司资产,并纳入他的股份,而成了大股东。

协调过这事两三个月后的某一天,我率团参加厦门的一个招商博览会,意外地在会场遇到了章总,她仍然是一身典雅的白色时装。尽管与她不算很熟,但他乡遇故人,自然很是欣喜,于是我疾步朝她走近。她那如雪似玉的肌肤在展厅变幻的灯光映照下,似一颗璀璨的明珠。

"你好,章总。"她自然也没有想到在这里会遇到我,一脸的惊讶,继而孩子般地跳起来,张开双臂,看样子要和我做个西式的拥抱。尽管我的心中充满了渴望,但身边站着好几位同事,我不得不伸出手来,向她大声地介绍着我的同事。她忽地一个转身,在我的面前做了一个360度的大旋转,在白色裙边的映衬下似一朵盛开的白莲,翩翩惊鸿,伴随一阵沁香袭来。停下来时,忽闪忽闪明亮晶莹的眼神,似恬静澄明夜空中的星星无限柔情地俯视着人间……看着她的激情大放送,我愣是半天没有说出话来。

晚上,她执意拉着我们到海边去吃海鲜。尽管嘴上在言不由衷地客气着,但在场的人无不渴望能与如此动人的美女在如此美丽的鼓浪屿畅饮一杯。

她对厦门很熟,引领着我们到了海边一家露天摆放着上百张桌子的海鲜大排档,说只有这里的海鲜才是真正的新鲜。那晚在酒桌上,她的热情、率真和美丽给大家留下了很深的印象。欢快的笑声、豪放的涛声、飞溅的酒花、激荡的浪花……似一幅美丽而珍贵的画卷收藏于每一个人心中。

随后,厦门的朋友请我们去唱卡拉OK,我邀请章总同去了。尽管内心里很想请章总跳支舞,但我始终没有勇气,一个劲儿地和厦门的朋友喝酒聊天。头有些发晕了,我躲到舞厅的一角落里,想稍微睡一会儿。一个无比柔和甜美的声音从天而降:"喝多啦?我一直在等你来请我跳舞哪!"迷离的灯光下,一袭银装素裹的她,浑身上下闪耀着迷幻动人的光彩。

蓬嚓嚓,蓬嚓嚓,音乐放的是《桑塔露琪亚》,热烈、坦率、奔放。

我无法抗拒地拉起她的手,步入舞池。她跳得非常娴熟流畅。但我的先天乐感本来就差,加上那酒精的作用,摇摇晃晃无法跟上节拍,差点跌靠在她的怀里。幸好,音乐换成了慢四,如诉如泣,可能是《阿根廷,不要为我哭泣》。在这支舞曲中,我知道了她的年龄,和我同龄;知道了她的忧伤,她被合作人"绑架"了……

厦门，一年四季都像春天。绿草如茵，绿树如盖。五彩灯光下的夜景甚是充满魅力。我送她回宾馆。她提议，路不远，走回去。海风，吹拂起她那飘逸的长发，并触摸着她那如膏脂般的肌肤，泗溢出清清奶油掺和着淡淡酒精的奇妙味道，飘忽着、浸润着海滨城市的夜空……

"上去坐一会儿吧。"在她下榻的宾馆门口，她轻柔地说。我一看时间，已经是12点了，刚想开口说，不早了，你也早点休息吧。她说："上去我给你冲一杯蜂蜜汁喝，很解酒的。"

我心跳剧烈地进了她的房间。她告诉我更多她的过去。和她共同创办公司的初恋情人，娶了一家上市公司老板的女儿，又正闹离婚，想和她重新开始。但她已没有了那份心情。而她现在的合作伙伴，连禽兽都不如……

就在我从她的房间退出的那一刹那，她突然伸出手来，拂了拂我额前的头发，动作轻柔而温适："头发落了不少……"她执意步行送我下楼，又执意步行着把我送到我住的宾馆。

我只好又把她送回她住的宾馆，她又把我送到楼下……就这样，在厦门的某一段路上，我们来来回回，走了一个晚上。

回来后，我想请她吃餐饭，以示谢意。打电话给她时，她说，正好，我想请你吃个便饭，我要和你道别了。

那天，她挑了一家咖啡馆。我进去时，她已在临窗的位置，正张望着。"我要离开这个城市了。"她轻轻地啜饮着浓浓的咖啡。"到哪儿？"我浅浅地喝了一口清清的绿茶。"美丽的大草原，那边一家公司聘请我做CEO，年薪70万。"她说。淡淡地，无法感知到喜悦，却难抑纤纤的落寞。我暗自惊讶，问道："待遇不错，那这边的公司呢？""全都给他吧，算我这些年做了一场梦。"她说。

"我走了后，父母亲还在这里，以后，免不了会麻烦你。在这个城市里，我没有任何其他的亲人，更没有任何可以托付的人，只有麻烦你了。"临分手时，她平视着我，眼睛有些湿润。那天，修长、白洁的身影，连同窗外的翠竹，咖啡色的玻璃窗，深红色的茶座，诗意般勾画着一种无法释怀的幽怨凄美的印迹，深深地印记在我的心里。

自从她去了美丽的草原，六七年中，我都没有和她见过面，即便是春节时，她回来陪父母过年，可我也回到老家陪父母亲过年去了。彼此只是在节假日互发一些问候的短信。

她在那边发展得很好。公司在天津开了一家分公司，准备到华东区域，或南京或无锡再开一家分公司。我极力鼓励她把公司设在芜湖。她说，我也有这个想法，也在努力争取，关键要看老板来考察后才能决定。

去年，我到延安干部学院学习。她在得到消息后，竟兴奋地告诉我，要到延安来看我。我问，这儿离你那儿很近吗？她说，不远。可是，早上七点钟她就给我发来已动身的信息，到了晚上七点，她还没到，着实把我急坏了。"快了""快了""不要急"，她的信息总是很短捷。当和她见上面时，我才知道，她的公司距离延安有一千多公里，而她竟是一个人驱车来的。

面容有些疲惫，但一身米白色的风衣、鹅黄色的贴身绒衫，她飘忽而来，依旧那么楚楚妩媚。在宾馆她稍做梳理后，我请她到一家小酒店用餐。酒店虽小，但装饰颇有考究，很有档次，这在陕北并不多见。

菜是她点的，酒是她带来的，正宗的红葡萄酒。我一支接着一支吞吸着香烟，房间里很快烟雾缥缈起来。她要了一支蜡烛，说是消除烟雾的。我歉意地说，不抽了。她悠然一笑，说，抽吧，没关系，挺好的，平时少抽点。

橘黄色的烛光，在我们之间跳跃、摇曳着。她的脸颊似杯中葡萄酒般绯红，忽闪着长长的睫毛，眼睛散发着如清澈湖水般的晶亮，皓洁的牙齿依旧洋溢着瓷玉般的光泽，姿势很闲适而雅致地微倚在椅子上，柔滑似水的素青色丝绸披肩恰到好处地掩罩着肩臂，露出粉黄色丰腴的胸部。

她喝了很多酒。我劝她，少喝点。没关系，我常一个人在房间里喝酒，喝醉了好睡觉，她说，不醉，如何能抵挡寂寞的风化、退却往事的侵蚀呢？

我蓦然窥见那眼神中令人悯惜的幽怨："不要和自己太较劲。"她点点头，用手捋了下头发，说，人生在世，比软弱更可恨的是清醒，不能忘记过去……

第二天一早，她走了。望着她钻进车里，缓缓地驶去，淡淡地消失，我默立如桩。那些往事，掺混着些许温暖，间杂着隐隐的痛，如潮水般浸漫心头，如歌似泣，飘忽着，幻化着，一如那一袭白衣在飘荡……

寒冬的温暖

狂风呼啸,似乎年的到来让风也格外兴奋、疯狂。

因为备考,昨晚睡得特别迟,早晨起来头昏昏的,什么都不想做,索性趴在床上,用被子蒙着头,任凭风在怒吼。临近吃午饭的时候,警官突然喊我,说有人接见。

我慌慌张张地洗了一把脸,跟随警官向接见窗口走去。风几次把挂在胸前的胸牌吹落在地,我脑子里一直在猜想,是谁会在这个时候来看我呢?家里的人上周已经来过的,而且今天又不是接见日,会不会是家里发生了什么重大的事呢?

来到窗口,一张似曾相识的脸贴在玻璃上,我不敢贸然和他打招呼,但接见室里除了这张脸外,只有两三个穿制服的警官,想必就是他要见我了。我伸出手对着玻璃晃了晃,他似乎也没有认出我来,见我招手,他也掏出手来,向我晃了晃。待我走近时,一声"师兄"更是把我弄蒙了。在我接触的人中,很少有这样称呼我的。我盯着他的脸,想通过这张脸回忆起他是谁,但我的目光在接触这张脸的一瞬间,又收了回来,因为这张脸上已经挂满泪痕……

"我早该来了……"他终于开口说话了。

"哦,大过年的,又这么坏的天气,还跑来……"我还是没有想出他是谁,便胡乱地说了这番客气话。

"早就想来了,前年回来过春节才知道你的事,想去看你,你还在看守所。这两年春节都在国外,没回来过,今天上午到占老师家,正好碰见小乐,我们就一块儿过来了。"在他说这段话的时候,我脑子还在飞速旋转。当他提到占老师时,我脑子里忽然蹦出两个字:万斌。

对,就是他,印象中就他一直喊我"师兄"。

差不多是20年前吧,占老师送儿子小乐到芜湖上学,中午是在我家吃的饭,晚上我留他吃饭时,他说,另一个学生已经安排了,要不,你也一块儿过去。

就这样，我认识了万斌。

当时他在邮电部门工作，女朋友是同一个单位的，东北人，特热情。因为都是占老师的学生，我比他早毕业几年，他喊我"师兄"，他的女朋友也跟着喊我"师兄"。那晚我们在他家聊了很长时间，从闲聊中得知，他和女朋友都在准备考研。我有些不解，这么好的单位，而且是双职工，怎么舍得离开呢？面对我的疑问，他笑着对我说："趁着自己年轻，想多学点东西，再说，女朋友是为了我才留在南方的，北方人不太适应南方的生活，我们想考到北方去。"

对于渴望求知的年轻人，我向来是持鼓励和赞赏的态度。但接下来没多久，他找到我说，由于当初分到这家单位所签的合同服务期未满，单位拒绝为他们考研出具介绍信。我寻思了很久，也想不出好的办法。他单位的领导我并不熟悉，想去沟通估计也没有多少希望。于是我建议他采取孤注一掷的方式，由我单位给他出具了一封介绍信，考取了立马辞职。当年他确实考取了，但单位执意要他交纳违约金，前后折腾了好长时间才达成协议。他的女朋友好像是第二年才考取研究生。这期间，我和万斌有过几次短暂的交流。自他离开芜湖后，我的工作岗位几经变化，我们渐渐就失去了联系。

"好多年没联系了，不知你们现在哪里工作？"在找回回忆后，我有些激动。

"我和爱人毕业后都分到了北京，她在气象部门工作，我在设计院工作，去年我辞职和几个朋友合伙开了一家设计院，本来是准备和爱人一道来的，但她实在走不开。"他说话的语速依旧和过去一样，很慢，很平和，"我打过电话到你家，但嫂子可能不认识我，没告诉我你具体的地址。"

"小乐呢？"我想起与他同来的另一位我真正的"师弟"。他和我毕业于一所高校，而且是同一个专业。

"我们也不知道这里的规矩，带了几条烟，说超标了，小乐去给你重买去了。他现在也挺好的，在上海一家500强企业工作。今年第一次把孩子带回来过春节，占老师他们乐得……"正说着，小乐来了，还是那般精瘦，面孔也没多大变化。

小乐大学毕业的时候，本来联系好的单位是一家中专学校，但他认为自己并不适合当老师，怕误人子弟。我把他推荐到一家国企，他不太适应那个环境，后来也是考研离开了芜湖。

30分钟的会见时间很快就到了,我示意他们先走,但他们执意要我先离开。在短暂的僵持中,万斌再次流泪了,他丢给我的最后一句话是"师兄,保重身体,我在北京等着你"。

万斌胖了,脸上也有少许的皱纹。小乐的面貌变化不大,但比过去沉稳了许多。时光确实能改变许多,但年轻时那份纯真的不带任何功利色彩的友谊,虽历经岁月不常想起,但一经唤醒还是那般温暖感动。

荷花女

朋友姜文一直没来看我,尽管我很想她来看我一次,但更多的时候是默默祈愿,希望她不要来,我怕无法面对那双清澈的眼因我而变得爱怜起来。来看我的朋友多是带上两条烟或者两盒茶叶,但姜文是第一个带给我文字的。

那天,我的一位朋友来看我,他和姜文是同一个单位的。临行前,姜文托他带两本书给我。书用报纸简单地包裹着的,不曾封口,是朋友用报纸包的,还是姜文事先包好的,我没问朋友。我当着朋友的面把报纸打开了,里面是两本新书:一本是《德语课》,一本是《纳兰容若词传》。我随意翻了一下那本没有塑封的《德语课》,希望从中能飘落出一封信或一张纸条,但什么也没发现。另一本书是塑封的,我就没有再去打开它了,此前我读过容若的不少词,特别欣赏他的才情。

朋友走后,我把两本书交给干部检查后带进屋子里。望着两本装帧淡雅的书静静地躺在桌面上,我心中是五味杂陈,只觉得胸腔堵得难受。我并没有躺下,稍做休息,便静静地坐在桌前,没再去翻动两本书。

姜文是一个让人看到封皮就想看内容的那种女人。我是五六年前派到她单位蹲点时认识她的。她体形略胖,皮肤白皙,美丽而淳朴的面孔,时常流露出冷艳而忧郁的眼神。她言语不多,说起话来脸就红晕,但一旦直视对方,目光深邃而透着甜意。在一起相处的头两个月,除了工作上的事有时找她了解点情况外,我们并没有太多的交流。但渐渐地我发觉,她反映的情况抑或见解，总是能代表大多数人的意见，于是在接下来的日子里，我就常找她在一起交流，她的话让我感到可信。

一个周末，我带妻子和女儿到附近的一个景点——陶辛水韵，去看荷花。我去的时候有些晚了，荷花已过了盛开的季节，荷叶倒是很茂盛，似碧波荡漾，荷花零零星星的，也很美丽。我们回来的时候带了一些莲子和莲蓬。妻说，莲子是消火的，让我泡着当茶喝；莲蓬晾干了，煮五香蛋特好吃，有股清香。周一的时候，我的茶杯里多出了几颗莲子。姜文看到了，说，莲子只有晾干了，再泡才好，生的新鲜的生吃了最好。我问，你是怎么知道的？她笑着说，我喜欢荷花，上个礼拜还到陶辛去看荷花的。我说，那就巧了，我上个周六才去的。她说，真的吗？我是上上个礼拜的周六去的，你去得有点晚了。我说，是有点晚了，但也很好看。

第二天，她送给我一篇她自己写的文章《荷花女》，让我帮着修改指导一下。文章写得很美，如同一幅很美很协调的画，我着实无法下笔去破坏那份和谐静谧之美，一个字没动地还给了她。她有些失望，但听完我的解释后露出荷花盛开般的笑脸，说，如果有时间我把我过去写的一些东西带给你，希望你帮我提提意见。我说，好哇，读美女的文章是我最乐意的事。

她带给我一本自己用针线缝制的小册子，里面有20余首诗和十多篇散文，写得都很淡雅，其中有好几篇是写荷花的，写得很细致很动情。读这几篇文章时，我的感觉就好像有一双柔软、秀美的手伸进了我的心窝里，挠在我心灵的绵软处。

我提了一些意见，但对写荷花的那几篇大加赞赏："我觉得你对荷花的描写差不多已把它写活了，好似在写一个人，穿风戴雨，花蝶高飞……"她笑了，脸红红的。临出门时，她对我说："你说对了，我自称自己就是荷花女。"

她酷爱摄影和美术，她说她并不喜欢现在的贸易工作，几次想辞职去开个时装店，但单位都不同意，爱人也不支持。"但我无论如何要蜕变成翼翅斑斓的蝴蝶，飞越在荷花丛中，领略世界的绚丽景色。"她说。

此后我与她不常联系，但每逢节日，她总是给我一段清新的文字，读着这些穿过岁月烟云的、摇曳在她心头、落在我心中的柔如花瓣的文字，心里总有一种清洁芬芳的无限美好之快感。

我不相信随书而来的没有她的文字。我猛地抓起书来，当我把那本《德国课》再次翻动时，一张小纸片似蝴蝶般飘落下来。我一阵惊喜，抓过来，贴在胸脯上，久久才把它呈现在眼前。

"人生无常，悲喜一直是转瞬间的事，起伏的人生虽然有短暂的痛苦，但也许重新起飞后才会见到更广阔的天空。拿起笔来，沉淀后的你应该学会了深刻和沉稳。庄园不在，但天空依然还在。"

又是一段纯洁高雅的文字。是的，庄园不在（我的第一本随笔叫《走进庄园》），但天空依然还在。我抓起笔来，写下以上的文字。我要告诉姜文的是，我已抓起笔来了，而且已写下了30余万的文字。我把写作当作一种救赎，把内心的困惑、无奈、惆怅、希冀和回忆诉诸笔端，希望不久的将来能绽放出朵朵或明或暗的花，其中有朵温馨的花，叫莲之花。

那张粉红色的送物单

我怎么也没有想到，她会来看我。在这大雪纷飞的清晨。到现在我还不知道她姓什么，仅仅通过三四次电话，而未曾谋面过。

手捧着她送我的蓝条青色的保暖内衣和深灰色手工编织的毛衣，我的思绪又回到那桃红柳绿的春分时节。

那是年初三月的一个阳光明媚的上午。我突然接到正在读高三的侄儿的一条短信：叔，您在医院有熟人吗？我头脑"嗡"的一声，发生什么事了？侄儿本在老家读书，读高二时才转到市里一所重点中学，住在我家。他的妈妈，也就是我的大嫂，患有严重的心脏病，他爸爸经常酒后驾车……来不及细想，我赶紧回拨了侄儿的电话："什么事？哪家医院？"我急促的问话给侄儿一种很大的压力。电话那端一阵沉默，继而传来很急促的声音："我班一个同学突然在课堂上晕倒了，我正在送他到弋矶山医院的路上……""你们老师在吗？他的家人呢？"我打断了侄儿的话。"不在，都不在。我和他同桌，是好朋友，老师让我送的，可能老师正在联系他家里人。"我听到侄儿近似哽咽般的求助，没有把指责学校的话说出来,赶紧让司机调头,向弋矶山医院开去,并给医院的院长拨了个电话。

等我赶到医院急诊室时,病人正在急诊室里。院长见到我很是惊讶:"是你什么人?打个电话不就行了,还亲自跑过来,你可是大忙人哦。"

"是我好朋友的孩子。"我不想在这个问题上花费时间,急切地问:"情况怎么样?"

院长用手一招,走过来一个高个子医生,他把我引到急诊室外的一棵树下,轻声对我说:"可能是学习压力过大,精神紊乱,是分裂症的前兆。若不及时调理,后果难料。这种病药物只能是辅助的,主要在于心理治疗。"

我把侄儿叫了出来,想从他的口中获得一些更多的信息。侄儿告诉我,他姓月,叫月宁静,是班上的学习委员,学习成绩一直是班上的前三名,全校前十名。今年考一本绝对没问题,可能会保送到重点大学。

如此说来不是学习的问题,那最有可能就是情感上的问题。现在的高中生,在校谈恋爱已司空见惯了。"他谈恋爱了吗?"我问。"没有,他一门心思都放在学习上,这点我敢保证。"侄儿不明白我为什么问这个问题,一脸迷茫地望着我。"他家庭环境好吗?"我问。"应该还好吧,他一直很快乐、很阳光的。"估计侄儿也不知道太多,我转身来到急诊室。

他躺在白色的床单上,一身运动装,平头,国字型的脸,脸上长满了青春痘。"叔,真不好意思,您那么忙,还把您惊动了……"他边说边用手挠着头,想坐起来。我赶紧按住他:"没关系,你的情况我刚才和医生谈过了,没什么大问题,主要是休息不够,要注意身体和休息。"我以很轻松的口气,安慰着这个初次见面的小伙子。"叔,我可崇拜您了,我听说过不少关于您的故事,还读过您的书。"他用手指着我的侄儿,一副很开心的样子。

他好像很喜欢交谈,其实后来我才知道,他平时是一个不喜欢多话的孩子,无论在班上还是在家里。在和他交谈中,时间一下子到了中午,他的家人还没赶到。我安排好侄儿和他的午饭后,赶回单位。临行前,我特地交代侄儿,等他的家人来了,一定给我一个电话。

对这种毛病,我并不陌生,而且心有余悸。大学同班同学里有一位得了这毛病,退学后至今还是一个废人。我的小姐也患过这个毛病,时常发作,成为我的一块心病。差不多快两点钟吧，我接到宁静妈妈打来的电话。简单的寒暄后，她焦急地问道："宁静到底是什么毛病？"可能医生正在午睡，她又刚刚赶到，还没了解到病情。我尽可能以轻松的口气把上午那高个子医生对我说的情况转告了她，并一再劝慰她，孩子的成绩已经很好了，家里不要再给他施加什么压力，这段时间多陪陪孩子聊聊天。她说，家里并没有给他施加什么压力，只是这孩子自小自尊心就特别强，凡事都想争第一。我呢，这些年因为生意上的事，一直在外地，确实没很好地照顾他，这可怎么办呢？

从她的话中，我似乎听出了某种无奈。她没有提到孩子的父亲，我也不方便问。"如果你们都忙的话，我把他接到我家住一段时间，让他和我侄儿一块儿睡，我有空再陪他多聊聊……"我不知道为什么会如此唐突地说出这话来，话一出口，我就有些后悔了，现在都是独生子女，谁家不把孩子当心肝宝贝，怎么可能放心送到一个陌生的人家里呢？

"真的吗？那太好了，我家宁静特别崇拜你，只是……"没想到宁静的妈妈竟如此激动。就这样，宁静在我家住了半个月，他和我侄儿一块儿学习，一张床睡觉。在这段时间里，我也尽可能推掉一些应酬，早早地回家，和两位准备高考的天之骄子海阔天空地谈理想，谈人生，谈情感。与他们在一起，我仿佛又回到了那青春飞扬的岁月，家里不时传出三个爷儿们朗朗的笑声。

遗憾的是，还没等到高考揭榜，我却沦为阶下囚，不仅失去了自由，外界的一切信息也随之与我断绝了关系，连父母妻女都不能相见。

在这心灰意冷的日子里，除了感叹世事难料、世态炎凉外，我只有从书中寻找慰藉，自我疗伤。外面的许多朋友通过各种方式表达关心、关爱、关切之情，如同冬日的阳光常常给我感动和温暖，但亲人的牵挂和焦虑又让我万分不安。但无论如何，我是没有想到宁静的母亲会来看我，在这样一个大雪纷飞的清晨。幸好我不能和她相见，不然我真的不知道该如何面对她，让宁静崇拜的梦破碎，对年轻的心灵是一件残酷的事。

不出意外，宁静肯定是考上了自己满意的大学，我衷心地祝愿这位率真的小伙子永远能阳光地生活。这张粉红色的送物单，在我手里几次捏皱又几次展开，我的泪滴落在上面，下面送物人的名字填写的是宁静之母。我小心翼翼地把它收藏在书页中，用胶水把它粘好。

窗外，鹅毛般的雪花正在恣意地狂舞着。我看不清任何一片雪花飘落的痕迹，但我已很满足了，每片雪花都是纯洁的，都凝结着人世间难得的真诚。雪花在我模糊的视线里，似白色的信鸽，你能捎去我的感激和问候吗？

瞧这姐妹俩

险打电话给我，说无论任何晚上要腾出一点时间来，丽有急事找我。我说，不就那点破事吗？我都知道了，叫她不要急，我正在想办法。不行，今晚你要不给面子，咱们从此恩断义绝，永不相见。典型的"险"式语言，我答应了，相约在一茶楼见面。

险是丽的姐姐，准确地说是小姐姐，上面还有一个大姐姐，丽下面还有一个弟弟。我是先认识险，再认识丽的，在认识险之前，先认识她的先生，他是我的一位好朋友，他有一个可爱又聪明的儿子，我甚是喜欢，玩笑间认他做了干儿子。其实也就仅仅是认了而已，我对他从未付出过什么，除了偶尔和他谈一些做人做事的道理外，不曾陪他看过一场电影。现在想起来真是内疚，但干儿子与我挺有缘的，很听我的话，常在班上与同学或老师辩论时，颇为自豪地说，这是我干爸教我的。当然，这是多年前的事了，据说，他现在长得比我都高出许多了。因为有了这层关系，我们一家和险一家相处得像一家人似的，后来我和险又买了同一个小区的房子，彼此走动比亲戚还频繁。说起住到一个小区，我是到他新家去参观时，在险的"鼓吹"下临时决定购买的。后来我的老房子卖了，新房子还没装修好，那时险的房子虽装潢好了，但并没搬过来，险把一天没住过的新房子钥匙扔给我："你们住吧，把里面空气净化干净了再交给我。"单凭这一点，我们之间的关系够"铁"的吧。

和险认识后，又认识了她妹丽。一天，我没头没脑地问了一句，你爸是不是飞行员？险和丽同时睁大眼睛看着我，说很遗憾，你猜错了，但也能挂上边，不是开飞机的，是修飞机的。我说这就对了嘛，你上面肯定有个姐叫"云"，下面小弟叫"根"。姐妹两更奇怪了，你算命先生啊？我故作神秘，不语。后在她们姐妹俩一再夹击下,我说了,飞机在空中,先看到的是"云",然后下降到一定高度,看到地面又看不清地面上的东西,那才是"险",等接近地面时,眼中的江山如画,那才叫"丽",平安着陆了,把"根"留住。姐妹俩笑得泪水都流了出来,直叫肚子笑痛了,说,改天一定请老爸和你切磋切磋。

险一点不阴险,相反,一个男孩子的性格,其长相是我见过最美的女人之一。那句著名的语录:我的缺点就是优点太多,就出自险之口。她过得很"小资",每逢大片上演,她必是先睹为快,风雨无阻。有时会喊上我的女儿和她的儿子做伴,但有一个条件,出了大门口,不要再喊"妈""阿姨",改口叫"姐",乐吧。

丽是个美丽文静的女人,善于思辨,生活得有条不紊。险找我的所谓急事,其实之前她先生就已告诉我了,就是他的妹夫,也就是丽的先生,因和朋友合伙搞了个游戏机室,网管检查时发现里面有两个未成年,要接受处罚。这事险的先生差不多已经处理妥当了。

我进茶楼时,姐妹俩都已到了,两人并排坐着。丽好像刚哭过,眼是红肿的。我落座后,不等她们开口,先嚷道,真没出息,那么点小事,值得这样吗?不说还好,一说丽哭得更凶了,险只是不停地递给她纸巾,好像给小孩喂饼干似的,并不劝慰她。也许女人的心只有女人懂,哭出来心里好受些。丽边哭边说,谁在乎那点钱?瞒着我开网吧,还不知道要罚多少。"没多大事,罚款不会太多,也就二三十万吧。"我故意逗她们说。险说话了,去去去,抢啊,政府是不是没钱发工资了?丽说,他,他,他两天没回来了。

"你看看丽多贤惠,她关心的是人,你关心的是钱。"我冲险做了个鬼脸。"谁关心他人了,这次我非和他离了不可。"丽不哭了。"得了吧,他还不好哇?比我家那位强多了,整天不归家,一进门就酒气冲天的,家里什么事都不管,连装修房子买材料都要我亲力亲为,我还想和他离婚呢。"险是很能干,又很有审美情趣的人。她之所以在装修房子时亲力亲为,是她的唯美思想在主导,别人做她不放心。我正准备数落她,丽说:"不要得了便宜还卖乖,他给你买车,买房,买衣服,你怎不说?"

"很好,很好,我看你们俩干脆把丈夫交换一下得了,免得你羡慕我,我嫉妒你。"我边鼓掌边说。姐妹俩先是相对一视,继而两双眼睛直射着我,几乎同时把桌面上的开心果当作子弹砸向我。我一脸委屈地说:"深圳、上海早就有换妻俱乐部了,也不是我发明的……"

接下来言归正传,谈正事。我说:"你先生早已处理好了,这会儿他们正在一块儿喝酒呢。"她们不信,我当着她们面,给打了电话,这时她们才想起,我面前连杯茶都没有。

云消雾散,姐妹俩又恢复了平日里的风采,展开了颇具风格的吹拉弹唱。

"你评评看,我爸生病,我妈半夜打电话给我,叫我赶到医院,我赶到医院,我妈还一再吩咐我,千万不要告诉丽,怎么来着?丽住在他们旁边不叫,叫我,还不让告诉她。"险说。

"得了吧,谁不知道能干的子女多使唤,我还正生气呢,咋的不通知我,那点事我还干不了,太伤我自尊了。"丽说。

"这简直太不公平了,我实在到了忍无可忍的地步了。我一定要找他们把话说清楚。"险说。

"是得让他们说清楚,凭什么这么不相信我?"丽说。

……

我坐在对面,双手一抱头,半躺下,不花钱的相声,比电视里那些破相声强多了。大约过去了个把小时,她们还在继续,我想上洗手间,建议她们暂停一下,等我回来再继续。在大厅收银台附近,我看见一个喷泉在彩灯的映射下,喷涌出五彩的浪花,很大很美,像一个水造的巨型纪念碑。我想起那年去罗马看到的喷泉,记得当时导游告诉我,往喷泉里扔一枚硬币就能重返罗马,扔两枚硬币就能找到真爱……

回到她们面前,她们没有再吵了,我让她们继续,她们说,今天到此为止了。我说,走吧,你们准备好硬币,我带你们去更好玩儿的地方。姐妹俩在身上包里翻了半天,连一枚硬币都没找到。"傻,埋单不就有了吗?"我说完,先出去了。险冲在前面把单买了,要来五枚硬币,对我说,走啊,上哪儿?

"往哪儿走?就在这儿,站好了,把眼闭上,扔两枚硬币。"我站在喷泉旁指挥着。险正想张口说话,我伸出右手食指,立于嘴巴中间,示意不能说话。险乖乖地照我说的做了,丽紧跟其后也做了,还剩一枚,我从险手中抢过,向喷泉一抛:"走啊!"

上了车,她们问我是何意?我告诉她们,抛一枚能到罗马,抛两枚寻得真爱。险说,我也要到罗马,快停车,我要回去……

山鸡的笑,候鸟的苦

说来可能没人会相信,在人脉资源的价值日益被"挖掘"的今天,我唯一一次参加的同学会还是去年春节期间临时召集起来的初中同学会。不知怎的,我的这些初中同学、大学同学似乎都一个德性,没有人热衷于牵头组织。私下里对那些一道出趟国的人,或者参加了某个短训班的人每隔一段时间还聚一次的很是佩服,人家这才叫与时俱进。

我是年前腊月二十好几才接到通知的。通知是一则短消息,只有时间、地点和召集人。收到短信后,我给联系人小峰去了电话,尽管心里甚是高兴,但嘴上仍抱怨说:"你小子怎么到现在才通知,我今年春节正巧没安排回家过年,咋办?""这就怪了,你不是每年都回来的吗?"小峰也不是好忽悠的。他在税务部门工作,此前在我老家那个镇上上班,我每次回家都得经过他的办公室门口。早些年没车时,他常临时充当驾驶员。我是个恋家的人,说穿了,恋家就是恋父母。父母年事已高,平日里没时间回去,春节再忙也会抽出时间赶回去,有时大年三十到家,大年初二就走。对儿女们常年不在身边的父母来说,过年的最大意义、乐趣和盼头不就是看到儿女们成双成对、孙儿孙女们花枝招展地绕膝围坐吗?

我说:"正巧和几个朋友约好到新马泰过年,真的没办法。"小峰也不客气,说:"全班也就你官当得最大,你看着办吧,要不,你派辆车把大伙接到你那里享受一下?"

小峰就是那个教会我抽烟的坏小子,和我关系很铁。他抄我的作业,作为回报,他给我烟抽。一天一毛钱,买七支烟,他四支我三支,害得我放暑假时烟瘾犯了,偷父亲的香烟抽。

"好吧,难得这么多年搞一次同学会,我把原计划取消,算是支持你工作,够哥们吧?"我一副无可奈何的腔调。

小峰来劲了:"你若能到,估计参加的人会增加二成,这对大家可是一个鼓舞,我赶紧让满生再群发一条信息。"

说到满生,我真替他感到委屈。堂堂的北大毕业生,学环境艺术的,分配到县环卫所工作了十多年。三四年前才调到县环保局,与他所学的专业有一点点对口,但可用之处也是挂一漏万。

让我没想到的是,收到信息的同学基本都参加了,全班50个人,来了40个。更让我没想到的是,一些在家里"修地球"的"小老头儿"也来了几个,还有几个已经在乡下做奶奶了的女同学也参加了。说句心里话,若不是在那种场合,有些同学在路上对面相遇,肯定会擦肩而过,如同路人,变化太大了,几乎无法认出来了。

在那个年代,像我们那个穷乡僻壤的学校,初中能考上高中的不超过10%,高中能考上大学的不到20%。我们那个班在年级里是"尖子班",结果,包括后来复读考取的,上大学的也只有十个人。

时间改变了一切,当年一起听课一起打闹一个饭桶吃饭的拖着鼻涕或梳着小辫子的同学,一个个都头发稀疏了或花白了。有的人出国嫁给了老外,有的人当了老板,有的人开出租车,有点人扶犁尾,有的人孙子孙女好几岁了,也还有的至今孤身一人。当然,在这种场合,大家是没有区别的,即使常态下再世故的人,此时眼光里流露的都是年少时曾有过的纯粹与真诚。

原本中午聚聚餐就结束的聚会,因大家难舍难分,只得再追加一餐。吃,当然是次要的,主要是大家有说不完的话,回忆不完的往事。许多当年拳脚相加的对头早已热情拥抱了,偷鸡摸狗的坏事也成了美好的回忆。从这个意义上说,年少年轻时没故事的人,晚年是痛苦的,因为回忆的空白或稀薄难免会给老年生活带来苍白与缺憾。但反过来说,只有那样的年代,才能去做那么简单而美好的梦。如今的孩子是做不成那样的梦的。如今的我们也因欲念重生,无法彻底地放纵自己了,更无当年怀揣颠覆世界的勇气与豪情,更多的是在世俗的游戏规则下安于现状。

当然,相聚时曾经的初恋故事依然是谈资的焦点。对于那时的我们来说,初恋并没有太多太复杂的内容,有的只是那种朦胧的、羞涩的、亦真亦幻的情怀。但在当时那个口无遮拦的年龄,大家私下坊间口耳相传而形成的爱情故事也是丰富多彩的。在众多的初恋故事中,我和"君"的故事可能走得最远,自然也成为大家"穷追猛打"的目标,要我说说和她相处的最高境界。无奈之下我说,我的座位前排是她,她的头发正好给我清扫桌面时,"君"笑得很开心。

我请"邓丽君"跳舞时,她先是往旁边一闪,说,哪有抱了孙子的乡下老太婆跳舞的呢?继而伸出手来,拉着我走进了舞池。我问她过得怎么样?她说,你都看见了,老了,胖了,丑了,但我很满足,不算富也不算穷,老公不是"博士"但开着"的士",儿子很孝顺,孙子很乖,情人嘛,让老公一肩挑吧……

我挺替她高兴的。当年一心要考艺校,天天唱歌的女孩,终于在平淡中寻觅到了人生最温馨的幸福。

"幸好没嫁给我。"我说,发自内心地。

"我还常后悔没跟你跑呢!"她娇嗔道,但我能听出这仅仅只是一句玩笑,她很知足。

在此后的很长一段时间里,我都在琢磨着她说的话。如果把"君"比作边走边唱、没有飞上天的山鸡的话,我就是那迁徙不止的候鸟——背着不属于自己的装满道具的行囊,拍打着沾污蒙垢的翅膀,到底想要飞往何方?下一个栖息地又在哪里?而那些皮肤黝黑粗糙似小老头儿的同学,生活的重负使得他们过早地衰老,但谁又能说他们过得不真实不踏实呢?至少,他们想睡的时候就可以索性而睡,睡了就能很快鼾声如雷,做的也只是简简单单的梦,不会从梦中惊醒……

书 屋

她，尽管30岁出头，不再像当年一样长发飘飘，但知书达理的秉性已凝结到她的骨子里，气质典雅，举手投足间仍蕴含着万千气象，不动声色中饱蓄着仪态万方，不事张扬的文静让她在躁动的人群中更容易吸引我的目光。

她，曾是中文系的系花，大学时肯定有过吟风弄月的故事，这是我的推测。好歹读过几个大学，与中文系的女生有过一些接触。有人说，从《西厢记》里动不动就吟诗作对的"书生杀手"崔莺莺，到琼瑶小说里眼泪汪汪的"大众情人"型女主人公，再到现在躲在咖啡厅角楼顾影自怜的小资女人，一律都是中文系女生的代表人物。在过去很长一段时间里，我是非常认同的，但认识她之后，我有些怀疑了。

第一次见到她，是在一个只有三个小包厢的小饭店里。那是一个春夏之交的晚上，我是那天最后一位走出小店的客人。当我站在吧台前准备付账的时候，里面坐着一位女孩，好像正在玩电脑。我敲了敲桌子，问："老板，多少钱？"女孩被我的问话吓得一跳，继而莞尔一笑，脸红红的："吃好了？"我点了点头。女孩对着门外喊道："妈，这位客人问多少钱？"外面正在扫地的那个被女孩叫妈的人，把头伸到门口，说："97块，你收80。"我递给女孩一张一百元的整币，说："不用找了。"

第二次见到她还是在那个小饭店。那天晚上是我做东请几个朋友小聚，所以去得特别早。我向老板要了间大包厢，便径直走了进去。上次见过一面的女孩正伏在桌上敲击着电脑，我以为她在玩儿游戏，便轻咳了一声，算是提醒她该换个地方玩儿了。她听见我的提示音后，赶紧起身，说："你好！"我这才发现女孩是一身裙装亭亭玉立的大姑娘。"在干吗呢？"我问。

"在写毕业论文。"她不好意思地笑了笑，转身准备关闭电脑。"不急，不急。"我走到电脑旁，"可以看看吗？"

"才写三分之一呢，还看不出头绪来。"她一边收拾一边和我聊了起来。

我这才知道，她是某著名大学中文系的大四学生。尽管她当时的裙装很大众很普通，但墨水浸染熏陶出来的气质好像依附在她身上一样，洗不掉，不褪色。她说："父亲两年前去世了，母亲也下岗了，从别人手里转租到这家小饭店，我写毕业论文这段时间向学校请了假，回来静一些，也顺便改善改善伙食。"

我说："你家店里的菜肴味道不错，分量也很足，我很喜欢。"她笑着回答说："都是我妈自己做的，生意不太好。如今公款消费的都不上这样的小饭店，上咱这样小饭店的都是自己掏腰包的，生意好的时候，就算三个包厢全满，一结账也就七八百块钱，不像大酒店，一桌就是好几千。不过，比妈妈上班时强多了。"

我问她毕业后准备从事什么职业？她让我猜。我私下认为，中文系毕业生最理想的职业是作家、记者、编辑，还有就是语文老师，这些职业都充满诗意，都是符合审美情趣的职业，尤其适合于女性。于是我按自己的逻辑给出了一个又一个答案，但她都摇了摇头，说："你说的那些职业都很好，但我准备自己开一家书屋。"

我惊讶地望着她。

她说："不好吗？开个书屋，面积不要太大，也不指望赚多少钱，够自己花就行。早晨起来，收拾完毕，打开店门，看看书，写写东西，什么时候没人看书了，什么时候关上门。关了门后还可以继续看书，与张爱玲啊，冰心啊，谈谈心，对对话，多自由，多惬意啊。等有了一定的积蓄，买一处'面朝大海，春暖花开'的房子，野心不小吧。"

我听了很是欣慰，但我更多的是在怀疑她的计划，甚至认为这又是一个未走出校门的理想主义者。

后来，她果然开了一家书屋。就在我第一次走进她的书屋时，仍不敢肯定这间书屋会长久地存在，抑或存在，她也不一定是书屋的主人。然而，一年，两年，十多年过去了，书屋始终温馨地站在那里。我是她书屋里的常客，或买上几本书，或和她聊上一会儿天。有时心情不好或闲的没事时，书屋更是我最理想的去处。每次走出她的书屋时，我都好像在诗情画意里洗了一把澡，或凉水冲洗，或温水泡洗，或热水淋洗，一身轻松。

她很有才气，能把《红楼梦》背出来，但绝不仅仅停留在见月伤心，见花伤感的层面。唐诗宋词她能信手拈来,但绝不口若悬河,滔滔不绝。她气如幽兰,但不是弱柳扶风;她衣着打扮得体顺畅,虽不紧跟时尚,但似乎总在主导着潮流。在我眼里,她比那些"超女"漂亮,即使她的年龄比"超女"超出一大截,超脱潇洒多了。"超女"们很聪明,站在女性的角度,极力表演出一个理想的完美的男性模型,创造出万人倾倒的"干净、阳刚、仗义"的形象,像《白蛇传》中的青蛇一样(据川剧里叙述,青蛇本是男儿身,向白蛇求爱,白蛇因心中有了许仙,又不好明说,于是商定和青蛇比试一场武艺,若青蛇胜了,白蛇就嫁给青蛇;若白蛇胜了,青蛇就变身为女的,一辈子服侍白蛇)。但她不是这样,她以自己的智慧、娴静、淡定和柔顺诠释者真正女性的情愫。

那天,她送我两本书,是她自己写的,我很是激动。"这本是去年出版的,一直想送给你,但太单薄,拿不出手,今年这本才发行,一并送你,请多指教。"她说,"以后争取每一两年出一本书,不要求高产,也不指望热销,当作自己身旁的一条小溪,一路欢歌。"

从开始到现在,她的书屋不见扩大,也不见缩小,看书免费,茶水也是免费的。我问她,书翻旧了,没人买了,怎么办?"那好哇!说明看的人多,它的价值早已实现过了,我把它送到社区图书室,多好啊!"她一副快乐满足的样子。

我曾小心翼翼地问她大学里的故事,她脸红起来,说,风花雪月,和书里写的一样。我问她书屋准备开多久?她不假思考地说,这是一辈子的职业,直至花开花谢,魂归大海。

淑女的情怀

作家毕淑敏说,淑女必书女。按照这一观点,她是讨人喜欢的淑女。她爱书,爱读书,爱藏书,静下来时爱摸书,烦的时候爱翻书。书使她容光焕发,书使她自信满满,书使她聪明慧敏,书使她眼界开阔,书使她胸怀宽广,书使她乐观豁达。

记得我的第一本书送给她时,她一周内写出了一篇不算短的书评。我的第一部长篇刚脱稿,她让我发到她的邮箱。她用一天的时间看完了,夜里12点给我打来电话,说,等有机会,她也要写一本关于自己的书。就这么一句话,声音不是有些哽咽,而是哭着说出来的,说完她就挂了。害得我一夜辗转难眠,不知哪里出了问题,但又不便打电话去问。躺在床上,索性让思维倒转,回放起关于她和我相识以来的点点滴滴。

第一次见面,我给她留下了极坏的印象,这是她多年后告诉我的。她说,你老是向我翻白眼,给人的感觉是那么盛气凌人、目空一切。那天,她和她的一位领导,找到我办公室时,我正准备出门。她说,我们来想请你在业务上给我们一些支持。我说,没问题,改天我们再详谈好吧。因为我刚接到电话,说某企业职工正准备到市政府上访。但我又不方便告诉她们,我拎起公文包准备走,她用手扶了一下眼镜,目光直视着我,说:"你手头上正在办的那笔业务能不能照顾一下我们呢?"说完,眼帘低垂下来,但我能感觉到她余光的闪动。我心里惊讶于她的信息之灵通,因为合同是昨日下午才签的,既没开什么新闻发布会,又没几个人知道。我本想把心中的疑问说出来,但考虑到这笔业务在合同签订之前,已和另外一家单位基本谈妥了,忙十分抱歉地说:"真对不起,这笔业务已经和另外一家单位谈妥了。""不太可能吧?你们昨天才签下合同的,怎么可能这么快就名花有主了呢?"她的领导微笑着对我说,但我仍感到很不舒服,我是特别崇尚诚实的人,别人对我诚信的质疑,会让我十分的反感。但,面对两位初次见面的女性,我还是十分诚恳地对她们说:"合同确实是昨天签的,但此前谈判经历了好长时间,在合同未签订之前,这家单位就通过我的一位领导,参与了进来。"估计她的领导对我的回答仍不太满意,说:"那我们也去找你们的领导哦。"我淡然一笑:"那好哇。"

当我走出办公室,正要去喊对面驾驶员时,一个很柔和的声音,从身后传来:"对不起,打扰了。你上哪儿?我送你一程好吗?"我转过身来,她已伸出了她的右手。我猛然才意识到自己的失态,连最起码的礼节都忘了。于是,我有点窘迫地伸出自己的右手。她的脸上存留着那淡淡而优雅的微笑。这一刻,我似乎读懂了她的谦逊。"对不起,有企业到市政府上访。"我仓促中说了一句一出口就意识到了的病句。

后来,她又独自为业务上的事,找过我几回。尽管那笔业务,最终没给她支持,但她在了解到真实情况后,一再向我表示歉意。除了业务之外,我们谈得更多的是书。每次坐在她的私家车里,都能看到几本刚上架的新书。

　　记得在一个寒风肆虐的冬日下午,我和她就一本书在长江大堤上聊了几个小时,直到天上飘起了冰丝小雨,我们才钻进车里。她打开空调时,我才发现她的嘴唇已冻得发紫了。因为书,我们成了朋友。这天,她笑着对我说:"原来你有翻白眼的习惯,第一次见面时可是把我吓了一跳哦,还以为你是一个目空一切的狂人,其实你是很真诚很谦和的好人。"

　　第三天,在我去上班的路上,在经过长江大堤时,我给她发了一条问候的信息:那天没冻感冒吧?她回过电话来,问我晚上有没有空,如果有空就一块儿吃个饭;如果没空就一起喝个茶。我答应了。当我和她面对面坐在一间茶庄时,她的眼睛像深秋的葡萄,很明显,她刚哭过,脸上也失去了昔日的神采。

　　从我进门那刻起,她就静静地坐在那里。两杯绿茶和一碟无花果,安静地摆放在桌面上。我像犯了错误,有点不知所措,不知该说什么,用手拨弄着一颗无花果,几分钟都没有剥开……

　　"你们男人都花心吗?"

　　面对这突如其来的凌空垂落的问话,我无所适从,不知该如何作答,脑海里电光火石般地翻腾着,一种不祥的预感藏在她的问话背后,她的男人背叛了她。

　　我不敢正视她的眼睛,下意识地端起茶杯。透过茶杯,我看到那紧锁的眉头,似银行保险库的门那般沉重,使她看上去一下子苍老许多。我对自己的判断更加肯定了,但我仍没有说话。我能说什么呢?告诉她,不是的,这样也许会让她痛得更深;安慰她,每个男人都一样,我无权这么绝对。尽管身边的婚姻故事已被人们演绎得千姿百态、光怪陆离,但这种自欺欺人、无关痛痒的安慰能起多大作用呢?沉默,无声无息的沉默。但这种死寂寂的沉默也不是办法,连我自己也感到是那么难以忍受的窒息、煎熬着。

　　还是打破死寂般的沉默吧,我决定单刀直入:"到底发生了什么?"

　　"他外面有女人。"虽然她的话证实了我的猜测,但我丝毫没有因猜中别人的心思而窃喜。"也许，你弄错了吧。"在我脱口而出这句话时，我也意识到这是一句多么平庸至极、苍白无力的搪塞之语。

"你以为你是谁？是警察？是医生？是我的情人？这种家丑不可外扬的事，如果没有弄清楚真相，我会对外人说吗？"她几近歇斯底里地叫嚷。这让我着实大为惊诧。这是那位一贯温文尔雅的她吗？

男人天性骨子里对柔弱女人怜惜情怀，真的让我有贴近她、搂住她的冲动。但我不能，这世间有很多事情是极其微妙而脆弱的、无奈的。我深深地吸了口气，从牙缝里挤出三个字：对不起……

"对不起？对不起！其实，我又怎么能对你发火呢？"隐忍多时的泪水，顺着青春而憔悴的脸颊恣意流淌、垂落……

我伸出双手，将她冰凉而瘦弱的小手抓住，紧紧地握在掌心："哭吧，哭吧，哭出来会好受些……"

上个星期五，他告诉我，他要到北京出差。星期六一天没有给我电话。晚上我看天气预报，北京有雪，我想起他走时没带多少衣服，赶紧给他打电话。可手机关机，我间隔一会儿又打了几个电话，还是关机。第二天一早，他打电话来，我问他冷不冷？他说，不冷。我问，昨晚手机怎么关机了？他说，手机没电了，晚上酒也喝多了，睡得比较早。我问他北京下雪了吗？他说，没有啊。我也没想太多，以为预报不准。

星期天下午，我到图书馆闲逛，碰到他们单位的一个同事。他问我，怎么没跟先生一起来？我说，你明知故问吧，他不是出差了吗？他说，到哪儿啊？这小子，昨晚还和我们在一起吃饭，怎么都没吱一声啊，不然一定要多灌他几杯……我脑子里"嗡"的一声，像被铁棍闷了一下，强打精神，说，昨晚你们一块儿吃的饭？！他奇怪地瞪着我，是啊！在香格里拉啊，怎么啦？！我愣了会儿，慌里慌张地胡诌了一句搪塞的话，你们怎么让他喝那么多酒？

回到家，我翻江倒海地仔细回想了他近来的言行举止，还真感觉不对劲。他常常很晚才回家，回来就叫困，我还以为他工作压力大，应酬多呢。

星期天晚上，他回家了。在这之前，他打我电话，我没接，我怕我控制不了自己，内心里我期望着他是真的有其他事情而说了善意的谎言。在卧室里，我把门轻轻地关上，孩子在隔壁正做着作业。我极力克制住自己，以很平常平和的口气问他：你没去北京？！我这种开门见山的问话，让他确实始料未及，他用怪异的眼神盯着我，说，你胡扯什么呀？！我不想让他再编造更多的谎言，让更多的谎言来伤害刺激我，就直截了当地告诉他：北京下雪了！

他几次张口想说点什么，都哑口无言。眼神的游离，表明他正在绞尽脑汁地想糊弄我的理由。我也不想为难他，再次直截了当地看着他，说，你外面有女人了？

他也许不知道我到底掌握了多少实情，但他知道我的为人，我是轻易不乱说话的女人。他一头扑倒在床上，算是承认了。

接下来，他倒很大方，坦诚地交代了他的故事。他讲了什么，我一句都没有听进去，也不想听他们的故事。我不想像别的女人那样无味地去折腾、去无味地弄明白他们的故事，只要有一点明白就够了，那就是，他真的有了别的女人。

我点燃了当晚第一支烟，站起身来，目视窗外，夜幕已降临。白天无声无息的霓虹灯竞相闪烁着，显露出五彩斑斓的面容，城市已经激情地浮动起来。不知道这个夜晚又会诞生多少个月光下的爱情故事。坐下来，我把香烟双手擎举着，立于面前，似在祈祷，但我并不祈祷什么，只是在那氤氲的烟雾中放松自己纠结的心和紧张的神经。

"明天，送你一本书，《初夏般的女人》。"临分别时，我对她说。她点了点头，发动了车子，缓缓地离开了我的视线。

两天后，她给我发来信息："书已看完，谢谢你，我准备再给他一次机会。"我长嘘了一口气，想起那本书的最后一句话：再相爱的男男女女间也会有目光穿透的空隙。但愿一个淑女的宽容之心，能挽救一个曾经迷失的灵魂，重新经营一个温馨的家。

她是淑女。也只有像她这样的"书女"，才会在用生命的甘美汁液写成的文字里，汲取营养，滋润宽容。但愿美丽的"书女"能收获珠圆玉润的甜美，在现实生活中，不仅仅在文字中。

谁能言尽汝之美

重庆来了一位大客商，颇有来头，办公室安排我出面接待。我接过名片一看，世界华人女企业家协会常务理事、某集团公司董事长，邹家慧。我虽对这类协会不太了解，通常类似的协会的理事多以赞助费的多寡来决定。但从她和我坐下来的交谈中，我还是看出了她的实力和魄力。她想做 BT 或 BOT 项目，资金规模不限，10 亿、50 亿都可以。我笑着告诉她，BT 和 BOT 类的项目国家已明令禁止了。她露出不屑之神情："人是活的，政策是死的，一切都按政策办，还谈什么超常规发展。"

说句内心话，尽管她长得很漂亮，又有气质，但我对她的第一印象并不好。但这是一条大鱼，我耐着性子对她说："你干吗非得做 BT 或 BOT 呢？不就是图个风险小、回报稳吗？现在投资领域有条真理，大投资小风险，小投资大风险。如果我是你，我会拿出一部分资金进入金融、担保或典当等领域，以某一个二、三线城市做突破口，然而向周边区域发展……"

我在企业工作多年，向来是非常尊重企业家的，一般情况下我绝不会如此这般说话，但她的不屑让我感到不满。记得有位名人说过，让女人不哭最好的办法就是你比她哭得更凶。我推而广之，就是让有傲气的女人不骄傲最好的办法就是你比她更骄傲。

此招果然灵验，她睁大眼睛望着我，半晌说不出话来。"看不出，你对经济如此精通。"她声音温和，态度诚恳。"精通谈不上，早些年也做过企业，让你见笑了。"我也诚恳地回应着。

"那我晚上不走了，咱们好好聊聊。"此前她多次看表，但忽然提出不走，我有些意外，赶紧让办公室安排晚宴。席上，因她称自己滴酒不沾，故给她上的是饮料，但她只要了杯白开水。这很正常，现如今不喝茶、不喝饮料，只喝白开水的女性越来越多，且多是精英女性或白领阶层。

我们边吃边聊，聊的时间远远多于吃的时间，大家交流得甚是愉快。她虽然不喝白酒，但同行的一位助理喝白酒，为了体现对她们的尊重，同时也为了对我下午接待中的言语缺失表示歉意，我频频用满杯白酒敬她们。许是受我的诚意感动吧，她竟自己要了一小杯红酒，要敬我一杯。她的助理立即制止，我想这位助理有点关心过度了，那么一点点红酒能有啥事？但我嘴上还是说，不要客气，你还是用白开水好了，我来敬你。我干了一杯，当我的目光恢复到平视状态时，她已把那小杯红酒喝下去了。

没到五分钟，只见她的脸色由红转白，继而有汗冒出，紧接着人像散了架子似的，从座椅上向下滑去。助理慌了，我更慌了，不知到底发生了什么事。"叫你不要喝，偏不听。"助理扶着她对我抱歉地说，"我们邹总从不饮酒，她对酒精过敏，和我们市长在一起都没喝过一点酒。"我忙安排人把她送往医院，她无力地摇了摇手，示意没关系，叫助理送她回宾馆休息。她上车后，我们也没再回酒店，买了一些时令水果，和几位同事一同赶到她的宾馆。

她的助理告诉我，她用过药了，已躺下了，估计两三个小时会好过来。为了不影响她休息，我和几位同事在宾馆外等候了两个多小时，但上去按门铃时，里面没任何反应。助理说："可能已经睡了，你们先走吧，我等会儿再告诉她。"

那个晚上，我一直没睡，到12点时我和她的助理通了个电话。助理说："没事了，你放心吧。"我说："明早我请你们喝早茶。"

第二天一大早，我赶到宾馆时，她已经退房了。我想打个电话，但又想到是不是不妥当，尤其像她这样有身份的女性，最怕丢面子，于是我没有再拨她的电话，给她的助理发了条询问的信息。

信息是邹总用自己的手机回的：非常抱歉，不辞而别，我会很快就过来的，期待着与你合作。我已到机场了。

我沉思片刻回了一条信息：你的气质让我震撼，你的成就让我嫉妒，你的性情酷似男人，你的理性又似哲人……

赞美女人不是我的强项，但当时我觉得是应该好好赞美她几句的，只可惜书到用时方恨少。

临近中午的时候，邹总发来信息：平安抵达，附词一首《满江红·芜湖行偶感》。词写得温婉真切，遗憾的是那部手机几天后不慎落入水中，没把它摘录下来，隐约记得最后两句是：遇才子，最忆是芜湖。

出于礼貌，我瞎编了一首打油诗回过去：君住长江头，我住长江尾。滚滚江水一线牵，滴滴红酒几多情？素面朝天月似弓，谁能言尽汝之美？此情可待成追忆，他日相逢莫举杯。

后来，她又来过一趟芜湖，就有关投资事宜谈了个框架性协议。从她断断续续的交流中我才知道，她原是一幼儿园老师，后来和先生一道下海打拼，先生多年前因意外车祸，离她而去。十多年过去了，她仍单身一人，为不使自己空虚下来，这些年一直把全部精力投入到企业中，但过去做 BT 和 BOT 项目比较多，风险小，所以想求稳，尤其到一个新的城市……

此后，我和她常有短信往来，我才进一步了解到，她有一个患有小儿麻痹症的儿子，都 12 岁了，还不能自理。她于十年前设了一个基金，每年都要捐出两百万元救助残疾孩子……

一直有个愿望想到重庆去看看她，看看她的儿子，也曾承诺过到她公司去看看。但如今我已失去了自由之身，思成行之日还要在几年后，颇为感伤。有人说，男人对女人应是二十而慕，三十而助，四十而敬，五十而赏。想必我能和她见面时，已到"而赏"之年。但愿我们再次相见时，我心清明开朗，她面赏心悦目。

谁说女子都小资

若不是有特别讲究的接待任务，如接待外商，我是坚决不到星级酒店去消费的。一个菜的价格能让几个人在土菜馆吃上丰盛的一餐，这是原因之一；还有一个原因是在星级酒店吃一餐饭太浪费时间，前后要几个小时，还没到家肚子就开始抗议了，于是又不得不在大排档上吃上一碗牛肉面，才平息胃的抗议。若是遇到下雨天，回家亲自动手，用剩余的饭菜做上一份"八宝饭"，味道还是不错的。

那日是周末，几个朋友相约到一家新开张的土菜馆品尝特色佳肴——鸭血泥鳅煲。土菜馆一个大厅三个包厢，大厅能摆三桌。等到我们赶到时，三个包厢早已名花有主了，大厅里也济济一堂。店老板招呼我们能否在门前马路边再支一张台子，有人反对，有人赞成。我见路旁已有两个女孩在一张台子上有说有笑地享受了，就说，吃是最主要的，就在这儿安营扎寨吧。

在我们等菜的过程中，我悄悄地偷看旁边的女孩几眼。从面相上看，她们不过20岁出头，衣着很时尚，斜背在胸前的包也很别致。她们桌上摆放着四个啤酒瓶，不管现在喝没喝完，最终她们是一人两瓶。女孩子喝啤酒就不怕长胖？在这人人渴望苗条追求骨感美的今天，我有些疑惑。就在我疑惑之际，一个百灵鸟般的声音从其中的一个女孩口中发出："老板，再来两瓶啤酒好吗？"

她的声音把我们几个哥们的眼球都吸引住了。她们可能也察觉到了我们几个人齐刷刷地在看她们，先是彼此做了个鬼脸，然后是端起酒杯，嘭，一碰，齐声喊"干杯"，一大杯啤酒就被很豪爽地干了。

我们的菜也很快上来了，因朋友们知道我患有痛风，就叫了白酒。我说："夏天还是喝点啤酒爽快些，我少喝一点就是了。"众人对我主动换啤酒感觉有点意外，其实我自己也弄不清楚为什么要改喝啤酒，是不是受到那两个女孩的影响？可能是，也可能不是的——她们喝啤酒与我有什么关系呢？人的潜意识很多时候对突然做出的决定是很难找出理由的。众人自然无异议，要了一箱啤酒，每人一瓶，共同斟上满满一杯，"干！"我们的声音肯定比刚才她们那个清脆的"干杯"声要洪亮、浑厚得多。几杯下肚后，有人鼓动阿明作为本桌代表，主动向两位美女敬上一杯。阿明天性活跃，极有女人缘，平时身边的女友以打计算，且个个都是美女级的，也是我们朋友圈子中公认最具有磁性的异性杀手。阿明坦然又诡秘地一笑，说："好，正合吾意，诸位兄弟慢慢用，且待我去会会她们。"阿明一手抓着酒瓶，一手端着酒杯，风度翩翩地走了过去。

原以为阿明会费一番口舌才能喝下两杯酒，没想到她们竟挪出一张凳子，请阿明坐下来了。阿明在落座时，故意给我们一个潇洒的甩发动作，分明是在颇为得意地挑逗我们。眼见阿明已敬了一人一杯，仍不见他有起身离开之意。朋友阿华叫道："阿明，请两位美女妹妹过来一起喝吧。"没等阿明开口，一女孩就爽声应道："谢谢小弟弟的好意，今天就免了吧，改天再请姐姐哦。"众人骇然，好大的口气，竟敢在我们面前称大，不让你们叫叔叔就是客气了，怎么还没大没小地叫我们小弟弟呢？众人就推举我去杀杀她俩的威风，因为在这帮朋友中，我虽不年长，但长相最老，酒桌上在不熟悉的人面前"以小充大"是屡赌屡赢的"大哥大"。正在犹豫时，阿明起身了，后面跟着两个女孩。阿明手里少了酒瓶，多出两张名片，笑容满面地向大家隆重介绍起来："这位是招商行的夏行长，这位是××律师事务所的陆律师。""初次见面，小女子就不一个个地敬了，我们俩共敬大家一杯！"夏行长温婉一笑，露出两个迷人的酒窝来。我们竟一时都失语了，把酒干了才冒出"年轻有为""后生可畏"的感叹来。"还年轻有为后生可畏呢，刚才我们已和这位兄弟对过生辰八字了，他都叫我们姐呢。"陆律师说着，优雅而傲然地甩了一下头发，一转身拽着夏行长回自己桌了。

真的吗？众人睁大眼睛望着阿明。阿明说："不知是真是假，但她说的小孩确确实实在上六年级，在我小姨妹班上。"故事本该到此结束了，但两位美女笑盈盈地从我们身旁经过时，竟对着老板说："老板，能刷卡吗？"很显然，小资女人，平日里肯定不在咖啡屋就在星级酒店消费惯了，出门不带现金的。我暗自揣摩着。老板双手一摊："我这小店哪有那高级玩意儿啊。"还是阿明反应快："老板，两位美女的账记到我们这儿，等会儿一块儿结。"两位美女倒也没怎么客气，转身对我们说："那，就谢谢了，下周我们请你们去南关吃龙虾。"阿明说："好，一言为定。"

她们转身走到马路旁，相互摆摆手，各自上了自己的车，朝不同方向一溜烟地消失了。我从阿明那里要过名片，还真不假，一个是分行副行长，一个是主任律师。

周五，阿明打来电话，说："陆律师打电话来了，时间定在明晚，地点南关四子大排档。"放下电话，我忽地冒出一个疑问：谁说女子都小资？

藤 椅

藤椅离开我有500多个日子了，也就是说，有500多个日子我没有和藤椅有过亲密接触了。屁股不曾欺压过它，连用手抚摸，哪怕眼睛守望片刻也成了梦想。屁股磨出了老茧，服侍它的除了硬硬的铺床，就是一张塑料方凳子，吃饭、劳动、睡觉、打坐，属于自己的天地不到两个平方米。梦里曾有过几回伏案疾书后，一个懒腰四肢伸展着仰靠在藤椅上，被它吞噬的温馨能让我回味多时。看来，我是真的想它了。

凡和我熟知的或共过事的人都知道，我习惯于用藤椅的。家里客厅里、卧室里、书房里各有一把藤椅，只是大小不同而已。办公室里也是一把藤椅，这张藤椅跟随我有十多个年头了，几次工作岗位调整，我都没舍得丢弃它。如今除扶手处有点破损外，依旧四肢健全，油光可鉴，光彩照人，弥久的岁月让它失却的是青涩和暗淡，却生长出了光滑圆润的暗红和光亮，如同少妇般成熟的质感。

记得第三次给它搬家时，新来的办公室主任擅自做主，把它弃于过道上，给我搬来一把又高又大又黑又胖的皮质"老板椅"，幸好被我及时发现，把它请回办公室，置于它应有的位置。办公室主任说，藤椅和这张办公桌不配。"是有些不配，在四五个平方米大小的老板桌面前，它像个仆人，显得陈旧、瘦弱、寒碜。"我说，"但凡事总有个先来后到吧，是这张桌子不配这张椅，而不是这张椅不配这张桌子。"桌子它太张扬了，办个公写个字要那么大台面吗？

我是放牛娃出身，坐惯了草地、牛背，喜欢和草啊藤啊根啊接触，那种软绵绵的东西让我害怕，有种与生俱来的厌恶，而对太硬的板状物则缺乏亲切感。特别是面对比我还高的"老板椅"，更是敬而远之，坐在上面压抑得心悸，仿佛它是我的主人似的，进入办公室的人第一眼是和它亲密接触，然而再在它身上寻找蜷缩的人。即使主人不在办公室，它仍会气宇轩昂地挺立在那里，像个黑脸包公似的，居高临下地俯视着室内的一切，尽显威严，成了位高权重的替身，我不想做个傀儡。

藤椅是椅，自然应有椅的功能和基本构造，凡是椅都由坐位和靠位组成，好一点的多了个扶手。坐位的功能是凳子可以替代的，但靠位是凳子所没有的。伏案工作时，支撑身体的是坐位，只有休息时仰面向后做偷懒状或沉思状，靠位才有用武之地。

我喜欢藤椅，是从坐位开始的。它软硬合适，既不像木质或铁质那般硬冷，又不至于像海绵内胆的皮质或布质的软弱。细细的藤条穿制编织出的波浪似的纹样，结实而富有弹性，凹凸而趋向平整，通风透气，冬不冷夏不热。渐渐地，我对靠位产生了更深的情感。藤椅的靠位也是藤条穿制而成，形状像弧度不大的括号，微微向内弯曲，正好吻合背部曲线。档次略高一点的，在靠位的顶部有些凸起，像半圆形的枕头，高度和颈相平，不给人压抑感，不喧宾夺主，给人的感觉清爽、端庄、调和、自然。

藤椅多属于脑力劳动者。脑力劳动者的人除了酣睡外是无法舒展四肢的，疲倦时站起来打个哈欠，伸着懒腰，摇头晃脑几下，算是一种享受了。即使躺下闭目养神，也很难把思维停下来，忙着算计，忙着忧虑，这是体力劳动者不曾体验的，所以从事脑力劳动的人特别羡慕体力劳动者倒头就睡的安然。

伏案久了，不用起身，借一张藤椅伺候，就能排遣一些疲惫，得到片刻的身心清爽。头向后仰，做仰面朝天状，颈项置于椅的顶部，稍微扭动扭动脖子，凸起的藤条如同纤细的手指，扮演着按摩师的角色。背部和臀部只用微微动一下，原来受压的点位移动，一股清新的气流似大脑输氧般，确实是一种享受。倘若此时，燃上一支烟，即使不吸，让它在手指间自己燃烧自己，一缕青烟如同从注射器里注射到空中，伴随着淡淡的烟草味想点美好的事，回忆或向往都会因此美妙起来。如果有点轻音乐，思维的风筝尽情系于五线的律动中，身心进入陶醉忘我的境界，其情其景其感胜似良宵，真的才算得上一刻千金，胜过人间无数。

500多个日子就像冥纸般烧掉了，接下来还有多少个日子如此这般的化为灰烬，飘落在惨白的阴风淫雨中？我不得而知。至于那把藤椅现在身落何处，我亦不得而知，或蒙尘已久，置于杂物间一隅，或已当作垃圾，焚烧成灰……

但昨夜，我又一次梦见了那张藤椅。

梦里我青衣薄衫，不染尘埃，和一位昔日挚友相聚在她的书房里，那张藤椅安详地立于书房一角，依旧光彩照人。它像一位老朋友似的静静地看着我，目光中充满眷恋和喜悦，似乎忘却鄙俗烦琐和摧折，传递出遗世独立般的声音。我心为之一颤，顷刻间柔弱起来。朋友告诉我，是她悄悄地把它从我的办公室搬回家中的，每天都用细布擦拭。我顿感心潮涌动，浑身温暖，心中暗自庆幸，尽管世俗迷惘，世情险峻，好在真情仍有返璞归真的径道。我扑向它，抚摸着它，似在回想那久违的遥远的亲情，更似寻找曾经笔下的亭台楼阁，字里珠玑翠玉的岁月。忽然间，藤椅飞了起来，变幻为一位白发飘飘的老道，一挥手从我眼前消失了。

梦里醒来，惆怅万分，久久地，幻想千年孤独化为一个超然的告别手势。我想我终难改变宿命，那把藤椅终将离我而去了。但心中的藤椅永存，长青，或许能长出青藤来。

铁树无花

嘉，和我同学一年，有半年我们没有说过一句话。她是以复读生的身份插到我们班的。那时农村中学里男女生是不怎么交流的，除了正在谈恋爱的人。况且到了毕业的那一年，大家都在全力冲刺，各种各样的接连不断的考试压得我们每个人都喘不过气来。

嘉是个很漂亮的女孩，走起路来像弹钢琴似的，有很强的节奏感。听她以前的同学说，她家是万元户，她爸爸是养蜜蜂的。这位同学还颇为神秘地告诉我，你看她的皮肤，像雪花藕似的白，像豆腐花似的柔软，吹弹即破，都是早晚喝蜂蜜的结果。我白了他一眼，像雪花藕似的白能看到，像豆腐花似的柔软，你怎么知道？做梦吧？

嘉的文科很好，能写出一手好文章，她的作文经常被老师当作范文拿到课堂上评讲。但她的理科不行，每次数理化三科加在一起不到两百分（满分是320分）。很奇怪，她为什么不学文科呢？这也仅仅是每次公布考试成绩一刹那间我的想法。

  一个周六的下午，我骑着车往家赶，刚出校门不远，看见嘉在前面弹钢琴般行走着。就在我准备加速从她身边溜过去时，她一回头，正好看见我。我只好硬着头皮和她打招呼："你这是去哪儿？不回家吗？""我到新华书店买几本书，我一个学期只回家一两次。"嘉的回答很简洁，两句话回答了我问的两个问题，多一句也没有。"那我带你一程吧，书店还挺远的。"我不知道自己怎么会冒出这么一句话来。嘉稍做迟疑，还是说了声"谢谢"就跃上我的车后架了。

  一路上，我和嘉的全部谈话是这么构成的。"你的成绩怎么那么好？有什么秘诀吗？"她问。"哪有什么秘诀，我的英语很差。"我答。她问："我怎么一看到数理化的题目头皮就发麻？"我无语。她又问："你真的没有什么秘诀吗？"我答："回头我把我的笔记借给你。""谢谢。"她说。

  笔记是将平时考试或作业中错误的试题摘抄下来，按不低于两种的方法去订正，并列出注意事项。

  周一，我把数学笔记本先借给了她，让她看完后再来换别的笔记。不知是不是我的笔记本对她真的起个作用，此后考试她的数理化成绩都有了很大提高。她在还笔记本时，送我几瓶蜂蜜，我没舍得喝，带回家给母亲了。母亲也没舍得喝，到医院看病人时送人了。

  那年高考，我由于数学上的过于大意，影响了接下来几门课的正常发挥，没能如愿地进入理想中的大学，只被录取到了一般本科学院。高考结束从县城返回学校等候标准答案的那个晚上，也就是7月9日晚，因懊恼数学科目的提前交卷而心情糟透了，我一个人跑到学校旁边的水塘边，胡思乱想。大约在11点多钟，我被一尖叫声惊醒。我站起身时，一个人影跌倒在不远处的台阶上，估计是被我躺在那儿吓坏了。我赶紧对着那人影喊：对不起，我在这儿睡着了，对不起。我正准备离开时，有人叫我的名字。我一听好像是嘉的声音。我走近一看，真的是嘉。原来她是来池塘清洗衣物的，准备明天打包带回家。

  我问她考得怎么样？她说，肯定没戏。她问我："你估分是六百几？"我说："数学考砸了，六百几是不可能的了。"她不相信，说："你数学那么好，怎么会呢?"我无奈地摇了摇头,还给她一声叹息。

"你怎么睡在这里?"她问我。

"宿舍早已成了未清理的战场了,反正也睡不着,随便走走,不睡了。"我说的是实话,宿舍里的床被都被一些同学砸断了,垫床的稻草被人放火烧了,不是有人用尿当作灭火器,说不定房子都烧了。这是一些没考好的同学发泄的结果,一片狼藉,惨不忍睹。

"上我那儿坐坐吧。"她说,见我没反应,补了一句,"我在校门口租的房。"她后面的一句补充出来非常必要,否则,我可不敢往女生宿舍跑。

嘉的房间收拾得很干净,墙上还挂着一些足球明星的图片。"你还爱好足球?"我随口问了一句,她答与不答,或者怎么回答,我都全无兴趣。"我喜欢他们的激情。"嘉说。

这一夜,我和嘉就那么面对面坐着,沉默和叹息的时间超过我们说话的时间。嘉告诉我,她已经做好再复读的准备,因为她爸爸发誓要让她考取大学,她别无选择。

在我离开家到大学报到的前一天,我去向母校老师辞行时见到了嘉。她说:"你那些笔记借给我行吗?"我毫不犹豫地答应了。那天中午,她留我在她房间里吃了一顿饭。临分手时,她把她窗台上那盆很小很精致的铁树送给了我。我把这盆铁树随身带到了学校。此后,我和她一直保持着每月一至两封信的联系,每封信我们都会提到铁树。

这一年,嘉又没考取,但距分数线只差十多分。

第二年,嘉还是没考取,成绩反而比前一年还少十多分。这年暑假,我特地赶到她家,希望她不要放弃,临分手时我说:"不要灰心,我在大学等你,你一定行。"

遗憾的是,那年秋天我收到她最后一封没有地址的信,信中说:"我要考取大学可能比铁树开花还要难,我已决定放弃,请原谅我的退缩。"

那天晚上,我把她写给我的信全部取出,从头看到尾,看了一遍又一遍。我想给她写信,但她家的地址不清楚。我托其他同学打听,也都没有准确的结果,有的说她还在复读,也有的说她已经结婚了。

在我参加工作后的第二年,我无意中从一位同学口中得知,嘉考取了一所军校，但这位同学也只知道那所军校的名字，并不知道更多的信息。当天，我抱着试试看的心态，往那所军校寄了一封信。我在焦急地等待中度过了一个星期、二个星期、一个月、两个月……就在我失去信心的某一天，我终于收到了那个没贴邮票的军校信件，不用拆我也知道是嘉的。她在信中告诉我：有些谎言是美丽的，更是无奈的，那年我写信对你说不再复读时，其实我已坐在另一所学校的复读课堂上，我怕你一而再、再而三的失望，于是编造了那个谎言。

她在信中最后告诉我：知道我为什么送你那盆铁树吗？那是我专门为你买的，现在我可以告诉你，其实那时我已经爱上了你，只不过我一直告诫自己，不拿到大学通知书绝不开口说半个"爱"字。一年、两年、三年，一连串的失败让我不得不放弃心中的爱。我曾在信中问过你，铁树开花了吗？你说，还没有。你知道铁树为什么不愿意开花吗？因为她怕花开了被摘采时伤了人。

我写信告诉她，那盆铁树依然在我的窗台上，长得很好，估计很快就会开花了。嘉回信说，别傻了，我才进学校，还有四年。既然已经错过，就把它作为永恒的记忆封存吧。

后来，由于我工作岗位的多次调整，嘉毕业后的去向我也不得而知，我和嘉再也没联系上。几次搬家后那盆铁树也离开了我，但那盆铁树的花已在我心里开放，不曾伤及任何人，只留下一段美好永恒的回忆。

我的座位前面是你

我相信

爱的本质一如生命的单纯与温柔

我相信

所有的光与影的反射和相投

我相信

满树的花朵只源于冰雪中的一粒种子

我相信

三百篇诗反复述说着的

也就只是年少时没能说出的那一个字

我相信

上苍一切的安排

我也相信

如果你愿与我一起去追溯

在那遥远而谦卑的源头之上

我们终于会互相明白

兰兰,本名不叫兰兰,叫霞。她是我初中三年的同班同学。她的座位一直在我的正前面,我每天都能看到她的背影,闻到她的香水味。她差一点就和我结婚了,这话是一点水分都没掺的。

兰兰不仅长得水灵,而且有一副百灵鸟般的金嗓子,歌唱得特别好听。班上的同学都喊她"君"。几乎每堂课的课间休息,教室里都会飘荡起她的歌声，听得班上的男同学一个个心里痒痒的，像入了禅似的。即使在寒冷的冬天，也没有几个人出去"斗鸡""挤油"或者打乒乓球。她一点不怯场，旁若无人，一曲接着一曲唱，仿佛她的歌永远唱不完。有老师走进教室了，她还在唱，一副很投入的样子，常常引发出我们只有在做广播体操时才会发出的整齐划一的掌声或笑声。

不过，如果下节课是数学课，她通常是不开口唱的，即便是唱，也是小声哼唱，并在上课铃响之前，早早地停下来。这倒不是因为数学老师特别厉害，关键是他是兰兰的姐夫，是学校里的教导主任。他的课上得特别好。

兰兰坐第一排第三组，我坐第二排第三组。偶尔下课的时候，我会用手捣捣她的后背："唱一首《游子吟》，好吗？"这算得上是点歌吧。她并不回头，也不答话，但肯定会扯开嗓子唱起《游子吟》来。当然，我做这些小动作是极其隐蔽的。那时班上的男同学和女同学是不大说话的，其实每个人都渴望说话，但一旦谁和女同学说话了，肯定会有他人说出一些有鼻子有眼的故事来。

那天，我悄悄地对她说："把你的歌词本借给我看看。"她依旧头也不回，也不说行还是不行，在桌子下面抽出一本笔记本，从肩上滑落下来，落到我的书桌上。就是这一次，我知道她有一个名字叫"兰兰"。她在这本歌词本的扉页上，写着：一个女孩名叫兰兰，她的梦想就是歌唱。那时候那个《有个女孩子名叫婉君》的歌好像还没问世，至少我没听过。这事发生在初一下学期。过后几天，我悄悄地问她，为什么给自己起名兰兰？她说，母亲给她起的名叫翠霞，这名字本身有很大的问题，翠蓝、翠绿、翠黄都有，哪有翠和红放在一块儿的？

叫劲，强词夺理。我对她的解释不太满意，但嘴上没说，问她，为什么要叫兰兰呢？

"我喜欢兰草，一年四季草青，只要一点点风它就欢呼跳跃，向风点头，向阳光欢笑，向生活歌唱。"我敢肯定她说的这些是她经过深思熟虑的，如此富有诗意，绝不是一个初一学生能随口说出来的。

我的心里开始喜欢兰兰了。到了初二的时候，这种朦朦胧胧的感觉更明显，有时躺在床上会想半天，到了星期天见不到兰兰心里老是有空荡荡的感觉。这时班上传出很多人喜欢兰兰或追求兰兰的故事，谁给她写信了，谁和她一块儿到树林散步了，等等。我虽没亲眼见过，但每次听到这些消息，心里都有一种酸溜溜的感觉。其实，私下里我也写过不少信，甚至翻着家里仅有的几本文学书籍，从中找出一些自认为很美的句子，穿插在信里，但一直没敢递给她，或寄给她。

其实，我把书信交给她的机会很多很多。因为我三年中一直任数学课代表，几乎每天都要到数学老师办公室送作业本或取批改过的作业本。那时候老师的办公室和宿舍是一间房，靠进门的窗户边放着一张办公桌，中间拉着一张布帘子，帘子后面就是一张床。几乎所有的老师都是这样，办公室和宿舍并在一块儿，每个老师的房间也不是集中在一块儿或一栋房子里，通常是两间教室中间就有一个老师的办公室。她姐夫是教导主任，很多时候并不在他自己的房间里。他在学校唯一的一排行政楼里，有一间办公室。兰兰作为老师的亲属，和所有的老师的亲属一样，吃饭都是在她姐夫那里。这点特权在当时是十分令人羡慕的，至少这类教职工子女或亲戚，不用像我们这些"平头百姓"那样，每天抢饭吃。所谓抢，就是每天吃饭前要铆足劲，先是百米冲刺般，跑到窗口排队，若是值班老师没来或来迟了，队是排不起来的，大家会轰到窗口两边的墙上，拼着体力挤，这时发生打架或者被稀饭浇到脖子上的事是常有的。

初二下学期，班上一位公社干部的儿子，在宿舍里公开宣布，他要追求兰兰，并话里有话地补充了这么一句，那些穷光蛋就甭癞蛤蟆想吃天鹅肉了。我不知道他含沙射影的是说谁，是不是确切地指我，但生性倔强的我因为他这句话，反而胆子变大了起来。我开始在课堂上大声和兰兰说笑，而且到她姐夫办公室时，常常找些话题和她聊，有时一坐就是半个多小时。兰兰好像很喜欢和我聊天，有时到了打饭时间，她还主动让我把饭缸子拿来，由她直接从教职工窗口给我买饭。没多长时间，我和那位公社干部的儿子就较上劲了，按照成年人的说法，应该是情敌吧。

说句心里话，他的条件比我好多了，家庭条件好，是吃公粮的，餐餐都是买新鲜菜吃，不像我们每餐都是吃从家里带来的咸菜。他的个子比我高出半个头，而且人比我长得又帅得多。要说我有什么优势，唯一的一点就是我的成绩比他好。他自打知道兰兰为我打饭这件事后，在我面前更是趾高气扬。

上课下课到厕所或者在宿舍和教室间不到百十米的距离，他也骑着自行车往返。在经过我身边的时候，他有意扭动一下身子，绕出一道美丽的弧线，甩一下长长的头发，吹一声口哨，潇洒地穿梭在人群中间。我知道他这是向我示威。我想学骑自行车。

自行车我家里是有的，那是父亲早年在政府工作时单位发的，是老式永久牌的，可能是家中最值钱的物什了。割资本主义尾巴时，自行车被没收了，直到1977年父亲平反才退回来。父亲视它为命，平常很少骑它，偶尔用一次，回来后赶紧清洗干净，用干布擦了又擦，并涂上黄油等，把它放置在一张旧的床上，用布蒙上。车子一直是锁的，钥匙放在哪儿只有父亲一个人知道。这辆车的车龄远远超过我的年龄，已过一个"花甲子"的岁数了，至今它的车龙头电镀的部分还没剥脱，灯光下仍能闪闪发光。

家里的自行车我是不敢动的，想都不敢想，就更不用说向父亲提了。那天，我送作业本到数学老师办公室，对正在洗衣服的兰兰说："我想骑自行车。"兰兰望着我，好像看透我心事似的："你下晚自习到操场等我"。她说这话时，眼睛向左右张望了几下，生怕别人听见。

晚上，兰兰果真推了一辆自行车出现在操场上。那晚，月亮很圆很亮，也很美。我问她从哪儿弄到自行车的？她说："还能从哪儿弄？是我姐夫的，他已经睡了，我把它偷出来的。"我说："还是算了吧，要是让你姐夫知道了，肯定会让我回家请家长。"兰兰说："我不会说给你骑的，即使姐夫知道了。""那不行，万一摔坏了怎么办？"我还是不敢接住她手中的车龙头，愣愣地站着。"没事的，快骑吧，有事我扛着，保证不会出卖你。"她说着就拽了拽我的衣角。

于是美丽的月光下，操场上出现了一对男女奔跑的身影。一会儿我骑，她扶着车后架，跟着后面跑，一会儿她骑，我跟着后面扶着。幸好我们都非常小心，操场上都长着草坪，虽也跌倒过，但并没有给自行车留下什么伤痕。此后，她又偷过几次，我和她都学会了骑自行车。当我能独自一个人在学校门口的大马路上骑行时，我的心像吃了蜜似的，一种胜利者的喜悦洋溢在脸上，荡漾在心头。

从她口中我断断续续地了解到她和她家里的一些情况。她在家排行老七，上面有六个姐姐，下面一个弟弟。我说："那你不就是七仙女吗？"她说，这话好多人说过。"谁是牛郎呢？"她笑着大声地说，像是开玩笑似的。但在我心中却激起永远静不下来的涟漪。

兰兰告诉我，她的梦想就是考艺校，天天唱歌。在初三那年的元旦晚会上，兰兰唱了几支歌，在随后的"击鼓传花"的游戏中，兰兰再次幸运地把花留在自己的手中。兰兰说，我给大家朗诵首诗吧。

黑发蓝上衣的兰兰随即极富深情地朗诵了一首诗。让我没想到的是她朗诵的竟是我前不久发表的一首小诗——《假如失去了真诚》。在她报出诗名之后，我身子像触了电似的一颤，不敢抬头看她。兰兰在朗诵完转身的一瞬间，向我微微一笑，就跑回了她的座位。

这一笑，我忘了自己身在何处，只觉得身上的热血如百流入海般奔腾不息。从此，兰兰的一举一动，更牵扯着我的视线和心脾。我常常做梦，梦见自己被一撮撮兰草柔柔地缠绕着，兰兰格格地对我笑。

中考结束后，我上了高中。兰兰没有考上高中，考艺校差了几分，她选择继续在原来的学校复读。按照我一贯的成绩，那年我本应该考到县一中这个重点高中的，但结果只进了一所普通高中。父母亲很快从同村的其他同学的父母的口中得到消息，说我是因为在学校谈恋爱造成成绩下滑。在父亲的怒斥和母亲的苦口婆心的劝说下，我一直没敢给兰兰写过一封信。有一次我回母校看老师，想看看兰兰，但兰兰一见我就远远地躲开了。

高二下学期，一个星期六的下午，我骑着父亲的那辆老"永久"车，从学校往家里赶。这辆车是母亲和父亲吵了很多次后，父亲才开始给我骑的。学校离家有30多里路，一个星期来回一次太不方便，有时星期六放学后走回家，都七八点钟了。车倒是好车，就是车胎不争气，外胎已磨平了，没有一点点皱纹，内胎没有一处不是补丁，都是父亲自己补的。那天，刚骑出校门没两里路，车胎又瘪了，我只好推着车走。忽然我听见一个熟悉却又有些陌生的声音叫我的名字。我四周寻找，是兰兰。她站在路旁的杉树林里，脸红红的，手上抓着一根树枝："怎么不骑车而推着走呢？想心事？"我说，车胎破了。她跑过来，低头看了看前轮，又看了看后轮，说，早该换了。我把车停在路边，和她一前一后走到那片杉树林。她告诉我，今年考艺校又差两分，本想再考，但家里人不干了，让她跟二姐夫去做生意。我说，文化课没问题了，考艺校千万不要放弃。她点着头，一个劲儿地拽扯着脚边的野草。她已出落成一个大姑娘了，水波一样的眼睛，鲜润的蓝衬衫包裹丰盈的身体，有种呼之欲出的感觉。

太阳快下山的时候，我和她分手了。在分手之前，她硬是拉着我找到一家修车铺，把两个轮子的前后胎内外全换了。那一刻，我心里暗暗发誓，这辈子一定要娶她。

再后来，我上了大学。我写信给她，她一封没回。放第一个寒假的时候，我找到她家。那天她家正在宰杀年猪，她父母见到我高兴得像是见到亲儿子似的，非得留我吃晚饭。吃过晚饭后，我向她父母道谢告辞。她父亲拿出一把手电筒，说："前面这一截小路不好走，我让翠霞送送你。"我很是感激。

在很长的一段小路上，我沉默，她无语。后来我们在那片曾经坐过的杉树林里坐了下来。她说："没想到你会来。"我说："你没收到我的信吗？"她说："收到了，是父亲写信时转寄给我的，我在外地做生意，也才回来没几天。"我问："那为什么不回呢？"她说："你还没长大，你想想，我们之间可能吗？差距那么大，我不想拖你后腿。"我说："有什么差距？我不是陈世美。"她深深地吸了口气，用右手梳理被风吹乱的头发，说："我又没对你做什么，你也不欠我的，怎么会是陈世美？再说，你家里人会同意吗？"

她依旧一个劲儿地拽扯着身边的野草，尽管我看不清楚她的表情，但拽扯野草发生的嘶嘶的声音听得真真切切，像是她的抽泣一般。我说，我能说服父母。她说："不用了，就算你说服了，我也不同意，你家条件不好，父母亲好不容易把你送进大学，不就为了摆脱'面向黄土背朝天'的日子吗？何苦要找一个乡下妹子，生的娃，还是农村户口，这值得吗？"

看来，她对我们之间的事有过很深的思考。就在我琢磨如何说服她的时候，她站了起来，用手拍了拍屁股，迅速从口袋掏出一个小包裹，塞到我手口袋里。"回去吧，不早了。"说完，她扭头就跑了。

我站在原地，并没有追过去。在她跑出百步外，我大声地吼叫着她的名字。我必须承认那一刻我很矛盾，或者说我犹豫了。从我犹豫的那一刻起，这段没有未来的初恋，渐渐失去了生命力。

大四那年寒假，我又找过她一回，这时她已在镇上的一家做电子产品的企业上班了。在她的宿舍里，我看到了另外一个小伙。小伙子很精神，长得很不错，高高的个子，皮肤雪白干净的，是她厂里的销售科长。那天，他们俩请我在镇里的一家饭店里吃饭。我从小伙子口里得知，他就是我邻村子的，和我还是本家，按辈分，他比我还晚一辈。他嘴很甜，一口一个"叔叔"地向我敬酒，我喝醉了，被侄子扶到兰兰的宿舍休息。

迷迷糊糊中，我感觉到有人在用冷毛巾给我擦拭额头，隐隐约约地听人说，怎么这么傻，又没人压着你喝酒，干吗喝那么多，拦都拦不住……等我睁开眼时，屋里的电灯发出昏黄的亮光，想必太阳已经下山了，但窗帘挡着，看不见外面的世界。我感觉头好疼，正想爬起来，门开了。兰兰端着一个杯子进来了，我赶紧又把眼闭上。

她这次用的是热毛巾给我擦拭脸庞。擦拭完毕后，她轻轻地在我额头上吻了一下，蜻蜓点水般，紧接着把热毛巾压盖在我额头上。我张开双臂想抱住她。我猛地睁开眼，她的目光无法避让，四目相对。"再睡一会儿吧。"她轻轻地把我的双手推开，摆放到我的胸前。

我坐了起来，用力地伸展着胳膊，使自己的大脑恢复正常。"不睡了？来，喝一杯蜂蜜水，解酒的。"她双手端着个很大的杯子，对我说。我的两行热泪终于流了出来，落入颈项时仍是温热的。

"他对你好吗？"我问。"还行。"语气中有淡淡的忧伤，"是经人介绍的，相处才三四个月。""何苦呢？跟我走吧。"我站了起来，在屋子里来回踱着急步。"你以为是写小说呀，跟你走，到哪里去？你自己都不清楚落在何方，还带上我？你想把口水收集起来当澡堂？他家离你家那么近，叔叔把侄子的女朋友抢走了，你不打算回家面对父老乡亲了？"她说得很快，没有一点点停顿，我无言以对。

我工作后的第一年春节，听人说她正月里结婚，我没有收到她的邀请，也不知道具体是哪一天。这是个很难熬的春节，整天我像丢了魂似的。正月初七，在我离开家的前一天下午，我竟鬼神差使地跑到她婆家的屋后那片树林里。我也弄不清楚自己要干什么。我不知道她婆家是哪栋房子，想找人打听，但终没有勇气开口。就在太阳快要落山的时候，我正准备离开，一个熟悉的身影出现在山路的尽头，正朝我这边走来，是兰兰，真的是兰兰。她一手抓着棒槌，一手提着一篮子衣服，朝我身后的水塘走来。我想躲开，但已来不及了。"怎么是你？"她的吃惊是意料之中的，"来了怎么不进屋坐坐？"她领着我沿着刚才她走过来的路，回到她的家，她的新房。

新郎的父母亲都在家，新郎到亲戚家拜年去了还没有回来。新郎的父母亲听兰兰介绍完我，热情地招呼我："知道，知道，我们是本家，还离得不远，按辈分我们是平辈的。你父母亲我们都很熟悉，他们真是有福气，几个儿子都考上大学了，不像我家那淘气的，念不进书。"新郎的父亲一边给我递烟，一边对兰兰说："这是你叔叔，是你的长辈。"言语中流露出新媳妇进门的喜悦。"真是惭愧，兰兰结婚大喜我也不知道，不然一定会来喝杯喜酒。"我以老家人传统的表达方式说出自己的歉意和祝福。

"一样，一样，他们也是初四才办的事。按照城里人说法，还在蜜月呢。今晚你无论如何要给我一个面子，留下来喝杯酒。"兰兰的婆婆笑呵呵地捧出一堆喜糖，"吃喜糖，吃喜糖。"

那晚我真的留下来在兰兰家吃了晚饭。兰兰极力装出一副农村媳妇的乖巧模样，左一口"叔叔"，右一声"叔叔"地叫着，向我展现的是一副快乐少妇的满足，而我的心里像打翻了的五味酒，难以言状。

其实，很多女孩变成女人后，是很容易满足的。离开兰兰家时，我想，我也该把该忘记的和不该记起的过去深埋起来。

以后20年里，我虽时常想起兰兰，但都不曾深入地想下去，怕一旦陷入回忆的沼泽地，拔不出来。春节回老家时，虽常打听兰兰的一些情况，但我再也未跨过她家的门槛。

直到前年，不知是谁的动意，竟要开个初中同学会，我没想到兰兰会参加，如同她没想到我会参加一样。"真没想到你当官了，那么忙还挺怀旧的。"这是兰兰见到我的第一句话。兰兰比我想象中的农村妇女要光亮许多，尽管岁月的风霜也在她美丽的脸上留下了些许痕迹，但仍不失丰润，饱满，尤其是她的笑还是那样清爽，略带羞涩。

和她跳舞的时候，我轻声问她，过得好吗？她笑着说："你都看见了，老了，胖了，丑了，不过，你过得也不好，怎么头发都落完了，是不是太操心了？"

我说："你还没回答我呢。"她笑着说："还行，日子不算富裕但已小康，老公不是博士但开的士，儿子孝顺，公婆还行，老公当情人，情人是老公……"

她的话像背书一般流淌而去，我感觉得到她过得很幸福。"幸好当年没嫁给我。"我说这话是发自肺腑的，至少我的妻子没有兰兰说的这么幸福，她跟我吃了不少苦，受了不少委屈。

"笑话我，是吧，我常后悔当初没跟你走呢，至少我也是一位官太太，是吧？"她故意白了我一眼，说："其实，你也不容易，一个人在外没依没靠的，打拼成今天这样子真实不容易，别和自己太较劲，身体最重要。"

她的话还是那么善解人意，暖人心脾。可不是吗？像我这样表面风光的人，披着成功者的外衣，可内里穿的是什么呢？还没有平凡人过得自在、温馨。

还唱歌吗？我问。

想听吗？她说，我给你唱一首。

接下来她唱了一首邓丽君的《何日君再来》，歌声缠绵，仍不失甜润。

席间，有同学旧事重提，问我和兰兰当年到底发展到哪一步？

我思索良久，说："她坐在我的前排，我坐在她的后排。"兰兰笑了，抿着嘴……

想起那场关于秋的对话

不知是到了回忆的年龄，还是处在怀旧的环境，现在是秋天，我又想起了那场关于秋的对话。

那是去机场的路上，她坐在我的车上，前排，副驾驶的位置。我半躺在后座上。她突然说了一句："我最讨厌这秋。"我望着她，她正望着窗外，我随即将目光投向窗外。的确是很苍凉，原本盛妆的行道树脱光了衣服，露出斑驳的身躯。稍远处的田野，已不再是绿油油的或金黄黄的一片，灰秃秃的，和工地上的水泥板差不多，只有还没来得及挑回家的稻草人、稻草堆，或耷拉着头，或像坟墓似的散落在空旷的视野中……我也不喜欢窗外这衰败的景色。若在画家的笔下可能会描绘出一种宁静的意境来。但她，一个一年四季都满脸阳光的人,怎么会说出这样的话呢?自打第一次见面,差不多三年多了,每次打老远地就看见她雪白的牙齿,永远是一副微笑着快乐天使的模样。

"不会吧?"我收回目光,对着她的背影说,"像你这么热爱生活、拥抱幸福的人,四季都是春,满目都是景,恨不得把一个日子掰成两个日子过,怎么会有这种感觉呢?"我这么说,与其说是想弄清她讨厌秋的原因,不如说是想窥视出她内心世界和外在表象之间的差异。

"自己的冷暖自己知。冬天里冷,你见过几人在你面前哆嗦?夏天热,你又看见几个喘着粗气?"她的确很智慧,只是道出一般性的规律,但又不能说没有回答我的问题。

"其实,秋是非常可爱的。"我故意说,"林语堂先生说他最爱的就是秋。他说春天也爱但太年轻,夏天也爱但太气傲,唯秋天的成熟是丰富的。"(我有意抹去了金黄的颜色,怕与窗外的景致不符,被她抓住把柄。)

"我哪能和他们这些大作家比,他们对着一块石头都能说上半天,一片落叶,能写出几张纸,还能哭能笑。"她回过头来,面带笑意,但言语中还是流露出几分无奈。

"依我看,你并不是讨厌秋天,而是不喜欢这秋天的景色,如这窗外的萧条。但这不是秋的全部,它是深秋或者晚秋,是秋的尾巴。"其实这些话从我口中说出来,只是假借了"你"而表达自己内心的感受。

"没想到你还如此感性、知性。"她说这话时,并没回过头来,轻轻地笑了两声,"你说得不错,每到这个时候,我的心情就糟透了。如果不是为了养家糊口,我连班都不想上,整天躲在房子里,把自己'秋眠'起来,等下雪了才出来。"

"你这想法我也有,而且我猜想大多数人都会这样,害怕深秋,尤其是刚刚经历过早秋,反差太大。我现在的年龄正处于这深秋阶段。"我也不知道自己为什么要补上后面的一句话,概是怀念自己刚刚过去的早秋吧。按照林语堂先生的理论,我们每一个人都有一段充满早秋精神的时光。在这段时光里,翠绿与金黄相混,悲伤与喜悦相杂,希望与回忆相闻。他还说:"不仅个人如此,国家也是这样。"

"你都'晚秋'了,那我岂不'入冬'了?想一想真没意思。"她和我一般大,过得比我要滋润鲜亮得多,没想到这害人的秋把她的心情欺负得如此低落。

"别逗了吧。不是有人把你和你女儿当姐妹俩吗?"我本想宽慰她几句,活跃一下气氛,但脱口而出的是这样一段话,"人生在世,草木一秋。作家毕淑敏到北大演讲,不是有人给她递了张纸条问她,人生的意义是什么吗?你猜她是怎么回答的?她说,人生本来就没有任何意义。你再猜下面的人是什么反应?掌声一片,持久,热烈。据她自己后来回忆说,那是她一生中听到过时间最长、掌声最热烈的一次。这说明什么来着?说明引起了共鸣,共鸣啊!"

没想到当我结束我的感慨,睁开眼时,只见她的身子侧着,眼里闪着泪光。"不说了,不说了,我们换个话题,谈点开心的,比如说工作、孩子。"我有点惊慌失措。

"工作、孩子、家庭,就一定开心吗?还不一样叠床架屋,看似千回百转,实际上不都是在兜圈子。"她好像有些激动,"坐在会议室里,听他们铿锵有力的报告,追求崇高的理想和价值;回到家里,书上说经营着温馨,享受着亲情,可哪一天不泡在柴米油盐酱醋茶里?但走在人面前,还要强作笑脸,充满仪式和身段,这不都是自欺欺人吗?"

"还是古人生活得好,生活简单,人与人相处和谐。'一水张喧人语外,万山青到马蹄前',粗茶淡饭,融于山水之间,自得其乐。"受她的感染,我的思维跳跃着越过时空,想起古人的日子。

"'旧塔未倾流水抱,孤峰欲倒乱云扶。'古人太远,你有见过几个古人,能留下诗词歌赋的古人又有几人?几千年才这么几个人,其他的人呢,也许生活并不如意,如同后人看我们一样,单从诗词文章中,能读出我们的无奈和彷徨?"她的才气虽早有耳闻,但没曾想到,她能从未来看现在的角度去品味古人,这还是我未曾思考过的问题。此时,车正好经过一古塔。我不想轻易认输,忙辩解道:"古人的物质生活肯定没现在好,这点毋庸置疑,但精神上呢?"话一出口,我立马意识到话中的漏洞,我怕被她揪住,没等她接话接着说:"精神是个很虚的存在。如果从社会提供的精神文化产品来说,肯定没现在丰富。但境界呢?情感呢?人情味呢?有相邻而居几十年仍如同路人一般的吗?"

"这倒是实话,现在的人情冷漠让人心寒。"她点了点头。

"人人都知道这一点，但就没有谁去热情一下，主动地拥抱一下。如果人人都会热情一点，真诚一点，主动一点，你还有心思去和秋发这些牢骚吗？即便是同样的景致,在你眼中也未必就是衰败和荒凉了。说触景生情有些片面，但，眼中景心中情是互动的。刚刚抱上孙子的人看到树叶上的露珠，都认为是晶莹的珍珠。而对于刚刚失去亲人的来说，那肯定是眼泪。"我一口气说了这么多，全然没考虑表达得是否符合逻辑。

车内恢复了沉默。

现在正是深秋。身处高墙内，落叶于我无关，秋风于我无关，是不是"眼不见心不烦"了呢？想起那个秋天的对话，心更悲伤。胜过以往任何一个秋。

学 姐

所谓知音，就是多年之后，你在心底仍视为知己的那个人。

——题记

因为一件棘手的事，我破例申请给学姐 XU 打了电话。也许她根本没想到我能打电话给她，先是不敢相信，继而是出人意料地兴奋道："能听到你声音，真的好高兴。"瞬间一股暖流在心间涌动。她说："很多次都想去看看你，但都被……"谢谢你，真的谢谢你……我本来是想对她说，你对我的关心我爱人都对我说了，来与不来，见与不见，都不重要，重要的是你用"心"了，但当时哽咽着没有说出来。

但学姐是懂的，"心"很多时候就是力量之所在，"心"的物理距离和实际距离是两个概念。

知道 XU 是我的学姐的时候，我已经走出校门六七年了。也就是说，在我上大学的时候，我根本不知道也不认识这样一位学姐。

那时，我在一个企业工作。为了申报一个技术创新项目，我邀请了市内几位专家做先期论证，同来的有几位市直相关业务科室的领导。对于那天的见面，我仍记忆犹新。业务领导先于专家而来，两男两女，两女个子很高，目测都在1米75左右。而两个男性都很矮，不足1米70。四人中只有一位我认识，但她并不认识我。在随后的晚宴上，我主动挑开话题，端起一杯酒，站到那个我认识的王科长面前，"王老师，你可能想不起来了，我可是因为你才留在这个城市的。"话说得有些歧义，王科长也是一愣，我赶紧解释："是这样的，那年我毕业分配，多亏你手下留情，给我盖了个红巴巴，不然我就回老家去了。"王科长当年在计划委负责大专院校毕业生分配的，那个科室有个很难懂的名字——文劳科。办公室在市政府内一栋独立的二层小木楼的二楼。

我之所以对这件事记忆深刻，是因为那年毕业时，班上37名同学有一半人都把志愿选在这个开发开放的城市。而据内部消息，那年计划委对我们这个专业的毕业生给出的计划也就两三个指标，竞争的激烈是可想而知的。我在这个城市没有任何可用得上的关系，硬是凭着"初生牛犊不怕虎"的一股劲儿，挨家挨户地推销自己，先是跑接收自己的婆家，足足找了四五十家单位，总算有两家单位盖了红巴巴，但主管局卡住了，反反复复折腾了几个月，总算拿到一个主管局的红巴巴，最后一关是计划委。我实在是没有多少信心弄到那个红巴巴，但还是硬着头皮找去了。接待我的正是这位王科长，皮肤雪白，身材颀长，气质优雅。她看过我的材料，说了一句我再熟悉不过的话：等我们研究后再说吧。

熬了一周后，我鼓起押赴刑场般的勇气，再次来到文劳科。王科长一见面就笑着告诉我："你留下来了，恭喜你。"我几乎不敢相信自己的耳朵，当我真切地看到计划委的那个红巴巴时，与范进中举时的心情应该差不多吧。

席间我把这段难忘的往事说出来，王科长颇为开心地说，幸好当年留下了你，否则我们不是少了一个优秀企业家？笑声中，王科长忽然对我说："我想起来了，那你赶紧敬你学姐一杯酒。"

就这样，我才知道那位文静端庄的美女是我的学姐。叙起来才知道，我进校的时候，她已经毕业两年了。要不然像这样的美女学姐我不该不认识。

此后不久，我也进入政府部门工作，学姐成了我对口单位的直接领导。学姐为人谦逊、低调，办事讲原则又极富效率。我们平时基本不联系，偶尔因为工作上的事通一次电话，或见一次面，就像昨天才见过面似的。那次我们为了一个项目到四川去考察，在回来的途中，一位同行的同事在我们眼皮底下发生了车祸，尽管我们全力把他送到了医院，保住了一条命，但十多年都没有醒来。那天夜里，领导考虑她是女同志，就没安排她守候的任务，但她还是主动留下来，安抚伤者的家属。

命运的安排有时挺捉弄人的。几年后，我和学姐走到了同一个单位，而且组织上安排学姐做了我的副手。在此后的共事时光里，学姐兢兢业业的敬业精神和坦坦荡荡的做人处事风格，给我留下了深刻的影响。她在工作中给予我无私的支持和帮助，而我却因为巨大的压力很少给予她工作之外的关心和照顾。好在她做行政工作的时间比我长，理解我的难处和苦衷。

那年大雪，我因为拜访一位重要客商，冒雪赶到机场，无奈飞机停飞，在机场苦苦等了一天一夜，只得无功而返。在距市区还有30里的地方，因为路面上冻车子滑陷到沟渠中，百无聊赖中收到她发的一条短信：到了？我回"飞不了，只得回来"。她回："那也好，雪太大，注意安全"。当她从她的驾驶员那儿了解到我们的车趴窝了时，她二话没说，赶了过来。

就在我即将奔赴新的工作岗位时，我突然跌进了万丈深渊。在那个特殊的时期，许多人避之不及，但学姐却在第一时间主动给我爱人打来安慰的电话，并多次到我家中与我爱人谈心……这些都是我未曾料到的，也是我投改后才从爱人那里得到的。

学姐之于我的关心是无私的，这些年来，她始终关注着我改造中的每一步，只要是她能够想到的有利于我改造的办法，从未有过一分一秒的耽误。记得我刚到监狱时，关心我的管教干部让我利用业余时间多看看安全生产方面的书，监狱里每年都要搞类似的竞赛活动。我告诉爱人，让她找人弄几本安全生产方面的书籍。爱人同时给几个人打了电话，学姐是第一个把书送给爱人的……

此后为了发文章，拿积分，报减刑的事，她没少烦神。

养活理想

有人说，人生犹如一盘棋，从最初的一枚棋子落下，直到最后的终局，胜负是一回事，留下怎样的"棋形"又是另一回事。重视"棋形"的人，按照时尚"主义"分类法，该叫理想主义者吧。

有这么一位理想主义者，他靠着自己勤劳的双手和超前的谋划，养活了自己的理想，留下了堪称完美的"棋形"。

他姓万，是我的一位朋友。我很想说一说他的故事。

他家境贫寒，父母多病，上学时基本上处于半工半读状态。那年考大学差了几分，他很失落，他的梦想是当一名叫教授，做一名学者。但家庭的状况容不得他去复读一年，其实正如他以后所说的，"即使当年考取了大学，我也没办法完成学业"。在经历过短暂的痛苦后，他选择了和大多数同龄人相同的道路，南下打工，这在上个世纪八九十年代是一种普遍的选择。

因为没有令人自豪的大学毕业证书，他所找到的工作是制鞋厂里的操作工，每个月收入七八百块钱。这种报酬相当于内地国有企业大学毕业生的四五倍。他每月除寄部分钱给家里外，总是留出部分钱买书，做起月光下的"大学生"。后来，他利用休息的时间另谋了一份工作，到附近的高尔夫球场当球童。他在做球童的时候，并不像其他球童那样，满足于简单的服务，而是仔细琢磨着别人的一招一式，并买来一些与高尔夫球相关的书籍。他在做好本质服务的同时，常说出一些颇为专业的建议，获得客人的好评，偶尔还让他挥几杆。一天，球场来了一位很重要的客人，当天球场不对外开放，急需要一个球童，他被幸运地请来了。这位客人对打高尔夫球情有独钟，为人又极其平易近人，边打球边和他拉起家常。客人问他贵姓，他说：我姓万。客人一愣，随即笑道:"真是有缘,我也姓万,按年龄你该叫我爷爷吧。"他兴奋地叫了一声"爷爷",并在这位爷爷的鼓励下,挥打了几杆。还甬说,这几杆打得还颇见功底,概是他思考得多见得多,已达到"庖丁解牛"之境界吧。结束时客人主动提出和他合影留念。

此后不久,他注册了一家公司,租用了两间办公室。这在公司多如牛毛的南方城市,并没有什么惹人注目的,但他办公室里悬挂的那张和这位姓万的"爷爷"巨幅照片却不同一般。凡是见过这张照片的人都会问他,你和这位大领导是什么关系?他总是笑而不答。在中国关系学中,有两种人特别多,一是把没关系拉成有关系;一是把简单关系弄成复杂关系。因为有这两种人存在,他越是笑而不语,越是被传得神乎其神,什么领导钦点他来陪打球的,什么他叫他爷爷,什么他爷爷才是公司的真正大老板,等等,越传越有鼻子有眼,越传他的生意做得越顺手。短短三四年时间,他资产过亿了。

他在继续做好贸易的同时,开始涉足商业开发。当他把投资上亿元的商务大厦,在竣工典礼上,面对省、市领导和新闻界的朋友,无偿转赠给地方政府时,众人震惊了。他说:"我来到这个城市时口袋是空空的,这个城市让我口袋鼓起来的同时,教给了我更多比钱更重要的东西。我很感激这个城市和这里的人们,我以此来回报这座城市,我将重新从零开始。"

他的事迹连同他的朴实的讲话被媒体争相报道,他成了新闻人物。当地政府和他商谈,问他下一步有何打算或要求?他说,那栋商务大厦是按照会展中心设计的,政府正好用得上,我想在其附近建一个五星级酒店,为会展中心配套服务。他的愿望很快得到了实现。关于他身份的传闻还在继续,越传越广,他的事业也越做越大。不过他现在的真实身份是某大学的一名教授,公司股份制改造后,他只保留了很小的股权比例。

他姓万,也有真名,但他说,我曾经拥有过太多的光环,现在静下来,是朝着太阳微笑的时候,安心做我理想中的事,体验生命的纯粹,心灵的净化,我为能在喧嚣的潮流中能养活自己的理想感到幸福。

养活理想,我欣赏、敬畏这种坚毅而富有弹性的生命状态。现实生活中,多少人因种种利益的诱惑而放弃曾经的理想,多少人在坚守和放弃之间苦苦挣扎、徘徊,而像他这样知道自己到底要什么,怎样才能跟梦想靠得更近的人,无疑是自己命运的真正主人。每一个人的一生属于自己的宝藏只有一个,在寻宝途中,不可能一帆风顺,不可能不走弯路,但珍惜每份体验,吸取各种养分,为最终养活自己的理想而积蓄甘露,进退自如,修炼成精,任凭风吹浪打的确实不多。

一束鸡冠花

无论是一个男人,还是一个女人,谁没有一些不可言说的梦?谁没有一些蚀骨的无奈和心酸的惆怅?

她在党校学习,他一直想去看她,但一直抽不出时间。他的时间不属于他自己,太多的会议,太多的应酬,太多的临时通知,太多的应急事件……非怪人家说:"穿衣要穿布,当官在当副。""宁可千刀万剐,不做政府一把。"现在政府承担着无限责任,但党委却拥有着无限权力。有人说,这"两无"的碰撞结果只有一个,对老百姓而言,无能。

他很怀念和她在一起搭档的日子。她虽是女性,但思想解放,胸襟开阔。她当书记,他当县长。她说,你往前冲,我给你做后勤保障,计划生育、维护稳定和安全生产,还有信访工作我来抓。他很感激,这几项工作都是"一票否决"的工作,而且特耗时间,光会议就够你享受的,有时派个副职去参加吧,领导不满意,说主要领导不重视,分不清主次;自己参加吧,有时实在是分身乏术。和她在一起搭档几年,这方面不用愁,每次开会她去,绝对的一把手,够重视的吧。一把手还真的不一样,抓起来效果就是好,不是一般的好,是看得见、摸得着的好,几项工作年年都是市里考核第一,省里的先进。

她被提拔当副市长了,来了个年纪和他差不多的书记,思想也很解放,但就是想到哪儿做到哪儿,没个章法。特别是处处以党委为核心,说穿了就是以书记为核心,这倒没错,但对于一些省直、市直的重要部门,如税务、土地、工商、质监等部门,也像自己的儿子一样,说怎么地就怎么地,动不动还说,不听从党委的,我让你路没得走,爬着电线杆来上班,这是我的地盘。弄得县里和这些垂直执法部门关系很僵,于是一大堆擦屁股的事就甩给他了,热脸就着人家冷屁股。

在她党校学习临近结束时,他正好到天津去参加一个会议。他决定抽时间去看她。为了给她一个惊喜,他在那天晚上12点才给她发了一条短信息。她很快回了个信息,"明天上午九点,学校组织到西柏坡上体验教育课,三天后才能回来,你就不要白跑一趟了。谢谢"。他读完信息,心一下子凉了半截,明天见不了她,三天后才能回来,我还能等三天?后天我必须赶回去,晚上市里还有一个规划委员会议。不行,我必须要去看看她,这不是什么礼仪,从她刚去党校学习时,我就说去看她,她在电话里几次问我怎么还不见人影呢?在长达五个多月没和她见面的日子里,忙的时候他倒没什么,一旦闲下来,他老是想着她,有时忍不住喝上两杯酒,或者写几句随笔式的日记。她和他是大学里同届的校友,两人都是各自系里的学生会主席,同学们都认为他们毕业后能结合到一快,但她和他分在两个相距较远的城市。五年前,他作为交流干部来到她的城市,而且和她在一个单位工作。

他收拾好行李,退了房,叫上出租车,终于在夜里1:20登上了开往北京的动车组。她收到他发来的信息,好不感动。

人,许多时候,需要感动,哪怕是一件极小的事,只要引发出感动,生活就会润泽,生命就会律动,人生就会充满温情。

她收到信息后,给学校招待所打了个电话,想订一个单人间,但电话那端告诉她,连双人间都没有了。她连着又拨了几个学校附近的宾馆电话,全都客满。她不得不感叹,中国只有一个北京,世界只有一个北京,北京的人流量恐怕谁也统计不出,住宾馆的、租民房的,还有住桥当的,最后好不容易在另一所高校招待所里订了一个标准间。

她向班长请了个假,说自己的妹妹从国外回来了。她是有个妹妹,而且是在国外。三十好几了,还没结婚,她曾想把妹妹介绍给他,他的妻子早些年陪儿子出国读书,没再回来,离了婚。他没同意,说年龄相差太大,其实也就六七岁的样子。她劝过他,他又说,组织上把我异地交流过来,看重的就是我单身汉一个,一方面想让我离开过去的伤心地,另一方面想让我甩开膀子干一场，我不想分散精力。组织上是不是这么考虑的，不清楚，但他真的是个工作狂，她清楚，同事们也都清楚，还送他许多外号，"非常6+1""白+黑""幸运五十二"。

后来她再劝告他，他笑着说，除了你，我谁也不想娶。她笑了，拿我老婆子开心。他笑了，不好意思地说纯属玩笑，不可当真。其实，也不见得就是玩笑，她的老公原是供电局局长，后改为供电公司当了老总，出车祸死了多年了。他们都是单身，虽然此前都有过婚姻，但子女都已大了。他很喜欢她，如同她很依赖他一样。就是她升任副市长后，她还常向他请教一些问题，用她的话说，"男人在某些方面确实比女人强，我能当副市长纯粹是沾性别的光，若论能力，你当个市长、书记也不在话下"。她有些自谦，她的能力还是非常强的，很亲民，百姓的口碑不错。她和他有个约定，为了不影响工作，不要让人说闲话，他不娶她，她也不嫁给他。这么多年，尽管偶尔也有关心他们的长辈或老领导，提过这方面的建议，都被他们共同否定了。多年来，他们虽常常在一起，但从未传出过什么绯闻来。事实上也确实如此，她曾半开玩笑地说，我没有弟弟，就把你当作亲弟弟。他说，不好，我们是同龄的。她说，我比你月份大。他说，我知道，你六月八号，我十月八号，相差四个月，太短了，怀胎还要十个月呢。她说，又不是真的胞弟弟，还较真？他说，不是真的就是假的，假的不如不要，况且我的长相比你老多了，说出去没人相信，要解释还浪费口舌，而且容易让人误会，现在不正流行姐弟恋吗？

这是他们偶尔在一起时斗嘴，难得的轻松。她对他确实很关心。那年，他在省党校学习。她看天气预报，说第二天降温，便自己驱车连夜给他送去衣服。这是她第一次自己驾车上高速公路，回来的时候她都不敢开了。他说，你真是有些迂腐，天冷了，省城买不了衣服？也不先打个电话问问。她说，问了你还会让我来吗？谁知道你冷了会不会买衣服？

她的歌唱得很好听，但她不太喜欢唱歌。以前在县里，偶尔在客商来时，她会助兴唱上一两首，如《在水一方》《我不想说》。他不是作家，但喜欢写点文章，她说他的文章写得比有些作家强多了。她喜欢他那种漫无目的，散步式的流动着的写作状态，没有一个明确的主题，但总能引发人的深思，有质感，不浮躁。她还爱把自己或母亲烧的最好吃的菜，用小罐子装着带给他。

他常把自己从书中读到的有趣故事讲给她听。当然，有时他们也为一些工作上的问题争论，甚至发展到争吵，但通常在分手的时候，他们都已恢复平静。

他走出火车站时，外面已飘起了雪花，像飞舞的白蝴蝶。他忽然想起自己来看她什么也没有买，什么也没有带。就在他懊恼的时候，他发现了一家花店。大都市就是不一样，二十四小时都像白天一样。他很喜欢花，自己还养着许多花，他把他们的那个县城也栽种了许多花。他认为花之于城市生活的意义如同空气和水一样，很难想象一座没有花的城市会是什么样的没有生机。同样花之于城市女人的意义可能比粮食更重要。他知道她爱花，过去常去看他养的花。

花店里的花很多，菊、玫瑰、黄百合、紫罗兰……他的目光落在鸡冠花上，这是一种很名贵的花，只可惜不知是谁给它起了个这么俗气的名字。好像是那个李渔吧，曾对此花的花名颇感惋惜，取名曰：一朵云。但这种改法他不认同，太没质感，还不如叫它无名花或无冠花，无冕之王的意思。他要过一束，叫了出租车，直奔她告诉他的那个招待所。

她和他见面时，没有想象中的拥抱，连握手也没有。她说，你怎么瘦成这样？又黑又瘦的。一句话，胜过千言万语。他傻笑着，把那束花递给她："来得匆忙，就这一束花。"这半夜里你上哪儿弄来这么名贵的花的？她满脸的惊喜。她知道这花名贵，但她不知道这座城市夜晚和白天一样，看来她半年了还没了解这座城市。她把花举起，将鼻子凑上去深深地吸着，花立于两人之间，两个人的目光都落在花上，稍一移动，目光相对。那一刻，金风玉露般对视，一瞬间，胜过人间无数，一切尽在不言中。

她给他端来一杯热茶，他喝了一口，说，我们到外走一走，好吗？

好哇！外面正飘着雪呢。她像个纯情的少女，在异乡陌生的城市里唤回曾经遗失过的青春。

凌晨三点钟，恐怕也只有这个时候，北京城才刚刚睡去。他和她并排走着，风呼啸着，传出惊世骇俗般的声音，使人忘却了世俗的烦琐和欲态。脚下发出清脆的"吱吱"声，代替了他们的言语。也只有在这样的夜晚，这样的风声中，这样的雪花里，人才会卸下坚强的躯壳，让真情和关爱皈依。她想说，今晚的风如此充满激情，那是我对你的心语，你是否感受到了这跳动的音符里有我真真切切的祈祷？他想说，随我而来的这洁白的精灵，倾注着我一番如丝如织的思念，为你抚平经年累月留下的斑驳伤痕和酷阳寒噤，你是否感到心如雪飘，一身轻松？但他和她都没说，就这样默默地围绕着陌生的校园走着。被雪覆盖着的校园其实一点也不陌生，像他们大学时的校园一样。他们一直走到天亮，走到她的校门口，在校门口小店里，一人喝了一杯热气腾腾的豆浆，吃了一笼小笼汤包。

时间快到了，她目送着他上了出租车，转身回到了学校。

就在这一天傍晚的时候，从南京机场接他回来的车在快进入市区收费站时，发生了车祸。脑颅出血，他被推进了急症室，手术后又转入了特护病房。

她是从北京学习归来时才知道这一消息的。尽管事故已发生半个多月了，但没有人告诉她，没有人会想起来告诉她，他们只是同事，过去的校友，现在的上下级。

她获悉这一消息后悲痛欲绝，她在心里问自己，如果他那天不上北京，就不会乘坐那架飞机，就不会在那个时候出现在事故地点，他就会躲过这一劫，但现在一切都迟了。她问医生，医生说很可能会一直不醒。她懂，那是植物人。

她违背了她的诺言，违背了他们之间的约定。她取了他的身份证，一个人跑到民政局领了结婚证。就这样，每天下班后，她就抱着两本鲜红的结婚证，守候在他床面前，和他唠叨着不停。

他的床头间始终摆放着一束鸡冠花，从没衰败过。

第二辑 往事如梦

"人生若真如一场大梦,这个梦倒也是很有趣的。在这个大梦里,一定还有长长短短,深深浅浅,肥肥瘦瘦,甜甜苦苦,无数无数的小梦。有些已经随着日影飞去,有些还远着呢。飞去的梦便是飞去的生命,所以常常留下十二分的惋惜,在人们心里。人们往往从现在的梦里走出追寻旧梦的踪迹,正如追寻旧日的恋人一样,越过千里山万重水,一直地追寻去。"这是朱自清先生为俞柏平先生的《忆》所作跋开头的一段文字。我把它摘录下来,一是因为先生说得实在太好了,我不可能说得比他更好;二是想借此装点一下门面。先生是大家,大家且如此看待人生,我等平凡如尘埃的俗人做些鸡零狗碎的梦,自然也属正常吧。说穿了,就想为自己找点寻梦的理由吧。

九成的雪

一

2012年的日历撕下只剩两页的时候，九成终于下了一场像模像样的雪。此前在斜风细雨中也曾飘过一两次雪花，但都没有形成苍茫，算是引领迎接新年的这场瑞雪的先导吧。

雪是什么时候下的，我并不知晓。当夜里12点交接班的同犯搓着双手、略显兴奋地告诉我这一消息的时候，我正在读日本作家清少纳言的《枕草子》，随即问了一句："雪下的大吗？""还刚下不久。"同犯的回答让我感到很失望，但还是起身趴到窗前望了望。地上的积雪还没完全覆盖，斑斑驳驳的，空中的雪花也少有激情。这样的雪景是清少纳言所钟情的，"薄薄的，降在屋顶上，或沁入瓦缝中，让世界看上去黑白分明"。而我喜欢的雪是苍茫的酣畅淋漓的那种铺天盖地。

到九成已过了三个冬天了，见过几场大雪，但因为高墙的遮挡，视野中的局限使得我钟爱的大雪少了几分磅礴的气势。好像是前年的那场大雪之后，我曾经写过一篇关于《九成的雪》的诗，其中就有这样的句子：九成的雪/是孤独的/那是永生与新生的祭奠/九成的雪/是裸体的/但身上满是苦涩的伤痕。

也许是夜更静了，也许是窗外的雪见我无动于衷的缘故，就在我准备睡去的时候，细微的敲窗声响起，难道是雪有话要对我说吗？心有些灵动，脚步又再次移至窗前。窗外的枇杷树已呈白色，地上已全无杂色，世界处于一片纯洁之中，眼前的雪花摇曳翻卷得很厉害，看似漫无目的，又好像在刻意找寻它要安息的怀抱。它是亲人的使者？是相思的化身？一种惆怅在心中弥漫开来。

是夜，难眠。任凭记忆中的雪花飞舞，雪白雪又黑，雪融雪又没的种种画面似幻灯片般切换在闭着的眼球和醒着的记忆中……

  清晨,我睁开眼做的第一件事就是向雪行注目礼。此时,雪花仍在弥漫坠落,但地上像铺上了厚厚的棉被,发出刺眼的光,雪的神韵一览无余地凝结在天地间。顷刻间不知是谁的诗句在心头激荡——"她是生命的天使,拯救苍生于梦想中;更是一个吉祥的精灵,滋润着春天的绚丽与秋实的精彩,把万紫千红的未来,孕育在冬的冰库里,以期奉献给大地。"雪啊,你不顾路途遥远,把自己晶莹的身子奉献给大地,恒守着对大地的钟情;雪啊,你带着纯洁的心愿,用你轻柔曼妙的吻亲吻着万物,唤醒万物的生机;雪啊,你坚守着不变的信念,甘愿以短暂的生命净化纷繁,迎接又一个春天的到来!有人说你冷漠,但你所有的冷漠不都是为映衬温暖而存在的吗?有人说你苍茫,但你所有的苍茫不都是为润育生机而铺设的吗?你在四季的尾声中谦逊地降临,只为了让那些走过春华秋实的生命注入正能量,从休眠走向新生。

二

  2013年的雪降落在九成的土地有些晚,但她还是来了,让人备感欢喜。中午时分,雪刚开始下的时候并不大,疏疏落落的,裹在细雨中,临近傍晚的时候才飘飘洒洒起来,像柳絮又似杨花。在我上床前,视野中已是白茫茫一片。

  次日清晨,我迫不及待地立于窗前,雪还在下,天地间早已是一片银装素裹,粉妆玉砌,仿佛这里不是江南,而是北国冰城。我把手伸出窗外,试图捉住一两片雪花,明明是逮住了雪花,可当手缩回再移至眼前时,什么都没有了,留给掌心的感觉也不是寒冷,而是润湿温暖。偶尔有一两片调皮的雪花,不安分地钻进窗内,扑到我脸上,毛茸茸的,像母亲的手摩挲着,温凉中感到浑身舒畅。

  望着眼前纷飞的雪花,仿佛自己正置身于一个全新的舞台,面前全是出神入化的魔术师,既像夏日黄昏九成的蚊,又像春天油菜中的蜜蜂,一个个都是婀娜多姿的舞影。室外的庭院中,枇杷树在圣洁的天使面前也放下了身段,椭圆形的叶似千手观音的手,谦卑地托起晶莹。伸展的树枝似乎也不甘落后,在迎风的一侧也紧紧地抱住苗条了的雪柱。

雪是有生命的。在她摇曳的姿态中,我分明看见了母亲点燃的袅袅炊烟,分明听见了女儿朗朗的读书声。

雪是有信仰的。她从遥远的西伯利亚启程,越过三江平原,越过华北平原,越过长江,一刻不停地感到九成,既带来问候,又带来祝福,更是送来春的信息。

九成的雪,如同亲人的问候,每年都在严寒的季节抵达,从没失约,从未放弃。我在她每年到来的时候,都有情不自禁的激动,都想为她留下一点可供将来回忆的文字。2010年的冬天,我刚到九成,心绪烦乱,情绪低迷,写过颇为忧伤的小诗——《九成的雪》。2011年的冬天,我终于悟出了雪的精神,洗尽忧郁烦恼,荡涤心灵污垢,写下过抒情的文字——《九成雪赋》。2012年,也就是去年的冬季,面对这从不向人索取什么,要求回报什么,终将化为一泓清泉的雪,我还是感慨万千,写了《雪落九成思万千》。

九成的雪啊,也许我还会与你再同行一程,也许在与你再次晤面后将不再相逢,但你已经融进我的心田,你的清纯,你的执着,你的柔情,你的悲悯,都在我心中扎了根。我会永远记住你,不管前方的路是否坎坷,但因为心中有你,我会面带微笑,踏歌而行。

三

雪又一次与我在九成不期而遇。

对于她这次的光临,老天做足了前戏。先是连续多天的阴雨,接着便是呼啸的北风,当天幕越来越灰暗,灰暗得足以让人心悸的时候,精灵般的她终于摇曳而至了。

这是今冬九成迎来的第一场雪。虽然不是很大,但当"下雪啦"的白雾从人们口中冒出时,多数人的眼流淌出的是喜悦。下雪了,意味着一年又接近尾声,也意味着新的一年的钟声即将在相互问候和相互祝福中敲响。

望着满天雪花飘,真想围炉煮酒,也想置身苍茫中,痛痛快快地打一场雪仗，堆一个大大的雪人。但此刻的我，只是观众，不是演员，只能伫立窗前静静地赏，不能与雪共舞。

　　雪花飘飘，飘飘的雪啊，你是去年来过九成的雪吗？你明年还会再来吗？凝视着雪的轻盈，我忽地有了询问她前世与来生的冲动。"我们的明天，就是余生。"这是你告诉我的私语吗？

　　雪花年年飘。从远古飘来，飘出过多少才子之情，飘出过多少骚客之意，飘出过多少千古华章，飘出过多少红颜离情，飘出过多少佳人泪水。不知此时，面对这样的飘雪，还有几人隔着夜色以温柔的眼在读她，又有几人持琴在手以如水的心境在听她？但可以断定的是，有不少的恋人在她的怀抱中或嬉闹，或守候，还有不少的人为了生计，身着单衣，穿梭在她无边无尽的帷幕中。

　　同样的雪在不同的人心中会有不同的温度和颜色，同样的雪在同一个人的不同时期会有不同的感触。玩雪需要激情，赏雪需要心情，听雪需要心境。每个人在各自的年华里都有各自独特的风景，只是现在的人们行走得太快，来不及留意途中的风景，更不要说欣赏自身的风景了。偶尔的抬头，流露出的又是羡慕他人的眼神，却不知，只要一回头，发现自己正被别人仰望着。这是现代人的一种通病。这种病的另一个症状是心静不下来，不会珍惜当下所拥有的平常，非得等"平常"失去后才懂得"平常"其实就是幸福的风景。如这满天飞舞的雪花，小而平凡，甚至连生命也很短暂，但依然乐观地跳跃着，以素妆冷眼笑看万紫千红。

四

　　2014年的雪来得特别晚，不像前两年不仅来得早，而且特别勤快。

　　三九、四九过了，天气暖和得像小阳春。临近春节时，预报上说近期有雨夹雪，可结果雨倒是下了，但雪依旧没来。快立春了，雪还是不见踪影，难道今冬就真的无雪了？

　　冬日无雪，对于长江中下游的人来说，无异于漂亮女人没有长出一头秀发来，总觉得这年似乎没到尽头，是种缺憾。为什么这样说呢？这一带本是四季分明的区域，冬日的雪是需要一点的，不能太多，像东北、像西伯利亚，太多了，不仅仅太冷，而且也不稀罕了，但是也不能太少，更不能一点没有，没了就少了季节的情趣。

好在，雪还是在立春后来了。最初的时候，她来得无声无息。因为没有风，雪在空中聚散离合，飞扬回旋得更漫不经心，像一群玩儿野了的孩子，纷纷扰扰的，更像无数美丽的仙女飘飘荡荡下凡来。因为已经立春了，地气朝上，地面难以形成积雪，雪花更似来也匆匆、去也匆匆的客人，让人不敢怠慢。目光专注地凝视着空中的精灵，生怕一眨眼眼前什么都没有了，这份期盼似在人群中寻觅久违的情人。一份耕耘一份收获，一些可能受到感动的雪花终于栖息在窗外的枇杷树叶上，绿色的叶面上先是零零星星的白斑，渐渐地白色覆盖住了一面，绿叶供奉着晶莹，充满着庄严的神圣。枇杷树忽然间年轻生动起来，似穿上白雪做成的礼服，背面的枝叶显得浓绿欲滴，不停地现出优美的舞姿。想必门前的梅花更是喜形于色吧，万紫千红，大放异彩。

就在以为她不会再来的时候，她给了人们一个惊喜。元宵节前两天的傍晚，大片的雪花似抖落的羽毛从空而降，立于窗前在射灯的光柱中很容易看到她曼妙的身姿，很快地面上就有了积雪，银装素裹的世界终于在第二天清晨呈现在人们的面前。洁白的雪，晶莹的雪，寒冷的雪，丰润的雪，而又无限多情的雪啊！你以更加寒冷的考验战胜了上扬的地气，逆气节送来了纯洁，你的寒冷其实包含着你更加火热的心啊！尽管你最终只能在地面上滞留一天，临近又一个傍晚的时候，白色的素装已化作黑白相间的素描，但我已经非常感激你了。你无声无息地姗姗来迟，又稍纵即逝，不曾长久地填平了沟沟坎坎，也不曾给万物永恒地披上银装素裹，但她带来的慰藉和温暖，对于渴望新生的种子来说，无疑是宝贵的。

白色衬托着绿色，不仅仅是绿色的长青树叶，还有不停忙碌的"橄榄绿"。望着窗外漫天飘舞的雪花和雪花中穿梭的"橄榄绿"，一股暖流涌上心头。素心如雪啊，面对这迟来的素雪，心又被洗礼了一番，但愿明年的这个时候，我能在雪地里自由奔跑，欢呼……

九成散记

湖

置身四面环湖的九成畈,心如风生水起的湖面,实难平静。一生与湖有缘,对湖的解读并不陌生。出生的地方名叫白洋湖,环湖的芦苇构成童年视角的堤岸,大而有界。只是每到雨季,特别是梅雨季节,湖水漫过芦苇向四周舔食,湖在记忆中变成白茫茫的一片,几根倔强的电线杆露出头标示着摆渡的航线……

离开白洋湖,我来到长江之畔一个叫龙窝湖的地方,很好的名字,很美的传说——诞生龙的老窝。其实,龙窝湖的历史并不长,五四年以前还是长江河道,只是那场罕见的大水让懂得水患猛于虎的人们,在长江大地内增加了一道屏障,从此龙窝湖就一分为二,外龙窝湖仍是长江河道的一部分,内龙窝湖在九八洪涝灾害后终于独立门户,原来增设的屏障正式成为达标后的长江大堤。

因为龙窝湖四面环水,又因此处为项羽千年一叹"无颜见江东父老"的长江拐弯处,"游湖观江"的天然优势使这里吸引了众多商家的目光,一座至少能容纳五万人的新型社区拔地而起。当我刚刚为一所五星级酒店揭开牌匾时,我离开了这个龙窝,来到这个陌生的湖泊——九成畈,这块四面环水的长江冲积平原,这里水网交错,湖泊密布,湖连湖,湖依湖,湖中有湖,泊湖、孟湖、黄湖、马家湖、东角湖……这里风光优美,人杰地灵,可以肯定的是这里的每一个湖都有过美丽的传说和动人的故事,但,当历史赋予这里一个神圣而庄严的使命时,"天然监狱"令心悸的人们顿觉湖光失色,白云不再。每一个因禁在这里的人都泣饮着一份忧伤,这份忧伤又似蜘蛛网般的牵动着千家万户。拖着沉重的步子踏上这块土地时,我试图控制住自己的情绪,任岁月在嘶嘶的风中平静地吹过,但每当夜深人静时,风在湖畔发出婴儿般啼哭时，我心神不定，心痛如锥："完了，我要在这儿白白焚烧几千个日子吗？"一种从未有过的寒冷似凛冽的风扫过湖面，直抵心骨。

因为特殊的身份，我没有看过这里的任何一个湖泊，潜意识中总想垂询有关这里的"湖"的故事。但遗憾的是，我收获很少。不过我至少知道了，这里的湖水是清澈见底的，这里的蓝天白云倒映在湖水中是美轮美奂的，这里的人们是纯朴善良勤劳的。如果不是历史在那一刻赋予某种特殊的使命，这里一马平川的沃土是打造观光农业、都市农业的极好基地，这里碧波荡漾的湖水会引来商贾云集，游人如织……

"还我湖光山色""还我蓝天白云"，一次次在睡梦中惊醒，"你何颜面对这片青山绿水？！"忧伤的人们啊！也许你的眼泪还在心底里绵延着痛，也许你的耳畔还回荡着雨打残荷的悲声，也许你被禁锢的心还在发出阴晴圆缺的叹息，但面对脚下这块美丽富饶的土地，我们不应该反思，如何让这块土地肩负的特殊使命画上句号吗？也许还需要一些时日，但"首要标准"的昭示不正渴望来这里忧伤的人越来越少吗？"和谐社会"的构建不正呼唤着来这里的人们感受到的是鸟语花香、湖光山色吗？

忧伤中我们不仅仅渴望一双双抚爱的手，更需要一份觉醒：给你忧伤的正是制造悲伤的你；止住伤痛创造美好的也是痛定思痛后懂得感恩的你。

还这里波光粼粼，还这里和风煦煦，还这里书声琅琅，让我们拨开云雾，做湖光山色的观赏者，接受大自然的馈赠，不要被大自然囚禁，更不要糟蹋大自然的清澈。

冬

季节的轮子又转到了冬。

远远望去，收获过的田野向苍穹敞露出了全是褐色的肌肤，无遮无掩。路边树上的叶子投进了根的怀抱，光秃秃的树冠傲立风中。曾经点缀着一簇簇绿萍的湖也还原了水的清明，沉沉地睡着了。大自然褪去了光怪陆离的色彩，以圣洁的全裸向人们展示着本色，正本清源，坦坦荡荡。

九成地处长江以北，不是海南，不是天涯海角，冬天无法逃离寒冷。

九成的冬天，有点类似于林语堂先生笔下的冬天。他在《北平的冬天》中是这样描写的：西北风把街道吹得干干净净，阳光湿湿地挂在天际，人们则被包得严严的，只露出一张脸。北平的冬天，想象中人们应该是戴着帽子的，能看到的只是一张脸。九成的人来得更直接，光着头，没有头发，能看到的是一张完整的脸。当然，这种光头对寒冷更敏感，但这也不是什么坏事。"一出门，被冷风一吹，又能叫人精神为之一振。"林语堂先生早就道出了冷的好处。

九成虽地处长江以北，但大的范围还称不上北方，在许多文化人眼中，这里仍被称之为江南。江南多灵秀、委婉，即使冬天也不例外。郁达夫在《江南的冬景》中描绘的一切好看的画面，九成都有，温柔、平和、娴静。相比较而言，九成的冬天更接近于老舍的《济南的冬天》。因为济南的四周是一圈圈小山。老舍在写济南的冬天时，把济南比作一个小摇篮，说："你们放心吧，这儿准保暖和。"我想这句话更适合于九成，因为九成四面环水，九成更像是一艘漂浮在水中的船，摇啊摇。

丰子恺先生似乎来过九成，不然他在《初冬浴日漫感》中怎么会写出如此逼真的句子——路上静悄悄的，再看不到多的行人，却时时可以看见黄叶飘飞。风起时，树梢扫过，呜呜作响；落叶划过，哗啦啦如纸般鲜脆。

上面这些大师都已经作古，对九成的今天已隔了时空，不太了解九成的冬了。相比较而言，好像健在的作家冯骥才是最懂九成的冬的。他在《冬日絮语》中这样写道：冬意最浓的那些天，屋外的热气和窗外的阳光一起努力，将冻结玻璃上的冰雪融化；它总是先从中间化开，向四周蔓延。透过这美妙的冰洞，他说："原来严冬的世界才是最明亮的。"

冬天的九成，是沉静的。无论是大雪纷飞的时候还是浓雾缭绕的清晨，九成的人是静穆的，九成的树是静谧的。夕阳西下时分，站在监区的楼上极目远眺，一片微红的光晕弥漫在天际，这是九成最浓的装束。

冬天的九成，是素雅的。白色的墙体，灰色的树影，香樟等常青树是唯一的点缀。雪花经常光顾，静静地落在已经收割了的原野上，落在肃穆的建筑物的屋顶上，落在还在枝头的绿叶上，银色的世界使常态下的白色墙壁更添素雅。

九成的冬，内敛，含蓄，不事张扬。它走过了一路的芬芳、火热与喧嚣，以谢幕的姿态淡定下来了。如同一位沧桑老人，流金岁月历练出来一种刚毅与深沉，坦然面对曾经的枯荣兴衰，承受着一切的喜怒哀乐，在淡定中回味童年的梦幻，反思青年的激情，盘点中年的得失。它又静若处女，把几多复杂的情感深深埋在心底，隐秘着多情与向往，按捺住所有的冲动与宣泄，在平静中期待春缘的喜乐，憧憬播种的自豪，遐思人生的美好。

九成的冬，少了一些浮华，多了一份内敛；少了一些狂热，多了一份凝重，风清气正，厚积薄发。它不需要颂扬，也不怕打击，因为它已经从容而慷慨地呈现出了自我。万物飘零，一派肃杀，那是本性的直面；西风飕飕，雪花飘飘，那是个性的展示，任凭说长道短，众说纷纭。

九成的冬，因为特殊的功能定位赋予了这块土地特殊的内涵：静谧、肃穆而更显平和。九成的冬，集这些大家之所成，冷，为了珍惜温暖；静，为了体验磨砺；平，为了学习淡泊。面对这样的冬天，我们不要哆嗦，不要畏缩，更不要抱怨，需要的只是一份浴火重生的耐心和勇气。

雾

有人说，雾是冬天的朦胧诗，似乎雾只是冬天的新娘。而九成的雾，是一年四季都有的，或浓或淡，或薄或重，或袅袅如烟，或茫茫无际。雾为九成的四季披上了一层神秘的面纱。

春天，九成的雾总是影影绰绰的，似羞涩的少女，轻抚在早起的人们的脸庞，萦绕在他们四周。在春雾中行走，如同行走在梦幻般的舞台上。

夏日，九成的雾是从四周的湖面上袅袅升起的，谦逊而富有韵味，似露天的温泉吐出的氤氲之气。黎明的时候它吸收一部分阳光，送给人们一份清凉；傍晚时分，它把炙烤了一天的九成揽在怀里，好让辛劳了一天的人们睡个好觉。若从高处望去，宛如一幅巨幅山水画，又像是置身于海市蜃楼中。

秋天，九成的雾多在深夜现身，像一群顽皮的孩子，一会儿手拉着手奔跑，一会儿又躲躲闪闪地玩儿起捉迷藏的游戏，似有若无，飘忽不定。到了后半夜，雾好像玩儿累了似的，落在树叶上变成了晶莹的露。

冬天的雾，是九成挥之不去的浓妆，行走其间仿佛置身于一个巨大的迷宫。三五米外还是茫茫一片，待向前再走两步，一棵光着身子的白桦静静地站在那儿，朦胧中显露出一种骨感美。若是遇到一些常青类的松柏、香樟等树木，丰韵的身躯在舒展中更是养眼。若是贴近着细看，枝叶上沾满了剔透的雾凇，胖乎乎的、毛茸茸的，像霜雪又似花粉。若是很冷的早上，这些雾凇挂在褪了妆的柳树上，垂下万千眼丝，如同一条条浑身长满白毛的蚕茧，似"雾浸寒江晓吞月，淞凝霜柳日放花"般让人心旷神怡。

雾是九成的一贯装束，更是九成不变的灵魂，无论是浓是淡，从容是它的常态，包容中蕴含着润物细无声般的深情，净化着曾经迷失的心灵。这雾不值得珍惜吗？

月

谁言"风月无古今，情怀自浅深"？

千江有水千江月。九成的月就很特别。在我置身九成这块四面环湖的"岛上"，近千个日日夜夜里，我对九成的月的感情是很深很深的，感受也与以往不同。

九成的月圆的时候特别圆，圆得煞白，圆得让你心痛，让你身不由己地联想到月圆人不能团圆的事实，免不了产生"那堪更被明月，隔墙送过秋千影"的喟叹。

九成的月不圆的时候特别暗，灰蒙蒙的在云间躲躲闪闪，闷得你心慌，真想闭上眼制造出黑暗，但又害怕时间因此而静止，于是不得不睁大眼睛寻找那桂花树的一角。

九成的月圆得特别慢，从一个月圆到下一个月圆之夜似乎隔了千山万水。在等待又一个月圆的日子里，吴刚手中那把永不生锈的斧头好像砍在心坎上，触动，追悔，如潮水般袭来。

"天上一轮才捧出，人间百姓仰头看。"九成的月，任你如何仰头，它的阴晴圆缺与人世间的悲欢离合似乎没有对应的关系。圆也离，缺亦悲，似乎不食人间烟火。这是我在很长一段时间里，对九成的月的感受，幽怨而悲伤。

一个月圆之夜，读到李汉荣的一篇关于月的文章，心被牵动了。他说，月是一个杰出的发明家，不仅发明了一种独一无二的太空行走方式，永远面对地球，决不东张西望，而且发明创造了一个又一个艺术家，如李白、杜甫、苏轼、纳兰容若等，让后人在月色中获得诗意的永恒。"没有经过审视和内省的生活不值得过。"苏格拉底老先生的话再次在云端回荡，我深情地仰视着头顶上这轮月亮，忽地我觉得，九成的月最大的特别之处是——

无论是上弦还是下弦的一弯，还是月圆如镜的一面，它都毫不局促，不紧不慢地在云端穿行，不急不躁地把它全部的清辉洒下万物。晴天它出来，雨天它也照常出行，至于它的清辉能不能抵达人间，永远无怨无悔。这种执着、宁静和平和的心态不正是我等需要的吗？

夜

九成的夜是被一道道铁门锁在门外的，更准确的说法，九成的夜是一道道铁门被关上后才降临的，一声声"到"的应答声，包含着"晚安"的道别，夜随之被带入各式各样的梦寐里。

我是属于睡眠不好型的，过去就是，现在更甚。这倒让我能更好地认识九成的夜。多少忧郁的时光都消耗在失眠中的夜里，我很是羡慕那些与九成的夜相处甚欢的人，倒在床上没一会儿就鼾声溢出。有的人不知是真的睡去了，还是借着夜的黑暗，壮着胆子说起梦话来。当然也有一些和我一样的人，喜欢与夜对抗，捧着一本书随夜走向夜的深处。

差不多到了子夜时分，九成的夜才真正安静下来，过道上来回起夜的人才停住或紧或缓的步子。很多的这个时候，我还在书中行走，有时会依窗而立，望望天上的月，这个时候，看月会有一种别样的感觉，似乎这轮月亮仅属于我，我对它什么都可以说，什么都可以不说，静静地看它穿越云际，挑逗着万物。有时月圆如镜，有时只有一点月牙悬在空中，尽管月色不是很亮，但仍可使得众多的星星黯然失色。由于思念的疯长,这时的月和星辰在我眼中都会因此而抹上忧郁的色调。

遇到狂风大作的夜,我是无法走进书里的,害怕狂风和雷电的妻女会受到惊恐吗?此刻她们是不是拉亮了房间的灯,相互拥抱着默默无语。

其实,夜并不可怕,反倒十分可爱,只不过黑暗中种种乱象被栽赃在它的身上。夜与阳光一样,也是不分贵贱地降临于万物之中,它也是善良的和平的使者,所有的花红柳绿在夜的怀抱里都是墨色,而且夜为那些弱小的生命提供了不敢在白天高声语的舞台。"因病得闲殊不恶,安心是药更无方。"苏东坡是深谙夜的静谧和玄机的。

九成的夜是在哨声中被叫醒的,这哨声似母亲庭院里的鸡鸣,唤醒的都是沉睡之中的人。

梦回镜湖

镜湖真的很美。

第一次见到她时,就被那清澈、微微泛着绿光,如同孩提调皮的双眼所吸引。她的两只眼睛并不一般大,一大一小,都水盈盈的,含情脉脉的,更似颇具风情的少妇的眼,大的直勾勾地盯着你,你不由得心跳加快;小的那只朦朦胧胧地放着摄人心魂的光,使人欲罢不能,目光随心神被镇住一般。那时,我正在这个城市求学,年轻的心总是充满激情和温情的。庆幸的是,四年后,我竟留在这个城市,而且此后未曾离开过半步,这座城市名副其实成了我的第二故乡。

一晃20多年过去了,我曾无数次去看过镜湖,但大多是匆匆一瞥,很少静下心来把头埋进她的怀抱。一方面是为了生活奔波,行色匆匆,这不是充分的理由。再忙的人也拒绝不了美的吸引,包括美的诱惑。我选择匆匆一瞥的深层次原因是另一方面,我发现爱她的人太多,从早到晚或依偎在她怀里或拜倒在她婆娑的石榴裙下的人,如繁星点点,或轻歌曼舞,或嬉笑调情……

每每见她面带倦意，心中不免泛起淡淡的愁绪和酸酸的滋味。因为爱她的人太多，于是都想充分地表现自己，费劲心机千方百计地来为她涂脂抹粉。因为换妆，她一刻也没有消停过。热闹和喧嚣很难区别，不知原本娴静的她是真的习惯了热烈，进而耐不住寂寞了，还是无奈于这没完没了的折腾？好在那条钟情于她多年的汉子——中山路步行街，迈着坚定的步伐与她确立了"湖街一体"的关系后，她的装束才算基本确定下来，保持着一种成熟的风情。

尽管每当夜幕降临，一些或痴情或多情的人，不断地向她眨巴着诡谲的五颜六色的眼睛，她除了十分大度地把他们尽收眼底外，大家闺秀般不动声色，偶尔春天般温婉一笑，或像冬天时吹一口热气，拂上薄薄的面纱，如袅袅升起的薄雾，该是她略带歉意的表达吧。

我已整整一年半没曾见过她了，这是20多年来第一次。我从未离开她这么久，而且还不知道再过多久才能见到她，心中的惆怅和失落疯长，常常闭上眼睛，打开心扉，用意念和想象来端详、品味心中的她，很温馨，但太短暂。眼光太刺眼，周遭又太吵闹。

就在我百无聊赖接近绝望的时候，你终于来了，悄悄地无声无息地领着我步入你的怀抱。

冬天的深夜，凌晨两三点钟吧。月像切了一半的柚子，半透明半朦胧的。我从高耸的冷冰冰的鸠兹鸟身旁猫着腰溜过，没做半刻停留，直奔步月桥。手扶着略显寒冷的栏栅，一步一步地登上步月桥的环顶。我的左边是你的小眼，我的右边是你的大眼。两只眼睛此刻都是那么沉静清澈，微微的一层薄雾，似一对情侣呵出的气。此刻，四周很静。那些企图勾引你的人，因为困乏都已睡去。我庆幸在这个时候，独自一个人徜徉在你的怀里。

垂柳依旧。这位善良的老者，是最疼爱你的，始终呵护着你。在别人竞相节节攀升，恨不得把太阳和月亮都揽入怀中的当下，他始终如一地用他那纤瘦的细手抚摸着你，不分春夏秋冬，不分白昼和黑夜，越是风雨交加，越是问寒问暖，一刻不曾停歇过，传递着不渝的关爱，释放着不变的情怀。尽管我的手已不再柔软，但我还是止不住和这位善良的老者握了很长时间的手，并和他紧紧拥抱。本想请这位善良的老人到老树咖啡屋坐一坐，喝上一杯浓烈的酒或者清淡的茶，想从他口中得到你的更多的故事，包括那位陶公是如何养育你的往事。只可惜老树咖啡屋的每扇窗都被窗帘遮盖着,不曾露出半点光亮来,或许已经打烊了,要不就是客满了,只有空着时或客满时窗帘是拉上的,反正是没我的座了。

依依告别头发稀疏的老柳,沿着浑黄的灯向前走去,在岔道处向左拐去,这里该是花鸟市场吧。此刻,花还在闺房里含苞待放,鸟儿迷迷糊糊中正想着心思,计划着几个小时后在这里相聚时如何尽显妩媚和欢笑。来逛花鸟市场的为什么都是男人?我寻思着,是不是从前的先人将女人比作花比作鸟,男人赏花逗鸟实质上是在和女人共悦呢?女人如花似鸟,是自然创造出来的艺术。

望见船了。船儿依旧一排排躺着。因为不是孤船,显然很安详,并没"野渡无人舟自横"。船和人差不多,睡着的时候姿态相似,一旦醒了,就会千姿百态了。在这里,我也曾转舟荡漾,不过,今夜我是无论如何也寻觅不到那只曾挂过同心锁的小船了。20多年了,其间的变化岂只有小船呢?

对了,那位莫愁女呢?我心跳再次加快了,甚至听得见"咚咚"的叩击声。我生平第一张和女人的合影就是在这里完成的。她洁白的身子,丰腴的躯体,完美的曲线,羞赧的脸颊,明眸的双眼,隐现于山石后曲桥的尽头。我摸着怪石,绕过阁楼,沿着曲桥,莫愁女哪里去了?心往下沉去,我正欲呼唤,隐约间,有声音从那栋标有红十字的屋子里传来:"难得你还能记得我,我早已被淘汰了,人们嫌我胖,没有骨干,还怨我太清高,假惺惺的守身如玉,不开放,不懂风情……"我相信有幽灵,但我极怕幽灵,可此刻当这哀怨的声音向我迎面袭来时,我竟有想扑上去的冲动,没有半点胆怯。"你真的想见我吗?"声音有些颤抖,但我听得出颤抖中包含着喜悦。"真的,真的。"我情不自禁地叫出声来。她没让我失望,她来了,临风飘举,明眸善睐,在我面前飘荡而过。尽管只有几秒钟,但我看得真切,她没变,依旧楚楚动人,洁白如玉。我忘不了,我会铭记于心,纯洁的美,美得纯洁。

新建的镜街就在眼前,此前我还未曾去过一回,很想进去找一找,有没有一家配得上你的图书馆或书店呢?"淑女必书女",如此娴静端庄的你怎能没书做伴呢?很久以前,那个新华书店和那个木门图书馆一前一后地守望着你。还有,旁边那青灰色围墙固守在赫山脚下的学府,本和你相依相偎相得益彰的，琅琅的读书声，荡漾在你耳旁，你陶醉其中。如今，书店离你远去了，图书馆也没了，围墙变了颜色，围墙里和围墙外一样，歌声不断，旋律太快，相互纠缠着，听不出一点点头绪来，你很失落，是吗？

还是拐进半岛吧，讨杯热茶喝喝，消防警报暴风骤雨般响起，我的梦被惊醒了。

鱼 缸

一花一世界，一树一菩提。一个鱼缸的最佳功能应该是用来养鱼，其实不尽然。

几年前，在新房装修时，经风水师的指点，在玄关处设计了一个大鱼缸，施工的时候，提前到花鸟市场定购了鱼缸，量好尺寸，把鱼缸与玄关巧妙地结合在一块儿，玄关成为进门后第一个亮丽的风景。

如此筹划在先，精心施工，但在安置鱼缸的时候还是发现了一个问题，没有在玄关处预留自来水的接口，如果重新铺设管道，必定要开肠破肚，影响整体装修效果。如果不接入水龙头，日后换水又不方便。面对这百密一疏的问题，安装师傅安慰道，许多人家的鱼缸都是后添置的，就近也没有水龙头，鱼缸换水一两个月才一次，通常都是换水时用一根软管从卫生间接过来，一样使用。师傅的建议被采纳，安置的时候我一直待在师傅的旁边，认真观摩，为日后的独立操作积累经验。鱼缸安置到位后，师傅先倒入专用的沙石，然后注入清水，再安放几块珊瑚礁，布置沙石的造型，再栽上一片碧绿的水草，滴上几滴专用的消毒水，开启内置的氧气泵，十多分钟后再放进几十条各色的热带鱼。顷刻间，一个微型海底世界便生动地呈现在眼前。一家人心旷神怡驻足观望，久久不肯离去。

师傅临走时留下两瓶消毒水和一些捞鱼除草的专用工具，并仔细交代了一些注意事项，我用笔认真地记了下来，随后召开家庭会议做了如下分工：换水的工作由我负责，给鱼喂食的任务交给女儿，日常检查和消毒事项全权授予妻子。接下来的几天里，鱼缸成为我们新房里最大的宠儿，每个家庭成员回家后的第一件事就是欣赏这蓝色背景的、碧波荡漾的、群鱼追逐的海底世界。

　　一周后，妻说水草有些发黄，半个月时妻说今天死了两条鱼。一家人赶紧会诊，妻说是不是该换水了？我说师傅说过一两个月换一次水，肯定不是水的原因，是不是喂食太多了？女儿立马委屈地说，你们别看我看的时间多，我可没有多喂食，我是严格按照师傅的交代执行的，弄不好是氧气泵开的时间太短，缺氧所致。妻说，要不先消消毒吧。为了慎重起见，我还是拨通了师傅的电话。师傅的服务态度的确没话说，半个小时后赶到了。一番观察后他说，很正常，半个月才死两条鱼，比许多人家强多了。这鱼的死因主要是新房内苯类酚类醛类的有害物质太多，影响了水质，过段时间就会好的。这样吧，我来给你们换一次水，再补栽些水草。当然临走的时候他又收取了100元人民币。

　　第二次找师傅来是两个月后的事，那时几十条热带鱼死得只剩下几条了。师傅说鱼身上有白点，是传染病，消毒不及时所致。妻说我隔三岔五就滴几滴消毒水，怎么会是消毒不及时呢？师傅说，那就是消毒太勤了缘故，像人一样没病吃药也会吃出病来。问题最终解决的方案是重复首次安装时的程序，重新栽草，再放进去几十条鱼，又花费了500元。师傅临走时信誓旦旦地说，这次保证没问题，气温越来越高了，鱼也好养了，养到春节都会活蹦乱跳的。

　　再次稀罕了几天，接下来不是我忘了换水，就是女儿忘记喂食。还没到立秋，鱼儿再次全部壮烈牺牲了。在是否再次投入的问题上，家庭成员一致认为还是算了吧。我说好好的一个鱼缸不能在这显眼的地方闲着养清水吧。妻提议说，要不就养几条普通的红色小金鱼，那鱼好养。妻的建议被采纳，第二天我便从花鸟市场上买来十多条小金鱼。金鱼确实好养，但胃口很大，几乎每天要喂食，喂食倒也不麻烦，人吃饭的时候，给它们扔下一小团饭就是了，问题是金鱼吃得多排泄物也自然多了，一池清水要不了几天就浑浊起来，紧接着就是气味难闻。也许生活其中的鱼倒不觉得难受，但作为旁观者的人就受不了了。天天换水吧，太麻烦。先得把水管插进鱼缸里，在卫生间的另一头用嘴巴把水吸过来，利用虹吸原理将水吸干净。排放的过程中，还得不停地用手搅拌鱼缸里的臭水，以便能把污秽物随水排走。特别是吸水的那一刻，松口的时机掌握不好，不是水吸不过来，就是水吸到嘴里，那滋味特难受。

为了尽快接受这遭罪的活儿，我悄悄对妻说，这金鱼也养不起，这么频繁地换水，光水费一个月就得多花几十块。妻明知道我的小九九，但没有点破，欣然接受了我的建议。鱼缸在最后一次被彻底清洗后，保留沙石和珊瑚礁外，算是彻底下岗失业了。

那年春节的时候，一个偶然的启示，妻给鱼缸重新安排上岗了。那段时间家里收到的鲜花特别多，餐桌上茶几上摆的到处都是，不安分的猫成了花瓶的克星，不时地打碎一两个花瓶，弄得一地狼藉。为了给花瓶弄个安稳的归宿，妻想到了鱼缸。她最初是想到把花瓶直接摆在鱼缸里，但花加花瓶的高度又超过了鱼缸的高度，顶盖合不上。就在妻琢磨的时候，我突然灵感闪现，何不把鱼缸灌上水，直接把花养在沙石中。于是鱼缸变成了花的海洋。花比鱼好养，不用喂食，有水就行，但毕竟我们的生活还没浪漫到天天自个儿掏钱买鲜花的程度，春节一过鱼缸再次下岗了。不过偶尔地也能上岗，算是弹性就业吧。

再次改变鱼缸命运的是女儿。在安排鱼缸再就业前，女儿事先没有向我们透露半点风声，选择的时机是平安夜的晚上。那天一家人吃完饭，突然客厅里的灯全灭了。我还以为是停电了，女儿的声音突然响起：见证奇迹的时刻到了！欢迎你们来到地球村，一分钟畅游世界。就在我还没来得及责骂女儿的时候，鱼缸那边亮了起来，一闪一闪的，远远望去像是电视画面中某个大都市的夜景。走近一看，这是一个精心设计的世界模型："这是长城，这里是世贸大厦，这是埃菲尔铁塔，这是埃及的金字塔，这是悉尼歌剧院，它们分别代表亚洲、美洲、欧洲、非洲和澳洲的文化，这里面正在东张西望的小猪、老鼠和猴子分别代表我们一家三口……"女儿像一名导游似的在鱼缸前得意地介绍着。

客厅的灯再次亮起的时候，我才更真切地看到鱼缸内的景致。原来女儿以她自己手里的各式各样的打火机和酒柜里造型各异的酒瓶为道具，再用缠绕在圣诞树上的那种闪灯缠绕其间，算是一个绝妙的创意。

"别小看我的地球村，它的包容性很强，你有鱼的话这里有个小鱼缸，你有花的话,这酒瓶嘴里可以插,当然你要是有钱的话,无论是英镑美元还是人民币,来者不拒。"女儿意犹未尽,继续秀着她的得意之作。

此后的日子,鱼缸里的风情经常变化,沙石一拨弄,一个新的地形地貌,再放在几个造型特别的道具,缠上闪灯,不一样的异国风情便呈现在眼前。而且投入无成本,维护保养无费用,环保经济,赏心悦目。后来凡是上过我家门的朋友,见识了这鱼缸世界的风情,无不拍手叫绝。

写成此文的时候,女儿已经远赴英国留学去了,但女儿的那番感慨依旧在耳畔回荡:世上没有没用的东西,包括人;只是没被发现利用好而已,责任还是人。

窗外的枇杷树

监舍的后窗外是一块空地,与空地相连的是另一栋监舍的晒衣场。最初依窗而望时,目光多是落在对面晒衣场上那五颜六色的衣被上,算是一种视觉的营养补给吧,但看的次数多了,五颜六色的零乱还是失去平静内心的功效,于是目光就落在那片空地上。

其实,说它是一片空地,不尽准确。因为那还未长满草的黄土上,还稀稀拉拉地站着几株枇杷树苗,可能是新监舍建成后才栽上的。枇杷树只有一人多高,树干最粗的也不过两三公分,支撑树干的两三根小木棍还尽职尽责地被绑在树的小腿上。枇杷树的树叶算不上茂盛,仅在每个树枝的顶端像散开的花一样,伸展着一团叶子。叶子倒是很大,椭圆形的,若集中目光看一团树叶,叶分两色,老的叶子呈墨绿色,微微向下垂着,显得有些慵散;新出来的嫩叶呈淡淡的黄绿色,倒很精神,兔子耳朵似的向上耸立着。远远看去,新叶如同被老叶包围呵护中的花蕊。微风中,新叶老叶都迎风颤动着,像千手观音挥舞着的手。若是遇到大一点的风,所有枝叶都转化为一个动作,大幅地点着头,似在向老天祈求。

我开始关注这几株枇杷树,是在立春后。那天不经意间看见树上开出很小很小的白花，似有若无地，像散落在树叶上的几朵雪花，没几天就不见了。我心想，这也好，这么弱小的生命怎么承担得起花的重负呢？没有想到的是，两个月后的一天，我竟从树叶的怀抱里发现几个青黄的果子来，可能它们更早的时候就存在了，此时已有鹌鹑蛋大小了。

有了这一发现，我很是惊喜，又很是担心，那么脆弱的枝头能承受得住越来越大的果子吗？不知是它们初为人母感到羞涩，还是分娩过程中耗费了不少气力，显得很疲惫，它们常常用枝叶遮盖着怀里的"小家伙"。不过，"小家伙"总是好动，不太安分，不时地探出头来。也许是我看得多了，它们似乎更不好意思，每到黄昏的时候会把"小家伙"抱得更紧，似乎在对我说：它还小，会怕人的，你理解吗？

我理解，理解你的渴望，理解你的喜悦，也理解你的辛劳和不易。我宽慰它并不是我真的懂了它们的心思，但面对新生的生命，我除了高兴还能做点什么呢？

"今年是我第一次怀上孩子，姐妹们有的还没怀上，正沮丧呢。"离我最近的也是我看得最多的那株枇杷树面带羞涩又无比幸福地对我说。我不忍心继续打扰它，把目光转向它的同胞，正如它所说的那样，有的树怀里光秃秃的，一个"小家伙"都没有，有的好像怀得更多些，有七八个之多。

忽地那天早上，当我再次立于窗前时，无论我如何变换角度，怎么也看不见离我最近的那棵树的"小家伙"，难道是昨夜那场可恶的暴风雨做的恶？我踮起脚来，试图在它的地面上寻找出佐证来。地上什么都没有，那是怎么一回事呢？我把目光投向它的姐妹们，好像有几株树还有黄色的亮点在闪烁，我不忍心再继续寻觅下去，怕引发它痛失爱子的悲伤来。

几天后，无意间听到这样一个故事，几个出去倒垃圾的好事者袭击了它们，偷采了几株树上的果子。我心如浪涛，但我除了无语还能做点什么呢？我垂立窗棂，久久地不敢正视它们。在我面带愧色准备向它们检讨同类的残忍时，它依旧在挥舞着手，似乎看透了我的心思，也像是知道我并不是那个作恶者，温文尔雅地对我说："还好还有明年，我会结出更多的果子……"

我眼前有些模糊了，不得不闭上眼，想稍做调整，但一闭眼，满脑子晃动的全是母亲和妻的身影……

面对油菜花开

窗外一块不大的油菜花地，可能因为土质偏瘦，花开得较迟，但颜色还是金灿灿的，虽没有成片的花海壮观，却很养眼。

据说现在许多地方在油菜花地当作旅游的景点，吸引了不少都市的游客。江西婺源的油菜花，我曾去观赏过，煞是壮观。其实在我们的老家，油菜的种植面积也不小，花开的时候也很有气势，只不过交通不便的缘故，几乎没有什么观光客，但蜂农是不会错过这个好地方的。每年都有外地的一群蜂农在那里安营扎寨，因为蜜蜂能传播花粉使得油菜更丰收。蜂农们的到来很受欢迎，即便再古怪的村民也不会刁难他们。孩子们放学围观时，蜂农偶尔也赏点蜂蜜给孩子，乐得孩子们像蜜蜂一样聚得越来越多。

今日面对这块不大的油菜花地，虽然没看见蜜蜂纷飞，但耳边似乎有蜜蜂"嗡嗡"的叫声。这叫声非但没把我带回童年的快乐中，反而内心生出丝丝愧疚来。我想起丰子恺先生的两句诗："自知藕丝衫子嫩，可怜辛苦赦春蚕。"丰子恺先生回忆儿时养蚕之事时，觉得自己是残杀生命，很是忏悔。我此时的想法有些类似于先生吧，因为小时候我也做过不少类似的杀虐之事。

油菜花开的时候，是我等最快乐的时光之一。我们小伙伴人手一根细竹棍，一手抓着一只玻璃瓶，在一堵堵土墙面前寻找蜜蜂藏身的洞眼，一旦发现里面有"敌情"，赶紧用小竹棍伸进去，轻轻地给它"挠挠痒"。它可能知道这"痒"可不是闹着玩儿的，往洞眼深处退缩，但再深的洞也有底，最后被折腾得没办法，还是投降了，乖乖地钻进它的新家——那只照在洞口的玻璃瓶。其实，我们抓这些蜜蜂来也没有特别的用处，最有趣的游戏是把它装进火柴盒里，在火柴中间穿过一根线，再在一面打上几个孔，在线的两头听里面的蜜蜂"唱歌"。有时蜜蜂放在瓶子里忘记放飞，等打开瓶子时，它们已经死了。死了就死了，倒了，再去掏就是了，全然没有半点怜悯之情。

除了蜜蜂，夏日的蝉、萤火虫，秋天的蝴蝶，雨前的蜻蜓、雪地里的麻雀等，都曾是我等作弄或扑杀的对象,那时不懂生命的珍贵,贪一己之乐而祸及无辜,虽不足指责,但今日思来,很不是滋味。诺贝尔和平奖获得者史怀哲把对植物的关爱都定义为仁慈,何况这些勤劳的小生命!我忏悔。

何止是苍蝇的悲哀

天气渐热,虽还没到暑天,但九成的蚊子很勤劳,已经在不辞辛苦地工作了。对付蚊子,多点些蚊香,再在身上多涂些"蚊不叮"倒也不觉得麻烦,蚊子多是夜间精力充沛,即便饿急了要你放点血,你睡着了浑然不知,就当自己在生物链中贡献自己应有的贡献吧。但这飞来飞去的苍蝇着实让我厌恶。

上午坐在床铺上想写点东西,苍蝇好像有意捣乱似的,要不就是它们的猎奇心理也很浓,想看看我到底在写些什么,一睹为快。几十只苍蝇围着我,一会儿趴在我鼻子上,一会儿又跑到我的光头上。我被弄得心神不宁,拿来一条毛巾挥舞,眼见着它们被我驱赶走了,可等你刚落座它们又来了。本来我是可以用苍蝇拍来对付它们的,无奈宿舍里值夜班的同犯正睡着,弄出声响来会影响他们休息,再说我也不愿以那种残忍的方式去杀生。

负责超市的同犯看到我无可奈何的样子,从超市拿来一张粘鼠板,递给我说,试试这个,以前他们用过,效果不错。我把这张粘鼠板撕开平放在我床边上的塑料箱上,以为自己能够安宁了,就想去写东西。但苍蝇仍然不给我机会,一如既往地和我套近乎。无奈我只得放弃写下去的念头,一屁股躺倒在床上,眼睛盯着那块粘鼠板。

五分钟过去了,没有一只苍蝇被粘住,围着粘鼠板飞行或爬行的苍蝇倒不少。我心想苍蝇也可能在思考,这个新鲜的玩意是什么呢?既然没有同伴去冒险我还是谨慎点为好。十分钟过去了,还是没有一只苍蝇落在粘鼠板上。我有些失望,也有了些困意。就在我准备闭上眼准备睡去的时候,一只勇敢的苍蝇降落在粘鼠板上。我有些兴奋,睁大着眼睛,看它如何表演。估计最先被粘住的是它的脚,当它发现脚被粘住了,想挣脱着飞起来,翅膀"扑通扑通"地扇动着，随着翅膀的扇动，头部和尾巴也跟着颤动起来。我正准备起身想近距离看个究竟时，第二只苍蝇落在粘鼠板上，紧接着又有一只苍蝇被粘住了。为了不惊动它们，我继续躺在床上没动弹。但第四只苍蝇始终没有出现，这出乎我的意外。

按说有了第一个敢吃螃蟹的，又有第二个第三个追随者，后面的苍蝇应该络绎不绝呀！我想了很久，找到了唯一可以解释得通的理由：那第一只苍蝇在挣扎中的表现——翅膀颤动的同时嘴在不停地啄食着，让眼尖的同伴以为它找到什么好吃的东西，于是迫不及待地飞过来，一只，再来一只。这时许多苍蝇都准备飞过来，有些已经启程了，但在降落前的一瞬间，它们感到情况有些异常，那先期抵达的同伴并没有像往常一样边爬边吃，而是在一个点上埋头苦干，于是它们又绕了回去，等一等再说。

当我不得不佩服这些苍蝇的智慧时，困意再次袭来，不知不觉中我就闭上了眼。半个小时后，当我睁开眼时，粘鼠板上已经粘上了不少苍蝇。我有些惊喜，爬起来仔细地数了数，14只苍蝇，加上我数的过程中新加入的一只苍蝇，一共15只。难道我先前的判断错了？它们并没有我想象的那么聪明？就在我苦思冥想的过程中，不断地有苍蝇加入到这个方阵里，它们如此前赴后继难道不怕死？我起身在宿舍里的边边角角找了一遍，差不多其他地方已经没有了苍蝇。

我把那张粘鼠板移到洗手间的窗台上，此前的惊喜被淡淡的悲哀所覆盖。我猜想，它们之所以前赴后继，是因为在第三只苍蝇降落后，它们静静地观察一段时间后，也许相互之间还商议过，得出的结论是，它们并没有遭遇到以前的被拍击，估计不是遇到什么危险或不测，弄不好是它们找到什么从未吃过的好东西，不告诉我们想独吞，要不怎么会一声不响地埋头苦干呢？一些终于醒悟过来的苍蝇再也等不急了，尽管一些年纪大的苍蝇还有些顾虑，建议等等看再说。那些性急的苍蝇大言不惭地说，就算前面有万丈深渊，它们能死我还怕什么？总比在这儿等死强。于是它们义无反顾地飞了过去，第四只，第五只……随着加入"方阵"的苍蝇数量的增多，留下来徘徊的苍蝇越来越少。看来这些小子都不仗义，找到好吃的也不回来通知一声，走，我们也去，再不去就被它们吃完了。结果是全员出动了。

第二天望着那张几乎是黑色的粘鼠板，我并不感到奇怪，更坚定我此前的推测。一些路过的苍蝇看到那么多同伴在那个"方阵"中不动声色地埋头苦干，毫不犹豫地加入进来，一些亲情观念强的甚至会立即通知它的家族。眼前的粘鼠板所剩的空间很有限了，但我相信在那有限的空间里还将有黑色的苍蝇来争先恐后地填充进去。

苍蝇如此，作为万物灵长的人不也如此吗？！

不是所有的爱都没有错

刚上班，传达室打来电话说有一位亲戚找我，上午就来过了，给不给上来？我问是什么亲戚，传达室的保安把电话递给了她。我听到一个低低的气息，耳语般，带有明显的老家方言："对不起，我不是你亲戚，我认识你父母，来之前还去过你家，我有急事找你……啊，你不记得我了吧？几年不见了，你和师傅说一下，我上来，是吧？师傅，你要不要听听……"很明显，这是一个很精明的女人，后半截自问自答的话声音特别响亮，是说给保安听的，验明正身。两分钟后保安领着她进了我办公室，我接待了她。她是离我老家不远的一个我很陌生的人。她所谓的急事是：

"我的儿子前年考到大学，尽管我家住农村，但从小就把他当作掌中明珠，家里大事小事从不让他插手，只要他把学习搞好。送到学校我们才发现他根本不能独立生活，连衣服都不会洗。没办法，我和他爸也跟着搬来了，在学校门口租了个门面，开了个大排档，赚钱是次要的，照顾他是第一位的。大一的时候，儿子各方面都很好，还拿了奖学金。大二时他好像有点变化，经常带一些同学来我们大排档吃饭，有时还带几个女同学来。我们以为他终于长大了，心里还偷偷地高兴。接下来，他有时夜里一两点钟来吃饭，我们问他，他说在图书馆看书。他爸觉得不正常，就悄悄地跟踪他，结果让我们大吃一惊，他根本不在学校里睡，在外面租的房。我们很认真地和他谈，他说好多同学都在外面租房，宿舍里人多无法看书。我让他爸继续跟踪。好了，他有时泡在网吧里一两天都不出来。我骂他，他不以为然地说，现在哪一个学生不泡网吧，大惊小怪的。现在好了，学校通知我们家长了，说他上学期几门课全部不及格，补考还不及格，学校要他退学。"

女人说到这儿眼泪唰唰地流下来了。我递给她几张纸巾，清楚地看到她的几个手指头都绑着胶布。她耸了耸鼻子，很难为情地说："我们就这一个儿子，他爸以前从建筑工地上摔下来过，腿断了，现在还打着钢筋。我们家没有一个亲戚是当官的，在这个城市里我们举目无亲，后打听到你，就找到你父母，他们很热心，让我直接来找你，今天很冒失地来了，想请你和学校里说说情，看能不能让他继续读下去。"

其实，她后面的请求不说我也能猜到。因为这种情况对我来说不是第一次遇到，"网虫"的悲剧电视里经常能看到，身边的同事也常抱怨自己的孩子整天沉迷在网络中，这是一个很严重的社会问题。在我陷入沉思时，她或许以为我心不在焉，抑或不愿帮她这忙，突然"扑通"一下跪倒我面前："求你啦，求你啦，我们真的没办法想……"我赶紧把她扶起来，安慰她我会尽力想办法的。她再次站起来，像遇到救星似的："难为你了，难为你了。"

我说，如果可以的话，我想先和孩子见面谈谈，至少要他知道自己错了，否则的话，他心收不回来，就算上学也是浪费时间。她说，我遇到贵人了，还是家乡人好哇！我这就回去，叫他上你这儿来，麻烦你好好开导开导。

送走了这位母亲，我心里很是难受。可怜天下父母心啊，她的儿子和我一样，从那穷乡僻壤中培养出来容易吗？望子成龙的父母对此付出那么多，可为什么事与愿违呢？难道真的是"网络"惹的祸吗？我不太认同这一看法。过去有句俗话叫"穷人的孩子早当家"。从这位母亲刚才的述说中，他们的家庭并不富裕，至少说他的孩子没有享受过富家子弟式的生活，但为什么不懂得该珍惜什么该放弃什么呢？"穷"和"富"可能不是关键的，穷家并不是说更有利于孩子成长，而是说穷家会让孩子更懂得生活的艰辛，较早地培养自己的独立生存的意识。但这个生活在并不富裕家庭中的孩子，从小学到大学几乎没承担过家庭义务，唯一的责任是学习，把学习摆在至高无上的位置，这是爱的过错，是过度溺爱的结果。尤其是独生子女，从他（她）一出世就生活在爱的蜜罐里，周围的人就间不容发地倾注着所有的爱，有的是几代人爱着一个宝贝。孩子成了储存爱的大仓库,从来不知道付出爱,久而久之,爱沉淀着、淤积着、发酵着,最后必然要变质。孩子还未走向社会就成了无法感知爱的精神残疾,人格不健全的软柿子,免疫能力极差极易被感染的病人。这样的孩子即使不被网络绑架,迟早也会陷入其他的生活泥潭中。

在第二天我和孩子的对话中,我没有过多地指责这个比他父亲还高出一个头的小伙子,而是很严厉地批评了他的父母,骂他们太能,骂他们的大包大揽和无所不能害了这么好的孩子……我终于等到了孩子流着泪求求我:"叔叔,您不要再批评他们了吧,是我错了,我辜负了他们的期望……"

事情的结局不算太坏,经与学校反复沟通,学校接受了我的建议,保留学籍,休学一年。当我把这个决定告诉一家三口时,我特别做了这样的交代:从今天开始你们教他洗衣服,和你们一道洗菜、烧饭,什么时候他手上也缠上胶布再来找我。

迟到的忏悔

从晚报上刊登的大幅照片看,滨江大道真的很美,龙窝湖畔的别墅群也很漂亮,新的政务中心区更为壮丽。听说吉和南路和神山口二环路都建了高架,很想亲眼目睹一番城市日新月异的翻天覆地的变化。遗憾的是我已是一名残疾人,迈不开双腿,像灌了铅戴着镣铐似的。我本该在这"厚积薄发"的时候做点什么,可现在我什么也做不成,这更加重了我的负罪感。因为在我健全的时候,我顺应了潮流,把许多该做的事都搁置下来了。

不知道繁华的沃尔玛对面那几栋破败的居民楼拆了没有?道路的拓宽把几栋居民楼齐腰斩断了一截,露出似骨的残砖断壁,像一双苍白哀怨的老人的眼,日夜注视着过往的车辆和川流的人群,一路之隔的霓虹灯在城市的肌肤上添上性感的文身。残楼被人戴上了黑镜,想遮挡住脸上的斑驳。残楼仰视苍天,问,谁说发展和荒废不能对立的存在?

我后悔当年不该测算整体拆除几栋楼的成本,吓得决策人的双手发抖:"摆在那里吧,以后再说。"于是这一摆就是多年,不知还要摆多少年?这是我的错,让如此美丽的城市留下如此难看的疤痕。

不知道东方纸板厂那位光头"列宁"——因多次组织上访而获得的荣誉——是否还住在十几平方米的牛毛毡竹棚里?几十年了,从结婚到退休都住在那里。也不知道这位因掏不出百十块钱,不好意思参加自己亲外甥的婚宴,瞒着瘫痪在床的老伴,独自在外哭了一夜的老人,现在的养老金够不够用?更不知道当年已被列为棚户区改造计划的项目是否真的启动了?

我后悔当年没有义无反顾地坚持下去,或者策划他们点上一把火把那片竹棚烧掉,让他们真正地上无片瓦、下无寸土,无家可归,以相对极端的困苦换取永久的安宁。这是我的懦弱,让如此高龄的老人留下如此伤心的泪水。

不知道被高楼包饺子的那个城中村是否改造了?那一条条像从腐烂的尸首中冒出的小肠一般弯弯曲曲的阴森小道是否装上了路灯?不知铁路两旁多年堆积得像小山似的垃圾是否每天都像迎接检查时那样有人清扫,不再触目惊心?

我后悔当年没有把它作为议案提交上去,或拍成照片贴在网络上,让它引起关注民生的公仆们注意。这是我的虚伪,让如此破败的村庄在如此妖冶的辉煌中形成独特的风景。

不知道那个把我堵在办公室里抱着我双腿的肝硬化患者是否有钱住进了医院?不知道那个在自己门前摆个小摊卖点小吃的老汉是否不再见到执法人员就胆战心惊?不知道那个农民工的女儿坐在教室里最后一排是否有书有试卷?不知道那个混凝土搅拌站旁的人家是否可以在门前晾晒衣物?不知道长江大堤上那些治白蚁的人是否每年都在"养白蚁"?不知道那些西装革履的开着奥迪宝马车的"穷人"是否领到了廉租房的钥匙?不知道反贪局里那个把犯罪嫌疑人老婆睡了的廉政卫士是否付了人家堕胎费?

这些破败,这些肮脏,这些辛酸,无时无刻不充斥在我的腑脏里,让我忏悔不已。我愿检讨,我愿反思,我愿忏悔,更期盼那些登堂入室的人不再道貌岸然。

懂 得

我愈来愈深信,所有有生命的东西都是懂感情的,动物如此,植物也不例外。只不过这份确信有过一波三折的过程。

很小的时候,记忆中有过这样的一段对话:

我大(父亲)恐怕今年不能在家过年了。
瞎说啥,我前些日子还看他吃两大碗饭。
他饭量比我还大,胃口也好,只是我家门前的竹子成片成片地死了。
那是你多心了。

对话是在二伯和父亲之间进行的,当时二伯以竹子的死来推断他父亲的死,无疑是极端迷信的推测,但几个月后二伯的父亲真的死了,这段对话就成为我心中一个不解的灰色记忆。后来上了中学又读了大学,"唯物主义"一次次洗礼后的我便把这种巧合当作"唯心"的愚昧来鄙视。即便后来读到科普书籍中有关"植物血型"研究的报道,我也不置可否地认为,这世上总有一些无聊的人在干无聊的事。

2001年春被查出癌症的岳母做完手术后,恢复得还不错,但在那年冬天又再次卧床不起,在病榻上挨过一个漫长的冬季后,在一个春暖花开的日子突然问我:"你那花房里的栀子花开了吗?"我感到莫名其妙,说我回去看看。妻子偷偷告诉我,妈一辈子只爱栀子花,这个时候提栀子花估计是妈不行了……我跑回花房,花房里的栀子花还没开,但我没有告诉岳母,而是立即打车到市里的花鸟市场买了两盆盛开了的栀子花,把其中的一盆送到岳母的床头。岳母很欣慰地笑了。没几天,岳母就永远地走了。令我感到不可思议的是,摆在岳母床头的那盆栀子花随即也死了,而剩下的那一盆却一直活得好好的。接下来的日子里,当我面对岳母的遗像时,都会想起二伯家的那片竹林。

　　岳母离开我们7年后，我身陷囹圄。心灰意冷的我常常面壁发呆，更多的时日是面对窗外的荒芜——那时新建的监区除了能满足劳动的车间和居住的监舍外，四处都是建筑垃圾，道路和绿化还在紧张地施工，监舍外刚刚栽下去的13棵枇杷树，便成为我唯一的交流对象。那时这13棵枇杷树差不多都只有一人高，稀稀拉拉的枝叶给人病怏怏的感觉。也许是同病相怜的心态使然吧，我常对着离我最近的一棵枇杷树说些莫名其妙的话。风大了，你根基还不牢，受得住吗？天冷了，你冷吗？当我在当年的冬天看见它开出小花来的时候，心微微颤动起来："不要急着开花结果，你还小，以后有的是时间。"但次年的春上，当我在稀疏的枝叶下发现五六个青涩的果子时，我还是喜出望外地偷跑出去，抚摸着问它："这么小就怀孕了，痛吗？累吗？"

　　在接下来的几乎每一个日子里，我都要和这棵枇杷树说上几句话。我马上要申报第一次减刑了，如果一切顺利的话，你能不能给我长得更快些？如果你真能听懂我的话的话，你明年能结出比它们更多的果子吗？有人把杨梅比作西施，把荔枝比作杨贵妃，可有人把你比作什么？同监舍的人很快发现了我的异常，问我对着窗户自言自语，到底说了些什么。我说，我对这棵枇杷树说，快点长吧，长得比周围的都高都大些，这样我就能早点回家。同犯笑话我，坐牢把头脑坐坏了。我只是笑笑，但两年过后的一天，一个同犯神秘兮兮地对我说，看来它是听懂了你的话，你看它的确比周围的几棵要高大出许多。其实，我早已经发现了这个秘密，也更坚定了我与它的深入的交流。

　　如今已是我和它共处的第四个冬天了，眼前的这棵枇杷树完全可以用"出类拔萃"来形容了，在原本一般大小的13棵树中，它的枝干比其他的树要粗一倍，枝叶茂盛，投下的阴影足有四五个平方米，而13棵树中居然还有两三棵和当年栽下去时没有两样。面对这棵没有令我失望的枇杷树，我甚至不忍心别人去采摘它的果实，更不忍心亲手剥去那层细绒绒的外皮，所以到现在为止还不知道它的味道是酸涩还是鲜甜。但这些于我来说已经非常非常不重要了，重要的是它懂我，而且它也让我懂得了，最好的相处是有距离的懂得。

感悟四月

"四八月，乱穿衣。"这句俗语是说四、八月的天气不冷不热，衣服多一件、少一件都没关系。很小的时候常听母亲说，"这四八月的天，真是做活儿的好时节"。对于以修地球为终身职业的母亲来说，四月是播种的季节，八月是收获的季节。农民的春天是从四月开始的，夏季是他们挥洒汗水、抢抓"阳光"的竞走，冬季是抵御寒冷、编织温暖的休整。

相比较而言，我是更喜欢四月的。四月是踏青的好季节，臃肿的棉衣褪去，阳光不温不火，温润剔透，有玉的质感；空气中弥散着花草树木少女怀春般的芳香，用现在年轻人时尚的说法叫"爽歪歪"。在我心中，四月是随风而动的嫩叶，是翱翔蓝天的风筝，是一路歌唱的南归燕，是热情奔放的自由。"四月的阳光，使每一朵花都如水晶雕成，在风里唱着希望之歌，歌声七色仿佛彩虹。"先生眼中的四月是赤条条的赤子，纯洁地与山水自然相亲，"在四月的阳光中，草原、树林、溪流、石头都是净土，至少对无忧的孩子是这样的"。相信像我或者像先生这样喜欢四月的人不在少数，但时光如流水，"春眠不觉晓"的日子或舒坦或昏昏欲睡或激情拥抱，终究是留不住的，所以先生在面对四月时，感叹"四月还是四月，温暖的阳光犹在，可叹的是我们都不再是赤子了"。

是的，四月还是四月，自由的风还在吹拂，但身处大墙内的我已不再有自由身了。感叹是难免的，可除了感叹外我应以怎样的心态面对又一个四月呢？拉开心的窗帘，让阳光进来，洗涤心灵的污垢，重新微笑着诠释生活。

面对春风骀荡、莺飞草长的季节，唯有迈出从容前行的脚步，挥洒辛勤耕耘的汗水，明媚的阳光、润物的细雨和亲人的微笑会在前方不远处迎接我们的归来。

何事秋风悲画扇

虽然在婚姻故事新概念层出不穷的今天，爱增添了那么多迂回曲折的情节，但我宁可相信世上有鬼，也不相信她会离婚。

她和我曾经是同事，至今我还记得第一次和她见面时的情景。

那天上午刚上班，我正在整理桌面上的文件，一阵轻轻的敲门声，"门是开的，请进"。我的办公室是按套间配置的，外面一间是给秘书使用的，我一直没要秘书，就把它当作接待室使用。声音是从外面传来的，我叫的声音比较大。"咚、咚、咚"又是一阵敲门声，里面的门是开的，我一抬头，一个陌生的女孩站在门口。"请问你是×主任吗？我是来报到的，我叫×××，这是我的调令。"声音很轻，柔柔的，但听得很清晰，有一点普通话的韵味。

"欢迎，欢迎。昨天领导已和我交代过了。"我绕过办公桌，把他引到外间的硬木沙发上，"请坐。"因为是夏天，我没烧开水，就递给她一瓶矿泉水。她站起身来接过，说了声"谢谢"。她穿的是白色短袖衬衣，黑色长裤，黑白分明间白皙的肌肤，丰韵的身躯，给人一种清晰的朴素美。

在简单交流了几分钟后，我询问她有什么要求可提出来。她犹豫了片刻，红着脸说，我爱人中午不回家，我女儿上学放学都需要我接送，上午下班我能不能提前十分钟？一个顾家的女人，我满口答应了她的要求。

就这样，她每天上午提前十分钟下班，但早上她总是比我们早到半个小时，她把自己的办公室的卫生和走廊的卫生全给承包了。上班的时候，她总是端坐在自己的桌前，安静地做着自己的工作。偶尔有同事聚会，她都以小孩小为由婉拒了。她和单位的每一个同事都相处得很好，年终考评中她是全系被评为优秀。

那年春节，她邀请单位里的同事到她家聚聚，几乎所有的同事都去了。她烧了一手好菜，家里收拾得干干净净。她的先生是一个长得很帅的大个子男人，性格很开朗。饭前饭后陪我们打牌，似乎他也是客人似的。她要收拾屋子，陪女儿写作业，偶尔出来为我们加加茶水。她的表现令几位男性同事羡慕不已，对她老公戏言，下辈子找老婆一定要找这样的女人，她先生的脸上总是洋溢着自豪的笑容。

几年相处，渐渐地知道她的一些过去。她毕业于一所轻工大学，那是离她家很近的一个美丽的滨江城市。她的先生和她是同班同学，但在四年大学期间他和她没看过一场电影，更不要说谈恋爱了。毕业后她回到她家所在的城市，她的父亲是当地一位颇有声望的企业家，和她的弟弟共同经营着一家规模不小的企业。她父亲希望她到自己的企业工作，但那和她所学的专业不对口，她说服了父亲到了一家研究所工作了。她的先生毕业后也回到了他的家乡，一个中等城市。大约在毕业后半年的时候，她收到了他的第一封信。她感到十分意外，尽管她一直认为他是一个非常优秀非常阳光的帅小伙，但在大学期间众多追求她的人中从未出现过他。她是个很谨慎的女孩，对生活充满憧憬但不抱幻想，她没有给他回信，觉得可能是他刚参加工作一时没有适应新的环境而产生的某种空虚带来的冲动。然而接下来她还是被他的真情俘虏了，他把过去在大学期间写给她的未发出的几十封信寄给了她，信中所提及的一些细节让她确信这些信是大学时的真实的产物，而不是后来创作的。她开始小心翼翼地接触他，并在一年后确立了恋爱关系。

一件事一旦进入了爱的领域，或者爱作为元素加入到某件事时，一切就会变得奇妙起来，事情就开始谢绝逻辑，谢绝理性。此刻语言是最甜蜜的糖，爱是直指人心的禅。她要离开家，离开父母，离开那座美丽的大城市，来到他所在的这个城市。她父亲强烈反对，母亲也不同意，唯一的一个弟弟也多次劝说，但都无济于事。父亲说我们不反对你们的婚姻，但无论从哪方面来说，他调到我们这边来是正确、明智的选择。她征求过他的意见，他说我父母亲就我一个儿子，我不能离开他们。她父亲以断绝父女关系试图阻止她的离去，但平常外表柔弱的她居然义无反顾地辞去了工作，给父母留下一封长信来到了她认为可以托付终身的男人身边。为此她父亲几年都没有理睬她，只有她母亲和弟弟偷偷地来看过她几次。

结婚的时候，她是租房子结婚的。父亲那天没来，母亲来了，哭得像个泪人，临走的时候给她丢下十万块钱，让她找房子。她没有买房，而是把钱存了起来，退给了母亲。孩子出世了，父亲第一次来看她。看到她那样生活的境遇，父亲含着泪骂她，骂她自作自受，但骂完后以不容置喙的方式给她买了一套新房。她执意写了一张借条给父亲。

每一对父母对子女的婚姻都有着幸福美满的渴望，每一对热恋中的人，特别是女孩，都有着鸳鸯蝴蝶的梦想。应该说婚姻的生活是幸福的，她先在一家事业单位找了份工作，后又考进了政府，做了一名公务员。她先生也是一名公务员，双公务员的家庭收入很快让他们步入了小康生活，她的脸上除了谦虚又增添了知足幸福的笑容。

一个偶然的机会，我让她整理一份会议纪要（从事这项工作的人请了病假）。她仅用了一个中午时间就把文稿交给了我。令我吃惊的是这份纪要整理得有条有絮，行文规范，重点突出，用词也相当精准，不具备一定的文字功底是写不出这样的纪要来。有了这一发现，我很是喜欢，因为我工作之余最大的快乐就是看看书，写点东西，只是苦于工作繁杂，一直没有好好整理过去写下的东西。当我向她提出能否帮我整理那些手稿时，她欣然接受了。

那时，她女儿正好升初中了。她每天中午除了扣去在单位吃工作餐的十分钟外几乎都在帮我整理手稿。她静静地坐在电脑前，时而在键盘上飞按，时而盯在手稿上沉思。在她的辛勤努力下，我的第一本书在当年年底面世了。

那一年，我被组织上确定为提拔对象，在报纸上公示了，个别心怀叵测的人用匿名信举报我和某某关系暧昧。我一直蒙在鼓里，是她在得到消息的第一时间告诉我的，她焦虑的眼神至今让我难忘。她说，我和某某是好朋友，我们之间无话不谈，这怎么可能呢？不行，我去向组织上帮你说清楚。幸好组织上没有轻信这份谗言，我被正式任命提拔了。

后来，我调离了原来的单位，和她见面少了，偶尔见面也只是简单地问候几句。每逢元旦、春节，我们也只是用简单的短信表达彼此的祝福。我一直认为像她这样与世无争、与人为善的好人一定会一生平安的。

在一个清风朗月的夜晚，我在外地出差的宾馆里，正在写东西。她打来电话，急切地问我现在说话是否方便？我说我在外地出差，有什么话你说吧。她问，你还好吗？我有些慌了，说很好哇，有事你说呀。她在电话里支支吾吾的，说，等你回来再说吧。

在我的一再请求下,她告诉了我下面这些内容。

只要不影响你就好。你认识小欢(就是前文的某某)吧?她和我家的他好上了,已经有很长一段时间了。我家的他近一年多来,常常回来很晚,加班特多,一回到家就叫累。我多次催他到医院检查,他总是以各种理由拖着。那天我下班回家回去早一点,让我看到了至死都忘不了的一幕,他和小欢睡在我的床上……我哭啊,悔啊,怎么会有这种事发生呢?我想到了当初我父亲的话,想到了母亲流下的泪,想到了死,但为了孩子,我控制住自己。我找他谈,他也不抵赖,说是我对不起你,任由你处置。我问他想怎么处置?他说,实在不行就离婚吧。我的心都碎了,我不是不想离婚,也不是没有勇气离婚,我只是觉得没有任何理由向父母交代,没有理由说服自己这些年里到底坚守住了什么?我找到小欢,她丝毫不顾及我们曾经的友谊,甚至连一丝丝忏悔都没有。她还恬不知耻地说,不错,是我追他的,但他是真心喜欢我的,两厢情愿,不信,你去问他。我问她有没有廉耻?她回答我说,不要道貌岸然地装纯情,你以为你和他的关系很干净吗?我就不信你深更半夜爬起来看他的书稿,中午不休息给他整理手稿……如果你想把事情弄大,我奉陪到底。他不是又要提拔了吗?我倒要看看这次你怎么帮他?……她这是威胁我,我真的不怕她什么,说句难听的话,我的屁股比她的脸都干净,但我真的怕她胡来,毁了你的前程……

她是边哭着边说出这段话的,我气愤,更感动,在她遭遇如此大的打击时依然想着我的前程。但我感到更多的是内疚,如果不让她帮我整理书稿可能就不会发生这些事。"可能你家的他误会了,我回来找他谈谈。"我说。"没用的,这事与那件事无关,你不要瞎想了,你还是想想该怎样对付小欢吧。"她的声音有些颤抖。"你不要管我的什么前程,是非曲直自有公论,白的黑不了,黑的白不了。现在最重要的是你准备怎么办?"我头脑乱得像一团麻似的。

"我想好了,准备这两天就和他把手续办了。"

"没有挽回的余地了吗?"

"没必要了。我不敢说自己是唯美主义者,但有了这道伤痕,我是难以面对的。当时我想挽回,是因为我以为他是一时糊涂,至少心中还有我,更多的是考虑孩子,现在孩子也知道了,我的幻想也破灭了。孩子说只要跟着我,离就离吧。"

"再考虑考虑吧,等我回来再和你聊聊。"

……

遗憾的是等我回来时,她已把手续办了,我没有打电话过去安慰她。在此后的很长时间里,一种无能为力的无奈一直潜伏在我心中,我知道这样的创伤在短期内是很难愈合的,但我能怎么做呢?

哎!何事秋风悲画扇!一个人究竟在多大程度上可以改变命运?这是每一个人都关心或思考过的问题,但又有几人能悟透呢?

回想当年大学时

现在看书读报,常见一些怀念过去苦日子的文章,私下认为,能写文章见诸报端的,过去的日子再苦也是物质上的苦,精神上是充实的。而那些不识字的,或写不出文章的大多数人因为缺少精神上的食粮,或曰精神上的负担,其苦就是纯正的纯粹的地地道道的苦了。

这类回忆文章中,有一种体裁的文章是怀念过去的校园生活的,读后让我感触颇多。如一些人怀念20世纪二三十年代的北大、清华,怀念偏远山区的西南联大。怀念什么呢?怀念物质条件那么差的条件下,学术的自由和师者的海阔天空。说西南联大,老师授课讲什么,怎么讲,完全由老师自己掌握,不像现在不仅有统一的教材,统一的大纲,而且还有统一的规定,甚至于还有削足适履的潜规则。说当年的陈寅恪授课,抱着书进课堂仅仅是做样子,授课时从未翻过,但讲得生动活泼,如数家珍;说张奚若讲授《政治思想史》没有立场,一会儿肯定国民政府,一会儿又批评蒋介石,说不是封建王朝了,没有皇帝干吗还喊"万岁"?言明政治和政治学是两回事,不能混淆成一体。

苗振业先生在《山西文学》上发表一篇题为《大学是个不一样的地方》

的文章，他以何兆武先生口述的自传——《上学记》为引子——那时的大学校园，和校门之外的社会相比，真的是个不一样的地方。苗先生感叹说："我认为不满意在现今的大学在某些该不一样的地方和外面太一样了。"

我生于20世纪60年代末，读大学是80年代末，自然无法体验我读书时的校园与二三十年代的大学校园有什么"不一样"，但若以今之大学校园之状况与我读大学时相比较，依然有许多"不一样"的地方存在。

我是学工科的，大学物理是必修的，教我们物理的是位自称为"唐半仙"的老师。他上的物理可称得上真正意义的"万物之理"，若按大纲之要求对照，他多半是胡说八道。他在第一节课时，就自爆自己的爱情故事。他说，他当年读大学时追求过一位女孩子，追了八年，"八年抗战"的结果是目睹着她走进了别人的新房。他仍不死心，希望有奇迹出现。但到了38岁时，他感到已无希望了，周边的许多同事劝他，说，小唐，不，不，应该叫大唐了，都38岁了，再不结婚，不仅耽误了儿子也误了孙子，赶紧回头是岸。"我结婚了，快40岁，生下一儿子，后又生了一个女儿，如今两个孩子都进科大少年班，幸福啊，美满啊。"他似乎沉浸在幸福的生活里，而不是在讲课。他突然话锋一转："这说明什么呢？万有引力定律和磁场异性相吸定律，请打开书的×页×面。"学过物理的人都知道，这两个章节一个是在书头，一个在书尾，但他把它们一并讲了，讲得头头是道，讲得入心入脑，讲得一辈子都忘不了。忘不了的还有他用他的婚姻故事告诉我们至少三个另外的"理"：谈恋爱不要太执着，因为在同龄人中适合作你伴侣的绝不是唯一，更不是你认为的那个唯一就是唯一；婚姻没有恋爱浪漫，但需要经营，只有负责任地经营才可幸福美满；思考问题、解决问题要多准备几条路径，不可一条路走到天黑，先坚持再坚持，实在不行就放弃。

他说："我大学毕业到单位工作跟了个师父，师父人挺古怪，不愿教我真功夫，每次跟在他身边，一旦到了关键的时候，师父不是叫我去拿老虎钳就是让我去拿万用表。我吃了几次亏后，每次我把所有的工具都背上，师父要啥给啥，你总不能把我眼睛打瞎吧。师父一看，问：'你真想学啊！好，我就什么都教给你。'他的这几句话，在我看来比教给我几个公理、定理要管用得多。我毕业到企业时还真用上了这一套。他为什么叫"唐半仙"呢？这缘于他跨学科的研究。他那时的工作多是在户外，所以关注天气变化成了他最关心的大事，由于他细心观察，用心体会，没几年他可以预报天气了，于是同事们送给他一个绰号"半仙"，即料事如神之意。

我的高等教学老师，是一位40多岁的漂亮女人。我参加当年全省数学竞赛，经过两轮选拔，到集训时我还显得信心不足。因为师范院校有数学系，他们肯定比我们强多了。但这位老师这样告诉我："漂亮女人为什么吸引人？它并不比丑的女人多长或少长一块肉，关键是长得巧。这个'巧'字可大有学问。这数学竞赛吧，比的就是一个'巧'字。若是搞学术研究，你肯定不是他们的对手，但工科院校的学生的强项恰恰是一个'巧'。你做过那么多竞赛试题，大部分选择题，不要去推理，直接用答案代入，而且从'0'或者'1'这样特殊数字代入起，准能节省许多时间，这样保证有足够的时间去攻后面的难题。"后来我们学校参赛的三人竟囊括了此次比赛的前三名，大大出乎所有人意料。

还有那位后来转行做行政领导的教我西方哲学的老师，姓李，一米九的个子，每节课只讲20分钟，剩下的就是学生讲，学生怎么讲，讲什么都可以。我就曾在上面讲了一堂题为"恋爱＝无懒＋无耻＋追求"的课，他带头鼓掌，并给予点评。

大学四年最难忘的还是那位教我们专业课的老师，他腿有残疾，姓项，爱好艺术。在大一我们刚进校时，他曾和我们班新生先见过面，正式给我们上课是大三大四的时候。第一次见面，他问我们："大学四年该怎样度过，走出校门时才算对得起这四年时光？"我们的回答他都满意但都不满意，最后他在黑板上写下四个字"玩得快活"。众人哗然，我们是来学习的，怎么是玩儿呢？他连珠炮似的发问，学不好你玩得快活吗？身体歪歪倒倒的玩得快活吗？想干的事没干成，想追的女孩没追上，想培养的兴趣没培养，玩得快活吗？毕业前没找到工作单位玩得快活吗？

教专业课时，我们领教了他的另一面：严格和严谨。第一门专业课就抓了十个不及格的，差不多三分之一的比例，但最终真正补考的只有五个，正好"放水"一半。怎么"放水"的呢？他说：十个人中有八个人来找过我，求我放他一马，有两个人没来找过我，是属于不敢面对现实的，或者是胆子比较小的。八个人中有五个人是面带微笑昂首挺胸来找我的，有三个是哭丧着脸走进我办公室的。在我看来，连这点小挫折都承受不起，是需要磨砺的，于是我抓了他们三个加上前面的两个，总共五个人补考。

他的逻辑有些怪异，但他的解释让我终生享用不尽。

现在的大学是什么样子呢？报上说的那些假冒伪劣的学术著作、教授当老板、老板做教授等等，我不去说它，也是没资格说的，我自大学毕业后，先后在两所国内知名大学读 MPA 和 MBA，教授们的讲解倒也称得上海阔天空，但多是以猎奇或抬高身价的故事而天南地北，如和某部长发生争执、同某副总理抬杠等等。校园里商店林立；谈恋爱拥抱者随处可见，让人无路可走；学生老师合伙做生意也大有人在；考试不通过花钱买分数也不鲜见……

私下认为大学就应该是大学，社会也是一所大学，但两者毕竟应该有些区别，不能都一个样。

回想当年坐船时

第一次坐轮船的那天，也是我第一次坐长途汽车。此前，应该有一次坐汽车的机会，那是到县城参加高考。学校里包了几辆大客车，每个学生要交五块钱。为了节省这五块钱，我从小姐家借了一辆自行车，和另外的一个同学一起，花了三个小时骑到县城。幸好那年我考上了大学，否则，还不知要闯出什么祸来。

那天一大早，母亲眼泪汪汪地把我送到村口，叮嘱父亲，无论如何要把我送到学校。我和父亲走出很远时，母亲仍像一棵小树一样站在那里。我不忍心回头望她，但还是忍不住不时地回头张望着。

从村口我们要步行20多里路，才能在镇上搭乘过境的汽车。从镇上坐车，差不多要两个多小时的车程，才能到安庆，然后从安庆乘船到芜湖。

那几天是高校开学的日子。大轮码头上，人山人海。什么三等舱、四等舱的船票（这种等级的划分，我也是第一次听说）根本买不到。排队买票的人比学校排队买饭时的要多许多,从售票大厅一直排到大厅外的走廊、广场上,好似长龙。父亲让我看好行李,到大厅里绕了一圈,回到我身边说,都是散席了,三块七一张。我说,你在这儿看东西,我去买票。父亲说,我去吧。我跑了,边跑边说,学生能半价。这是暑假期间大姐夫在芜湖念书的侄子告诉我的。

其实,我之所以不想父亲买票,是因为在大轮码头待的十几分钟里,我做出了一个重大的决定,我不想要父亲送我了,我要独自去学校。排了半天队,好不容易到了售票窗口,我递进去五块钱的同时,递上了大学录取通知书。售票员像不认识字一样,连看都没有看,把通知书扔给了我。"我是学生,买学生票,半价的。"我大声嚷道,大厅里太嘈杂,我生怕声音小了,她听不见。"散席没有半价的",还好,她总算在扔给我票时扔给我一句话来。

当我拿着一张船票跑回父亲面前时,不等父亲开口,我说,学生票每人限买一张,你回去吧。父亲知道我在撒谎,叹了口气,转身就要再去排队。我拽住他,用异常坚定的语气对他说:"爸,回去吧,我能行,何必浪费钱呢?""不行,这回不能依你,你第一次出远门,你妈一再吩咐我的,要把你送到学校,我就这样回去了,你妈非骂死我不可。"父亲还是要去买票,我说来不及了,我得赶紧去排队上船了。说着,我就挑起一床被子和一只箱子,朝码头走去。

就这样,我带着节省下来的三块七毛钱的喜悦,怀揣着父亲给的一百块钱,和父亲挥手告别了。通过检票口,我最后一次回头想给父亲一个坚定的笑容,但簇拥的人中只能看到父亲正在用手擦拭着泪水。这是我19年来,第一次看见父亲流泪。我的泪水在眼里直打转,但我硬是咬着嘴唇,一甩头朝甲板赶去。当我的目光第一次接触到滚滚的江水时,我的眼泪再也控制不住了,像滔滔的江水一样奔突而出。江水不是清的吗?怎么会这么浑浊呢?像泥浆似的。我有点后悔那个错误的决定,我想回头对父亲大喊,爸爸,我怕,你来呀。但我咬咬牙忍住了,没有回头,义无反顾地登上了"江申七号"。

此后的四年里,我都是按照这样一条固定的行程,步行,乘车,坐船,到学校;再坐船,乘车,步行,回到家里。

第一个寒假,同行的同学特别多,大多都是没有买到等级舱的票。那时,还没有为学生提供等级舱的政策,买到等级舱船票需要找熟人托关系才行。对我来说,能有散席票,能到目的地就足够了,即使有等级票,我也不会买,钱我必须节省着用。大家在船舱里，找一块地方，铺上报纸，围坐一起，打上一夜扑克，也就忘却了时间，一早就到了安庆。

"早吃安庆饭，晚点芜湖灯"，这是父亲经常说的一句话。据说20世纪五六十年代，轮船上的饭菜特别便宜，轮船停靠时，还专门有人跑到轮船上买饭菜吃。不过，我上学的时候，船上的东西比学校还要贵许多。在船上来来回回几十趟，我从不敢在船上吃一餐饭。

有了一来一回的经历，轮船上的结构布局基本摸清楚了。所谓"知己知彼，百战不殆"，此后坐船还是找着门道了，一张散席票（偶尔也逃过票），上了船，夏天坐轮船外围的船甲板上，凉爽；冬天钻到轮船最下层靠近内燃机的甲板上，虽然此处噪音大，但暖和。当然，偶尔也在条件好一点的同学邀请下，窜到三等舱、四等舱里去享受一下"等级公民"待遇的。

一般情况下，我每年除了寒暑假两个来回外，在中秋节后，农村"三秋"大忙时，会比别人多一个来回。这时，家里既要收割晚稻又要种麦子栽油菜，比夏天"双抢"时的繁忙一点不差。"双抢"时，我是家中的主要劳力，家里的活儿常常比别人家完成得更快一点。我并没有因此闲着，而是帮其他人家做几天工，好让人家在"三秋"时能还工给我们家。这叫"换工"。一般人家都是愿意的，毕竟"双抢"时天气炎热，而且白天日子长，而"三秋"时气候不热了，日子也比较短。还我"工"的人，通常是帮助母亲把晚稻全部割好，这样，我请假回家时，花上三四天时间，就能一鼓作气地把稻子打完，挑回家里。再花上一两天时间，把稻草挑到家门口。然后，匆匆赶回学校。

那年"三秋"，我照例请假回家帮家里干了一个星期活儿。返校时，在安庆乘上午十点半的轮船，到芜湖应该是下午六点四十左右。我是买了散席票，准点上船的。钻到内燃机的甲板上，一觉醒来，天已经黑了，我赶紧跑出来一看，坏了，船已到芜湖港了，正在离港。当时我一急，连想都没想，一个起跳前扑，从轮船的船舷上跳了下去，幸好扑趴在船坞上。还没等我站起来，执勤的民警一把把我拽起，反身给了我一脚："不要命了啊！"回头一望，船坞与轮船已分开1米多宽了，巨大的漩涡翻腾着，着实把我吓出了一身冷汗，现在想起来还害怕……

四年大学，就这么在来来回回的奔波中过去了。我被留在了芜湖这座城市工作。我的乘船生涯,并没有结束,直到1996年初,才改为乘车来回于芜湖与老家。但,那时候的长途汽车,并没有比坐船便捷多少。车子早上七八点钟从芜湖出发,在东至大渡口过汽车轮渡,一切顺利的话,到安庆也是下午三四点了。而此时,通常是没有了途经老家的汽车了,还得在安庆住上一晚。算算账,并不合算。

最后一次坐船,是从老家返回芜湖。女儿是1995年生的,带女儿回老家过第一个春节。船票是委托在安庆工作的三弟买的。船票的上船时间是下午四点。在三弟家吃过午饭,休息一会儿就抱着女儿,和妻子一道到了候船室。可等到晚上七八点钟还不见船的影子。广播里只播了两句"江中大雾,轮船晚点"就悄无声息地把旅客们扔在候船室里。肚子有点饿了,但又不知道船什么时候能到,也不敢离开半步。三弟只好把饭菜送到候船室,我们匆匆地填了填肚子。到十点多钟时,不知是谁带了个头,候船室的人全部挤到码头上排起了长队。我们以为船到了,也跟着跑到码头,尾随着队伍,在凛冽的寒风中,期盼着,等着。结果,竟一直等到次日凌晨三点多才登上船。回到家中,一家三口全都感冒生病了。妻说,今后打死我也不再坐船了。

后来,长江上的客轮停航了。我对妻说,你现在花再多的钱也乘不了轮船了。妻说,反正我是坐怕了,没有更好。

如今,安庆和芜湖间的沿江高速全线贯通了,交通便利了,但我们回老家的次数反而少了。女儿在参加纪念改革开放三十周年的征文比赛中,曾问我怎么选题。我沉思片刻,告诉女儿,就以回老家的路为题。现在回去只要两三个小时,再过三年左右,安庆和芜湖间的城际高铁就要通了,回去一个小时不到。女儿不相信似的瞪着眼睛看着我,说:"那我下午放学,不就可以直接回奶奶家吃饭,睡一觉,第二天早上赶回来上学了吗?"我摸着女儿的头说,如果你真的能这样,爸爸真得好好感谢你。"感谢我?"女儿困惑地望着我。我没有做过多的解释,女儿还小,有些东西还不能完全明白。因为在我的心里,始终觉得,距离并不是问题,高速也并不意味着什么,如果忽略亲情,一步之隔和万里之遥又有什么差别呢?

假期的悲哀

立秋已有些时日了,"秋老虎"开始充瞌睡了,不再威风凛凛,早晚的凉爽本该让人心情爽朗起来,但有这么一群人恐怕是没有这份闲情的,甚至满脑子都是无言的失落和哀愁。我说的这群人就是如同我女儿一般大小的中小学生。

记得我小的时候,每年最快乐的时光都在假期里,寒暑假尤为痛快,特别是暑假,因时间较长,前后差不多有两个月吧,玩得不可谓不尽兴。我的童年乃至整个学生时代都是在农村度过的,尽管那个时候农村的生活很苦,饥饿常常折磨着从没填饱过的胃。但私下认为,一个在农村度过童年的孩子是幸运的。稍小的时候,能光着屁股无拘无束地穿行于天地间,清澈的河水,并无景致的山丘,哪怕是污泥中的泥鳅,树梢上的鸣蝉,都会成为我们亲密接触的伴儿。那样的岁月如同蓬勃生长的野草,活力格外旺盛,山、水、天地间的这份漫无目的的坦然自若,与人世间的动荡更迭没有多少关系。那时对土地和大自然的亲近,使人与世界保持微小而超脱的距离,令人回味无穷。

孩子的天性就是爱玩、贪玩、玩不够,这点恐怕没人怀疑,过去的孩子如此,现在的孩子也是如此。记得每年春节,我们这些散落在四面八方的儿女们带上各自的儿女,回到白发苍苍、望眼欲穿的父母身旁。望着满堂的儿孙,最高兴的是父母,他们一天睡不到三四个小时,忙碌而幸福着。除此之外,最高兴的就是这些孩子们。他们可以不看书,不做作业,三五成群地嬉戏在村落中、田野里、池塘边,恣意地用竹竿驱赶着鸡鸭,与小猫小狗打闹,小心翼翼地拽着老牛的尾巴,跟着老爷爷学牛叫,"唛唛——"。到了傍晚,在大人们一遍又一遍的催促、叫唤中,才一身灰老鼠似的钻进家里,来不及洗手就在院子里相互比试着放起烟花来。吃饭对他们来说是可有可无的,人人口袋里都装满着好吃的东西。等到夜很深了,玩得哈欠直打的孩子们仍然不停下手中的扑克牌,恨不得把一天二十四小时都利用起来。这几天家里到处是欢歌笑语，屋里屋外洋溢着与鸡共鸣、与鸟共舞的欢乐。

初三、初四一过，开始有人要离开"大家"了，父母们三十晚上就开始"游说"的多住几天的梦破灭了，心中异常失落。快乐时光总是短暂的，一年中就这次大团圆，对父母而言无疑是他们最直接、最自豪的成果展示，匆匆谢幕。但送走一"小家"后，父母揉揉眼睛会继续笑呵呵地为没走的"小家"成员们服务。但孩子们是做不到的，他们不知道怎么控制自己的情感，像患了流感似的，一个个像霜打的茄子，没精打采的。问之何故？一个有气无力地说，要开学了，真烦死人的。另一个说，我看还是不放假的好，才玩儿出点味道又要上学了。我说，总归玩儿了几天，何必期望太高？与其这样不痛不痒的，玩儿不尽兴，就好像吃半碗饭似的，不如不吃还好受些。女儿似乎在给他们做总结，歪着头说。

孩子们的话我能理解，过去我做学生时也有这样的感受。那时一周只有一个星期天休息，最快乐的时光是从周六下午放学开始的，星期天中饭一吃，心里就开始不是滋味。现在回想起来，之所以有这样的失落感，无外乎周六时还有个盼头，可星期天午饭一吃，剩下的时间就不多了，星期一的愁绪就袭上心头。

按理说现在的学生比我们那时的感觉要好多了，起码一周有两个休息日，原来周六才有的快感提前到星期五下午，中间有个完完整整的周六过，这可是一个大大的"甜饼"。其实，不要说小孩了，就是大人也一样，星期五的晚上、星期六一天，如无要紧的事处理，约三五知己喝喝茶、聊聊天，通常是不会低头看表、抬头看钟的，迟一点睡、晚一点起来都无大碍，偶尔熬个通宵也不失为一种痛快的放纵。事实上，现在的孩子连半个休息日都享受不到，各种各样的强化班、提高班、特长班、补习班，让他们时时刻刻被书绑架着，没完没了地学、学、学，好似拉一支没有休止符的曲子，就是大人也吃不消，何况是有童心童趣的孩子？

假期本乐反愁，于孩子是一种摧残，于大人是个悲哀。没有希望的等待是漫长的，充满希望的等待又是匆匆的。孩子们是无辜的受害者，大人们是否应反思反思呢？人生要有阶段，要有空闲，一天二十四小时的工作是徒劳，永无止境的学习是空耗。花在半开时最迷人，男子在欲娶未娶、女子在欲嫁未嫁时，所感受的欢喜最为纯粹。

给孩子一点盼头吧。又是孩子开学时，心中的哀愁竟迷雾般驱散不去，莫不是我的心思太重，与他人不同？但愿如此。

见菊思蟹

今日办案单位来提审，终有机会踱出囚室。途经室外过道，见两旁菊花盛开，心中甚喜。回到囚室，遂提及菊花之事，不料引发室友对蟹的思念：菊花黄，蟹正肥。若是往年，该是吃正宗野生江蟹的时候了。

看守所里，一日三餐，如同三百六十五个日子都一样。说句对不起农民兄弟的话，见到饭菜就想吐。在这种生存状态下，想到吃，谈到吃，是正常的。通常情况下，我是想得多，说得少，这次也不例外。室友的话引发了一场讨论：长在海边的人说海蟹好吃，跑江湖的说阳澄湖的大闸蟹好吃，长江畔长大的人说野生江蟹真正好吃……

我半躺在铺上，没有多听他们的争辩，独自一人做起"蟹"梦来。

记得两年前，某单位领导和秘书打来电话，说领导这两天要上北京，让我准备些江蟹。我问清数量后，欣然受命。我所在的新区，濒临长江，有23公里的长江岸线，还有一湖与江相连，湖内是养蟹基地，江蟹资源很是丰富。临近下班，我找来办公室负责同志，安排他去购买江蟹若干。正在此时，一位同事路过，忙问做什么用。我把电话内容重复了一遍。没想到，这位同事一把把我拉进办公室，颇为神秘地对我说，这事马虎不得。我一头雾水，马虎不得怎么讲？他说，你才来不太清楚，这送往京城的江蟹可不是随便买来就行，得仔细筛选的。这个我懂，不就是挑个头大的吗？看来你是真的不懂啊，这不是肉眼能筛选的，得选拔！

次日，我和这位同事一同赶到养殖场。养殖场已从渔民手中收购了一批江蟹。在一个长、宽、高一米的水池边，同事让我仔细看是如何选拔的。我算是开了眼界了。只见工作人员先是抬来一块长宽的玻璃，在水泥池中间放置成45°角，再把江蟹倒入那个池子里。蟹儿们像攀岩运动员一样，奋力向玻璃上爬去，只有爬到顶的才是"健将级"的合格螃蟹，肉多味美蟹黄足。

  前后选了两个多小时，终于完成了任务。在回去的路上，我感慨不已。过去皇帝选妃，现在当官要选拔，没料到连蟹儿们的竞争也如此残酷，为了能在京城留下自己的尸首，竟要赤身裸体在光溜溜的玻璃下比拼一番，太为难它们了。我在车上请教这位肚子里尽是学问的同事，这办法是谁发明的？他说，我也不清楚，也是两年前人家告诉我的。他向我讲了另外一个故事，是他亲身经历的。他说：

  那年，我学校毕业不久，在企业做办公室主任。年终的时候，按照厂长开出的名字，给领导家送"王八"。厂长交代，"王八"有大有小，你把它们先区别开来，大的送给大领导，小的送给小领导。我花了大半天时间，在每只"王八"身上贴上标签，用蛇皮袋装好，捆在自行车后架子上，乘着夜色，我赶到机关大院。没想到，车子刚一停下了，一只"王八"从袋子里掉了下来。我还没来得及抓它，它就开始拼命地跑，我赶紧去追。幸好，大院里路灯亮着，我总算把它给逮了回来。等回到车子旁一看，坏了，地上全是"王八"。原来蛇皮袋在路上被车轮钢圈磨破了。我满院子里找啊，找到第二天天亮，早锻炼的人都出来了，我还没有找全。我心里那个急啊，但没有办法啊，只得赶紧离开大院。此后差不多半年时间里，我的心都是悬着的，生怕那些"王八"被别人捡到，因为那背上写着领导的姓，有些同姓的我还写着名呢！

  我没有这位同事如此丰富的经历，十几年行政生涯里，从来未上过领导家门。早年在企业工作时，单位分房，曾拎着些东西，借着酒劲跑到厂长家门口，犹豫半天才敢敲门。敲了两下，没有人应，赶紧调屁股就跑，像小偷似的，跑到一棵树下，如释重负地长嘘了一口气，心中庆幸，幸好领导家没人，总算过了一关。这是唯一的一次送礼，东西还是送给了自己，当然房子连想都不要想了。

  其实，如今身陷桎梏的我等，不也是那一只只蟹儿吗？有些爬过了玻璃，取保候审了，有些只能在池中待着，等待贱卖，但结果只有一个，被人吃掉。

绝壁牡丹之偶感

安徽巢湖有一著名的景点——绝壁牡丹。我曾被友人在花开之时邀请去专程看过,肉眼很难看得真切,用望远镜观之,也不壮观。一株并不茂盛的树似"贴"在高空悬崖上,一根细长弯曲向上翘起的茎,一头顶着几枝更细的带花的茎,一头伸进石头缝隙中。细茎上花朵儿不多,不过七八朵的样子;花开得也不艳丽,远没有百花丛中"最富贵"的气质。

我去的那天游人确实不少,虽不敢说如黄山迎客松前那般游人如织,但悬崖之下花花绿绿的游客仍算得上丫丫一片。不过,景点旁做生意的商贩告诉我,一年之中就这么几天,最多也不过半个月,花谢了,人也不见了。

"想宇宙万类,应时生灭,然必尽其性,花树开花,乃花之性。率性之谓道,有人看见与否,皆与花无涉。"立于远离人群的树阴下,我忽然想起林语堂先生的这句话。因为在我看来,人们蜂拥而至,与其说是观赏牡丹,不如说是欣赏这株牡丹树的顽强生命力的。但这位商贩分明又告诉我:"花谢了,人也不见了。"其实,花开花谢,这株具有顽强生命力的牡丹树依然真实地存在于绝壁悬崖之上,为什么"花谢了,人也不见了"呢?

我向朋友道出了我的疑问:"如此川流不息的人到此是来看花的吗?"众人大笑,"莫不脑子进水了?你不也是来看花的吗?"可能他们没有弄清楚我真正的疑问,解释道:论花,这株牡丹远没有洛阳的牡丹好看,连南陵丫山的牡丹也胜它千倍,有什么好看的呢?朋友脱口而出,因为它绝呀,生在绝壁悬崖上,物以稀为贵嘛。说得没错,因为它"绝",生于石罅中,那为什么非得等花开了才有人来呢?若要看"绝",它一年四季都"绝"在这里?众人此时才觉得我脑子并没有进水,思忖着我的疑问该如何作答。

"平日里,它虽长在那里,与杂树杂草无异,有什么看头?只有花开了,它的绝妙之处才能显现哪。"朋友的悟性实在是高。

"绝壁牡丹绝妙之处在于'绝壁',至于是不是牡丹并不重要,或者是'绝壁玫瑰'也一样能出名,能吸引游人。"我的问话像是自言自语,自问自答,"但倘若这'绝壁'之处不是牡丹,也不是玫瑰,而是蒲公英,或是映山红,或是狗尾巴草呢?"

没有人来回答我的疑问了。

在这之后的很长时间里,我一直在思考着这一疑问,我想到了中医中药的"药引子"。这"绝壁牡丹"中的"绝壁"无疑是根本之处,按照时下颇为流行的说法,是"本",是"卖点",而"牡丹"之花是"标",是"药引子"。可别小看这"药引子",一服药的功效能否发挥出来,与这"药引子"不无关系。有了这层理解,我有些释然,但又有了新的困惑。

"引"靠什么去引呢?

"香为兰之性,有蝴蝶过香亦传,无蝴蝶过香亦传,皆率其本性,有欲罢不能之势。拂其性禁之开花,则花死。"还是林语堂先生的话在启发我。

性,本质也。自然,"引"得依其"性"。

"若拂其本性,实际上老僧虽不叫春,仍会偷女人也。"林语堂先生还说,"古人著书立说,皆率性之作。""古人著成小说,一则无名,二则无利,甚至有杀身之祸可以临头,然自有不说不快之势。中国文字可传者类皆此种隐名小说作品,并非一篇千金的墓志铭。"

然,时过境迁,今非昔比。

今之世人在"名"和"利"的双重诱惑力的驱使下,更多地重其"标"而轻其"本",热衷于包装、炒作,把"药引子"的作用推崇到了"前不见古人"的地步。一本无多少实质内容的书,只要和某名人联系到一块儿立即能畅销;一部粗制滥造的电影,只要炒作到位立即能突破票房纪录;一位普通的药丸,只要某"星"张口说疗效好立即财源滚滚。甚至一句"宁可坐在宝马车里哭"的鸟人鸟语,也让她一夜成名。

若仅以这些以追逐利润为目的的名人效应为依据,还不足以言达到"前不见古人"之境界,因为毕竟谈不上"主流"社会之推崇,然,"主流"社会又是如何主导的呢?

倡导科学发展,坚持以人为本,着实令人鼓舞,然鼓舞之中又有哪些举措呢?春节送温暖,给特困户、低保户送上些许粮油或几百元慰问金,电视、报纸值得大肆宣传吗？领导下基层调研或视察，提前制订预案，现场进行布防是应该的，但用得着动辄警车开道、交通管制、清理现场吗？甚至还要求眼之所及要达到"三无"标准，即：无垃圾牲畜存在，无障碍物存在，无上访群众存在。领导所问的对象"精挑细选"，回答者必须按照事先所传授的"对答如流"，这是"原汁原味"的基层声音吗？铺天盖地的会展，彩旗飘扬，气球高悬，果真能签订动辄几十亿上百亿的合同吗？有人戏言，如将某地招商引资五年的报表数字相加，能买下两个这样的城市。在"官出数字、数字出官"的规则指挥下，各地竞相推出"文化搭台，经济唱戏"的或节或会的"经济大片"，孰不知何为文化？一个民族赖以生存发展的根本之所在。如此"文艺""文化"不分，表里不清，本质和表象倒置，能言可持续健康发展吗？若能，真该是"绝壁牡丹"遍地开了。

练字偶得

春节过后不久，妻来看我时给我带来两本毛笔书法字帖，一本柳体的，一本颜体的。我很是诧异，本想问问妻，但想起年前的一次通话，当时她问我在干什么？我好像说了在练字之类的话，可能说者无意，但听者用心了。其实她所不知的是，我所说的练字是练习硬笔的，握毛笔已是很遥远很遥远的记忆了，那还是上小学时练书法课时的胡乱涂鸦，自那以后就与毛笔断绝了来往。春节写门对子时，因为父亲写得一手好字，基本上也被他代劳了。偶尔父亲也提出让我来写，我都是躲得远远的。

既然妻千里迢迢把字帖带来了，而且还要检查我的学习成果，我还是正儿八经地练习起来。好在女儿练习书法时，我陪同她上了几堂课，对字的间架结构的掌握还有一些记忆。但没想到的是抓起笔来，笔竟然在手中不由自主地抖动起来，好不容易落在纸上，也不听使唤，明明想它走得平一点，偏偏向上翘了，明明想把竖拉直一点，偏偏又是蚂蚁上树，蚯蚓似的。几度想放弃，但一想到妻的"检查"，便咬着牙坚持下来。如此练习了十多天，竟爱上了这门功课。每天坚持练习两小时，不敢说进步多大，但收获还是有的，至少"墙内开花""墙外香"了，收获了几点感想：

其一，最简单的最难。练字就笔画而言，最难之处不是点、撇、捺，恰恰是看似最简单的横和竖。横分长横、短横、平横、左尖横、右尖横等，竖又分垂露、侧锋、悬针等，这都不打紧，要命的是横若不平，竖若不直，如同人脸上的一块伤疤，一眼就可看到，不像点、撇、捺等，胖一点瘦一点，曲度缓一点急一点，还很难有直观的标准。当然，我的这一见解只是针对我等这样初练习者，与书法上的要求有很大差距。但我读帖时发现，即使是名家碑帖，点、撇、捺等各有千秋，但横和竖的标准是一致的。这让我想起王家卫花费八年时间拍摄出的一部号称经典之作的《一代宗师》里，隐藏着的一个极深又极其简单的道理：所谓武功，就两个字：一竖一横。一竖一横，不仅是功夫的极致，也是结构的极致。

其二，最简单的最重要。但这往往最容易被人忽视。以前听父亲好像说过，写字最怕笔画少的字。现在看来确实是这样。繁杂的字，因为笔画多，彼此比较密集，笔画与笔画之间只要不"打架"，总能看得过去，但笔画少的字，一旦出了差错，其丑就一览无余了。那日练字时，进来一位自称对书法也很爱好的人，我很是珍惜这种难得的机会，虚心请教。来者倒也很爽快，抓起笔来，做了一番示范。看他细如流水般地运笔，我很是羡慕，再看墨迹，也确实不错，是行书或是草书吧。"我还没入门，你就教我简单一点的吧，写几个楷书字给我做帖用……"我话还没说完，来者很友好地提醒我："又不是中学生，还写楷书干什么？直接练行草就行。"在我的一再恳求下，他终于肯留下几个楷书字帖来，但一两个字写下来，自己摇头了："不行，手生了，有些发抖……"记得我在刚念书时，父亲看我写字时的潦草，常骂我的一句话："还没学走就想跑，不跌跤才怪呢！"书法如此，做人做事也莫不如此。世上确有一些人，看不起循规蹈矩，凡事都想走捷径，摔跟头是难免的。

其三，心态决定状态，态度决定一切。尽管妻随字帖也带来一叠田字格的练习纸张，因为舍不得用，所以平常多在废旧报纸上练习，这本来是不错的选择，但由于废旧报纸很多，练习起来不太珍惜，走笔时往往很随意，尽管字写得很多，但长进不大。关于这一点还得感谢另外一位书法爱好者，是他告诉我这个道理的："要练好字，就得用正规的田字格来练，这对于初学者来说更重要。因为你练习时会更用心更认真。"是啊！练字如此，人生岂不也是如此。过去的生活之所以觉得没滋味，不就是因为把平常的日子当作不值钱的"废报纸"来书写的吗？如果能够珍惜每一天，把它当作珍贵的"田字格"来对待，还会在今日回首时发出"而今才知当时错""当时只道是寻常"的感叹吗？

凉拌面

方便面和我无缘。

记忆中还是"非典"那年买过几箱方便面，还是妻多次提醒的结果。几箱方便面搬回来放在书房里，我一碗没吃，妻吃了几碗，女儿还小，没敢泡给她吃，剩下的都被老鼠们享受了。后来女儿长大了，常见她书包里装有方便面什么的，心想女儿正在长身体，估计食量较大，便私下里和妻商量应多给她增加些营养。

一次，我看见她一边做作业一边用手抓着东西吃。我走过去一看，她正在吃方便面。我说你干吗这么不爱惜自己身体，早上鸡蛋你不吃，牛奶你不喝，非吃这种垃圾食品，就是要吃，也得用水泡熟了吃呀。女儿一脸惊讶，像看恐龙一样看着我："老爸，你真是老土，我这吃的是干吃面，还用得着用水泡吗？"我拿过包装袋一看，使用说明栏还真有此说，一时无言。

两三年前，我受人之托去某高校看望一位老乡的儿子，当时正是吃晚饭的时间，我和他聊的时候，房间里六七个孩子有三四位在上网，一两个人在蒙头睡觉。我好奇地问，他们怎么不去餐厅吃饭？老乡的儿子随手一指门旁边的壁橱，说，这就是晚餐。我抬头一看，全是方便面，五颜六色的各种包装。"晚上就吃方便面？""你说得也对，是方便面的一种，我们叫它泡面或干吃面。"老乡的儿子对我说："餐厅里没有几个人去吃饭，要想改善一下伙食，几个人一起上馆子搓一顿，平常这就是主食。挺方便的，想吃就吃。"临走前，我一再吩咐老乡的孩子,要养成好的生活习惯和生活规律,少吃那些垃圾食品。"叔,你可能不知道,泡面早已成为咱中国完完全全的第一食品啦。"孩子不领情,我也不好再多说什么。

回来的路上,我一直在想,中国向来是个注重营养的国度,怎么忽然间,越来越美国了呢?

后来在网上看到一篇文章,说,泡面和泡妞有异曲同工之妙,并举例说明,泡四川的女孩子,因其性格火热,你要用大大的碗盖住她,好好征服她,才能把她的辣味吃到心里面。而对沿海的女孩,因为生活在海边,个性清新悠扬,喜欢吃海鲜味的,需用不太热的水去泡。没想到,此文后跟帖的还真不少。一网友说,不仅仅是泡妞,爱情本身就是泡面,要用热情冲泡,用耐心等待,用心灵吸吮。看来,泡面还真泡出学问、泡出文化来了。

今日写这篇短文,绝非无病呻吟,因为我已"光荣"地加入到泡面一族中来了。说来颇有几分悲壮、几分无奈,甚至有种被强奸之感。进看守所前半年,尽管天天有人诱惑我,甚至把方便面泡好递到我手上,我都没"失身",但最终熬不过肚子的抗议和唾液的哭泣。几百个日子早上萝卜稀饭,中午黄豆干米饭,晚上咸菜干米饭,直吃得叫人见了就想吐。饭前饥肠饿肚,但一见到饭菜,就饱了,一点胃口没有。许多人干脆把饭菜倒掉,吃泡面。雷打不动的还有第四餐,即晚上九点点过名后,几乎人人都在做相同的一件事——泡面。热水是没有的,每天上午、下午各供应一次的热水,一人一杯连喝都不够,哪有剩余的热水呢?即便有也没办法保温。于是自来水倒进去,夏天十分钟,冬天加一倍,20分钟,面才会软散开来,此时把水倒掉,放上作料和油料,那难得的清香,给人何止是一点点兴奋!同室有经验的小伙告诉我,作料只能放一半,不然就太咸。我有些犹豫,他告诉我,这里能买的是方便面中的泡面,不是凉拌面,因为要凉拌没有水,作料全放进去一定会很咸。

夏天的面不难吃,但冬天的面,油料冻了调不开,既难看又难吃。如果不是人多且都是爷儿们,估计把眼泪滴进去,调和调和,既不用放盐又不用放油,味道一定不会差。

两只蜂子

近读林清玄先生的《生命的出口》，林先生在亲眼目睹一只小黄蜂，从窗外飞进屋内，几经周折后，终于从屋里飞了出去的全过程后，发出了这样的感叹：人在面临如此绝境的时候，为什么就找不到生命的出口呢？

林先生看到的这只小黄蜂，无疑是幸运的，"从窗外飞进来，在室内玩儿了几圈后，想从原来的窗户飞出去，因为不知道世上有'玻璃'这东西，眼见外面并不变化的山水花草，只得在玻璃窗上撞得'咚咚'作响，但聪明的小黄蜂在折腾了一阵后估计是累了，在玻璃上边走边思考，终于它再次飞起来从纱窗的缝隙中飞出了"。林先生对小黄蜂的举动颇为惊起，他认为，"显然不是小黄蜂比人聪明，恰恰相反，是人的头脑结构过于缜密，思维过于聪明，以至于失去了小黄蜂的那种单纯的思维"。

我想到了另外一只蜂子。

前面的过程和林先生所看到的一样，从窗外飞进来，想飞出去时，也在玻璃上撞得"咚咚"作响，但这只蜂子并没有那只小黄蜂聪明，一直固执地撞着玻璃。"我看见了这模样，觉得非常可怜。求生活不容易，只做一只小小的蜜蜂，为了生活也必须碰到这许多钉子。"这只蜜蜂是丰子恺先生看到的。

丰先生诅咒那玻璃，它一面使这蜜蜂清楚地看见外面花台里含着许多蜜汁的花，以及天空中自由翱翔的同类，一面又严密地拦阻它，永远使它可望而不可即。"这真是何等恶毒的东西！它又仿佛是一个骗子，把窗外的广大的天地和灿烂的春色给蜜蜂看，诱惑它飞来。等到它飞来了，却用一种无形的阻力拦住它，永不使它出头，或竟可使它撞死在这种阻力之下。"

很显然，丰先生所见的这只蜜蜂没有林先生的那只小黄蜂幸运，但是不是就比小黄蜂笨呢？我不敢乱下结论。小黄蜂所撞倒的玻璃，纱窗边有一个缝隙，而这只蜜蜂所撞的玻璃，旁边有没有缝隙，丰先生没有告诉我，我在想，若那旁边也没有缝隙存在，这只蜜蜂能不能原路返回呢？是不是就不用"撞死在这种阻力之下"呢？

在做出种种假想和推测后，我忽地冒出一个大胆的设想。这个设想绝非凭空想象，它来源于那个猴子和人的故事：一个卖帽子的人大中午途经一片树林，累了在林中休息时，猴子把他的帽子抢去了，并按他的样子把帽子戴在头上，任凭卖帽子的人怎么追怎么要，它就是不给。一头大汗的卖帽人无奈把头上的帽子取下来，对着自己扇了起来，没想到那群猴子也跟着把头上的帽子取下来，像模像样地扇了起来。卖帽人心中一喜，把帽子往自己屁股底下一放，猴子们也跟着这样做了。卖帽人猛地站起来，跑向猴群。猴子们跑了，卖帽人终于取回了帽子。卖帽人回去后把这件事告诉了自己的儿子，儿子又告诉了儿子的儿子，希望以后能用此法对付猴子。多年后，卖帽人的孙子在林中遭遇了爷爷相同的事。可令他没想到的是，他按爷爷的方法做了，猴子们并没有散去。正在他困惑之际，猴子取笑说：就你有爷爷，我们也有爷爷。

说到这里，我的设想已不需要明讲了。关键的问题是，那只小黄蜂是不是那只小蜜蜂的后代呢？不对，不对，一只是黄蜂，一只是蜜蜂，怎么可能是后代呢？我也发现了这一问题，但它们至少是蜂系的。也许是姑父或表叔之类的关系，就算没有血缘关系，如今网络那么发达，谁知道丰先生的那只小蜜蜂在死后，同伴们开完追悼会没开总结反思大会呢？找出失败的原因，总结出可行性对策，然后上网传播给同类，以求资源共享。人类的思维由简单到复杂是进化的，为什么蜂类就不可以进化呢？

设想理论是行得通的，但设想毕竟是设想。回到现实中来，私下认为，林先生的那只小黄蜂能够逃脱只能说很幸运，因为绝大多数蜂子，无论是小黄蜂还是大黄蜂，无论是小蜜蜂还是大蜜蜂，是难以逃脱得了的。由此，我进一步想到，为什么这些蜂子放着自由世界不玩儿，偏偏要跑到四面高墙的屋子里呢？答案林先生和丰先生都告诉我们了，玻璃里面和外面都有相通的花花世界，只不过一个是真实的，一个是虚幻的。它们为了虚幻的诱惑，把头撞得"咚咚"响，"撞死在这种阻力之下"，值得吗？这又怪得了谁呢？

又见草子花开

因为外出检查身体的缘故,得以半天时间"回归"社会,尽管来去都在车上,身边坐着几名警官,唯一接触地气的地方是医院,但视力尚可的我还是有所收获。公路上的车来车往,都市的熙熙攘攘,就像看惯了黑白胶片电影的人忽然间看到久违了的彩色大屏幕影片,心里可谓是五味杂陈。唯一让我感到特别亲切的是途中车窗外大片大片的草子花。

草子花,学名紫云英,是我认识最早的花。花秆不高,只有几寸长;花朵不大,比芝麻大不了一点;花蕾极密,每一株都有数个花朵;花呈粉紫色,远远望去,整块田,甚至整个田畈都像铺了一层厚厚的花被子,灿若花海,煞是好看。草子花除了极少一部分保留到它结子留作种子外,一般在其盛开的时候就被毁灭了。它的生长完全是为了用来肥田的,花开完了,农民会用牛或机器把它翻到地里,压在泥土下面,让它腐烂,沤成肥料。

我出生在农村,且在农村生活20余年,干过几乎所有的农活儿,最怕的就是春耕犁田时犁开满草子花的水田,缠犁头,剔去它很是费力。耕犁这种田,牛也特别吃力。草子花虽然好看,但在我过去的记忆中,并不讨好,相反还有些厌倦,所以后来离开了农村,草子花便从记忆中消失了。

今日重见草子花,尽管是隔着车窗远远地望见的,心头还是有一股暖流涌动,真想走近它,把它捧在手心里,看看它那细碎的花朵……我也很诧异自己会有这种感觉和冲动,细思之,可能与这几年自己特殊的生活历程有关吧。

世上花的品种很多,爱花的人也很多。有人说,爱某种花与爱花者的品味有关,风雅之士多爱兰花,高洁之人多爱荷花,清高之流多爱梅花……可能此说有一定的道理,但我觉得爱花的人潜意识中与他的生活经历不无关系,如农民爱花,大都是一片一片的花,如油菜花、芝麻花、稻花、草子花等,花中包含着他们的希望,他们很少有工夫去观赏一株两株的牡丹、玫瑰等花卉,尽管他们也喜欢这些花,但谈不上爱。爱花者品味与所爱之花可能有联系,但与他内心深处蕴藏着的价值观更有关系。

原来并不偏爱,甚至有些厌倦的草子花,之所以今日让我心潮滚滚难平,是因为我懂得了平凡,知道了奉献的可贵。据老父亲说,草子花活着的时候不拔地力,可烂了后肥性特好,比化学肥料更肥田更长久,有了它,下季庄稼不愁长不壮……花开如人,有些花开,是给人观赏的;有些花开,是为了结果;有些花开,就是为了献身的,如草子花。"零落成泥碾作尘,只有香如故",我想陆放翁的这句咏梅名句,似乎更适合于草子花。

经历了一些风雨后,心灵归于平静,我对某种事物的认识不仅观其表,更注重察其质,这也算一种收获吧。

远古的呼唤近在耳畔

"是谁带来远古的呼唤,是谁留下千年的期盼,难道说还有无言的歌,还是那久久不能忘怀的眷恋。我看见一座座山,一座座山川,一座座山川相连,那就是青藏高原"。

大学老师 XL 来看我,说自己退休后一直在青海支教,前几天回来才得知我已经不在政府工作而到了监狱。老师没有安慰我,而是说了他在西部的感受,甚至还手舞足蹈地为我唱起了《青藏高原》,走的时候给我留了几张纯洁美丽的照片。

独自翻看着老师留下的照片,我仿佛回到几年前那次青藏高原之行的旅途中。

塔尔寺,为纪念藏传佛教中黄教创始人——宗喀巴大师而建,已有 600 余年的历史。相传宗喀巴大师在六岁时到大昭寺出家求学,16 岁时,他的母亲非常思念在西藏出家的宗喀巴,带信给宗喀巴,让他回家探亲。大师写信对母亲说,孩儿远在千里修行,回家必定耽误学业。就这样,宗喀巴大师潜心修行,创造了藏族佛学史上的奇迹,成为一世达赖的老师。他 22 岁那年,在信徒们的资助下,母亲将大师前世化身菩提树用丝绸裹之,并建下一座宝塔，以寄托对儿子的思念。以后，信徒们便在塔的周围建寺修行。因先建塔，而后才有寺，所以称为"塔尔寺"。照片中的塔尔寺是远景拍摄的，山脚下一片片杏黄色的油菜花，静静地铺成底色，古寺翘角飞檐上的经幡，迎风招展，似乎传递着寺院里的袅袅梵音……凝视着照片，我想起了母亲，想起了母爱的伟大，不论是入世的凡夫俗子，还是修行成佛的大师，也难逃出"母爱"的圈子。

青海湖，有个美丽的传说。相传，唐太宗为汉藏人民世代和好，将自己的女儿文成公主，许配给藏王松赞干布。文成公主从京都长安迤逦西行，来到了日月山。她在峰顶翘首西望，远离家乡的愁思油然而生，不禁取出临行时帝后所赐日月宝镜观看，看着镜中长安的繁华景象，公主悲喜交加，又想到联姻通好的重任，毅然将日月宝镜掷下赤岭。宝镜变成了碧波荡漾的青海湖，而公主的泪水则汇成了从东向西流的倒淌河。后人为纪念文成公主，就把赤岭改名日月山，日月山也便成了象征民族团结的历史名山。历史的风烟已在汉藏牧民的牧歌中散去，但"大漠烟孤直，秋气入梦寒。迢迢和亲路，悲鸿为探看"的声音还在天际回荡。

布达拉宫是梵音译，原指观世音菩萨所居之岛。海拔 3700 多米，占地总面积 36 万余平方米，建筑总面积 13 万余平方米，主楼高 117 米，共 13 层，是当今世上海拔最高、规模最大的宫堡式建筑群。布达拉宫是历世达赖喇嘛的冬宫，也是过去西藏地方统治者政教合一的统治中心。布达拉宫建筑主要分两大部分，一是达赖喇嘛生活起居和宗教、政治活动的地方，主要集中在白宫；一是供奉历世达赖喇嘛灵塔和各类佛殿的地方，主要集中在红宫，红白两色浑然一体，充分体现了旧西藏政教合一的特征。五世达赖喇嘛的灵塔殿宝座上方高悬清朝乾隆皇帝御书"涌莲初地"匾额；法王洞等建筑是吐蕃时期遗存的布达拉宫最早的建筑物，内有极为珍贵的松赞干布、文成公主等人的塑像和生活用具。

扎什伦布寺是 1447 年，宗喀巴最小的弟子，后来被追溯为一世达赖喇嘛的根敦主，历时 12 年兴建的。四世班禅任扎什伦布主持时，进行了大规模扩建。四世班禅是第一个被册封的班禅喇嘛，从此扎什伦布成了历代班禅喇嘛的驻锡之地。寺内有一座"汉佛堂"，佛堂内珍藏着历代皇帝赠送班禅的诸多礼品。

汉佛堂偏殿有一清朝驻藏大巨与班禅的会晤堂；正殿挂着清朝乾隆皇帝身穿袈裟，手端法轮的大幅画像，像下立有道光皇帝的牌位，上写有"道光皇帝万岁万岁万万岁"文字。每逢皇上下诏，班禅接旨受封后要在皇帝牌位前叩首谢恩。这些文物都不言而喻地证明了西藏地方与历代中央朝廷的隶属关系。

著名的大昭寺位于拉萨老城区中心地带八角街的大昭寺，始建于7世纪，建造的目的传说是为了供奉一尊释迦牟尼8岁等身像。该佛像是当时松赞干布迎娶的尼泊尔公主尺尊从加德满都带来的。值得一提的是，现在大昭寺内供奉的是文成公主从大唐长安带去的释迦牟尼12岁等身像。而尼泊尔带去的8岁等身像于8世纪被转供奉在小昭寺里。1409年，格鲁派创始人宗喀巴大师为歌颂释迦牟尼的功德，召集藏传佛教各派僧众，在寺院举行了传昭大法会。在这里，你可以看到众多带着行李远道而来的朝拜者，在大昭寺门口等身长头的感人场面，还有更多的人每天围着大昭寺转经。

老师的用心我懂，他想以雪域高原的纯净来净化我，安抚我曾经骚动的心。

你的温柔我不懂

男人没有不渴望温柔的。古人是这样，轻言细语，浅笑低吟，举手投足间像涓涓细流，充满着柔美。现代男人骨子里是怀念、渴望古时女性的温柔的，只不过如今职场上的女性，离那般的温柔已越来越远了。

有人说，现在除了从事可疑职业的女性为了糊口，把温柔放在首位，一般良家妇女哪有这般心思。持这种观点的人认为，市场经济环境使温柔失去了自己的栖身之地，职业女性朝九晚五地工作，有时连星期六星期天还得赔上，夜间应酬更是不必说了；生儿育女虽然没有过去多，但教育的要求使得自己仅存无几的业余时间，只能与孩子同呼吸共命运了；还有周旋于各种人际关系中，使自己的笑脸和温柔超负荷支出了，回到家里哪还有多少温柔可挤出来呢？这温柔和皮肤保养一般，一双手一刻不停地忙碌着，能细嫩滋润吗？不起老茧就已属不易了。

同窗四年的大学好友的侄女楠，手持他叔叔的亲笔书信，来找我帮助为其安排个工作。此前同学打过几次电话，我不敢怠慢，很客气地接待了她。

我问她有什么具体要求或工作意向，她羞赧一笑说，想到银行或者机关事业单位工作。我再次低头翻阅了一遍她的自荐材料，她的文凭是大专，实际上就是过去的中专学校换了个牌子改的。专业是市场营销。我说，这有些困难，机关事业单位现在进入是逢进必考的，姑且不说这张文凭能不能报上名，就是能让你考，那也是千军万马争夺独木桥，竞争相当残酷。当然，如果你有这个实力，我是非常赞成你去拼一拼。银行里工作是个很不错的选择，但据我了解，他们用人也是要考的，而且还有专业上的要求和从业经验上的要求。因为楠既是我同学的侄女，我也算得上是她的长辈，说的话也没绕弯子。她听完后，并没露出惊讶之色，左顾右盼的眼神充满着娇羞："您说的都是实话，是正常程序，我也知道，我叔叔让我找您，您肯定能想到办法的。"

我知道她话里有话，但还是很吃惊于她的这种不动声色的表达。从一定意义上讲，她还是一个孩子。我苦笑："我自己的亲外甥女大学毕业一年多了，还在打短工，可能你不会相信，但我说的是事实。我手头上是有一些权力，但权力是在一定规则范围内运行的。"我怕我的话伤害了她，特意顿了顿说，"如果你执意要到这些单位，我和你叔叔再商量商量好吗？"她似乎以为我这么说，算是有希望了，高兴地和我摆手再见了。

当晚，我和楠的叔叔通了电话，把我对楠说的话又重复一遍，并表示，如果她愿意到企业去锻炼锻炼，我很快就会帮助安排。"真不知天高地厚，心比天高，在家时我不知讲过她多少次了，让她碰碰壁。"同学的话让我很感动，因为他非常理解现在的政策。

大约两个月后，楠又来了。她很不好意思地对我说，我叔叔批评了我，说我不懂事，眼高手低，请叔叔帮我介绍个企业吧，最好是专业对口。

我知道楠说的专业对口是何意，说穿了，就是不要下车间做操作工，但我没点破她。我给她联系了一家很不错的企业，并特地和这家企业的老总说了，让她先下车间，熟悉生产工艺后再视情况而定。大约两三个月后，这位老总约我吃饭，想就一个新项目申报问题和我交流交流想法，我准时赴约。让我意想不到的是，楠也出现在接待的人群里，但转念一想，可能是这位老总觉得楠是我介绍进企业的，特地约她前来，以示对我的尊重。坐下来后，这位老总一个劲儿地表扬楠，说她如何灵活，脑子好使，悟性高，现在已经把她调到办公室做了文秘。我抬头看楠时，她低着头，依旧面含笑容，很娇羞的样子，我本想说两句，但还是止住了口。

一年后，楠突然给我发来信息，说她已调到某银行工作了。我吃惊不小，回过电话才知，是那位老总找到他们的合作银行、以基本户开设和现金流量的基数作为条件给特殊安排的。尽管我不太同意这位老总的做法，但人家一片好意，而且木已成舟，也没和楠再说什么。放下楠的电话，我正准备给这位老总打个电话，想表达一下谢意，突然有客来访，这事就搁置起来了。

直到有一天，这位老总的妻子找到我办公室时，我才如梦方醒。原来楠以她的温柔俘虏了这位老总，老总正和她妻子闹离婚。"我曾找过楠，楠说没办法，市场经济就是竞争经济，优胜劣汰，情感也一样。"这位老总的妻子特别气愤地说，"老公现在看我什么都不顺眼，说我不温柔不浪漫没情调。"这位老总的妻子我是很早就认识的，在医院工作，曾经是他们医院的一枝花，工作能力很强，人缘也很不错，在朋友圈中是属于很小资的淑女型的女人，怎么突然间在她老公眼中失去了光彩呢？

她找我的目的很明确，希望我和楠谈谈。其实，她不来找我，只要我知道了这件事，我也会主动找楠的，因为她毕竟是我介绍到那个企业的，而且我得对我的同学、她的叔叔负责。我找到楠，她先是不敢正视我的眼睛，在我严正告知"你若不和我说清楚，我立马通知你叔叔，把你领回去"后，她似乎是下了很大决心似的对我说："你放心，只要他放得下，不来找我，我决不去找他。"我以为她是被我逼急了，糊弄我说这番话的，但我又不能叫她签字画押，就算是签了字画了押又能顶什么用呢。于是我无计可施地走了，临走时楠丢下一句"我是说到做到的"，但我心中实在没底，只好祈祷，但愿她说的是真的。

楠还真的说到做到了，她和那位老总分手了。这是那位老总的妻子打电话告诉我的，她向我表示感谢。我说你能原谅我不记恨我就谢天谢地了，她在电话那端笑了。我从心里也原谅了楠的不谙世事。可半年时间不到，楠又以她的温柔俘虏了她的上司，这是楠的同事无意中说出来的，正好被我获悉。

我本想再去找楠谈一次，但思考很久还是放弃了。像楠这样以温柔做武器的，来得突然走得也突然。与其让她去伤害又一个渴望温柔的男人身边的女人和家庭，不如让她好好地温柔在一个男人的怀抱，这样伤害的人会少些。但愿这不是我一厢情愿的想法。每每想到楠，我都有一种惧怕而心碎的感觉，难怪有人说，当下的温柔像一包刚做好的薯条，得趁热吃，时间稍长，它已经黏软得没了样子。

楠的温柔让我怕，但我该不该告诉她的叔叔呢？

生活果真需要浓妆？

多年前，在一次招商活动中，我结识了一位女孩，她生长于江南水乡，大学毕业后供职于厦门某文化传媒公司。江南水乡赋予她如水的灵气，开放城市培育着她似海般的热情、大方。之所以对她印象很深并保持着很长时间的联系，源于她的清新、自然。

"你好像不怎么化妆，是吗？"

"这样是不是不好？"

"不，只不过现在职场女性不化妆的太少了。"

"那倒是。"

"所以更显得珍贵。"

"不至于吧！你见过花草树木化过妆吗？"

"那不一样。"

"为什么不一样呢？人和花草不都是大自然的产物吗？自然最美，美在自然。"

"有道理，文学青年。"

她称我文学青年，有些让我吃惊，上述谈话是我们第二次见面的闲聊。

"谁是文学青年？差不多是文学青年的爸了。"我一时不解她话里的意思，搪塞了一句。在许多人眼中，文学青年已不再是褒义词抑或中性词，它已成为空有激情的理想主义的代名词。

"请不要误会,人是需要一点精神的,这是老人家说过的。"她笑着对我说,"像你这样身居要职的政府官员,还保持着激浊扬清、激扬文字的激情,实属难得。我是表述敬佩之意。"

"谁说的?早已朽了。"我说的是实话。

"你的部下早告诉过我,说你很有才情,还著书立说,太谦虚了吧。"原来有人泄露了一些不准确的情报。

"多年前的事了,尽管现在仍保持着自己对自己倾诉的习惯,求得心灵平静,但早已没去激扬文字了,多是些自我疗伤的东西。"我说得并不无奈。

"看来你真的干瘪了,是不是缺少阳光雨露?"她诡秘一笑,"你看看窗外的树木花草无论是面对骄阳,还是暮雨,它们始终保持着自然,保持着本色,而作为万物中灵长的人为什么偏偏喜欢隐藏在脂粉油彩之后呢?很可悲。"

她的这番话我很耳熟,但一时想不起来出自哪里,从她口中如此流利地说出来,我还是有些诧异。

"女人本身就是一朵姹紫嫣红的花,男人该是一匹扬蹄的马,女人需要自然,男人需要激情。"她的这句话留给我很深的记忆。

不久前的一个傍晚,吃过晚饭我和妻在江边散步,突然接到一个女子的电话,声音有些耳熟但又显陌生,她问我有没有空,想不想见她?妻站在我身旁,我可不敢造次和她玩捉迷藏的游戏,故意大声说:"对不起,我这边很闹,请问你是谁?""哎哟!看来我该自杀了,文学青年。"是她,我立即反应过来,那个不化妆的厦门女孩,因为在我认识的人中,只有她这么叫我。

我说:"你好!在什么地方想起给我打电话来着?""正在你的地盘上,肚子还饿着呢。"她说。

她的话有点娇嗔的味道。无论出于礼貌还是出于友谊,我都需要与她见上一面。

问清她的方位,我挑了一家离她所在位置不远的茶楼,约好在那见面。放下电话后,我拉着妻一道去了。妻上车后抱怨道:"什么人呀,看把你兴奋的,我连衣服都没换,像什么样子。"我说:"没关系,你见了面就知道,她和你一样是个从不化妆的女孩。"妻有点不高兴,说:"你去吧,人家化妆不化妆关你什么事。"我抓过妻的手，把我们认识的过程简要向妻报告了一遍。为了博得妻的欢欣，我特别强调指出，我特不喜欢浓妆重彩的女人。

因为时间尚早，茶楼并没多少客人，这时多数人还在酒桌上推杯换盏的，再过个把小时，这里肯定人头攒动。我来过这家茶楼好几回了，每次都客满。在大门口等了几分钟，不见人来，我走进大厅寻觅，心想她路近可能先到了。大厅也就三四位客人，于是再次来到大门口等候，20多分钟过去了，我怕她不熟悉这家茶楼，打了她一个电话，电话还未通话，身边的彩铃响了。我习惯性地四周环视了一下，愣住了，她就在我面前，是从大厅冲出来的。"哎呀，你发福了，我都不敢认了。"她一步冲到我面前，做拥抱状，我赶紧退了一步，伸出右手，向她介绍说："这是我爱人，和你一样，是……"我赶紧收住口，我本想说和你一样是从不化妆的人，但我不能再说了，因为眼前的她已不再是几年前那个素面朝天的女孩了，长发换成了短发，而且不是黑色的，时很流行的那种黄色，嘴唇有些发紫，眉毛画得像把剑似的。

她似乎也意识到了，除了极不自然地向我爱人问声好外，竟也说不出第二句话来。

"快找个地方坐下来吧。"还是妻帮我们解了围。落座后，妻去点菜时，她说："我让你很失望，是吧？""没，说哪里去了，过去你是一头长发，现在改短发了，一下子没敢认，对不起。"我说得有些语无伦次，也有点口是心非。她似乎没听我的话，像是自言自语："我也不想如此，但职场险恶，我们老总要求我们要化妆，这倒能理解，我家先生也常唠叨，要我学会享受生活，培养情趣……"

她下面的话我没听清楚，至少没有任何记忆了。这次见面前后不到一个小时，我就和她再见了，因为她说晚上九点钟还约了一个客户，不知是真是假，我权当作真的去信，因为我也希望早点离开。

回来的路上，我对妻说，又一个清纯灵长的心灵萎缩了，淹没在五颜六色的迷离的世界中……妻打断我的话："就你喜欢替古人担忧，每个人有每个人的生活方式，用得着你如此感叹吗？"

我说："这不是爱屋及乌嘛，谁让你长得如此清秀自然、自然美丽呢。"

"算歇吧，我都老太婆一个人，想化妆时你有钱吗？"妻抓住我的手说，"不过，我还是觉得自然些更好。"

"其实,单就化妆来说,浓一点淡一点倒也不是什么大不了的事,关键是有些人一化妆就不认识自己了。"这话我没说出来,怕坏了妻的情绪……

细思量

节前收到朋友 W 的来信,两张薄纸一片深情,尤其是结尾处三字——细思量,让我思忖良久。久久凝视这三个字,似眼前有人挥动方巾,洒泪送别,互道珍重。

初识"细思量"应在"浮生若梦,细思量,愿君心记取,回望处,落花缤纷……"中,那时尚处年少,不知愁滋味,故对其中的缠绵之情还难参悟。后读《西厢记》时,正处青春岁月,那个豆蔻年华的崔莺莺给了我很大的触动。在情窦初开之时,系春心情短柳丝长的她,遇到了张生,开启了一段冰清玉洁的初恋。"待月西厢下,迎风户半开",只可惜,一转身,爱散花落,只剩下似水流年。然那流年里等待,细思量,还是不能忘却。被离弃的崔莺莺,在《告绝诗》中写道:"还将旧时意,怜取眼前人。"虽情深依旧,但绝无纠缠之意。正因为如此,世人皆道她的好。这确是她的好,不过这好却好得有些无奈,更有些岁月尘烟洗涤之寂然。好在张生总算还记得她的好,年过中年仍能写出"醉闻花气睡闻莺""二十年前晓寺情"的诗句。我想,张生在写这诗句时一定是"细思量"的结果吧。始读《西厢记》时,虽懵懂张崔之情,但因无切身体悟,未做细思量,亦不知其中深味,待后读《牡丹亭》时,我已结婚生子为人夫为人父,痴情女子杜丽娘让我再次想起崔莺莺。杜丽娘的结局不算太坏,虽感梦而死,但在地下埋了三年,还魂,复生,又与柳梦梅花好月圆。不过这毕竟是人世间不曾有过的事,悲剧在她梦遇柳梦梅时就已经酿成。

有人说,细思量,是静夜里隔枝听花的寂寞,是春天里疯长的藤,是放在冰壶里的冰心。甚好,不过,"细思量"三个字不仅仅适合于爱恋。爱,需要细思量,生活诸多方面乃至人生每一步莫不需要细思量。今日斟酌这三个字,始觉"细思量"三个字应可追溯到童年。母说,话要想着说,不可抢着说,是为细思量;师说,答题要先审题,弄懂了再做,是为细思量;后走上领导岗位,更有长者告诫曰,手中有权,当是公权,须慎论证,缓决策,不可急功近利,是为细思量。私下觉得,细思量是人另一只眼,另一只耳,另一颗心,须如影相随,常思之。因为生活多坎坷,不会一直风调雨顺,即便某人运气好,无大波折,但也会因琐碎平淡而乏味,唯有细思量让你始终保持清醒之态、谦卑之心、爱惜之情怀。

于此,当是W君之本意兼善意吧。

想起了那头猪

那天,刚从洞口接过饭,一位先拿上饭碗的室友尖叫起来:"你看看这是什么,这么长的编织带,把我们当猪哇。""你以为你是谁呀?还不如猪,猪饿了,还能叫叫,用嘴拱拱门,你呢?敢吗?"有人接话。

想想也是,我们吃的和看守所养的猪吃的是一模一样的,我们吃剩下的喂猪,一样没有骨头没有刺,只不过我们先吃,猪后吃而已。相比较而言,猪比我们幸福得多,至少想睡就睡,想站起来走走也没人管。即便是被杀死了,还有人赞美其肉的鲜美和其骨的脆嫩。我们呢?死了也遗臭万年。

忽地想起那头猪。

一个做心理咨询的大师,在教室里叫每个人在面前的空白纸上,随心所欲地写下你最想得到的东西,或者最想实现的愿望,或者你认为生命中最重要的东西,十个二十个不限,然后告诉他们外界情况发生了变化,让你一样一样舍弃。测试的结果,由最初的五花八门渐渐趋向统一:健康、朋友、金钱、幸福、自由等。此时再继续舍弃,当最终结果只有一个时,金钱已经靠边站了,有但不是很多。在众多测试者中,有一个答案绝无仅有,一个字:猪。

这是怎样的一头猪呢?这位心理咨询师也百思不得其解,于是找到了这位被测试的人。这是一位头发花白但精神矍铄的老人。他被心理咨询师请到办公室，向心理咨询师道出了其中的秘密。

原来，他在那个动荡的年代被关进牛棚，白天接受没完没了的批斗，夜晚被关进阴暗潮湿的牛棚。那年大年三十的晚上，他实在太想家了，太想家中的亲人了，于是他豁出去了，就是死也要回家看看妻子和儿子。他从牛棚里逃出来，但漫天飞舞的大雪让他找不到回家的路，他没有停止脚步，依旧朝自己心中的家奔去。当万家灯火点燃时，他还没找回家的路，饥寒交迫的他不得不去寻找栖身之地。他不敢敲任何一家带有灯光的门，因为他知道自己是反革命，而且是反革命逃犯。他好不容易找到一处没有灯光的矮房子，蜷缩在房子的墙角边，凛冽的寒风让他湿透了的内衣像冰一样刺透着他的心，他想到我可能会死在今晚。突然，一声猪叫唤醒了他，他这才意识到这里是一家猪圈。他朝那头猪望去。借着雪光，他看见一头白猪侧卧着睡在矮房子的另一角，猪的身上没有任何覆盖，难道猪不怕冷吗？

他慢慢地挪向那头猪，在和猪只有尺把的距离时，他伸出手来给猪挠痒痒。猪把头抬了一下，似乎是他打招呼，接着便又睡过去了。猪的身下垫着一些稻草，猪身上很温暖，他感觉到猪身上的热量正在向他传递。于是他一边给猪挠痒痒，一边拖过一些稻草来。他坐在稻草上，继而和猪一样侧卧下来。等他早晨醒来时，他发现自己和猪拥抱在一起……

"在我的心目中，从那一刻起，猪成了我最亲密的朋友。"老人说，"因为我最困苦的时候是这头猪救了我。"

这个故事有些特别，绝大多数人都不会有与他相同或相似的经历，但自从读到这个故事后，猪的形象在我心目中高大起来。

世人常说：人怕出名猪怕壮。其实错了，猪的命运是被人主宰的。猪可能也知道，自己肥得越快被宰杀的可能性就越大，但它并没因此吃不香睡不安，更没因此而惊慌失措惊恐万分，依旧每天哼着小调，勇敢地去迎接生命中悲壮的那一刻的到来，直至临死前发出几声力嘶力竭的呐喊。

我没有和猪相拥的经历，几年前知道这头猪以后，也只是一般意义上的感动。然而今日当我再次想起这头猪时，我似乎也找到了生命中的那头猪。猪如此轻松地看破红尘看透生死让我汗颜。猪能一边哼着小调一边反抗着主人设置的围栏，把乐观主义精神和大无畏的英雄气概注释得如此完美，让我崇敬之情油然而生。

想起伦敦塔

朋友的孩子从英国留学回来，抽空来看我，让我想起了伦敦塔。记忆中十年前的欧洲之行留下的印迹多数已渐模糊，而伦敦塔例外。

凡是到过英国的人，没有不知道伦敦塔的，那是游人必去的地方，它是英国人心中的"故宫"，是具有典型文化价值的世界文化遗址，这些都不是我想起伦敦塔的真正缘由之所在。让我想起它的是它近千年岁月的沧桑——这里原本是皇家居所，到后来竟成了处决王室政治犯的囚室、刑场，尽管现在它已成为伦敦宝藏丰富的博物馆和最富有魅力的古建筑旅游景点之一，但那段由天堂变为地狱的历史还是让人不寒而栗。

说它是塔，又区别于中国式的一柱擎天，它是由一群错落有致、规模宏大的建筑群组成，有些类似于五台山的寺庙群，但更紧凑。它仅靠泰晤士河北岸的塔桥，清一色的石头建筑，在绿树草丛坏抱中，高低起伏。记得那时导游告诉我，这座塔曾是保卫全城的城堡，也是举行重大会议和签订重大条约的王宫，同时是英国重要的储藏武器的军械库，珍藏王室饰品和珠宝的宝库。这些功能的变化虽让人感到意外和"零乱"，但若置于近千年的历史长河里还是可以理解的。最不能让人理解的，恐怕当初的设计者也没想到的是，这里竟成为囚禁犯人的监狱，处决囚犯的刑场，因此伦敦塔又堪称"血腥之塔"。从一定意义上说，它之所以成为旅游胜地，更多的得益于这段"血腥"的历史。

之所以称为"血腥之塔"，是与在这里丧命的囚犯不同一般的身份有关。历史上英格兰有好几位失败的国王、失宠的王后、王妃、王子以及大臣贵族，不但被囚禁于此，而且在这里被送上断头台。当时经导游如此一说，我隐约感到一股冰冷的寒气袭来，似空气中仍弥漫着血腥之味。难道当初设计时就有过此方面的功能的考虑吗？对于我的疑问，导游是这样回答我的：在它动工后不久，就有一些犯人被囚禁在地下室，最多的时候关押了1700多名犯人，当时只是临时使用的，但从那以后，这种使用被延传下来，常有犯人被押解到此，渐渐地它就成了英国的国家监狱。导游还告诉我：这里关押的最后一个囚徒是希特勒的副手鲁道夫·赫斯，他是私自来英国企图秘密谈判的，被丘吉尔囚禁于此，战后被判处无期徒刑。

导游在告诉我们这个故事后，紧接着又狡黠地反问我们：真正的最后的囚徒并不是鲁道夫·赫斯，你们猜猜是谁呢？同行的人有专家、学者，但无一人能回答出让导游点头的答案，最后还是导游自解了谜底。她说，最早在塔内饲养动物的是13世纪的亨利三世国王，当时他命人寻来花豹和北极熊在塔内饲养。后来这里喂养的动物越来越多，其中就包括渡鸦。多年来这里一直流传着一个这样的古老的传说：一旦渡鸦离开伦敦塔，伦敦塔就会倒掉，英王朝也将随之垮台。为了留住渡鸦，有人发明了一种不算十分残忍的办法，把渡鸦的翅膀修剪一部分，让它能飞但不能飞远，于是渡鸦就成了这里"最后的囚徒"。

我听后忍不住大笑起来，看来会编故事的不仅仅是咱中国人，相信迷信的也不仅仅是咱炎黄子孙。但大笑过后，我忽地觉得这种说法不准确，马上向导游提出异议，渡鸦不是"最后的囚徒"，为了英王朝的"不落日"，它应该叫"永远的囚徒"。导游或许是敷衍我，竟连声称赞说："改得好，改得恰当，改得贴切，我会把你的意见转告英国女王，可能女王会接见你，赏你一枚勋章都是可能的。"导游有没有转告女王我不清楚，但女王没接见我，更不要说勋章了。

说到女王，导游说，最具讽刺意味的是著名的伊丽莎白一世也曾经在这里被关押过。她的母亲安·佰琳是宫中一名侍女，因为亨利八世秘密和她结婚，被以通奸罪判处死刑。其实她被判处死刑的真正原因不是通奸，而是她没有生儿子，只不过假借此名达到处死的目的罢了。看来"重男轻女"不是中国的特产，古今有之，中外有之。但谁也没有想到，安·佰琳的亲生女儿后来却成为英国国王，地狱中演绎出天堂的故事。

今日想起伦敦塔，写下这段补记，感慨万分。如今，我虽远离伦敦塔千里之外，但仍有置身塔内的感觉，伦敦塔演绎的或血腥，或神奇，或从天堂到地狱，或地狱到天堂的故事，不是天天在身边发生吗？只不过我们所置身的"塔"没有伦敦塔有名罢了。如把地球当作"塔",我们每个人不都是渡鸦——"永远的囚徒"吗?

制度为何不温情

朋友 QH 和他妻子一道来看我,见面后一个劲儿地说,对不起来晚了,好几次都买好了车票……他的话被妻子打断了,我们的情况你也知道,确实来晚了,对不起。

他们的情况我确实比较清楚。QH 当年和我一同分到一家国有企业,共同租住一间房子,一起度过了三年时光,算是知根知底的好兄弟。后来我结婚了,离开了那间出租屋,另寻了一间出租屋当作新房。QH 也在次年结了婚,新房就是我们曾经住过的那间 10 多平米的房子。再后来我离开了那家企业,几经折腾终于找到一个好的工作单位,在孩子上小学前终于买了一套商品房。搬家的时候,QH 来帮忙,我劝他尽快离开那家半死不活的国企,QH 说,快了,就算不想走也不行了,企业真的要倒了。但 QH 始终没有离开那家企业,因为绝大多数大学生或跳槽或下海都离开了那家企业,QH 的坚持总算获得意外收获,厂长把从别人手中没收回来的一套住房调剂给了他,面积虽然只有 50 个平方米,但总算结束了租房的生活,QH 夫妇俩还是相当满足的。但好景不长,那家半死不活的企业终于关门了,被一家房地产企业看中,"退二进三"了。失业后的 QH 以工程师的身份去过多家企业当操作工,收入极其有限,在纺织企业下岗了的妻子找到我,我托人给她找了一份物业公司做保洁的工作。为了补贴家用,更准确地说,为了将来孩子上大学能拿得出学费,QH 的妻子在做保洁的同时,做起收破烂的生意,易拉罐、矿泉水瓶、废旧报纸等,上班时捡,上下班的途中也捡。她是个勤快人,用人单位对其工作评价很好,但几年前莫名其妙地被新接手不久的物业公司解聘了。我陪她找过这家物业公司,负责接待我们的人什么也没说,而是给我们扔过一份公司的规章制度,说那上面的第五条写得清清楚楚,保洁人员不得利用工作之便收集废品,有人反映她捡来的垃圾中居然有能放得出来的 VCD，是不是偷的谁知道，这种人我们不能用。

就在 QH 的妻子再度失业的时候，他们的"窝"在二期开发中面临拆迁。QH 过来和我商量过，说按政策回迁的话，照最小户型补差价也得 20 万，我们手头上的存款满打满算也只有 10 多万，这钱不能动，是留给儿子上大学的。我劝他搞个按揭把房子问题先解决了，孩子上大学还有两年，车到山前必有路。但 QH 夫妇俩最终还是放弃了回迁，重新过上房客的日子。

他们儿子考上大学的那一年，QH 告诉我他已经向社区里递交了购买经济适用房的申请，目前已经二榜公示了。那天我特意赶过去和 QH 喝了两杯，还用自己的手机把那张公示栏给照了下来，约好搬家的时候好好聚聚。

"搬到新房了吗？"为了缓解 QH 夫妇的尴尬，我有意转换了话题，原以为四年多过去了，那套经济适用房早该到手了。没想到 QH 的妻子听了我的问话，竟哽咽起来。QH 告诉我：

房子三榜都公示了，我以为没有问题了，其间也去问过政府的人。人家告诉我说，经济适用房是不赚钱的买卖，属于民生工程，政府哪有许多钱往里贴，得慢慢来。我想也是这个道理，没再去打扰人家，只是暗暗地去过工地好多回。去年年底房子总算封顶了，但社区突然通知我说，你那套经适房被取消了，理由是儿子今年大学毕业了，有了工作，家庭收入超过了经适房的标准。是的，儿子是毕业了，但还欠学校里助学贷款两万多，再说过几年还得结婚，他那几个工资管哪门子用。我找过政府，但得到的答复是：表示理解和同情，但只能按制度办。

按制度办！好一个按制度办，看似一个无懈可击的理由，太冠冕堂皇了。QH 和我同龄，也是毕业快 30 年年近知天命的年纪了，折腾了大半辈子还是处于"上无片瓦下无寸土"的游离状态，制度就这般无温情吗？

有人说，最让人绝望的不是没有希望，而是给了他希望之后又亲手把希望折断了。制度，物业公司说不能利用工作之便收废品，让 QH 的妻子丢了工作；制度，政府说儿子工作了收入增加了不符合购买经适房条件，让 QH 一家子瞬间上升为"富裕"阶层……制度是人制定的，制度就这般与人情温情格格不入吗？听多了"合情不合理，合理不合法"的荒诞故事，难道在情、理和法之间就不能找到相互衔接的对接点吗？以人为本，难道不就是以人性、人情为本吗？制度的制定者和执行者们对此难道没有一点点思考，光知道挂在嘴上写到文件里吗？也许这并不是中国特色的制度的应有内涵。

QH夫妇临走的时候执意要给我上几百块钱的大账，我断然回绝了。

"多的钱没有，几百块钱还是能掏得出的，你不要叫我如何做人呢！"QH的话似钢针戳在我心里，我无言作答。

中秋桂花赋

又到一年中秋月圆时。餐厅里聚满了人，电视里正在直播"中华情"中秋月光晚会。我挑了个临窗的位置，目光并没有投向电视，而是落在窗外的那棵桂花树上。

第一次见到分监区餐厅外的这几棵桂花树，心就被揪了一下，这树怎么如此眼熟呢？像刚插上的杨柳，只有一人多高，没有多少枝叶，更没有生机盎然的活力。难道是把我栽种在父亲田里的那些桂花树移植过来了？

那是2008年，在回乡祭祖的清明节前夕，为了阻止年事已高的双亲继续在田间劳作，我接受了一个搞园林绿化朋友的建议，买上了两百多棵桂花树苗，栽种在自家的几亩责任田中。最初，父亲是不同意我这种"野蛮"的做法的，但当我信誓旦旦地向他保证，五年后人家以每棵300元的价格回收时，他就不再反对了，并不声不响地加入到植树的行列。也许父亲在心里已经悄悄地算过一笔账，两百多棵树，五年后就是六万元，这是他种稻子无论如何也难以实现的目标。其实，我对父亲的信誓旦旦全是谎言，我的那位朋友根本没有做出过回收的承诺。算是善意的谎言吧。十多年前，父亲70岁时我们就反对过他继续种田，但年年春节他答应了，等我们走后，依然"我行我素"。

我也不清楚当时为什么选择买桂花树栽种，估计是人们都说桂花风雅的缘故吧，丹桂飘香可是文人的常客，在萧瑟的秋天中更显生机吧。没想到几年过去了，眼前的桂花树似乎并不见长，瘦弱的筋骨，稀拉的枝叶，根本没有一点风雅的样子。不过，它的生命力是旺盛的。去年秋天，我曾借出监除草的机会，折下过两枝带花的树枝，插在一个矿泉水瓶中，置于窗台前。香气虽然不浓，但竟持续了十来天方见花蕊由黄变黑，渐渐枯萎。

桂花树生长缓慢，我是早就领教过的。我以前所在的城市，有一个叫铜山寺的风景区。寺庙很小，香火也不甚旺，但因为寺庙旁两棵特别的树常常吸引不少游人。一株是有着1400余年树龄的银杏树，且是一棵母子树。在树的主干的一分叉处，"母亲"不知何年落下的子，生根发芽了，从"母亲"的怀抱中伸出胳膊腿来，拥有自己的一片天。因为树龄上的差异，或者是采光的原因，常年树分两色，一浓一淡，一老一新，很是养眼。另一株就是桂花树，长在珍珠泉旁的石缝中，据考也有500多年的历史了，但树干也不过我小腿粗，叫人一时真的没法儿相信它的年龄。因为那棵银杏树的树干至少需要三人以上才能拥抱，相比较，这棵桂花树就很不争气了。不过，换个角度看，桂花树生长得慢，正说明它恒久不变的品格。或许正因为如此，吴刚大叔才选择了那棵千百年来无动于衷的桂花栽种在月亮之上吧。桂花与月有不解的渊源，它们之间的情感深挚缠绵，自古至今，不知曾寄托了多少人凄美的思念。

斑驳的往事夹杂着潮湿的气息，好似被风吹过的落叶，不经意间散落了一地。"风景依稀似去年"，今夜月光也很美，很想踱出室外，披上月光，沿着桂花树静静地走几步。但眼下这点小小的愿望也难以实现，不过，也好，免得再生出诸如"春花秋月何时了""同来望月人何在"的忧伤和无奈来。

把目光转向电视，"美人迈兮音尘阙，隔千里兮共明月"的歌声飘进耳鼓。但愿我归去时，父亲田间的桂花树还识得双鬓不整的我。

粽子清香

端午到了？超市里进了粽子，应该是端午到了。

关于端午的起源，向来说法不一，大致可归于三类：一是纪念名人，但到底是纪念屈原还是伍子胥或是曹娥，各有各的说法；二是为了迎神，如涛神、神龙；三是禁忌辟邪，五月初五为恶日。但不管哪种说法更准确，端午吃粽子都是不容置疑的，当然还有很多民俗，挂药草、画额眉、饮黄酒、赛龙舟等等，但能覆盖全国的恐怕只有吃粽子这一项，故端午节有一个别名：解粽节。古人的娱乐生活远没有现在的丰富，他们在吃粽子的时候设计了这个游戏，看谁在剥粽叶的时候剥下的粽叶最长，短者罚饮黄酒。

常见于古人诗作的粽子多是"九子粽"，原以为这是一种虚指，后读史方知这"九子粽"并不是虚指，而是实实在在的由九种不同馅料制成的九种不同口味的"一组"或"一串"粽子，连捆绑线的颜色也有九种。唐玄宗李隆基吃九子粽吃得高兴，赞曰：四时花竞巧，九子粽争新。宋代郭茂倩所编《乐府诗集》中有"折杨柳，作得九子粽，思想劳欢手"的记载。清代诗人吴曼云诗赞：裹就连筒宿舂，九子彩缕扎重重，青菰褪尽云肤白，笑说厨娘藕复松。

好几年没有吃过粽子了，尽管肠胃不太好，不宜食用，但今日还想尝尝鲜，不为别的，单为那久违了的竹叶清香。

最对不起的人是谁

有过坐牢经历的人都知道，地狱中的地狱是看守所，没完没了的提审，与亲人连面都见不上的折磨，身心的摧残是常人无法想象的。所以有过坐牢经历的"二进宫""三进宫"，挂在嘴边的一句话是，早点判吧，早判早投改，早投早解放。从这句话中，不难得出这样一个看似荒谬实则非常精准的结论：外人视之为地狱的监狱，在身在看守所里羁押的"准犯人"眼中，是获得解放的天堂。

在这种状态下，人的心灵是贴近内心的，接近于真实的。我曾问过不少人，劳改了你感到最对不起的人是谁？99%的人回答是家人是亲人，但还有1%的人的回答让我感到意外。我至今记得第一个给我这个意外答案的那个人，在回答这一问题时的神态：口齿清楚，目光坚定，表情刚毅。

不仅仅出于好奇，我和他认真攀谈起来，难道你不觉得最对不起的是亲人吗？亲人肯定是对不起，但你问的是最对不起的人是谁？我说是我自己，回答得不对吗？如果我死了，亲人是会伤心，他们会像在风中飘荡的蜘蛛网，无法附依，但他们肯定会坚强活下去。我还没结婚，自然对妻子和儿女缺乏思考，但我想，他们也会挺过去，就当我出了车祸。但我自己呢？没有人能替代我，失去自由的是我，丧失人格和尊严的是我，饱受痛苦和煎熬的是我，最后需要勇敢面对的还是我。

我没有摇头也没有点头。在听完他的一番略显激动的话语，我说："如果真的是死了，也许真的如你所说的，长痛不如短痛，一了百了，但这种如同恶痛缠身的折磨，恐怕不是你想象的那么简单。"

我说这话并没指望他回答，但他还是很快开口了："知道什么叫作茧自缚吗？蚕是被自己的丝裹住的，不错，悲剧的制造者是它自己，但最对不起的也是它自己。蚕在一寸一寸吐出丝来时，昂着头，那么认真、执着、专注，甚至忍受着痛苦。但它可知道，正是自己的劳作，才使身体慢慢失去自由，直到被人丢到开水锅里,然后,那些丝被抽出来制成很美丽的但不再有生命的嫁衣。"他说得很快,我极力转动脑筋怕跟不上他的思维。"这是蚕的过错吗?或许你会以为,不吐丝不成茧,就不会落下如此悲惨的命运。如果你到开水锅里去捞一捞,看一看,不也漂浮着许多没有成茧的尸体吗?这种命运,不是它们自己能选择的。当蚕在倒入开水锅生命行将结束时,它才恍然醒悟,我是多么傻,多么对不起自己,然而有用吗?悔之晚矣。"

我也不知道他到底有没有说服我,只觉得当时心情特别沉重。后来,又有第二个人给出了相同的答案。他说:

我第一次坐牢是十年前的事,我在外地建筑工地上打工,到年底回家时,工头跑了,口袋空空的,我怎么向妻儿交代呢?我给儿子买个玩具的钱都没有。我被逼无奈,持刀抢劫,被判了七年。我懊悔万分,为了早日回到亲人的身旁,我在服刑期间尽自己最大努力,抢活儿干,挣工分,报减刑,结果提前两年回到家。但迎接我的是两张陌生而冷漠的脸,儿子这样我能理解,但我的女人只用了一句话就把我的心击碎了,"回来啦,我一直等着这一天,我们把手续办了吧"。什么手续?我明明猜到是什么,但还是不敢相信。"离婚"两个字又把我送到了监狱。我离婚后脾气变得特别暴躁,在工地上与工友争起来,打了一拳,就一拳,他倒在钢筋网上,重伤害。你说,我最对不起的是谁?

这一次,我的心情更加沉重。在当天的笔记里我写下了这样一段话:香烟在出售之前贴有价格和"吸烟有害健康"的双重标签,出售后,点燃的一瞬间,它的价格消失了,有害健康的行为发生了,但这是香烟的过错吗?闪烁的一明一暗的光亮不是它焚烧自己过程中痛苦的表达?抑或是在反思,谁是真正的凶手?谁最对不起我?

第三辑 孤雁吹箫

横吹笛子竖吹箫，一横一竖，不仅仅是吹法的不同，表达的心境也是别之天壤。笛声悠扬，欢快；箫声呢，低沉，忧伤，如怨，如诉，正所谓"无事不吹箫，吹箫必有怨"。我有怨，但我不会吹箫，我只知道古代士子吹箫就算有怨也多与高贵、浪漫有关，而我现在的处境与高贵、浪漫半点边都沾不上，能吹出不是噪音的箫声来？

悲剧与美无关

连着几天一直在读《三毛全集》,气温很高,似撒哈拉沙漠灼热的风扑面而来。睡梦中那个叫三毛的女人几次带着沧桑的笑容缓缓向我走来。

20世纪七八十年代,华人世界里最具影响力的女性有三个人:琼瑶、席慕容、三毛。前两个幸福地生活到现在,而三毛在她人生最辉煌的时候悄然逝去。

有人说,三毛喜欢悲剧,她的自杀同样造成了一种悲剧美。我不同意这种说法,悲剧就是悲剧,对于活生生的生命来说,永远"美"不起来,所谓的悲剧美只是文学作品中的一种表现形态。不仅仅是三毛,只要是思维正常的人,谁也不希望悲剧在自己身上发生。

三毛本名陈平,浙江定海人,1943年3月生于重庆。她的一生都在流浪中度过,小时候的三毛有着严重的自闭症,加上学习成绩除了语文外都很糟糕。初二时,三毛便在家休学。在《蓦然回首》散文中,三毛说:"我的天地,只是那幢日式的房子、父亲、母亲、放学时归来的姐弟。向街的大门是没有意义的,对我,街上没有可走的路。"就连吃饭也是单独在自己的房间里吃,这样自闭的日子持续了三年。后来,三毛跟着一位名画家学画才走出了自闭的境地。但正是少年时期的这段经历,使得后来的三毛远渡重洋,先后就读于西班牙、德国、美国的大学。

三毛的一生经历了两次令人扼腕的爱情:一次是三毛在西班牙拒绝了荷西的追求后,回到台湾教书,狂热地喜欢上了一个大她20岁的德国籍男子,正当两人谈婚论嫁时,未婚夫却因心脏病突发而死;一次是三毛在伤痛之余回到西班牙后,又遇到了荷西,两人在西属撒哈拉沙漠结婚。在和荷西结婚后,她写出了《撒哈拉沙漠的故事》《哭泣的骆驼》,轰动了当时的整个华人世界。流浪成就了三毛。那个广为人知的《橄榄树》就是三毛在这个时间写成的。可不想六年后,荷西在一次潜水中意外丧生。婚姻的打击,使得三毛一度丧失了生活的勇气,她的《梦里花落知多少》和《背影》是在心境陷入极度低迷的状态下完成的,她之所以能写出这么伤感的文章,与自己的悲不无关系,但这不能成为悲剧美的一种诠释。当三毛回到台湾不再流浪时,她失去了生活的方向,在她48岁时自杀而死,这更不能解释为悲剧美。

因为有两次痛彻心扉的爱情事故(不能简单解读为故事),三毛对爱情的解读是深刻的:"爱情犹若佛家的禅,不可说,不可说,一说就错。"其实写作只是三毛生活中很小的一部分,三毛只想当个家庭主妇,为心爱的人洗衣做饭。在和荷西生活的六年里,三毛说:"和荷西在一起的六年,是神给了我六年了不起的日子。"她是个感情丰富的女人,喜欢追求幻影,喜欢浪漫。台湾一位教授说她"是个令人费解、拔俗的、谈吐超现实的、奇怪的女孩"。三毛的死是一个谜,是一个悲剧,但不能说是一部美的传奇。

搬走多余的椅子

"三分本领,七分人脉",这句话在当下很有市场。为了经营人脉,再高档的酒店也常常高朋满座,再多的沙龙也常常一票难求,再昂贵的培训班也常常使人趋之若鹜。这些现象背后隐藏的核心目的只有一个,多结交一些朋友。

朋友真的那么好交吗?有人告诉我"人只有一个半朋友"——一个肝胆相照的,半个能为朋友牺牲自己利益的。这让我想起了梭罗在《瓦尔登湖》里说的一句话:我的屋子里有三张椅子,独坐时用一张,交友用两张,社交用三张。社交属于培养人脉资源的社会范畴,按照梭罗的原则或标准,"三张"椅子足矣。有人说,这里的"三张"是虚指,不能狭义地去理解。这点我也懂,但这是不是就意味着摆放的"椅子"越多越好呢?

作家王清铭在一篇介绍居里夫人的文章中,有过这样的描述:夫人的会客厅只有一张桌子和两把简朴的椅子,尽管居里的父亲曾经要送一套豪华的家具给他们,但被他们拒绝了。"为了不让闲谈的客人坐下来,我们没有添置第三把椅子。"也许正是他们没有摆放更多的椅子,让他们远离了喧嚣和干扰,才使得他们登上了事业的顶峰。也许有人会说，夫人是搞研究的，与我们不一样，而且时代早已变了，没有很好的人脉资源你寸步难行。

我承认时代确实变了，信息经济、知识经济、眼球经济等需要的是"引人关注"，酒店、沙龙和培训班等还算够谱的人脉经营场所，但那些自炒绯闻，自曝隐私，或以雷人雷语来制造轰动效应的，就实在上不了台面了。朋友可能是人脉资源，但人脉资源绝不等同于朋友。如果硬是要拉上"朋友"的边的话，也只能算是"互相利用"的朋友，离开了"互相利用"恐怕什么都不是了。

我可能跟不上时代的节奏了，但私下里仍固执地认为：要想不迷失自我，还是少摆几张"椅子"好，免得"椅子"多了弄出什么出格的事来。就算人不多，四个人围在一起打起麻将来，也划不来。

命运和运气

这是一个老话题，多有议论，算是凑个热闹，抑或打发难熬的时日。

关于命运，乐观主义者言，它掌握在自己手中。按照早些年"人定胜天"的逻辑，胜不了"天"，胜"命运"还能不成？不过多数人信奉命运是具有"客观性"的，细分又可分为"主动地遵从"和"被动地服从"两种。"主动地遵从"多是达官贵人，信奉它是寻得一种理所当然的心态；"被动地服从"多是命运多舛之人，服从它是寻求一种精神胜利法式的自慰，这些人中相当大的比例是生活在社会的最底层，生活过得凄惨，日子过得艰辛，于是只好认命，不得不借"命运"这只筐来装盛悲与苦。我私下认为，对于后者来说，如此认命，不失为一种好办法。

我信"命"，窃认为它是偶然当中的必然产物。如：你的出世，那么多的精子兄弟为什么偏偏是你寻觅到那唯一的卵子呢？为什么结合后你是男不是女，是女不是男，是你不是他（她）呢？还有你为什么就在那一天出世呢？早一天迟一天不也可以吗？当然现在有了"催生素"和破腹产，那我要问，为什么你父母要用"催生素？别人为什么不去破腹产呢？这些都是命，是不以自己意志为转移的。但"运"则不同，它是必然之中的偶然产物。这话怎讲呢？先看一则故事：

宋代，有位年轻人进京赶考，路上见一个人家大门悬挂着半副门联，"走马灯，灯走马，灯熄马停步"，他把它暗自记下，待闲时寻思着对出下联。次日应考，主考官出题，"飞虎旗，旗飞虎，旗卷虎藏身"，年轻人顿时想起"走马灯"的上联，立即信口作答。主考官惊赞不已，当即给他一个最好的考评。回程途中，年轻人又路过那户人家，主人正好在门前，年轻人随口吟出"飞虎旗"的对子，主人高兴地把年轻人请到家。原来，出此上联是专为择婿而出的，在得知年轻人尚未婚配之后，这家主人执意要将女儿许配给他。这位年轻人既金榜题了名，又抱得美人归，可算好运之至了。

这"运"来得突然也偶然，年轻人是谁？太让人妒忌了。其实，你大可不必妒忌，因为他是王安石。讲到这儿，我自然想到"机遇只对有准备的人垂青……"这句话，机遇就是运，但反过来说，王安石没有碰上这次"好运"，凭着他的才学也会成名成家成大事业，只不过可能要稍迟一些，或道路更曲折些。再说，若这个"王安石"是个酒囊饭袋，即使有如此"好运"送上门来，终只会露出"腹中空"的尾巴，成名成家成就大事业只能是做梦去吧。

不知这个故事是否把"运"的必然之中的偶然性阐述清楚了？但"运"的命门还有一个"气"。"运"和"气"的关系如同"命"和"运"的关系一样，是有很大而又本质的区别的，既相互联系又相互独立。王安石因走"运"终成"气"了，但并不是所有走"运"的人都能成"气"的。

十多年前，德国一对夫妇生活得很糟糕，夫妇俩互相抱怨。一日，丈夫布特贝借酒消愁，神差鬼使地用20马克买了一张彩票，结果竟中了奖，金额高达800万马克的巨奖。这该算走"运"吧。然而这800万马克给他们夫妇俩带来了什么呢？他们挥霍无度，终一贫如洗，还背负了30万欧元的债务，生活又恢复到此前相互抱怨的状态。好运并没有成"气候"，可见"运"和"气"并不是一对孪生兄弟。好在夫妇俩还算明智，痛定思痛，写了本以自己亲身经历而警示后人的书——《从金钱到眼泪》，此书一时畅销德国，才改变他们生活窘迫之状态，算是"亡羊补牢"之举吧。

"运"是点状的存在，有好坏之分，但不同的人会采取不同的态度去应对，智者在遇到好运时，千方百计地把它连成线，形成气候；在遇到坏运时，千方百计地消失掉或最大限度缩短时效，扭转颓势，止跌向好。但愚蠢的人呢，面对好运，忘乎所以，面对厄运，听天由命，听之任之，最终陪伴他的不是眼泪是什么呢？"命运"是一根绳子，"运"是绳上的结，有的人把结作为攀登的着力点，节节攀登，形成"气"；有的人把结当作障碍，甚至作为勒死自己，使自己断"气"的工具。诸位觉得如何？

涅 槃

——读《楼市》有感

凤凰涅槃，是人所共知的美丽的传说。关于涅槃，我也仅知如此，读过杨小凡的《楼市》后，我知道了除了凤凰外还有一种鹰的涅槃——鹰在40岁时开始退化，这时的鹰通常会选择一处高山，然后日复一日地做着同一件事——不停地啄着岩石，直到嘴被全部啄烂，啄烂的嘴结成疤痕，慢慢褪去后新的鹰嘴再慢慢地长出来。等新的鹰嘴长出后，再用嘴将鹰爪上的老甲一根根地拔下去，等新爪慢慢长出来后，接着将老的羽毛一根根拔去，新毛长出来后，意味着老鹰完成了一次嬗变，重新获得了新生，如此可以再活30年。

鹰的一次涅槃前后持续150天。对于人来说，这个时间不短也不算太长，但对于智商远低于人的鹰来说，如此重复地干着同一件事无疑是痛苦的、单调的、乏味的。无论是凤凰的涅槃还是鹰的涅槃，都是绝处逢生的故事，《楼市》传递给我的正是这样启示。

自20世纪90年代初住房市场化改革全面启动以来，尤其是在1998年住房市场化改革取得战略性进展，即以实物分配为特征的传统住房制度基本退出历史舞台而以市场化、货币化为特征的住房制度彻底确立后，楼市逐渐成为解读当代中国的一个关键词，甚至有人把它解读为中国经济的晴雨表。楼市一方面成为拉动内需、推动经济增长的一个重要支柱,另一方面也成为几乎每一个中国民众关注的头等大事。进入新世纪以来的十多年中,楼市与股市等一同成为投资的热点,同时也渗透到寻常百姓生活肌理中。尤其是在政府一次又一次宏观调控中,控制房价过快增长的预期一次次变成了房价的更快增长。究其原因,杨小凡给出了与众多经济学家不同的解读,而且这种解读更令人信服。

杨小凡本人曾经在大型房地产集团任总经理五年,从土地规划到招商引资到土地出让到征地拆迁到投资融资到贷款按揭到破土动工到楼市开盘,每个环节的奥秘,每一个大鱼吃小鱼小鱼吃虾米的产业链逻辑,他都非常熟悉,演变成文字后就变成了洞若观火的揭示——决定中国楼市走向的核心原因,绝非单纯的市场因素,而是政府、开发商、银行三者之间博弈和合作的综合结果。具体来说,十多年来楼市的一路狂飙,政府、开发商、银行这个利益的铁三角,从中收获的都是各自需要的"核心利益"。政府为了追求发展效益,以经营城市把过去的"死资源"——土地——变为活资本,变为地方财政的一个支柱;开发商为了追求资本增值,有条件的从政府手中拿地,没有条件的创造条件从政府手中拿地,而银行又非常愿意成为"创造条件"的中介体,因为有土地抵押,有按揭的保险政策,有一直看涨的市场空间,使得房地产企业成为银行争相贷款的"香饽饽"。市长冯兴国、银行行长戴金、开发商胥梅等,这些"上层人物"在规则和潜规则间淋漓尽致地表现,构成《楼市》中的一条明线,揭示房价狂飙的原因。《楼市》中还有一条暗线,那就是在房价狂涨的现实面前,被"楼市"绑架了的底层百姓焦虑、慌乱、无奈的生存状态。如为了拆迁补偿款闹出的"假离婚"的毛害兵郭红夫妇,弄假成真,因为丈夫不相信事实,而与妻子发生的性关系被告为强奸,送进监狱;还如为了多挣钱过上城里人日子的农民工小房,把自己的未婚妻带到工地做饭,被公司的老总看中,落到鸡飞蛋打的悲惨结局;再如为了在上海买房的研究生李忠,不惜偷走父亲一生中至爱的宣德龙凤罐,气死了老父亲的残酷悲剧等等,把作者对楼市狂飙背后的深层忧思体现出来。

中国的楼市到了需要深刻反思的瓶颈阶段,如何反思,如何修正,如何不让楼市成为蔑视道德、践踏法律的"十字架"?作者给出了答案:鹰式的涅槃！需要涅槃的不仅仅是市长冯兴国、开发商胥梅、银行行长戴金这些楼市推波助澜的"功臣"，还有千千万万个被楼市绑架了的"小人物"，甚至可以说生活在当下的每一个中国人，在金钱和道德的博弈中，都需要涅槃。

别让精神家园的坚守者哭泣

"人是需要有点精神的。"即使在物欲横流的今天，若单纯地讨论人的需求时，没有多少人会质疑这句经典的话，但一旦进入现实的世界呢？近读季栋梁的《钢轨》、曹征路的《那儿》和裴蓓的《制片人》三篇小说，无一例外地让我感到锥心的疼痛。精神家园的坚守者，往往都是理想主义者，他们默默地坚守，执着地耕耘，在倡导和平和谐的社会里，本该收获希望和喜悦，却常常滴洒出辛酸悲伤的泪水，有的甚至付出了生命的代价。

《钢轨》讲述的故事是：一位执教一辈子、桃李满天下的老师——孟庄然，后来做了校长，在自己老去的时候不忍心学校也一并"老去"——绝大多数都是危房的校舍坍塌，他四处奔走，请求政府出资修缮学校。然地方政府因为"财力有限"或"没有预算安排"，始终没有做出安排。就在他几乎绝望的时候，他突然接到市教委的电话，让他去看看新学校的改扩建的效果图。当站在一张古色古香、美轮美奂的效果图前时，他兴奋不已，仿佛在做梦一般。但当他得知这所学校是一个私人准备捐款兴建，而这个人又恰恰是自己的学生楚启文——一个曾被学校开除的流氓，一个以盗窃文物而发迹的恶霸，当得知学校的名称也将更改为"楚启文中学"时，他震惊了。一辈子教书育人的老校长无法接受这一现实，他找到同样是自己学生的王贤令——现任的政府副市长，没想到得到的回答是："不要这样看问题，你得用发展的眼光去看问题……"难道因为有钱就放弃是非评判的价值标准？他在万般无奈之下，去找自己最为得意的门生——现任市政府的市长史国，没想到史国竟让他吃了闭门羹。市长很忙，老师见不到他，但楚启文的一个电话，"他就屁颠屁颠地跑去了"。得意的楚启文对老师说："他是你的得意门生，但却愿意为我跑路，你一直在找他吧,他却不愿意为你跑路,要不我再叫王贤令来一趟,他跑得比孙子还快。"

这是一个多么真实的扭曲的现实!权力、金钱的欲望使得价值观、政绩观扭曲得像一团麻,坚守在精神家园的人虽愤懑但能做出有力的抗争吗?!

再来看看曹征路的《那儿》。

《那儿》中刻画的"小舅"——一个天才的技工、技术能手、省劳模、国企的工会主席,在改革开放初期,面对受到毫无包袱和负担的外资企业的冲击下自己的工厂不景气,而一些人打着改革的旗号来回折腾厂子时,他请人写"状子",呼吁保护国有资产不要廉价地流入私人腰包,没人理会;他又请人写"倡议书",呼吁工人兄弟们保护自己的厂子,响应者寥寥。几经折腾,厂子一天不如一天,"国退民进"的浪潮迫使厂子要被人廉价收购。"小舅"仍在做最后的反抗,但他被别有用心的人"设计"了,说根据新的改制方案,"小舅"最少能拥有新公司3%的股权。"小舅"成了叛徒,成了人人讨伐的活靶子。为了表明自己的清白,"小舅"不得不在全厂职工面前,向那位手持工厂生杀予夺大权的人跪下来,"嗷嗷大叫",求他们"发发慈悲"……但他再次失败了,他用自己心爱的机器砸扁了脑袋……

这难道是"改革的阵痛"所能担负得起的吗?

再来看看《制片人》又告诉了我们一些什么吧。这里也有一位理想主义者——一个作家,一个为了实现自己的理想不惜倾家荡产不顾身家性命,想拍一部具有厚重文化底蕴的电影的编剧兼临时导演,在快餐文化充斥,真正的艺术沦落到黯然退场的尴尬角色的大背景下,所付出的艰辛努力——在同样有艺术追求的"女一号""假戏真演"跳楼后,不得不屈从于市场,修改剧本,让左右逢源的"女二号"尽情发挥;在经费中断面临半途而废的情况下,孤注一掷典当掉自己的房产,坚持让被抢救苏醒过来的"女一号"完成梦想;当影片杀青,专家一片认可的情况下,市场却给了他当头一棒,几乎没有一家发行公司愿意发行,勉强发行影院却不给档期,观众更是廖若星辰……但在"女一号"真的死去之后,影片顷刻间火爆起来。

在这部作品中,我们看到了文艺圈内的种种"怪圈"和"潜规则",看到了一些"圈子"里的人被时代的巨手推入某种命运轨道的淋漓尽致的表现——

苟且偷安者有之，媚俗世故者有之，投机钻营者有之，唯有对世界充满美好期许和追求的人，在坚硬的现实壁垒面前，惨败。

"在这个娱乐至死的时代，只有完成精神的自戕，才能够死而复生。"作家付秀莹点评这部作品时发出这样的感叹。

但愿"文化自信"的时代语境里，"文化强国"的洗礼中能够精神家园的坚守者一片蔚蓝的天。

鲁迅的"梦"

"过去的生命已经死亡。我对于这死亡有大欢喜，因为我借此知道它曾经存活。死亡的生命已经朽腐。我对于这朽腐有大欢喜，因为我借此知道它还非空虚。"（鲁迅《野草题词》）鲁迅作为一个敢于直面现实敢于直面人生淋漓鲜血的真的勇士，是不用质疑的，但鲁迅同时还是一个喜欢做"梦"的人，或者说是做"梦"特别多的人。诚如他在《呐喊》自序中所言："我在年轻时候也曾经做过许多梦，后来大半忘却了，但自己也并不以为可惜。"尽管先生做过的"梦"大半忘却了，但没有忘却的仍然不少，单就他用笔记下来的就足够我等受用的了。

"我梦见自己正和墓碣对立，读着上面的刻辞。"（《墓碣文》）"我梦见自己躺在床上，在荒寒的野外，地狱的旁边。"（《失掉的好地狱》）"我梦见自己在冰山间奔驰。"（《死火》）"我梦见自己正在小学校的讲堂上预备作文，老师请教立论的方法。"（《立论》）"我梦见自己死在道路上。"（《死后》）"我梦见自己在做梦。"（《颓败线的颤动》）先生是真的做了这么些梦，还是梦想着自己做了这些梦呢？大多数人还是能揣度得出的。"绝望之为虚妄，正与希望相同。"希望是什么？先生说："希望是娼妓，她对谁都蛊惑，将一切都献给，待你牺牲了极多的宝贝——你的青春——她就弄掉你。"

先生说我的心"分外寂寞"，但他又自以为"我的心很平安：没有爱憎，没有哀乐，也没有颜色和声音"。先生的心果真"平安"吗？没有爱憎没有哀乐没有颜色和声音？打死谁也不敢相信！于是他只有选择做梦，在梦里表达他的爱憎、哀乐、颜色和声音。

先生早已作古，他的梦按说也该随他而去，可事实上呢？

"人是大抵自以为衔些冤抑的；活的'正人君子'们只能骗鸟，若问愚民，他就可以不假思索地回答你：公正的裁判是在阴间！"

"有人说：我们的社会是一片沙漠——如果当真是一片沙漠，这虽然荒漠一点也还静肃；虽然寂寞一点也还会使你感到苍茫。何至于像这样的混沌，这样的阴沉，而且这样的离奇变幻！"

先生是预言家？还是先生复活了？要么阴曹地府也开通了互联网，要不然先生的这两段话好像今天早上才新鲜出炉的呢？如果把它贴在"赵作海"和"小悦悦"身上，是何等贴切精准啊！

逼真自然　思想深刻

——读莫泊桑的《月亮》有感

"创造晨曦是为了使人类苏醒、生机蓬勃，创造白天是为了使庄稼成熟，创造雨水是为了灌溉庄稼，创造黄昏时为了酝酿睡意，创造夜晚是为了入睡安眠。"在马里尼昂长老看来，"有多少个'为什么'，就有多少个'因为'，两方面完全对称平衡"。这位"不自觉地憎恶女人，本能地蔑视她们"的神父认为，"女人是那个十二倍不纯洁的孩子"，他"仇恨她们招人堕落的肉体""更仇恨她们多情的心灵"。

但他常常感觉到的是，"她们的柔情"是冲着他来的，"她们身上颤动着的爱之需求"使他"甚为恼火"，以至于在得知他的外甥女在谈恋爱时，"满腔恼怒，义愤填膺""气得站在那里连气都透不过来"。在一整天都无所事事之后，他带上那根能把椅子劈开的橡木棍子，准备在夜幕中去教训这对"狗男女"，结果他被"眼前一片皎洁的月光"吸引住了，"不胜惊奇"。"他开始深深地呼吸，大口大口地吸气，如同醉汉尽情狂欢""一时竟把外甥女的事抛到了脑后"。

在温柔的月光之中,淹没在宁静之夜情意绵绵的魅力里,神父疑惑了。"既然夜晚是为了睡眠,为了无思无虑,为了松弛休息,为了浑然忘忧,那么为什么要使得它比白天更富有诱惑力?比清晨、比黄昏更美好动人?……"当他看到两个人影"肩并肩"地、"不时去吻吻她的前额"地出现在眼前时,他觉得"那静止的夜景包容着他们,就像是专为他们而设的画面,他们的出现立刻使得夜景充满了生机"。在确认他们中的一个是他的外甥女时,他选择的方式是"向后逃走",不仅心慌意乱,而且羞愧难当,"似乎是他闯进了一所他根本无权进入的庙堂"。他想,"也许,天主创造这样的夜晚,就是为了给人间的爱情披上理想的面纱"。

世界上的"为什么"与"因为"不是"完全对称平衡"的。有时,一个"为什么"后面有很多的"因为";有时,一个"因为"后面也能跟随很多的"为什么"。多数人认为《月光》不是莫泊桑的名篇,我却认为在莫泊桑的众多作品中,这篇短篇小说的思想性是尤为突出的。有人认为,莫泊桑的作品力求"逼真",并与"真实"严格区分开来,体现了一整套完整现实主义的小说艺术,但作品的思想内容并不深刻,意境并不深远。对于前者的评价我非常认可,但说缺乏思想性我是不敢苟同的,《月光》就是佐证之一。

"飘"一次足矣

读过玛格丽特·米希尔《飘》的人,无不被这部作品跌宕起伏、生死流连、悲欢离合的故事情节所震撼,与此同时,渴望再读到她的另一部作品的愿望会油然而生。但是,遗憾的是,玛格丽特没有满足我们,在《飘》诞生后她再也没有奉献出第二部作品来。是玛格丽特才思枯竭了还是她另有高就呢?

《飘》是以南北战争为题材的小说,也可以说是作者真实生活的一种写照。玛格丽特出生在美国南方城市亚特兰大——南方黑奴制的中心地带。她出生时,历时数年的南北战争刚刚结束,战争中的故事伴她成长,而迎接成年后的她的是第一次婚姻的失败，更有她唯一的弟弟在德国战场上牺牲。这时的她在极度悲痛和忧郁中，选择远离这块伤心地。她搬到海边小镇布朗斯维克，但曾经的伤痛和并不乐观的现实，使她的心灵继续在流血中挣扎。她不得不将这一切借助手中的笔来宣泄，于是爱情的缠绵悱恻、战争的惊心动魄、命运的扑朔迷离等等如同割腕自杀般的血液，从她的肌体流出，凝结成文字。

这一流淌就是十年，当十年后，《飘》终于脱稿时，几乎没有一家出版社愿意接受这位无名小卒的呕心沥血之作，幸而一家小出版社给了她试试看的机会，但还是担心销量只试探性地印了千余册。没想到的是，《飘》一上市就一销而空，供不应求，不得不一而再、再而三地加印，印数突破数百万册。敏感的好莱坞嗅到了味道，迅速买下了版权，拍成电影，从此《飘》便横空出世，漂洋过海，轰动了全世界，作品被译成数十种文字在全球出版。

《飘》无疑是玛格丽特生命的绝唱，它耗尽了她的全部心血，如果再让她奉献出类似的经典，是不是过于残忍？

和玛格丽特一样的还有塞林格，他在写完《麦田里的守望者》一书后，就隐居到山林，直至90多岁离开这个世界也没有留给世人第二部经典之作。这是为什么？我一遍又一遍地读着《麦田里的守望者》，总算懂了，塞林格把他一生中最想表达的主题——"当好麦田里的守望者"，毕其全部心血已经表达出来了，剩下的就是看他人的实践了。遗憾的是，这个"麦田里的守望者"似乎很令他失望，为了让这个本该是"麦田里的守望者"不被更多的杂音干扰，或者说能停止乱哄哄的争吵、撕扯、战斗，他索性一辈子只发出一种声音，如同一种警报声一样，重复着一直呼叫下去。

能举出的例子还有，但我不想再列举了，因为我并不反对作家的多产，只是渴望作家们都能用"心"写作，更渴望玛格丽特和塞林格们的这些心血之作能让人读懂。我想，一个终日沉浸在官场或市井喧哗中的作家，是很难创作出慰藉心灵的作品的。如果每一位作家都能像玛格丽特和塞林格一样，哪怕一生就一部作品问世，我们的文化大餐会更丰富更营养更健康，我们生活中的主旋律会更清晰更优美更和谐。

"飘"一次就够了，感谢玛格丽特们，感谢塞林格们，因为你们的存在，世界总算在挣扎中有所前行。

平凡的人，不平凡的爱

——读莫泊桑的《幸福》有感

一个人的爱，能经久不变、持续多年吗？

"能"，有些人这么认定。

"不能"，另一些人如此断言。

于是，大家区分不同的情况，设定种种界说，举出一些事例……

这是《幸福》设定的场景，一群饮茶的人们"谈论着爱情这既凡俗又高尚的事情，谈论着一男一女之间神秘而温柔的结合，个个显得热情洋溢，激动异常"。

说"能"的人未必自己就做得到"经久不变"，也许是口是心非；说"不能"的人未必就是视爱情为儿戏的浪荡之徒，也许是看多了爱的悲剧。接下来，那个一直没有开口的老先生说的为了爱情抛弃荣华富贵的苏珊娜——一个团长的千金，年轻、美貌、富有，和一个农家子弟出身、她父亲部下的尉官，"私奔"到荒凉的山谷。在她变为老妇人时，吃着用一只瓦盆装的白菜土豆肥肉汤，幸福地"傍着这个男人睡在一条草垫上"，生活在科西嘉岛上，一辈子。在她眼中，"这个男人就是一切"。

莫泊桑没有赋予她格外美丽的形貌，也没有给她加上神圣的光环，而是以平叙的方式让平凡的人闪着不平凡的光芒。人物形象的自然化与英雄人物的平凡化，是其人物描写的一个显著特点。所以有些人认为他"总是满足于叙述故事、呈现图景，而很少对生活进行深入的思考，很少通过形象描绘去追求作品丰富的思想性"；甚至有人认为他很少接触历史的、政治的问题，是一个不以思想见长的作家；还有些人找出看似不可否认的依据来——他是一个思想境界并不高的小公务员。如果按此说法推断，出身卑微的人就只能写出肤浅的作品，而那些经历风雨的大政治家就能成为大作家？

他的作品中，不仅有对劳动人民的同情，也有对纯真爱情的赞颂；不仅有对下层人物的人性恶的讥讽，也有对资产阶级共和派的讽刺，还有对巴黎公社的丑化。小说的创作手法千变万化，有的作品思想性显露得明显，有的较为隐晦，关键看你能不能在字里行间找出深藏着的东西。

同样的道理，爱是每个人的"作品"，平凡的人能书写出高尚的爱，至少是有"幸福感"的爱；不平凡的人也能写出拙劣的、无质感的爱。就像《幸福》中听完苏珊娜的故事，有人大发高论"她只不过是个傻瓜"一样，根本不懂得什么叫"爱"，什么叫"幸福"。这样的人不管外表多么鲜亮，身份多么高贵，内心肯定和臭水沟般腐烂，只是"久闻不知其臭"罢了！

强 音

首先申明一点，文中的强音并不是指"强者"发出的声音，恰恰相反，它出自"弱者"之口，但其让人震撼的程度，绝不亚于"强者"，故曰"强音"。

钱钟书先生的夫人杨绛女士在经历了丧夫丧女之痛后，面对记者不近人情的不礼貌提问，这位近百岁之龄的老人，淡淡地说出了这样一席话："天命不可违，亡者不可追，既然上帝给了我们生命，我们就要很好地珍惜自己。我们每个人都有自己的定数，每个人都会自生自灭，悲伤是不能解决问题的，我要坚强活着，这是对亡者的一种安慰。"寥寥数语道尽人间真情，尽在其中。

还有一位女人，因其没有杨绛有学问，更因她养了一个不争气的儿子胡长清（江西省原副省长，因贪污受贿被执行死刑），很少被人正面提过，但她唯一一次发出的微弱的声音，在我听来是惊天动地的"强音"，让我深思不已。她在儿子被执行极刑的当天，面对记者苛刻的提问，这位白发苍苍的老人说："你问我为什么不流泪，是吧？告诉你，我该流的泪都流干了。他（指胡长清）贪赃枉法，罪大恶极，今天是他应有的下场。不过，作为母亲，我一直在想一个问题，他在读书时是个好学生，参加工作时是好同志，我把儿子交给党的时候是好干部，为什么走向领导岗位当了大官了就不是好人了呢？就要枪毙打头呢？这个问题我想不通，请你们也帮我想一想。"

我们常把党比作"母亲",胡长清的母亲培养了一个好儿子交给了党这个"母亲","母亲"很关心关怀这个"儿子"的,不然他也不会一步步走向高级领导干部行列,但"儿子"是一夜之间变坏的吗?"母亲",准确地说,是"母亲"的替身或代言人们,除了培养关心之外,担负起了"母亲"的教育、监督、批评之职责吗?确如胡长清的母亲所言,"这个问题,除了我做母亲要反思外",其他的人,其他的"母亲"是不是也要反思反思呢?

普天之下没有父母不爱子女的,他们甚至愿意用自己的生命去换回子女的生命。儿子执行死刑,她能不心如刀绞能不流泪?"只是泪流完了而已",这是何等痛心疾首啊!回过头来再看看那位淡然面世、安之若素的杨绛老人,尽管她一再言明,"天命不可违,亡者不可追",但在爱女钱瑗死后,她不是用自己仅有的烛光般微弱的晚年时光,去完成了女儿未完成的遗作《我们仨》吗?

冰冻三尺非一日之寒。人的感情如此,人的成长莫不如此。一个人出问题了,难道是一夜之间由好人变成恶人的?那以前的监督又哪里去了?个人修养固然最重要,但体制和机制的不完善或形同虚设,使多少小错酿成大罪?使多少蚁穴变成大窟窿?

种瓜的偷瓜吃,理应治罪,但看瓜的就没有责任?为什么那么多种瓜的人"前赴后继"去偷瓜吃?不是因为前面的偷瓜者偷了多次、偷了多年,有的偷一辈子也不见被抓,后面的人效仿之举吗?如此大的监管漏洞仅靠个人的道德操守能守得住吗?

醒醒吧,防火永远胜于救火。醒醒吧,为了母亲的泪不至于再流干。

人性化的英雄更立体

——重读《五色土》有感

可能胡正言笔之下的《五色土》，取材于皖中农村的生活，我是皖人，而且在农村生活过20多年，熟悉的人和事对我产生更具强烈的冲击力，于是在再次看到这篇文章时，忍不住又多看了一遍。

《五色土》描写的中心事件是"我"回乡处理同乡、同学、同一战壕的战友、烈士正羽的非婚生遗腹子的经过。正羽临终的最大心愿是希望"我"能帮玉兰"不显山不显水秘密地把孩子处理掉"，以保护玉兰的名声。但"我"终未完成这一遗愿。正羽之所以要"我"这样做，是为玉兰以后重建自己的幸福生活而采取比较理智、崇高的办法，但"我"之所以改变初衷，一方面是受乡亲的传宗接代，延续香火的传统观念的影响；另一方面是被玉兰、正祥、孬二宝、二叫驴、老家传等乡亲们为保护烈士子嗣而千方百计的举动所感动，故事的结局顺利成长地无可辩驳地支持"孩子生下来"，也使"人们的情绪达到了沸点"。

记得在大学时，几个朋友在讨论这篇作品时，有种非常强烈的反对声音，认为这是一部失败的作品，其理由是整个故事的情感力量完全向非常世俗陈旧的子嗣观念倾斜过去了，使英雄的形象受到了损害。他们鄙视"劣根性"，推崇礼赞的"脊梁"，这在那个大力提倡塑造"完美英雄"的年代，是非常有市场的。现在20多年过去了，特别是全面树立"以人为本"的今天，情况该有所改观吧？

但愿如此。

英雄完美主义者片面强调英雄的先进性，忽视其人性。是人，无论是英雄还是伟人，他首先都是人，而不是神。人身上都有卑微的东西，这与他的成长环境是分不开的，没有人生下来就是英雄或者说是英雄的胚子。正如"我"在法庭上所说："参天大树离不开根底的土地，任何英雄、哲人、贤人、斗士也离不开孕育他们的土壤。"正羽的"土壤"是什么呢？五色土。也就是这部作品的题名，这正是作者极力想表达的主题，若无视皖中农村道德和美德、文化背景和文化心里的根基，无视"我的父老兄妹们身上还带着浓厚的封建意识和小农经济的劣根性"，一厢情愿地走或抑或扬的"二元化"文学创造道路，是悲哀的，也是没有任何生命可言的。而这部《五色土》，20多年过去了，重新读来，仍能给人鲜活震撼的感觉。

"人生世相就是以五色杂陈的面貌呈现的：战争中的生与死，传宗接代的生命连续，道德的善恶，改革的成败，全部浑然之间地统一在这片土地上。"（雷达语）为国捐躯的英雄，忍辱负重的恋人，肝胆相照的战友，重义多情的企业家，刁钻自私的父亲，憨厚的孬二宝，狭隘的嫂子，尽管他们是那样参差不齐，高下悬殊，个性歧异，但无不统一于一个"情"——人性共通的地方，是真实的存在。小说的高潮出现在结尾，倘若"我"此时不在法庭上慷慨陈词，除非"我"是圣人，不是常人，不是同样成长于这块"五色土"的血肉之躯。

乡村企业家正祥的形象塑造是成功的，面对殴打工商局副局长、行贿和偷税漏税的指控，他在法庭上供认不讳。他的坦诚和敢作敢为的勇气，和他为了企业发展而不得不遵从一些潜规则的无奈，以及面对破坏军婚罪的指控，他甘愿隐瞒事实真相的善良的"虚伪"，真实地集中于他身上，他的形象即刻"立体"起来。玉兰的身孕是正羽"越过底线"的结果，正祥知道不是自己的所为，正祥还知道玉兰是爱正羽的，尽管在此之前他追求过玉兰，而且在与正羽的"竞争"中败下阵来。当正羽牺牲后玉兰面临这把孩子是否"处理掉"的难题时，他说孩子是我的，这里面除了对烈士的一份情外，不也包含着他对玉兰的一片情吗？

当然，玉兰没有无动于衷，她出人意料地又非常及时地出现在法庭上，不顾及自己的声誉，不想让正祥蒙冤，更不想她和正羽爱的结晶受到玷污，平静地说出了事实的真相，"是我要为正羽留一条根"。她的回答不正是对正羽对他的爱最好的回答和对人世间的真诚最强烈的呼唤吗？

正祥和玉兰的观念不是简单的"陈旧"两个字能概括的，至少是他和她的父辈不会也不敢这么做的，这是一种进步，并没有"神"化，如同刚刚从泥土中拔出的萝卜，肯定带有泥土，正因为泥土的存在，才更表现出真实的鲜活。

在写法上，作者既没有按照通俗小说炫耀和夸饰曲折情节的手法，也没有陷入道德伦理的开掘和评述的写法，而是把浓重的文化氛围和道德探索结合起来，把农村群体的遥视和个体心灵矛盾的对立统一结合起来，把常态下多重价值观和典型事件中伦理价值结合起来，这更能引发我们对中国农民道德伦理缓慢变化和步履杂沓的生存境逆的思考。

我相信，"还有许多令人痛心的毛病"的善良农民，在今天仍然活着，而且还将活下去。因为二十几年相比较几千年的农耕文化的历史还太短。但他们是可敬可亲的。

人与人之间

有道是"人上一百，五颜六色"。世界上两片完全一样的树叶都找不到，何况人呢？这两片完全相同的树叶找不到是从显微结构上区分的，若从外在形态看，樟树叶总是樟树叶，枫树叶总是枫树叶。避开人与人细微的个性差别，单就群体划分，如同樟树叶与枫树叶一样，人的群分类聚也是显而易见的。

中国人最怕和领导在一起吃饭，尽管有些人巴不得想和领导套点近乎，但真的坐在一起时总会感到压力很大。美国人却不一样，奥巴马请梅德韦杰夫下馆子，店里其他顾客虽然也很"吃惊"，但当两位总统落座之后，他们立刻"就像总统不在身边一样"，各自聊着天，品尝着美食。中国官员出行没有休息日，也没有公事和私事之分，到哪儿都是前呼后拥的，警车开道，三步一岗五步一哨的，连上个黄山也得把游客清理干净。咱中国还是枪支严格管制的国家，而且东方人骨子里有暴力倾向的很少。欧美的官员，休息天就是休息天，私事就是私事，过着普通人的日子，或登山，或钓鱼，或赛车，等等，没人管，没人围观，也不怕人家会谋杀。

中国人教育孩子的最高境界是，学的时候好好学，工作的时候好好工作，玩儿的时候好好玩儿。这是非常智慧的教育方法。但多数情况是，恨不得一周七天，一天二十四小时，除了吃饭睡觉外，都希望一头钻在书堆里，一头扎在工作中。对中国人而言，倡导先苦后甜，做事达到目的才是最重要的。而外国人，寻找快乐是做事的动机。一位在中国广西默默支教十多年的德国人卢安克说：有些人一辈子都在做着自己不喜欢的工作，然后用工作中赚到的钱去消费，让自己获得须臾的快感；我不是那样，我直接从我的工作中得到了快乐。

同为中国人的大陆人和台湾人也有着很大的差别。大陆人张口就是统一不统一的大事。台湾人说：我们不关心这事，也不研究这事，我们这儿说的全是吃喝玩乐，然后上班挣钱，怎么你们讲的全是大事，革命统一或国家民族呢？

西方谚语说：一个人是否幸福，是否快乐，不取决于自己取得了多少成就，而是来自于邻居看自己的眼神。这一点，中国人也懂，但人们追求的不是幸福，而是比别人更幸福。这时快乐已离我们很远了。中国人"逢人只说三分话""当面一套，背后一套，暗里还来一刀"。西方人反倒学会了我们老祖宗丢下的"说话当面，做事明面"的宝物，要吵就在会场上，要不快活就打上一架，吵过打过后再干杯再拥抱。

有人说，美国是个层层向下负责的社会，而中国是层层向上负责的社会，这是中西方体制上最大的差异。其实，我倒觉得"层层向上负责"和"层层向下负责"都不错，至少是相互负责，如同上一层砖与下一层砖，上一层楼与下一层楼的关系一样，关键是基础，是有没有人对社会最底层的人负责。

"忍"的力量

"孩子，再忍忍，马上就到医院了。"趴在母亲的背上，母亲不止一次对我说。那年我八岁，在学校把锁骨摔断了，母亲在雪地里赤脚背着我往医院赶。

"孩子，再忍忍，马上到医院了。"妻躺在我怀里，她的母亲抓着她的手，一个劲儿地说。

……

上面所说的"再忍忍",是特殊情况下的一种救治的药。这个时候的人们只有忍别无选择,几乎没有人提出异议。但许多人对常态下的"忍"缺乏耐心,夫妻稍一吵闹就提出离婚,工作稍不顺心就急于跳槽,朋友相处稍有误会就反目为仇,等等。这些人认为"忍"是无能的表现,是消极的生活态度。其实,"忍"中蕴含着质朴的积极的力量。再优秀的马拉松运动员都是在咬紧牙关的"忍"中取得好成绩,再幸福的婚姻都是夫妻双方以包容、宽容的心态在"忍"中走过人生的风雨……

"再忍忍",很多情况下它省略了一个潜台词——希望就在前面。对于我等身处大墙内的人来说,学会"再忍忍"何尝不是一种智慧呢?

《中庸》中学、问、思、辩、行五个方面,最重要的就是使愚昧变为聪明,使柔弱变得坚强,所有的事没有志气和刚气都无法成功。"刚柔互用,不可偏废,太柔则靡,太刚则折。""忍"字在中国传统文化中的地位可谓特殊之至,小到忍受饥饿病痛,大到为了天下忍辱负重。"忍"的作用有多大?越王勾践卧薪尝胆的故事该是最好的回答。

当然,"忍",并非一味地忍耐,软得像泥,这种忍耐是没有出息的表现。"大抵任事之人,断不能有毁而无誉,有恩而无怨。自修者但求大闲不逾,不可因讥仪而馁沈毅之气。衡人者但求一长可取,不可因微瑕而弃有用之材,苟于长才者过事苛求,则庸之者反得侥全。"这段话的意思是:大概有职事在身的人,绝不可能只有人诋毁而没有人称赞,只有人感恩而没有人怨恨。自我修养的人只求大节不亏,不能因为有人讥刺就泄了沉毅之气。选拔人才,只要他有一技之长就可以任用,不能因为稍有不足就将有用之才抛弃,如果对出类拔萃的人过分苛求,那么庸庸碌碌的人就反而会侥幸被雇用。

所谓"自强",最准确的解释是:自己战胜自己方为强。战胜自己,要懂得知耻、知悔、知足。知耻而后勇,知悔而改之,知足而常乐。战战兢兢,即生时不忘地狱;坦坦荡荡,虽逆境亦畅之怀。战胜自己,还要有志气、有见识、有恒心。有志气就不会甘心为下流;有见识就知道学无止境,不敢稍有所获就自满;有恒心就肯定没有办不到的事。

生命的存在和活着的喜悦

到底什么是人生的价值？这是自古而今都在缠缚着人类的命题。对其解读真的可谓是五花八门、众说纷纭。人的一生无一不是怀揣着"价值"这一信念在红尘中奔波行走。也正基于每个人对人生价值的理解不同，而造就了这个世界的纷繁复杂与人生的千姿百态。

"天下熙熙皆为利来，天下攘攘皆为利往"是很多人笃守的人生价值理念，将成功、意义、爱情、幸福、快乐等等构建在财富的名下或视为财富的衍生品，殚精竭虑地追求着财富这一人生中轴价值目标。但依然有很多人即使腰缠万贯也难以摆脱精神的孤独、思想的迷惘和心灵的苦楚。一味地追求财富反而招来灾难与不幸的人却比比皆是。

有的人拼命地图名来体现人生的价值，以为只要拥有了名望就意味着人生的种种幸福、快乐、财富、情感等等目标即唾手可得。于是为了一己之名而绞尽脑汁地苦心钻营。虽然每天都有形形色色的名人诞生与涌现，但时刻都有如灿烂夜空中流星般的名人和那些平凡乃至平庸默默无闻的芸芸众生一样销声匿迹，湮灭在茫茫人海与历史的尘埃中。更无须去思量或考究无数的名人为名所累的苦衷与煎熬感受了。

亦有无尽的人在朝着位高权重的人生价值目标前仆后继。为了出人头地、出类拔萃、一呼百应而不择手段处心积虑。虽然确实有很多人如愿以偿了，但剥开那外在光鲜的外衣后，内在的苦乐感受也只有自知肚明了。

当然，更多的人把吃喝玩乐当作人生的价值。但亦如那些谋利图名弄权者一样，在得到丝丝快慰的同时烦恼与痛苦总是如影随形地相伴着一生。

可以说，为了人生价值这一标的，人人都想体现自己的价值，并期望自己的价值不断地增值、升值，最起码保值，不能贬值。但结果总是难能如意，往往要么不停地追问"为什么我想要的却得不到？"要么仰天喟叹"为什么我得到的总是我不想要的？"抑或是"虽然我得到了所想要的时候，才发现它并不是我所想象的那样富有价值呢?"

在美国新泽西州,有一位叫莫莉的著名兽医劝告人们向动物学习。她拿鸟做例子说:"鸟懂得享受生命。即使最忙碌的鸟儿也会经常停在树枝上唱歌。当然,这可能是雄鸟在求偶或雌鸟在应和,不过,我相信它们大部分时间是为了生命的存在和活着的喜悦而欢唱。"

是啊,人生的价值怎么能背离"为了生命的存在和活着的喜悦而欢唱"这一主题呢?无论高低贵贱、贫富愚聪、老幼健残,幸福都是一种别人无法拥有的内在愉悦感受与体验。为了生命的存在而感恩,在感恩中快乐地活着,就是人生价值的本身——在真实、平淡、简单、怡然中,担当责任,珍重情谊,追求无悔,热爱生活。至于境遇的顺逆、人际的荣辱、事业的成败、名利的得失、地位的高下、情感的悲喜等等,无一不是人生行旅途中的风景,供我们感受、领略、体悟、品味人生本来的面目——酸甜苦辣咸,在这缤纷五味调和下的丰富充实饱满中让人生徜徉于赏心悦目之中——因为生命的存在和活着的喜悦。

生命中最珍贵的是什么

直截了当地说,生命中最珍贵的就三句话:谦逊之心,根本之事,当下之时。为什么说得如此肯定如此直接呢?我不想贪他人之功为己有。因为一些先哲圣贤们早已从不同角度给出过不同的答案,我充其量只是按照自己的理解和感悟去"编辑"了一下。

果实曾经是鲜花,但并不是所有鲜花都能成为果实,只有饱经风霜的鲜花才能成为果实。鲜花总是娇艳动人、充满活力与希望的,但并不是所有的颜容沾沾自喜,顾影自怜,而是以谦逊之心化作春泥去护落下来的花朵,令人钦佩,而留下来的花朵,以坚毅之心去迎接风吹雨打,默默中为春秋之实积蓄力量,也是谦逊的结果。花不笑泥,果不耻花,才使得一园春色变成一对硕果。此为谦逊之心。

何为根本之事?还是从一则小故事说起,一个老师把一块"鹅卵石"放进一个装有水的大杯子里，水正好和杯口相平。他问学生："你们说这杯子是不是满了？"

"是！"所有的学生异口同声。

"真的吗？"老师笑了，拿出一袋碎石子，慢慢从杯口放进去，再问学生：你们说，这杯子现在是不是满了？

"也许还没满。"有个学生怯生生地回答。

"很好！"老师说完又拿出一袋砂子，慢慢倒进杯子，问学生，"现在你们再告诉我，这个杯子是满的吗？""

"没满。"学生们很有信心地回答。

"好极了。"老师高兴地问，"那我们从这件事中悟出什么了呢？"

"无论干什么事，如果再努力一下，还是可以多做一些的。"一位很聪明的学生得意地回答。

"答得不错。"老师顿了顿说，"但我今天要告诉大家的不是这个道理，它是什么呢？请大家想一想，如果我不先把那块大的鹅卵石放进去，而是先放那些碎石子和砂子，我现在还有机会把鹅卵石放进去吗？这块鹅卵石是什么？是我们要做的根本之事，也就是最重要的事。"

凡事我们都要分清轻重缓急，不能自寻烦恼。否则，那些痛苦的"碎石子"、抱怨的"细沙子"就会抢占有限的空间，使得根本之事再无立身之地。

当下之时，按照惯性思维，前面两点一个是"心"，一个是"事"，都是具象的，怎么忽地转到时间概念上来了呢？放心，一经点破，理解并不困难。早有智者说过：生命只有三天，昨天、今天和明天。只有过好今天，才有充满快乐记忆的昨天；只有享受好今天，才能幸福地迎接明天。今天的财富是"昨天"创造的，明天的辉煌是从今天开始的。今天是我们握在手里唯一的财富，把握今天，才会珍惜现在和你待在一起的人，怀一颗"谦逊之心"，才会珍惜现在手中要干的"根本之事"。

是"情痴"还是"行痴"

　　作为满清四大疑案之一的主角——顺治皇帝福临,几百年来一直备受世人关注,特别是他和董鄂妃之间温厚浓烈、缠绵悱恻的爱情故事,让他获得了"万古钟情天子"的美誉,当然世人更多的是称之为"情痴"皇帝。

　　史载,顺治十七年(公元1660年)八月十九日,皇贵妃董鄂氏薨。世祖福临哀悼殊甚,为之缀朝五日,旋即下谕追封为皇后。由此可见这位董鄂妃在顺治帝心中的地位非同一般。民间传说,顺治帝在董鄂妃死后万念俱灰,终日闷闷不乐,没过多久就毅然舍弃皇位,遁入五台山,削发披缁,皈依净土。

　　顺治帝削发为僧,是不是因为痛失爱妃只有他自己清楚,也许是为情所困,也许是厌恶了腥风血雨的宫廷斗争,也许是他本就生性向善,并不喜欢做皇帝。顺治舍弃皇位遁入空门确实需要很大的勇气,问题是他最终是否真的遁入空门了?史上并无定论,不过他决意出家并剃光头发确有其事。他曾经对高僧木陈忞说:"朕思上古,唯释迦如来舍王宫而成正觉,达摩亦舍国位而为禅祖。朕想效法他们可不可以?"在他20岁的时候(公元1657年),也就是说在董鄂妃还没死的时候,他就对佛教产生了浓厚的兴趣,一批高僧如玉林琇、茚溪森、木陈忞等先后应召入宫,论经说法,大谈佛理。顺治还请玉林琇为他起了法名"行痴",号"行痴道人"。如今五台山仍有《顺治皇帝出家偈》的碑文,全文如下:

　　天下丛林饭似山,钵盂到处任君餐。黄金白玉非为贵,唯有袈裟披最难!朕为大地山河生,忧国忧民事转烦,百年三万六千日,不及僧家半日闲。

　　来时糊涂去时迷,空在人间走一回。未曾生我谁是我?生我之时我是谁?长大成人方是我,合眼朦胧又是谁?不如不来亦不去,也无欢喜也无悲。

　　悲欢离合多劳意,何日清闲谁得知。世间难比出家人,无牵无挂得安闲,口中吃得清和味,身上常披百衲衣,五湖四海为上客,逍遥佛殿任君嬉。

第三辑　孤雁吹箫 | 227

莫道僧家容易做，皆因屡世种菩提。虽然不是真罗汉，也搭如来三顶衣，兔走鸟飞复东西，为人切莫用心机，百年世事三事梦，万里江山一局棋！

禹尊九洲扬伐口，秦吞六国口登基，古来多少英雄汉，南北山头卧土泥！黄袍换印紫袈裟，只为当初一念差。我本西方一袖子，缘何落在帝皇家！

十八年来不自由，南征北战几时休！朕会撒手归西去，管你万代与千秋。

这是我用相机拍下的碑文，从中不难看出他确实"遁入空门"，其原因或者说主要原因也交代得比较清楚，"缘何落在帝皇家！"但著于康熙十九年的《续指目录·玉林琇传》却记载："玉林琇二次进京（时为顺治十七年，也就是董鄂妃死去的当年，其第一次到京为顺治十五年），闻其徒茚溪森为上剃发，即使众聚薪烧森。上闻，遂许蓄发，乃止。"茚溪森为顺治削发，史上已无争论，其师父玉林琇来京命人取来干柴，欲烧死茚溪森也不容怀疑，但是谁让玉林琇进京的呢？据传是孝庄太后请他来做工作的。如此一说成立，顺治终未达成心愿做成和尚。其实，顺治做没做成和尚已不太重要，因为董鄂妃死后几个月，他在顺治十八年也画上了人生的句号。

让人感到费解的是，在《清宫演义》《清宫十三朝》等后世小说中，均将董鄂妃说成秦淮名妓董小宛，使"情痴"不爱江山爱美人的故事又涂抹上扑朔迷离的色彩。故事的简要情节是：清军统帅洪承畴本是好色之徒，早闻"秦淮八艳"之名，尤其钦慕董小宛。他在攻占江南时，生获董小宛，遂藏入府中，企图霸占，然董小宛誓死不从。洪承畴无计可施，不得已于顺治二年（公元1645年），将董小宛献入皇宫，遂成为顺治的宠妃。私下认为，小说可以虚构，但对历史人物采取亦真亦假的造作是不可取的，不说对不起顺治爷和董小宛，也对不起后人，让后人误读历史，是最大的伤害。

"情痴"也好，"行痴"也罢，顺治虽不算圣君，但他心地善良，不阴险狠毒，不好大喜功，我还是敬重他的。

随心所欲与从心所欲

从字面上理解,"随"和"从"没有什么本质上的区别,附上相同的后缀后,"随心所欲"和"从心所欲"是不是也没有什么差别呢?《现代汉语词典》给出了肯定的解释答案,但令人费解的是,为什么在现实生活中人们对这两个意义几乎完全一样的词语有着不同的取舍情节呢?

"从心所欲"出自《论语》,意指人生活的最高境界,即跟随自己心灵的欲望和所指引的方向,但又不超越社会的规矩法度,达到一种很高的生活境界。古人认为,要达到这一境界至少是在"耳顺"之年之后才可能实现。因为只有"耳顺"了才能倾听他人的意见,才能倾听自己内心的声音。这个时候,人在"外化"——个人与社会相处融洽——的同时"内不化"——内心里已经形成了自己做人的准则。现代社会是人流、物流、信息流纵横满溢的河流社会,也可以说是一个各色俱全的大染缸,形形色色的人和沸沸扬扬的事,使得整个社会处于一个没有独立空间的开水锅里。作为个体的人要想独善其身,丝毫不受外界之影响,较之古人要难得多,要想生存就得先"外化"好自己,就得学会适应外部复杂的环境,这个时候"内化"自己达到"内不化"的境界就显得更困难了。

以讲《论语》之心得而闻名的学者于丹对此有一个生动的比如:把生鸡蛋、胡萝卜和茶叶分别投放到开水锅里,结果是柔软鲜嫩的生鸡蛋变成了硬邦邦的固体,有形有状的胡萝卜变成了一团泥,唯有茶叶在开水锅里舒展开了,恢复原有的姿态,展现出丰美、滋润的面目。在于丹看来,只有茶叶具备了既能"外化"又能"内不化"的品质。按照"茶叶"的标准,扪心自问,这世上又有几人能称得上从心所欲呢?

但意思相同的"随心所欲"就没有这般高尚了,我也不知道为什么,大凡这话从某人嘴中说出的时候,多有鄙夷之味,或是长辈教训晚辈时的"警告"语——凡事不可随心所欲。对此我曾经请教过不少人,但都没有给出令我信服的解答。"随"和"从"本意相通,为何一嫁接就有如此大的反差呢?唯一能解释得了的是,"心"之差别也。"从心所欲"中的"心"是净化了的原生态,而"随心所欲"中的"心"是已经在"外化"时被污染了的东西。

《菜根谭》有言:风来疏竹,风过而竹不留声;雁渡寒潭,雁去而潭不留影。道理确实不错,但做起来却不那么容易,一来人都有七情六欲,非竹、潭所能比拟的;二来随着"文明"程度的提升,身处当下核辐射般防不胜防的"外化"环境,非有钢铁意志之士想达到"内不化"的境地是非常非常难的。

"欲"生来就有,"反欲"——挣脱束缚也是人的本能,或者说从胎儿挣脱出母体子宫的那一刻起,人就开始了与束缚斗争的过程,直道临死前的那一刻。俞敏洪说:每个人都渴望生命能够像海水一样没有障碍地奔腾流动,和蓝天相接;每个人都渴望像风一样从天空自由自在地飘过,除了带走白云,没有一丝牵挂。没有人希望自己的生命受到束缚,就像没有任何动物愿意被关在笼子里一样。俞敏洪在承认与束缚抗争是人的本能的同时,还开出一方——摆脱心灵的束缚是通往幸福的路径,并以世人皆知的贝多芬、霍金、司马迁等历经磨难而大成者为佐证,外加一个无听力唇读学生左力的故事,确实很"励志"。对于这一药方,我承认理论上是应该有效的,而且对那些意志特别坚定的极少数人确实有效,但实际上呢?对大多数人而言呢?"从心"也罢,"随心"也罢,来自方方面面的束缚不会因为你的渴望或摆脱而做出丝毫的让步。传统的道德规范要遵守,现代文明的约束在不断增加,随处可见的摄像头已经把人的隐私空间逼缩到了几十平方米的室内,连晒在阳台上的内裤都能在网格化管理的区间图上一目了然;精神上的荒芜与物质上的丰富同步发展,身心分离、对抗成为现代文明人的通病。别的不说,但就人生而平等这一基本诉求来说吧,人类"文明"发展了几千年实现了吗?我只能很遗憾地告诉你,非但没有实现,反而离这一目标越来越远。仅就贫富差距的日益扩大就给这个目标的实现设置了重重障碍,还有,生而平等的问题其实不仅仅是一个社会地位问题,更是一个精神自由问题。平等诉求的实质是民主,是摆脱思想束缚获得精神上的平等。

平等问题实际上还内含一个"公正"的要素,公正是什么?亚里士多德说:公正不是德性的一个部分,而是整个德性;相反,不公正也不是邪恶的一个部分，而是整个邪恶。如果平等、公正、民主的基本诉求得不到保障，无论是"从心所欲"还是"随心所欲"都是扯淡。

它仍没有远离

——读《盛世危言》有感

这是一部惊世之作，这是一部绝世雄文。"忧国爱民之心溢于言表，富国强民之志著于笔端。"它的影响力不是我等凡夫俗子所能言之一二，孙中山、毛泽东等丰功伟绩之伟人早已用行动和实践证明了它的发聋振膜和催人猛省之价值。

《盛世危言》原名《救时揭要》，后增订改名《易言》刊行，到1893年再经增补修订，定名为《盛世危言》。这部政论书籍是近代早期政治思想家郑观应的代表著作。郑生于1842年，籍贯为广东香山，1858年他放弃了当时一般知识分子热衷的科举考试，到上海学习商务。在此后20多年，他先后在英商宝顺洋行、太古轮船任买办，同时与近代著名洋务派人物李鸿章、左宗棠、张之洞等结为挚友，并一同办过"洋务"，是一位熟悉中外商贸的大官商。郑自称《盛世危言》是"涉足孔孟之道，究以欧美西学"之作。最早读这书时是20世纪80年代末，当时我在读大学，因涉世尚浅，感叹多于思考，更因"危言"已离当今"盛世"很远，并未入心入脑，然近寻得重读，一种强烈的冲击使我惊起拍案，不得不久久地伏案沉思，今之"盛世"若置于"危言"之中，仍是那么贴切，有的放矢。

"西人谓我中国人才通病：京官曰畏葸、曰琐屑，外官曰敷衍、曰颟顸。"畏葸就是同官互相推诿，遇到怨言推给别人，一有事情动辄向上级汇报，自己不肯承担责任；琐屑就是犄角蝇头小利，一点小事也不放过，自己觉得精明过人而不顾大局；敷衍就是蒙头盖面，只计较眼前的剜肉补疮，贪图小便宜；颟顸就是徒有外表，没有真才实学，用空话搪塞，不办实事。我在行政岗位上工作多年，对上述种种病态不做表态，各位不妨对照，"通病"是否尚存？

"夫设官所以安百姓，而非所以危百姓；所以利地方，而非所以害地方。今乃特设一法，必使易地服官，而利害安危仍不免参半，且变本加厉，则安在其为善法也。法之善者，必使有安无危，有利无害，众心共惬，人地相宜，可大可久不可废者，其惟公举之一法乎？"这段"危言"指出"易地做官"之弊，认为这是形而上的举措，解决不了根本问题。一种好的方法，"一定要使它只有安全而没有危险，只有好处而没有害处，大家心里都感到满意，对当地和当地人民都有好处，可以推广可以长久而不可变废，大概只有公举一种方法了"。然，现如今，官者像走马灯似的，报载某市七年换了八位市长，如此"流水的官"岂能有利于民？公推公举虽写进了相关文件，但其结果"统计"和"发布"多是"私定"的，或事先就安排好的。如此有其名无其实，和穷人过年贴门对子又有什么两样呢？

"中国不能自强，由于人心无耻，人心无耻，由于士大夫不明'行己有耻'及原宽问耻之旨。凡不能进贤退佞，安内攘外，而徒以小廉曲谨，安常习故者，皆耻之。"按照现行的提法，为政者不能"富一方百姓，保一方平安"，不以"发展为第一要务"，只以小的廉洁和谨慎，安于现状，习惯于以前的做法，都是可耻的。笔者曾看过这样一幅漫画：两个贫困县同时调整领导班子，甲县领导甩开膀子，大刀阔斧，三年丢了贫困县的帽子，五年即跻身全省经济二十强；乙县领导谨小慎微，按部就班，贫困县的帽子越带越紧，越捂越热，五年后的经济总量和财政收入仅为甲县的十分之一。然甲县主要领导因违法用地被就地免职，乙县主要领导调任甲县，百姓打出横幅标语：宁要一个罪犯，不要一个笨蛋。百姓之言有悖于法理，然碌碌无为者岂能重用？！

"古之时，谤有木，谏有鼓，善有旗，太史采风，行人问俗，所以求通民隐，达民情者，如是其亟亟也。"古时候，指责别人过失有木棍，规劝君王要击鼓，爱惜时日要表彰。太史采集民间风尚，行人问及农村习俗，这是通民法的方法，已屡被使用，然现在呢？检举他人，往往石沉大海，更有甚者检举人被被检举人殴打或投入大牢，或送进精神病院。诸位可以从报端求证，还有许多未见诸报端的呢？

一场简单明了的官司，少则半年，多则几年，是时间愈长愈显得公平吗？冤假错案恰恰是"久拖不判、逼其就范"的结果，司法公正和效率不是一对无法调和的矛盾,司法腐败和司法不独立才是真正的顽疾之所在。

再看现如今的调研,频繁出现在各种媒体上,体察民情,深入基层,了解民意是为政之道,理应多多益善。然今之调研者是如何"深入""了解""体察"的呢?警车开道,警察三步一岗五步一哨,车队浩浩荡荡,被调研的对象"精挑细选""培训速成",一问一答的电视画面在此前已编排多次,精心导演的话剧、官样文章和大幅照片跃然纸上,头版头条。如此,是"权为民所用,利为民所谋,情为民所系"乎?!

《盛世危言》曾在戊戌变法之前,由总理衙门印刷 2000 部分发众文武大臣阅读,其影响"滕插朝野,震惊中外"。笔者算为《盛世序言》做广告,谏今之盛世一言,将"危言"做"良药",免费施于众官服之,如何?

未来的另一种解读

"从长远看我们都已死去。"这是经济学家凯恩斯的一句名言,最早出现在 1923 年他的一本叫作《货币改革论》的专著里。因为在读 MBA 时学过这本书,老师在讲解时又反复阐释,故对其原话还是有非常深刻的印象的,他的原话是这样说的:从长远看,这种关系也许是正确的,但是长远是对当前事务错误的指导。从长远看,我们都已经死了。他所说的"这种关系"是什么呢?是包括货币增发在内的政府宏观调控措施。他在这句后来被人当作有争议的"名言"后,又说了这样一段话:如果在暴风雨季,经济学家们只能在暴风雨已经过去、大海恢复平静时才能告诉我们会有暴风雨,他们给自己定的任务也太简单、太没用了。他这是在批评经济学理论中一直占统治地位的所谓主流模型:长期模型不仅回避了困难、有趣的问题,而且很大程度上也毫无用处,因为它们不能指导政策制定者如何度过"暴风雨季"。

很显然,这无疑是一条有价值的至少是善意的批评,但是,不仅仅它的价值被曲解或忽略了,而且其善意也遭到了抨击。

据说,地震研究耗费不薄,研究成果都延伸到了 50 年后 100 年后了。但就地震的预报而言，国家权威机构给出的答案是，震前的准确预报还做不到，不仅中国如此，就是美欧等发达国家也是如此。既然如此，研究它的实际意义又在哪里呢？这是我不着边际的一点联想，与凯恩斯论述经济学的初衷有些离谱，但就其在经济学中的"警示"作用居然被反对者们"批驳"得血肉模糊。有人说，凯恩斯如此不关注未来是因为他本人没有小孩（这让我又产生了一个不着边际的联想，有人说王岐山之所以铁腕反腐是因为他没有小孩而无后顾之忧）；有人说，凯恩斯是个同性恋患者，性取向决定着他对未来失去信心。连大经济学家约瑟夫·熊彼特也说："没有孩子，他的人生哲学本质上是一种短期哲学。"

  百鸟在林不如一鸟在手。我不反对中长期的研究，但眼前的研究都还没弄明白，凭什么？去研究更长远的未来？相比较而言，近期的研究更有现实价值，所以无论是站在经济学的角度还是站在社会学的高度，我都是"死去论"的拥护者。至于那些以凯恩斯"没有小孩"说事的人，我想借用心理学的一个名词——境由心生，来送给他们。心中有佛的人石头也是佛，心中无佛的人真佛站在面前他也浑然不知，觉得那是屎。从长远看，我们都已死去，为什么偏偏只能做消极悲观的解读呢？它完全有种经济的解读方式：因为从长远看我们都已死去，所以在活着的时候应该多做些好事，多做些对今后负责任的实事，而非夸夸其谈的空事虚事；因为从长远看我们都已死去，所以在活着的时候应该学会淡泊名利，学会相互尊重，学会以诚相待，而不要争名夺利，弱肉强食；因为从长远看我们都已死去，在活着的时候应该学会与自然和谐地相处，不要把子孙的饭都吃了，让未来真的变成了"未来"——没有机会到来。

"一"说

每天翻阅一两页《现代汉语词典》，是我坚持了两年多的功课。昨天读到"一"的词条时，我傻眼了，满满的8页多纸，足足400余个词条，这是我此前未曾料到的。逐条读下去，所有的词条都不难理解，但若想厘清其中的关系一时还真的无从下手，于是花费了整整一天的时间，和"一"做了交流，整理出"一得之愚"，且听"一"说：

我是笔画最少的汉字，即使目不识丁的人，也能认识我。横着写，我端端平平；竖着写，我也笔笔直直。

我是所有数字中最小的正整数，因为最小，所以很多人对我不重视，"一笔带过"。其实，我有时也很大，比如说，相对于"一分""一秒""一刹那"，我还有"一生""一世""一辈子"；相对于"一丝""一毫""一点点"，我还可以"一切""一概""一宇宙"。当然，小有小的好处，大有大的妙处，故古人善待我曰：勿以恶小而为之，勿以善小而不为。一花一世界，一树一菩提，一滴水见海洋，不要小视我哟！

真可谓"人上一百，五颜六色"，就拿对我的态度来说吧，一些人对我敬若神明，"一把手""一呼百应""一言九鼎""一人之下，万人之上"，够威风吧？但那可不是"一蹴而就"的事；一些人对我求之若渴，"一本万利"，"一步到位""一帆风顺"，够神奇吧？但那也只是"一厢情愿"的臭美；一些人希望我为他装点门面，"一本正经""一见钟情""一语破的"，够智慧吧？但那可不是"一锤定音"的差事。

"一就是一，二就是二"，这是我的原则，你可别想忽悠我，弄不好我会把你"一笔勾销""一棍子打死"，让你"一败涂地""一无是处"。当然，世上没有"一成不变"的事，也没有"一劳永逸"的好事，你可以"一唱一和"，甚至于"一唱百和"，但你若没有"一技之长"，要想成事恐怕不容易。"一差二错""一筹莫展""一落千丈""一波未平一波又起""一波三折"的事多着呢！

该如何面对呢？我是这样认为的：

面对困难，你可以"一言不发"，可以"一蹶不振"，可以"一笑了之"，可以"一退六二五"，但我奉劝你，最好还是"一步一个脚印""一丝不苟"地对待，既要有"一不做二不休""一鼓作气""一往无前"的勇气，也要明白"一木难支""一个好汉三个帮"的道理，在合作中求得共赢。

对待朋友，你最好"一诺千金"，不要"一日三变"；对待身边的事，你最好"一叶知秋"，不要"一叶障目"；对待身边的人，你最好"一腔热血""一片冰心"，不要"一来二去""一手遮天"；对待名利，你可以"一文不名""一无所有"，但不可"一人得道鸡犬升天"；对待情感，你可以"一见钟情"，但必须"一心一意""一心一德"；对待工作，你可以"一马当先"，但不可"一曝十寒"……

人活一世，讲究的是气节，只要"一息尚存"就得"一日三思""一隅三反"，慎交，慎独，慎思，万不可以"一念之差""一意孤行"。"一家之言"虽好，"一孔之见"亦真；"一日三秋"虽好，"一日之雅"常在；"一呼百应"虽好，"一字千金"难求。"一个萝卜一个坑"，正确对待岗位和职责；"一个巴掌拍不响"，辩证看待矛盾和纠纷；"一朝天子一朝臣"，客观看待名和利；"一锤子买卖"做不得；"一掷千金"要不得；"一个鼻孔出气"使不得……诸位多掂量，绝不可"一错再错""一误再误""一憾再憾"哪！

医者与健康的关系

——读罗贝托作品有感

读过智利作家罗贝托·波拉尼奥的《地球上最后的夜晚》，也知道2003年的时候他死了，没想到在他死后还能读到他的一些短篇小说。需要说明的是，不是翻译带来的"时差"让我迟读了他的作品，也不是说这些作品是他人模仿的赝品。作品确确实实是罗贝托本人写的，只不过是他死后，由别人（他的代理人、财产继承人、他的夫人和儿女）从电脑里或者抽屉里整理出来的作品。这种情况国内也有过，百岁老人杨绛就曾耗时多年为丈夫钱钟书整理未曾面世的手稿。

  值得注意的是，据中文翻译者赵德明先生研究说，这些所谓的短篇，有许多曾经在他的长篇中出现过，而且从那些未经雕琢的文字看，那些短篇应该是作者为写长篇而积累的素材。这也不奇怪，因为一部好的作品，尤其是长篇巨著，耗时几载甚至几十载，不积累素材想一气呵成是很难的。这点容易被人接受。令人难以接受的是，既然长篇都用了这些素材，还有必要把这些用过了的素材当作短篇再次面世吗？赵德明先生给出的理由我非常赞同：研究这些短篇的文学价值就在于"波拉尼奥的一路走来"。这不仅能看出作者本人的创作历程，而且对后来者也有学习借鉴的价值。

  很遗憾的是，除了《地球上最后的夜晚》外，他的别的长篇，如《荒野侦探》《2666》等我都没有读过。据赵德明先生说，罗贝托是典型的悲观主义者，他的作品都充满悲观情怀。这点我从《地球上最后的夜晚》也能感受到。他觉得人类因为人的存在而变得邪恶——有权的就贪，没钱的就急，有点小钱没有大钱的就混。他还认为，不管什么人都是受到利益驱动的，大有大的邪恶，小有小的邪恶。因为他总是朝人性骨子里扎针，所以许多人看他不顺眼，指责他把所有的阴暗面都想曝光，但又不告诉你希望在哪儿，是一个不合格的心理有毛病的"医生"。对于这样的指责，我认为对于一个作家而言太苛刻了，如果作家都能既提出问题又能解决问题，还要政治家、经济学家、社会学家干什么？一个合乎情理的解释是，这些指责他的人，多是因为揭了痛处而感到难受，骂两句试图遮挡住什么，就算作者告诉了他"希望"在哪里，他会积极配合治疗吗？吸烟有害健康，提示足够明确了吧，但为什么还有那么多烟民存在呢？能怪人家提示不明确吗？

  医者治病，为了患者重回健康，但健康压根儿是自己的事，医者医德再高医术再精湛，也只能是治病，而不能保证你永远健康。

由慈善的书画想到的

一提起慈禧太后，很多人都会咬牙切齿，她喜弄权术，热衷政治，垂帘听政，祸国殃民，这些都不是我等凡夫俗子所能言语的。据一些野史介绍，慈禧除了妇孺皆知的恶的一面外，她还是颇具才情的才女。她自小就对文学、书画和历史表现出非常大的兴趣，而且琴棋书画样样精通。我不是史学家，读到这些野史，通常是采取不可全信也不可不信的态度，正史里也有慈禧爱以"自己所作的书画"赏赐群臣、以示恩宠、笼络人心的记载。

据说南京故宫博物院里还有慈禧亲书的《般若波罗密多心经》，安庆的迎江寺也留有慈禧的墨宝。我等没练过书法，看不出书法的内骨，私下里觉得慈禧的字一定不丑，至少从外形上看有些模样，不然，慈禧这等人尖子会自取其丑吗？

近读《历史歧化之谜大破译》，才知慈禧的"聪慧过人"之处，也才知现如今她的衣钵传人会如此之众的内因。慈禧的书法和绘画皆属于初学者的水平，其书法结构呆泄松散，笔力孱弱稚嫩，毫无生气，而她的绘画能力还没有达到独立成画之水平。为达到借才情笼络人心、玩权术之目的，慈禧养了一位高级别的"枪手"——缪嘉蕙，慈禧的绘画大多出自她之手。慈禧对她优礼有加，赏她三品服色，月俸二百金，还免跪礼。此人入宫后，因惯于官场世故，又加上她会做人——对上唯喏，对下和气，宫廷上下对她一片赞美，尊她为"女画师""先生"。

除了"缪先生"外，慈禧还请了另一位宫廷画家屈兆麟专为其画松、鹤，显其雅致。这些画虽不是慈禧之作但盖上慈禧的印章，就成了慈禧包装自己的门面了。

不仅慈禧如此，乾隆皇帝游览天下所作的诗作，据考证也多为"枪手"所为，概因其史上有"康乾盛世"之美誉，以白掩丑，世人反把它作为笑谈了。一骂一笑，天壤之别。

现如今,"枪手"林立,铺天盖地,考场官场无孔不入。按市场经济理论,能成市者必有其场,能成场者必有其市,有需求就有供给。一些官员明明是中专学历,但随着官职的升迁,学历也跟着升迁起来,本科只属"小儿科",研究生、双硕士也不足为奇。只要他们开口,就是弄个十个八个硕士也不成问题,甚至连"需求者"都不用对"制造者""优礼有加",自有中间人全程包办。

官样文章,多是秘书或写作班子呕心沥血之作。现在网络发达,秘书们也不必原创,搜集一些资料,重新组合就成。稍微聪明一些的秘书,会根据领导的语气风格转换一下,当然排比句是不能少的,引经据典也是需要的,领导日理万机,这些文章本是秘书分内之事,至于见报冠名是谁,领稿费、版税的是谁,亦无说三道四之必要了,至少这些报告或演讲稿要领导一个字一个字地读出来,而且要一字一顿,抑扬顿挫,有时一站就几个小时,唇干舌燥,全当作辛苦费吧。

为体现领导之水准,仅靠这些官样文章已无独到彰显之处,于是一些领导百忙之中常有专著问世,有些确是货真价实的干货,如李瑞环的《学哲学用哲学》等,但是"水货"的居多。这些"枪手"相比较那些文凭"枪手们"是幸运的,因为领导至少知道他是谁,如果反响好,领导升迁了,"枪手们"还不像"缪先生"一样升官晋级吗?

但愿这些需要体现才华和学识的官员们,人人能成为"乾隆",千万不要做"慈禧",否则,历史迟早会送你一顶欺世盗名的"绿帽子"。

语言艺术化了的悲哀

语言具有艺术性,语言需要艺术。艺术的语言充满张力、智慧和幽默感。如语言艺术大师马克·吐温,张口闭口都能让人捧腹。人家问他,雨什么时候停?他说,是雨都会停;人家问他,投送的报纸里有一只蜘蛛,是凶兆还是吉兆?他说,它是看哪一家企业没有在报上做广告,准备到哪家门前结网,过安稳日子。

还有刘墉这张嘴也很了不起。乾隆问他全国一年生多少人,死多少人?他说,生一人,死十二人。乾隆一时被弄得困惑不解。他解释说,国家再大,一年内生的也只有一个属相,死的是十二种属相。

语言幽默、语言模糊都是智慧。小到日常百姓的对话,大到外交辞令,生动的语言总是让人印象深刻。但任何一件事情都有一个度,超过了这个度,就会变质变味了。小事会让你哭笑不得,大事会让你心情沉重,甚至悲伤不已。

如今的语言,不仅仅是艺术了,而且被普遍艺术化了。先生几十年前就曾"谆谆教导"我们说话的"艺术"。他在一篇文章里写道:一户人家生了个男孩,全家人高兴坏了。孩子满月时,抱出来给客人们看,有的说这孩子将来要发财的,说的人得到一番感谢;有的说这孩子将来要做官的,说的人得到几句恭维;倘若有人说"这孩子将来要死的",说的人一定会被痛打一顿。说会死,是必然的,是真话实话,但要挨打;说升官发财的,未必是真话实话,但得到奖赏。

真话要说得适宜,说得有些艺术。但艺术化了呢?分不清是真是假,抑或"没穿衣服"的也在"衣服多漂亮"的欢呼声中"昂首挺胸"。倘若是黎民百姓,如此把语言"艺术化"倒也无关紧要,但若是手握大权的政府官员呢?明明工作做得群众不满意,艺术化成"有待进一步提高";明明是贫富差距越拉越大,艺术化成"同比增长上低收入人群高出高收入人群三个点";明明是房价飞涨却艺术化成"增长幅度环比下降";明明是杂草丛生亦艺术化成"退耕还林";明明是被活活打死也艺术化成"死因待查";明明是假冒伪劣泛滥却艺术化为"维权结案率上升了五个点";明明是刑事案件居高不下居然艺术化成"破案率再创新高"……

官方语言的艺术化,使"实事求是"要么堂而皇之地摆放在文件之首,要么置于抑扬顿挫的报告之尾,至于中间是什么,外行人看不明白,内行人看明白了不敢说。如此下去,离"亩产万斤粮"的日子还会远吗?

缘之缘

据说，汉字中的"缘"是其他语言无法准确翻译的。"缘"的本意是指衣服的边，也包含着某个东西的边缘的意思。《现代汉语词典》中关于"缘"的词条有六个解释，其中作为"因为""为了""沿着"和"边"的解释不难理解，但剩下的两种解释"缘故"和"缘分"，准确地说是不能独立存在的。特别是人们常说的"缘分"，词典是这样解释的：泛指人与人或人与事物之间发生联系的可能性。"缘"和"分"常常是独立存在的，此所谓"有缘无分"。那何为真正意义上的"缘"呢？我是没办法说得清楚的。据研究，自佛教"缘起"思想进入中国后，这个"缘"的含义就变得异常丰富，"缘"成为中国文化非常重要的一项内容。有人说，生命本身就是缘，成长的过程就是一个化缘、结缘的过程。

汪曾祺先生生前讲过一个故事：他从呼和浩特出发，仅仅背负着一条生羊腿，游历草原一个多月，至返回呼市时，身上还有一条更大更新鲜的羊腿。我开始的看法是，先生是知名作家，一路上有朋友招待，他的故事只是个个案。后来从有关书籍里了解到，在内蒙古大草原上，这是一个人人通行的风俗习惯：有事出远门的人只须背负一条生羊腿，便可以不必为食宿担忧，投宿时将羊腿献上，主人会热情招待；次日上路前，主人会主动交给一条新鲜的羊腿，让其上路。这条羊腿成了"结缘"的符号，传递着真情和温暖。

后来读先生的《生命是一种缘》，知道另一个故事：在新疆的南疆沙漠地区，这里的人们在瓜果收获的季节，不是把吃剩的西瓜皮扔掉，而是小心翼翼地浅埋在地上，而且会把含有水分的残瓢朝下，延缓水分的蒸发。他们这样做的目的只有一个：让那些在沙漠中处于饥渴状态的人们能用得上。这种"与人方便"的"永不相识"的结缘方式让人感到震撼。

我无法解释清楚"缘"，但我想"缘之缘"一定是爱的化身，你觉得呢？

茶 说

自失去自由后，茶就离我远了。在看守所的一年多，不曾喝过一次茶，后来投改了，虽偶尔有朋友送来一两盒茶叶，多数被退了回去，即便能收到，泡过几次就再无兴趣了。暖瓶里的水很少是开水，泡了半天，叶子都沉不下去，味道自然怪怪的。

对茶，我接触得不算晚。小时候虽然家穷，很少见过碧绿的茶叶，也从未用杯子泡过茶，但饮茶的历史可追溯到断奶前，那时家家户户从水瓶中倒出的都是深红色的茶水或饮汤，不会是白水。村子唯一的吃水塘，是人畜公用的，大人的衣物小孩的屎尿布都在这儿洗，系在池塘四周杨树上牛的粪便也流进这里，虽然每家每户都是清晨取水，但烧烧开了饮用，实在难喝。为了改口味，家家户户都习惯用水瓶泡茶。抓一把碎如米粉的茶叶末，放进水瓶里，再冲进烧开的水，渴了就从水瓶里倒出来，哪怕是吃药也是用这深红色的茶水饮服。因为茶叶末价格便宜，需求量又大，大队门市部里常常断货，有时为了能买上茶叶末，不得不步行二三十里路，到其他门市部购买，十个鸡蛋能换回一大袋茶叶末。

这是我最初接触到的茶。上中学的时候，偶尔看见老师的杯中有整片的茶叶，甚是养眼，才知道这世上还有这等美妙的茶。读《红楼梦》看到妙玉用雪水、露水泡茶时，我已上高中了，因为不懂，私下里认为那是小说虚构的情节，不是真实的事。等我大学毕业有了正儿八经的工作后，我渐渐地懂了，茶不仅有好坏之分，而且还有很深的文化内涵。茶文化和酒文化一样，历史源远流长。"从来佳茗似佳人"，佳茗和佳人可比拟，不是小事，因此生出了一种情怀。这对于追求时尚的年轻人来说，是自然不过的事。但那时毕竟收入有限，购买顶级的香茗不敢奢望，但喝上碧绿有形有状的茶叶已渐成习惯。特别是夜间，手捧一书，置杯清茶于案前，原本卷曲的叶儿渐次舒展，在透明的杯中，尽显娇媚姿态。轻飘如浮萍，沉静如尾鱼，悬时似云絮，浅酌细品，脉脉清香沁人心脾，醇香在舌间缠绕，韵味无穷。茶香一味里，看一片片舒卷舒缓，轻盈地漂浮开去，芬芳之外，肺腑间的烦恼纷扰化作袅袅的月明风清，甚是享受。

后来因为工作关系，与茶商有过多次接触，对茶的了解渐深。属地有家号称"江南第一茶市"的峨桥茶叶市场，每年都要举办春秋两次"茶博会"，南来北往的茶商竞相推销各地香茗的同时也在传播着各自的茶文化。为减少和他们交流的障碍，私下里读了几本有关茶叶的专著，算是"学以致用"吧。

茶叶采于茶树，我国西南地区是茶树的原产地，后推广开来。据不完全统计，全国有19个省市出产茶叶，以浙江产茶最多。若追溯历史，早在西周初期，茶叶就出现在人们的生活中，到了晋唐时茶叶就已成为当时人们普遍饮用的饮品。唐代陆羽写了世界上第一部有关茶叶的专著《茶经》，全书7000余字，对促进我国茶叶的生产发展、饮茶风气的流行和茶文化向国外传播起了很大作用。在唐代以前，茶叶的利用、饮用，开始时生煮羹饮或晒干收藏，后多捣叶做成饼茶，或是蒸叶捣碎制成团茶。陆羽《茶经·六之饮》中称："饮有觕茶、散茶、末茶、饼茶者……"可见当时已出现四种茶叶。按现代的制作工艺分类，这四种茶都属于蒸青绿茶。自宋代开始，除保留传统的蒸青团茶外，已有相当数量的蒸青散茶。《宋史·食货志》记载："茶有两类，曰片茶，曰散茶。"到了元代，团茶逐渐淘汰，散茶得到较快发展。到了明代，出现了炒青绿茶、红茶、黄茶、黑茶和白茶。到了清代，乌龙茶出现了，六大茶类齐全。到今天，六大基本茶类都有各自的"名茶"代表，如白茶中的白豪银针、白牡丹等；黄茶中的蒙顶黄芽、温州黄汤、霍山黄大茶等；黑茶中的普洱茶、六堡茶、南路边茶和西路边茶等；红茶中的滇红、祁红、川红、闽红等；乌龙茶中的铁观音、大红袍黄金桂等。绿茶的分类更细，蒸青、晒青、炒青、烘青，炒青又分眉茶、珠茶、细嫩绿茶，烘青分普通烘青和细嫩烘青，如碧螺春、龙井就属于细嫩绿茶；黄山毛峰、太平猴魁就属于细嫩烘青。除六大基本茶外，现在又出现了各类再加工茶产品，如萃取茶、果味茶、保健茶等。

在各种植物饮料以及名目繁多的碳酸饮料、酒精饮料中，唯有"茶"有形有样有筋有骨有气质，从始至终保持着自身的尊严，在热水倾注的刹那，它们全身而起，翻滚着，跳跃着，纠缠着，一股炽热的情怀勃然而起，在清绿、琥珀、橙黄、红艳的茶汤中，散发出或馥郁清香，或天然果味，或浓醇甜美的芬芳，如群笋耸立，如雪花飘落，从容优雅……

茶文化的体现除了制作工艺外，冲泡也是其重要内容。茶具的选择、水温的控制、注水的技巧等等，各类茶的冲泡区别很大。如乌龙茶要用沸水，还要有专门的茶具，广东福建人喜爱用"烹茶四宝"——潮汕风炉、玉书碨、孟臣罐、若深瓯。绿茶冲泡的水温不宜过高，一般在80℃左右，常采用"凤凰三点头"的手法，让注入的热水冲动茶叶，使之上下浮动，利于茶汁泡出。

唐人刘贞亮说："以茶散郁香，以茶驱睡气。以茶养生气，以茶驱病气。以茶利礼仁，以茶表敬意。以茶尝滋味，以茶养身体。以茶可行道，以茶可雅志。"这个被誉为"东方仙草"的神奇植物，既是物质的也是精神的，它渗透到我们日常生活之中。"茶山之英，含土之精，饮其德者，心恬神宁"，当得此说。

茶从远古走来，它的甘甜苦涩，多元的文化品评，穿过历史时空，一直滋润我们的心田，扶善我们的情感，这是一种境界和一种生活态度，从中可以感受到先贤的生活姿态、信念和处世的准则，在沉静内敛中保持自己的独立、尊严和随和自在的生活方式。博大精深的茶文化是优秀传统文化的一部分，同时也有着与时俱进的物质、文化品性，随着时代的变化而有更多更广的内容，且无尽头。

"宁倒白水十担，不费清茶一杯"，这是升斗小民对茶的物质尊重。喝茶是快乐的体验，那滋味里，自有一份宁静与和谐、平淡与从容、闲适与慰藉、清雅与温馨。

离茶日久，忽地想写茶，是否印证距离产生美之说，恐不完全是。时光如斧，当时明月，陌上花开，似隔世之久远。是为《茶说》，不为昔日茶香之难忘，但求来日慢饮之静谧。

阅读经典心自芳

承认现在文化市场繁荣的同时，对应接不暇的文化产品常感到眼花缭乱的困惑，于是读书，读经典书籍便成了我工作之余最简单最理想的选择。

所谓经典书籍是在人类文明发展的漫长岁月中，先辈们在治理国家、修养品德、成就事业等方面，留下的闪烁着哲理和智慧的宝贵财富，这种财富不因为时间的推移而失去它可供后人借鉴的精神食粮。中国古代的经典名著公认的当是《红楼梦》《水浒传》《三国演义》和《西游记》等小说，其实除此之外还有许多经典著作，如《论语》《春秋》《四世同堂》《金粉世家》等，足够我们这些后人饱食一生。

经典耐读，也应常读，愈读愈有味道，这是经典的魅力所在。如几年前我读《三国演义》时，对人物的解读和现在再次重读，感受就不尽一样。例如，曹操与文武大臣商议南征时，徐庶对夏侯淳说："今刘备有诸葛亮相辅，如虎添翼。大都督，怎可轻敌。"曹操此时还不知诸葛亮是何许人也。面对曹操的疑问，徐庶说亮有通晓天文地理之才，出神入化之计。曹操问徐庶："孔明的才能与你相比，怎样？"徐庶是这样回答的："我与他比，好似拿萤火比月亮。"以前读到这段文字时，对诸葛亮的才智顿生仰慕，没有更多的思考。再次重读时，徐庶高贵谦逊的品德让我沉思良久。面对自己的"老板"，不吹嘘自己，反而把自己比作"萤火"，把别人推崇为月亮，这是何等虚怀若谷！仅这一点就使当下许多人汗颜。

经典有疗治之功能，丰富知识，净化灵魂，开拓视野和思路。手头有一套《经典天天读》丛书，每每读之，心灵在震撼的同时也得到洗礼。畅游其中，感悟深邃和高远。从治国安邦到诗词文赋无所不及，谈论哲理，如话家常；抨击时弊，妙语连珠；启迪人生，真知灼见；刻画人物，活灵活现；风土人情，亲切有趣……可谓"事事有实际，言言有妙境，物物有至理，人人有处法"。如读到东汉时期张衡的《应闲》时，对文中"人生不勤，不索何获"之句就感慨万分。人生是一个不断战胜自我的过程,这个过程是很难一帆风顺的,也没有捷径可走,只有不畏艰难,勤于思考,善于付出才能完成并从中获得快乐。

经典有光芒,如黑夜中的灯火,如穿越时空的良师益友与你晤面交流。它拒绝虚幻和浮躁,能使人不迷失方向,练就高远旷达的胸襟。顺境中阅读能给人降温,达到淡泊明志之境界;逆境中阅读能给人以力量,寻找自强不息之良方。

经典有清香,爱上经典,不仅能慰己,而且能慰人。"一枝淡贮书窗下,人与花心各自香",这些带着漉漉湿气的诗文和炽热动情的人物,会从书中走出,似花香入鼻,给人一种异样的温馨,陶醉在往事的浮想联翩中,为你托起一种美丽一番情思,让你体会到一种生命的愉悦和满足。"春风满林香""荷花送香气""软风翻袂送秋香"……在经典中感受先贤的风流雅趣,旷达心胸,会潜移默化地改变自己,处世中更懂得谦让,对他人更懂得宽容。所谓"腹有诗书气自华",这种香气的传播和感染与物质的消耗不同,它不会愈来愈少愈来愈淡,而会愈久愈浓愈久愈醇。

蜘蛛的梦

绿豆又要炸开了,干警安排我们几个勤杂事务犯再一次出去摘绿豆角。一个星期前摘过第一次,留下的都是青色的"嫩角",这么快就又"老"了?

确实"老"了,有些心急的已经"死翘翘"了。中途休息的时候,无意中发现一张硕大的蜘蛛网交织在两株枇杷树之间,无精打采的,似有若无。一同犯正准备伸手"扫荡",被另一个同犯制止:"不要动,那是它们的梦!"

"谁的梦?你看蜘蛛都不知跑到哪里去了,还梦想呢?""这肯定是半拉子工程,把梦遗落在半空中,自个儿逍遥自在或拈花惹草去,似这等'三天打鱼,两天晒网',能圆得了梦?"众人七嘴八舌地斗嘴着。"不,蜘蛛是在等待,等待就是它执着的梦圆。"那个制止"扫荡"的同犯认真地说。

正说着，一只苍蝇飞来撞在了网上。一番挣扎，网动得厉害，苍蝇也动得厉害。突然，一只蜘蛛从灌木丛中箭一般窜出，以迅雷不及掩耳之势，吐出一连串蛛丝把苍蝇团团包围了起来，然后又扯出一根丝绳把它吊在了半空。失去了支撑的苍蝇再也动弹不得，只能束手就擒，坐以待毙，成为蜘蛛的盘中餐，腹中食。辛勤的等待终于换来了美梦成真。

蜘蛛的等待，不是消极被动的等待，不是守株待兔，也不是临渊羡鱼，而是积极主动的等待，是退而结网，纲举目张，虚位以待。它打的是有准备之仗，是兵马未动粮草先行。万事俱备，它等待的仅仅是东风，所以飞蛾入网只是时间迟早的事。

蜘蛛的等待，不是妄想的等待，不是癞蛤蟆想吃天鹅肉，也不是人心不足蛇吞象，而是理智、理想的等待，是实事求是、因势利导，是栽下梧桐树招引凤凰来，所以捉住苍蝇不在意料之外，而在情理之中。

蜘蛛的等待，不是靠一时侥幸，也不是一蹴而就，更不是一曝十寒，而是执着的坚守，不懈的追求，是铁杵磨成针的坚韧不拔，是披荆斩棘的锐意进取，是十年磨一剑的无怨无悔。"有志者事竟成，破釜沉舟，百二秦关终属楚；苦心人天不负，卧薪尝胆，三千越甲可吞吴"。

蜘蛛的等待，不是蜻蜓点水的浅尝辄止，不是上天的施舍、命运的垂青，而是靠入木三分的过硬本领、精益求精的娴熟技能，是磨成金刚钻，才揽瓷器活儿，是箭在弦上的蓄势待发，是鸟在枝头的顺势而飞，所以捉几只飞蛾已是探囊取物，易如反掌，浑然天成。

"人罪"的拷问

读王十月的《人罪》，总感觉在这部不长的中篇里，几乎所有的人物都很"接地气"，唯男一号法官陈责我之妻杜梅是个例外。

《人罪》述说的故事并不复杂：一个叫陈责我的小贩因为遭遇城管的"不文明"执法，将另一名无辜的、倡导文明执法的城管队员误杀，案件偏偏落在同叫陈责我的主审法官之手,以此揭开了20年前的秘密——法官陈责我原名赵城,与小贩陈责我是同乡同一个学校同一届毕业生。赵城高考落榜后被担任校教务主任的舅舅采取"狸猫换太子"的方式,拿着陈责我的大学录取通知书上了大学,而陈责我因此改变了命运并最终沦为小贩。

围绕小贩陈责我的杀人事件及其如何判决,除社会上两种非常对立的声音外,作为知道当年"狸猫换太子"的当事人——法官陈责我和舅舅陈庚银在良知和名利的纠结中都有着非常"接地气"的表现。严格意义上说,法官陈责我是一个好法官,大学期间因为害怕身份暴露,不敢恋爱;大学毕业后通过自己的努力考取研究生;毕业后带着赎罪的情怀认真履行法官的职责。正是他身上潜伏着的品质让他与杜梅——一个报社的记者产生了共鸣,进而结为伉俪。在与杜梅生活的十多年中,法官陈责我不止一次地想把事实的真相告诉杜梅,但害怕失去爱情及仕途的心理还是占了上风。在小贩陈责我杀人事件发生后,法官陈责我无疑陷入纠结的泥潭。他电话请教已经退休了的、"桃李满天下"的舅舅,舅舅给出了"你现在的一切来之不易"和"杀人偿命,天经地义"的建议,让法官陈责我似乎找到了如何判决小贩陈责我的方案。舅舅陈庚银也不是丧失良知的知识分子,在挂了外甥的电话后,去了小贩陈责我的老家。在那里他意外地得知,自以为当年"神不知鬼不觉"的"狸猫换太子"竟在小贩陈责我的老家早被人传说。但是为了保全外甥的"来之不易"和"自己一对儿女的有头有面",他对事实的真相依然采取沉默的态度,但也做了一些诸如给小贩陈责我儿子上学予以资助的补偿的事。

作为此前对此事并不知晓的杜梅和小贩陈责我的代理律师韦工之,在发现其中的蹊跷后有着截然不同的表现——前者不太"接地气",后者太"接地气"。韦工之把掌握这一秘密当作接近法官陈责我的"敲门砖",并为后者设计出一套"回避"和"补偿""既利己又利人"的方案,迫使法官陈责我就犯,并为他们之间的"良好合作"奠定基础。而身为妻子的杜梅在知道这件事后,震惊之余无法接受这一事实,尽管作者也想给她"接地气",反反复复描述她的纠结:帮不帮丈夫渡过这一难关?公开不公开这段有可能改变小贩陈责我命运的往事?她选择了沉默,并对韦工之约见丈夫传递了信息,但最终她无法正视自己的良知,认为自己是丈夫和韦工之的"同谋",逃出了曾经温馨的家,逃出这个熟悉的城市。无处可逃的她去了小贩陈责我的老家,去了小贩陈责我妻子的水果摊,也去了死者吴用的家……但杜梅选择与丈夫离婚、向单位辞职的做法,让人感到疑惑,人世间还有这样的"天使"吗?

相比较上述四人的表现,小贩陈责我的表现更令人吃惊。当他从律师口中获悉主审他案件的是和他同县同校同一届的陈责我法官时,作为当事人的他比谁都清楚,这无疑是救自己一命的最后稻草。但他依然选择了沉默,只求速死。从人性的角度看,任何人都有求生的本能,小贩陈责我为什么不去抓这根救命的稻草呢?除了他善良的本性外,我想是绝望控制了他。当年能替换他上大学的人,自然是不一般的人,况且现在人家是手握生死大权的法官,弱小的他在强权面前已经不抱任何希望了。尽管小说中交代,他被判死刑受另一起类似案件的影响,但当一审判决下来,他连上诉的权利都放弃了,可见他的心早已死了。

这篇小说的结尾很有深意,当杜梅用手机拍了一张小贩陈责我坟头的照片发给法官陈责我时,法官陈责我正在与律师韦工之为一桩"合作成功"的重要案子而庆贺,待回到家看到"那张夕阳下长了荒草的土堆"时,用短信问:"这是什么?"杜梅回复的五个字——陈责我之墓,值得深思。小贩陈责我死了,我心目中的法官丈夫陈责我也死了,代表法官的正义是不是也死了呢?借用小说中的一个术语——道德的运气,法律是不是也有运气呢?!

忏悔与颤抖

——读《认罪书》和《颤抖》有感

没有金刚钻别揽瓷器活儿。不是文学评论家,不敢站在文学的高度对任何作品进行评论,更谈不上比较分析,但读了2014年第二期《长篇小说选刊》,还是止不住要说上几句肤浅的观感。之所以把乔叶的《悔罪书》和李凤群的《颤抖》放在一块儿谈,其一是方便,两部作品出现在同一期选刊上,前后翻看比较方便;其二是因为两位都是70后的女性作家;其三是两部作品都与"性"

密切相关。当然，两者的区别也是显见的，《认罪书》很长，《颤抖》很短，只有13万字；《认罪书》取材于间接经验，要表达的主题能延伸到"文革"中；《颤抖》则与作者的自身经历相关，是一部精神成长史。间接经验需要想象，比较难，但解剖自身，需要足够大的勇气，也很难，但两位70后都做到了。当然，所谓的直接经验与间接经验，永远只是一个相对的概念，每个作者在其每一部作品中都有自己或多或少的影子，否则情节再好，细节就是精致不出来，而细节是小说的生命之所在。

乔叶是我比较熟悉的作家，她写的散文、随笔读过不少，对情感和性是悟得很透的作家。作者自己说，《认罪书》所要认的罪，包括认知、认证、认定、认领和认罚；评论家何向阳给了一个更简洁的概括：冷漠之罪。三代女性——金金、梅梅、梅好复杂荒诞的爱情故事，盘根错节地纠缠在一起。来自农村，到城市打拼的金金，因为特殊的出生背景（母亲在父亲死后没有改嫁的情况下，接二连三地生下包括自己在内的好几个"野种"，直到母亲临终前才告诉她，自己的亲生父亲是令她厌恶至极的哑巴），以"性"开路，遇到在党校学习的卫生局长梁知（良知），坠入爱河，她愿意以"地下工作者"的身份去爱对方，甚至愿意为他生一个不要他负责任的孩子。在怀孕成功后，梁知的离开和冷漠刺激她要寻求答案。令她没有想到的是，梁知爱上她是因为她很像他的初恋情人"梅梅"。为了报复梁知，她寻找到一条极佳的路径，和梁知同父异母的弟弟梁新（良心）结为夫妻，而此时她肚子里孕育的是梁知的孩子。为了寻找"梅梅"的真相，她剥开了一层又一层迷雾，把梅梅（美美）和梁知的恩爱情仇呈现出来的同时，又把梅梅母亲梅好（美好）心酸的爱恨情仇呈现出来，这两代人的情感纠葛在"文革"的大背景下展开——梅好为了解救可能被判死刑的父亲，受尽侮辱，以至于发疯，丈夫小心伺候三年，眼睁睁地看她步入冰冷的河水，不得不"冷漠"；梁知和梅梅在"文革"中长大，但"文革"后考上大学的梁知和落榜的梅梅，在仕途的诱惑和母亲（后妈，弟弟梁新的母亲）的强烈干预下分手，"冷漠"在延续；梅梅被送给当年对母亲梅好垂涎三尺又毫无人性地伤害她的造反派、后来成为副市长的钟潮家做保姆。善良的梅梅为了梁知的前途，满足了钟潮的兽性，并怀了钟潮的孩子，结果却被梁知和梁新兄弟俩活活逼死，"冷漠"在加剧；金金的孩子出生后，被诊断出白血病,看似为了拯救一条生命的计划,使得梁知和金金背着梁新"暗度陈仓"的"造人"勾当,最终演变为梁新的"车祸"死亡,死灰复燃的爱情之火在梁知和金金间义无反顾地燃烧起来,梁知的妻子很快改嫁,"冷漠"在蔓延……一连串的自私和失爱,欲望、复仇、妒忌,使得每一个受害者都成为赎罪者。书中唯一具有良心、良知的人,是乡下的"老姑",她成为一面透视人性的镜子,在历史的长河中闪着质朴的光芒,但那光亮太微弱,被黑暗层层包围。当然还有两个未成年的孩子——梁知的女儿、钟潮的儿子,留给我们不确定的希望。

李凤群,是安徽籍作家,我读她的作品不多,连那部据作者自己说"几乎耗尽了我全部的人生积累"的气势磅礴的史诗《大江边》我也没有读过,《颤抖》是我读她的第一眼。童年生活的阴霾,母亲对我的粗暴和冷淡,表哥对我身体的亵渎和侵犯,使得"我"成长为一个爱严重匮乏、不信任一切而又特别敏感的抑郁症患者,在巨大而汹涌的、无以名状的感情旋涡中侵蚀、淹没。她所能做的只能是向一个从未谋面的"知音"—凡不断倾诉,倾诉中又渴望得到治疗和救赎的自救。但在这过程中,她无法彻底清醒过来。精神和道德的洁癖,一直折磨着她,也无辜地伤害了别人。和许多男人睡过的乡下老五,她能容忍且能理解,但为了抵制自己母亲树立的"偶像"恋爱,抢走自己并不爱的男人,造成"偶像"服毒自杀。自己渴望被爱,甚至可以去勾引新上任的副总,但对于给她知遇之恩、身为白领的人力资源部部长文锦,因为鄙视她的婚外情,而让她在自己的办公室被抓了现行后跳楼。好在最终的她终于懂得了"有时爱是相互的,而有时,它只能是独自的。有时因为值得而可歌可泣,而有时正因为误入歧途而闪烁光辉"。"我"有原罪,"我"需要赎罪,真正追究起来,"我"看似极具个人的"罪恶",也有时代的大背景,只不过没有像《认罪书》那般把它突出出来而已。

两部作品中关于性爱的描写都毫不避讳,尤其是乔叶的文字更裸露。有读过的读者说,作为女性作家,写得这么露骨太那个了。当然也有读者说,女性作者写性感受更好看。关于性在中国文学中的位置,一直比国外作品尴尬,现在要比《废都》时代好了许多,小说中要不要有性的文字,我个人的看法是,不要为了取悦于读者的好奇心,而要服务于文章的主题。欲为万恶之源,性作为欲之本源之一,要赎罪自然离不开它。

直白与真实的差别

——读《卡尔维诺书信》有感

感谢迈克尔·伍德，他让我读到了一部异常真实的作品——《卡尔维诺书信》。

书中收录650封卡尔维诺的书信，既有与名家的探讨，也有私生活的透露，从不同的侧面让我读到了卡尔维诺对社会、政治、文化等的态度，也对其情感世界的细节有所熟悉。编者迈克尔·伍德在前言中这样说：阅读这些信件我们就侵犯了卡尔维诺的隐私，但那是一种非常特别的隐私：不是他真实的自我，而是直白的自我。

原来真实与直白还是有差别的。

记得卡尔维诺曾经说过这样一句话：作者并不存在，也就是说他只存在于他的作品中。在作品之外，他就是一个普通的人。从这句话中我似乎感到，卡尔维诺好像早就意识到他死后有人要窥视他的"隐私"，提前打了声招呼。除了自传，恐怕每部作品只能是作者部分存在的载体，就是自传，也很难说就是完整的"直白"，一些需要省略的或者丰富的都在艺术化中部分"失真"。人人都是作品，剔除"作品"之外，人人都是普通的人，伟人也不例外，至少形体上是个普普通通的人。

书信和日记有某种共性的东西，通常情况下是不曾考虑出版的，因为这里面有许多"隐私"不必要让别人或者对方之外的人知道。书信的对象通常情况下只有两类人：敌人和朋友。持不同见解的人，我把他们归于一类，叫敌人。要攻击敌人，必须切中对方的要害，要切中要害最好的方式就是直接。骂人不带脏字，或者杀人不见血，都不是最直接的攻击方式，也不宜出现在书信这种文体中。朋友，自然是关系密切的人，亲人或者谈得来的人。面对这样的人话可以相对婉转些但不能虚假，否则就失去写信的意义。当然写信也有敷衍的时候或对象，这些文字严格意义上是排斥在书信之外的。

卡尔维诺的书信真的很"直白",如他在1956年9月12日的信中评说《斯大林之死》(莱昂纳多·夏侠的短篇小说)时,就用了"非常肤浅,还有点油嘴滑舌"的句子。这需要足够的勇气,可能还要有点冒险精神。

想起一句经典的广告词:简约但不简单。明知道这两者之间不能画等号,但若要问具体的区别在哪儿,可能真的只能意会不能言传了。

给希望留点空间

先说一个真实的故事。

事情发生距今已有20多年了,但每每想起抑或听到看到类似的故事,那份隐藏在心中的痛会被再次触动。那年参加高考,同班的一位一直被老师们公认为"清华""北大"的"料子"的同学,因为意外失手,在目标落空时,选择了极端的方式,喝农药自杀了。其实在他死后不久,家里就收到武汉的一所同样是重点大学的通知书,家人的悲痛是可想而知的,我等也觉得他太傻。

再说一则读来的故事:

一个在西西里监狱服刑的囚犯,因无法忍受比地狱还折磨人的囚禁生活,在一次放风的时候,准备实施自己酝酿已久的自杀计划。可就在这时,他看到远处的高楼上,站着一位女子,他想到了他美丽的妻子,于是他暂缓了自杀的念头,回到监舍给妻子写了一封表达忏悔和思念之情的信。在等待回信的日子里,又一次放风时,他看到远处的高楼上有位女子高举着一个牌子,上面写着他的名字,还画着一个鲜红的唇印。他的心复活了,没想到自己在信中微微提及的一点放风感受,竟引来妻子不远千里来点燃爱的火炬。他从此积极投身改造,并获得减刑,提前释放回家。为了给妻子一个惊喜,他没有把这个好消息告诉妻子,而是选择在那栋高楼上与妻子见面。当他兴冲冲地爬上高楼时,他惊呆了,那里站着的不是他的妻子,而是装扮成妻子的年迈的母亲。他没有按照常人的思维去拥抱母亲,而是选择了纵身一跳,结束了自己的生命。

是什么结束了他的生命?是希望。奇谈谬论,希望只能救人怎么会杀人呢?

希望是什么，你知道吗？愤慨者曰。

希望是什么？希望是全人类共有的东西，即使是不名一文的乞丐也有。泰勒斯的这句话的确把希望赋予了每一个人，包括上面的那个囚徒，更不要说那位孩子的父母了。鲁迅先生说，希望是本无所谓有，无所谓无的。这正如地上的路，其实地上本没有路，走的人多了，也便成了路。拉罗什福科也说，希望，尽管它整个是骗人的，但至少可以引导我们以一种惬意的方式走完生命的长途。

当然也有些人对希望寄予的希望特别高，如普列姆昌德。他说："希望是热情之母，它孕育着荣誉，孕育着力量，孕育着生命。一句话，希望是世间万物的主宰力量。"又如史蒂文森，他说："希望是永恒的欣喜。它就像人类拥有的土地，年年有收益，是用不尽的最牢靠的财产。"相比较而言，在对希望的认同感上，罗高的说法较为客观，他说："希望是坚固的手杖，忍耐是旅衣。人凭着这两样东西，走过现世和坟墓，迈向永恒。"

"给希望留点空间，否则，当需要转身的时候，便会发现已无路可走。"那位囚徒的母亲事后不无悲伤地说，"每一个充满希望的人都是极其脆弱的，就像天堂和地狱一样，一不小心便越过了界。"希望是什么？"绝望之为虚妄，正与希望相同。"鲁迅先生这般认为，可能是有特定的语境，但现实中确实有不少人，把希望的绳绷得太紧，甚至把浮在水面上的一根稻草当成救命的东西，不给希望一点点弹性空间，这样的希望真的无异于绝望。

给希望留点空间，困境中你坚守一步，换个角度也许会发现，人的承受能力其实远远超过自己的想象，就像不到关键的时刻我们不知道自己的潜力有多大一样，渡过难关，会另有一番天地。

给希望留点空间，就算你胜券在握，也要以一颗平常心来对待，否则，一旦出现意外，希望落空之时也是你绝望登顶之际。

世上没有绝望的处境，只有对处境绝望的人。人活着是需要以希望为念的，希望能使身处顺境的人格外谨慎，坚定目标去披荆斩棘；希望能使身处逆境的人格外忍耐，坚守本心看潮起潮落；希望能使人客观冷静地认识、评价自己，不为外界所动而失去自我，但若把这种希望固定在某一个没有弹性的位置上，是最不明智的选择，它可能成为绊脚石，可能成为绝望的影子和杀人的刀。

你的价值由你自己定

一个老而经典的故事：一位年轻人面对有人说他是天才，有人说他是笨蛋的困惑时，求助于一位禅师。禅师说：一斤米，在炊妇那里，能煮两三碗饭；在农民看来，差不多是一块多钱；但在制酒商那里，它酿成酒，可以卖出40多元。米还是那一斤米，关键看你怎么赋予它内涵。

于是，有人总结出"思路决定出路"的金科玉律来；于是，出现一类人，在"不怕做不到就怕想不到"的鼓动和鞭策下，跃跃欲试，蠢蠢欲动。是的，思路的确很重要，但仅有思路就够了吗？每个人出生下来，都像一张白纸，有的人在上面做出的画，价值连城；有的人会糟蹋掉这张白纸，差别确实太大。面对这种巨大的反差，许多人按捺不住了，想入非非，连做梦都想画一张价值连城的画来，结果呢？往往事与愿违。

股神巴菲特够神奇吧，而他的儿子并没有按照常人的预期，子承父业，涉足金融界，他选择了自己最喜欢的音乐作为事业。在面对他人的质疑和不解时，他说"我做我自己"，后来他写的一本书就叫《做你自己》。

不要以为"做自己"是件容易的事，"做自己"先得认识你自己，只有正确认识了自己，才知道自己是适合做某个"产品"的料，并持之以恒地做下去。在做的过程中，还要时常矫正自己力求"不走样"。其实，每一个人都有"两个自己"，一个是天使，一个是魔鬼，使自己成为你自己就必须远离后者，接近前者。

还有一类人，信奉"人生本没有意义"，对"做自己"很随意。我曾经遇到这样一个人，他还一本正经地搬出名人名言来，对我说，毕淑敏在北大做演讲时，就说过"人生本没有意义"的话，你知道吗？她的这句话，在报告厅里响起了她认为一直以来"最热烈最持久"的掌声。我说，你讲得不错，这事我也知道，读过她的文章，但她这句话后面的话你读过吗？她是这样说的：人生本没有意义。没有人会替你确定人生的意义，但如果你无法确定人生的意义，你将一辈子活在毫无意义状态里面，大到每一天，小到做每件事，你都会感到莫名的痛苦，因为你不知道往什么地方走，所以每个人必须为自己的人生确定意义。

爱的实质

我认同，爱是说不清、道不明的怪物。说得清、道得明的情就不再是爱，但仍止不住思忖这样一个问题：爱的实质是什么？

有人说，爱的实质是赦免，赦免一个能与爱相称的世界。说得有些深奥，像经济学家的模型或公式，私下认为实质性的东西最科学的表达应是浅显易懂的。

人所共知的小凤仙，可以帮助我来分析这个问题。

蔡锷将军在日本病逝，年仅34岁。小凤仙惊悉噩耗，痛不欲生，送上"赢得英雄知己，桃花颜色千秋"的挽联后，毅然离开了八大胡同。后来，她嫁给了一个师长，那个师长又战死沙场。她经人介绍，嫁给了一个姓陈的厨子，住在沈阳寿泉街三胡同里，四邻称她为"陈娘"，自己起名叫张洗非。

陈姓厨子对小凤仙真心相待，总是想千方百计地满足她的愿望。小凤仙爱好喝酒，想必是和蔡锷将军在一起时养成的习惯，陈会为她下厨弄几个下酒菜。小凤仙喜欢听戏，常如醉如痴，恍如隔世。小凤仙对陈，对生活，倒也安之若素，不讲究穿戴，只爱干净。但陈是个老实巴交的男人，无法给小凤仙太多的满足，甚至无法摆脱生活的贫困。不得已，小凤仙做了人家保姆，幸好后来梅兰芳帮助了她。经梅举荐，小凤仙到一家机关学校当了一名保健员，生活才略有起色，日转向好。

1976年，小凤仙走完了自己曲折的人生道路，经年76岁。如果从爱情的角度去考析，这个陈姓厨子一辈子也没有对小凤仙说过一个"爱"字，很显然他不是小凤仙心目中的"英雄"，更不是"知己"，但他把对她的爱融入到血液中，化为了行动。这不是爱又是什么呢？他不善于表达，他甚至没有本事让她过上好日子，基本上属于无能型的男人。但他真心待她，他希望她所有的伤都能在平淡的岁月里不治而愈，一如他为她所做的一粥一饭，平常却养人。

于是有人感叹，爱你春光明媚的人无论有多少，爱你风卷残荷的一人足矣。小凤仙是名人，是美人儿，陈姓厨子娶她是否心安，我从相关书籍中并没有找到这方面的资料。倘若按常理推测，小凤仙此前有过风光的经历，要想收住心过如此清贫的日子多少有些心不甘。私下也认为，小庙里留不住这么大的菩萨，无论是依过去的门当户对说，还是按现在的相得益彰的逻辑，他们都不算般配的一对，但他们一直相爱相伴至死。

想起另一个家喻户晓的爱情故事，白蛇和许仙的故事。白蛇是完美女性的化身，是无可挑剔的难得一见的好女子，按照现在流行的说法，是一位真正称得上"客厅做淑女，厨房做女佣，床上做荡妇"的完美老婆。她对许仙情深意浓，虽经历磨难而不悔，甚至为了不再发生节外生枝的事来，主动和许仙把生米煮成熟饭，许仙因她煞是厉害的房中术痛快得如入仙境。白蛇爱许仙不仅体现在性上，为了救许仙，她不顾一切地跑去盗仙草，爱得深厚，但许仙呢？我只能替白蛇感到悲哀。

"你忍心将我害伤。端阳传节劝雄黄。你忍心将我诓，才对双星盟誓愿，你又随法海入禅堂。你忍心叫我断肠，平日的思情且不讲。怎不念我腹中怀有小二郎。你忍心见我败亡，可怜我与神持刀对枪。只杀得筋疲力尽，头晕目眩，腹痛不可挡，你袖手旁观在山冈。"这是《断桥》中白蛇的一段经典唱词，如泣如诉，令人发指。善良的白蛇虽说"手摸胸膛你想一想，有何面目来进妻房？"但终在一通指责后，娇嗔道"冤家呀"，让他进了她的房。

白蛇是不幸的，再真挚的感情也经不起消磨折腾。相反，小凤仙是幸运的，虽命运多舛，但终得到实实在在的爱，尽管谈不上完美。在这两个爱情故事里，一个为传说，一个为真实的故事，但爱情的天平都是倾斜的，总有一个人在心甘情愿地付出。从一定意义上讲爱的实质需要付出，但这不是爱的全部。法国作家普吕多姆说：爱人的名字不是一个普通的词，它有一张特殊的面孔，有生命，温柔而神圣。人们往往低着头，压低声音说它，装作漫不经心的样子……然而，人们听到它还是感到非常幸福，因为它胜似响声，它是一种声音,当它被写下来时,人们给了它一张可爱的面孔……现实中,爱的故事没有普吕多姆说的那么富有诗意,但这远比他说的更为丰富多彩且多义。现代人更是把爱的话剧演绎得光怪迷离,这与我要讨论的爱不是一档子事,姑且不去理睬。私下里认为,爱除了付出外,更需要真诚、信任、持久和行动,任何纯精神上的知己或纯物质上的伴侣都不是爱真正内涵之所在。爱是一张牌,它有两面。是不是可以这样说,爱的本质是灵和肉的统一,是信念和行动的坚持,尤为重要的基本元素是真诚和责任。此为一己之窥见,还是那句话,千人千面千钟爱,万般风情道不明。

爱情是一场炼狱

富有才华的傅雷和博学多才的胡适,都是我十分推崇的对象。

一直以"羽毛"自喻的胡适,对自己的声誉视比生命还珍贵。他一直有记日记的习惯,对自己的日记重视的程度不亚于自己的孩子,总是小心翼翼地把它存放在一只特制的小木箱内,人到哪儿它就跟到哪儿。即使在战火纷飞的岁月,他宁可放弃古玩字画,珠宝金钱,冒死也要带上那只木箱。在胡适的生前和死后的相当长时间里,胡适以其一生没有婚外恋情而备受尊敬。他一生都与那个乡下女子未离婚,成为一名道德卫士,以至于有人在纪念胡适的文章里,把一生充满传奇和风云的胡适,在歌颂之余又严肃地指出,胡适是"封建制度下爱情的贫乏者和婚姻的牺牲品",认为其一生过着有婚姻而无爱情的生活。

多年后,当胡适的"木箱子"打开时,这位风云人物的风流倜傥的才情终于真实地呈现于世。尽管这些日记已经他"技术处理"过,但从中还是不难发现,他一生之中身边一直没有缺少过红颜知己,一直没有间断过或浪漫或奔放的爱情故事。从他侨居他乡的白种贵族的房东的女儿,到仰慕崇拜他的追求者,甚至在医院里陪护他的女护士,都有着或长或短,或同时拥有几位情人的故事。许是事情已过去多年,当年的红颜知己已悟透了人生的真谛,相约捐献出胡适当年写给她们的书信。透过这些书信和胡的日记,一段段情思缕缕的爱情连续剧始终充满着缠绵悱恻的情节,情感世界从未空虚过的"羽毛"先生变得立体丰富起来,或者说更加立体丰富起来。

与胡适的"秘密情爱"相比,傅雷的爱恋都是公开化的。

认识傅雷是从《傅雷家书》开始的,读着一封封情真意切、凝聚着他对儿子的深爱和期盼的信,我看到了一个愿以自己毕生的心血、经验和教训,贡献给儿子,渴望儿子成为事业和爱情的双料冠军的拳拳严父之心。他给儿子的信中谈到了如何对爱的呵护、坚守和对家的忠诚。但没想到,他原是一个"横溢情感"的情圣。

19岁的傅雷先生先爱上表妹朱梅馥,并在姑母的主持下定了婚。第二年冬,傅雷出国留学,与浪漫的法国女孩玛德琳相爱了。他曾想解除与朱梅馥的婚约,幸亏好友刘海粟扣信不发,才让朱始终蒙在鼓里。后来傅雷得知玛德琳有男友时,几经疯狂,甚至要握枪自杀。1932年回国后的傅雷,被妙龄表妹重新换回爱恋。但很快,在1936年,傅雷又与一名叫黄鹂的女子结下一段尘缘。三年后,傅雷又疯狂地爱上了上海美专一学生的妹妹,一位他视为"女神"的女高音歌唱家陈家鎏。对这位陈家鎏,傅雷几乎夜夜在信笺上喷薄激情,甚至在陈不在身边时,干脆停止他心爱的翻译工作。好在傅雷的妻子朱梅馥是"非常善良,非常浩荡,也能忍"(傅敏语)的人,她把自己内心的刺痛生生拔去,不但热情款接情敌,引领陈到傅的书房,让他们两人自由地交换情书,互吐衷肠,而且还亲自打电话给陈:"你快来吧,你来了,他才能写下去。"傅雷有过放弃妻子的念头,但陈无法面对朱的纯净的目光。她被这个无辜的善良的女性震慑住了,远走香港,终身未嫁。

傅雷之所以能横溢其爱,在情感世界里乘风破浪,与朱梅馥对他的那种怜惜、崇拜、宽容和浩荡之爱不无关系。1966年9月2日深夜,朱给傅雷准备好温水,看着傅雷服毒,待气息微弱后,将他摆正在沙发里——保留死的尊严,然后撕下床单,上吊自杀,紧随傅雷而去。这对夫妻的婚姻也就如此凄美地落幕了。多年后,陈家鎏对傅敏说了两句耐人寻味的话:"你父亲好爱我。""你母亲太伟大了。"

有人把男人分为四类:高级而有趣;高级而无趣;低级而有趣;低级而

无趣。很显然，胡适和傅雷是那种高级有趣的人。他们学识渊博，又善解人意，风趣幽默，情感丰富。爱情是一场炼狱，只不过胡适用的是暗火，傅雷用的是明火。是明是暗只是外人视觉上的感受，但在他们内心深处，那种中西合璧的文化精英们的唯美的爱情追求是异常强烈的，与之相对应的是传统女人隐忍的力量和新女性的人格和尊严以及感情世界的奔放。

容若不死

"人生若只如初见，何事秋风悲画扇。"这位被徐志摩推崇至极的天才，"度过了一季比诗歌更诗意的生命，所有人都被甩在他橹声的后面，以标准的凡夫俗子的姿态张望并艳羡着他"的成荣若君，不要说他留给我们340多首刻骨缠绵的词了，仅此一句就足够我们永远不会忘记他。

"我们眼睁睁看着容若的一生，仿佛是一个纯真的孩子，赤身露体地走在命运的丛林里。终其一生，他都在实践孩子的艺术：放弃理智与逻辑，忽视人类社会道貌岸然的生存规则和价值观，听从感觉的蛊惑，让心灵成为指引。"苏樱说，"这么多年来，纳兰词始终是我遮风避雨的另一个世界，是我心里最后退守的忠贞信仰，是让每一个与我相识或不相识的同类们得以远离现实的精神蜗居。"但谁知道，"天才的悲情却反而羡慕每一个凡夫俗子的幸福，尽管他信手的一阕词就波澜过你我的一个世界，可以催漫天的焰火盛开，可以催漫山的荼靡谢尽"。（徐志摩语）

是的，一人之下，万人之上的重臣明珠的长子，十岁就能写出"夹道香沉拥狭斜，金波无影暗千家。嫦娥应是羞分镜，故请轻云掩素华"的天才小冬郎，生于富贵，深处繁华，却满篇哀感顽艳，心游离于喧闹之外；行走于仕途的八旗子弟，却爱结交落拓文人，一生为情所果，风华正茂之时，匆匆离世。他"要糖果和游戏，不要算计"。"孩子并不多。在冷硬现实的猎杀下，孩子成了稀缺品。不要貌视曾经幼稚的自己，就算对过去的天真无法欣赏，至少可以怀着凭吊的心情。"人之于人，若始终只如初见时的美好，若始终能保持初见时的感觉，就是永远长不大的孩子，就永远不用"何事秋风悲画扇"。

纳兰容若，康熙盛世词坛双璧（另一位是顾贞观）的纳兰性德，你懂得太多了太深了，尽管你命不长，但你在爱情上"虽九死其犹未悔"的执着，让你过得很苦很累很悲伤，你是用你的血和泪给后世留下那么多凄美的词和情。你深爱着两个女人——沈宛和卢氏。

沈宛是你的初恋情人，她的美，没有一点人间烟火气，与其说她像一幅仕女图，不如说像一幅山水画。她生于江南，那山水是氤氤氲氲的江南山水，朦胧似幻地阻隔了尘世的琐碎与不堪。你自己曾说过，你是她避风的港湾，是她心底最后退守的城堡，给她充足的温暖和安全感。她那么有才情，熟悉士大夫们必须熟悉的所有典籍，读得懂你的诗词中埋伏着的所有典故，而在这一切之上的是，她读得懂你的爱情。

她来京城寻你，在京城黏你，回江南等你，她觉得拼来的才会是人生，等来的只能是命运。可她拼来了"人生"吗？没有。"侯门一入深如海，从此萧郎是路人"，她被那个至高无上的人选中了，你除了叹息外，还能做些什么？

思念和牵挂。牵挂能改变命运吗？思念能冲垮皇家的红墙吗？命运最残忍的地方，不在于使你与某个人分离、破灭某个幻想、淡漠某段感情，而在于它使你与某个人分离、破灭某个幻想、淡漠某段感情之后，却让你清晰记得你曾有过那样的伴侣、幻想与感情。你太清晰太难忘怀了，于是你写，拼命地写，"自是多情便多絮，随风直到谢娘家"，谢娘又能怎么地呢？"谢娘微黛轻难学，楚女纤腰若不胜。袅雾萦烟枝濯濯，欹风困雨浪层层。絮飞时节青春晚，绿锁长门半夜灯。"她无法逃出包围。于是你想出一个极冒险的方法，在国丧的皇宫大办道场的时候，你买通一名喇嘛，换上僧装，混进去。你终于见到她了，但又能怎样呢？"相逢不语，一朵芙蓉著秋雨"，你得到了饮鸩止渴的片刻幸福。"月出光在天，月高光在地。何当同心人，两两不相弃。"这只是你的幻想。

与初恋情人，你的表妹分开后，你用读书、骑射、科考、卧病、拜师来挨过漫长的距离和思念，你把精力投入到《通志堂经解》这项浩大的工程中，在通志堂书斋和绿水亭里泼洒才情，以词会友——顾贞观、朱彝尊等，似乎比异性更让你动心动情。当然，你在秋水轩唱和而吟的《贺新凉》真的是"咏的是那株白梅花"吗？其时不是梅花开放的季节，那株白梅花只是一株枯树而已，你写的是那个白衣胜雪的女孩吧？她是谁呢？你也没弄清楚，这就叫作"有缘无分"。但那女孩真的会"帘幕西风人不寐"了，她低头浅笑，"情不知所起，一往而深"，不知道她是否因此患上了相思病？

你爱的第二个女人，就是你的妻子卢氏，两广总督卢兴祖的女儿，门当户对。你父亲在京城为相，你岳父是封疆大吏，可谓互惠互利又互补，朝中有人好做官，地方有人好办事。不过，这是你永远不会去琢磨的。你的婚姻是包办的，你冒着那么大的风险去结婚，直到新婚后的第二天，你才看清她的相貌。不过，她早认识你了，你太有才了。

你真很幸运，你抱到手的是那么一位善良、贤淑又有才情的姑娘，难怪你们一结婚就"相看好处却无言"。但你的父母为了赶紧传宗接代，光大门楣，在你们新婚之后不久，又给你找了个庶妻颜氏。颜氏是你父母千挑万选出来的，美丽、温柔、智慧、贤淑，比卢氏漂亮，你也很爱护她，尊重她，但也只限于此，你心目中最爱的是卢氏，估计你对卢氏说得最多的一句是"我爱你"；但对颜氏，她听得最多的是"对不起"。这不是我说的，是研究你的专家学者说的。

你为卢氏写尽了你的才情。"旋拂轻容写洛神，须知浅笑是深颦。十分天与可怜春。掩抑薄寒施软障，抱持纤影籍芳茵，未能无意下香尘。"幸福的最高境界莫过如此吧？但上苍太折磨人，就在你们满心欢喜，等待着第二个孩子降临时，她竟因难产而亡，"成长了十七年的蝉，只幸福了一个夏天"。你不相信这是真的，你无法接受这个事实，甚至一头扎进易学的书籍里，几个月后，你交出了《易九六爻大衍数辩》。据说这篇文章是易学史上的一篇名文，但你写它的时候是当作悼词来写的，可见你伤得有多深。即使是写出这篇文章后，你仍然足不出户，株守书房。你为妻子守灵于双林禅院，一年多的时间里，眼看佛灯明灭，耳听梵音经唱，但仍写出"心灰烬，有发未全僧""挑灯坐，坐久忆年时""客夜怎生过""新恨暗随新月长，不辨眉尖心上"等那么多悼念诗词。

尽管卢氏死后三年，你又续弦娶了图赖的孙女瓜尔佳氏，但已无真爱可言。你太想念卢氏了吧？夜合花谢，康熙二十四年，也就是卢氏离开你八年后，你终于随她而去了。

"人到情多情转薄,而今真个悔多情""若似月轮终皎洁,不辞冰雪为卿热""尘满疏帘素带飘,真成暗度可怜宵",你为卢氏写出的悼亡之作是你词的最高境界,最让后人倾倒。这是为什么呢?噢,因为她懂你,她能读懂你的词,你的心。她点评你的词,每首都能找出相应的颜色——"暗损韶华,一缕茶烟透碧纱"是淡青色,又苦又香;"桃花羞作无情死,感激东风"是深红色,触目惊心;"絮飞时节青春晚,绿锁长门半夜灯"是翡翠色;"便是有情当落日,只应无伴送斜晖"是月白色……是真的吗?而你送给她的那首《贺新凉》,她说,无色,香。这也是真的吗?若真,够了,30岁,胜过三万年。

孤独中的阅读

几年的铁窗生涯,孤独中增加了我的阅读量。周遭一些原本无阅读习惯的人也常常跑来向我借书看,我也不时地从他们手里抢书看。书籍在这里的传播速度之快,使用效率之高,是我过去所没有遇到过的。

"如果你每天都会花一段时间去享受文学作品带给你的快乐,从中汲取想象力,树立自己的批判精神,那么我认为这会是一种减少现实世界带给你粗暴伤害的非常有效的干预。"尽管这里的多数人对于阅读的理解远没有达到略萨所说的那种境界,他们的阅读多是用来抗衡、驱赶孤独的,算不上真正意义上的阅读,叫翻阅或者看书更贴切些,这是被动意义上的阅读。但时间久了,看书在挤兑孤独的过程中参悟会一天天多起来,日子因此过得流畅许多,阅读可能会以不离不弃的姿态真的融入他的生活,由被动阅读转化为主动阅读。

但就阅读的感受而言,孤独中的阅读无论是被动状态下的阅读,还是主动需求状态下的阅读,与过去那种常态下的阅读是有很大区别的。就自己而言,多年养成每日必读书的习惯,除去一些新闻信息可能从非纸质媒介获得外,很少阅读电子书籍。无论出差与否包里都会有本书,即便有时很晚才回家,也要看上至少一个小时的书,当天的事才算了结画上句号。应该说在阅读中获得的快乐很多,也常常被书中人物高远旷达的思想、严谨缜密的思维、悦心明智的操守所震动，但与现在这种孤独状态下的阅读所获得的感受相比是不一样的。

首先是阅读中引起"共鸣"的感觉不一样。孤独中的阅读因为真正少了外界的纷扰，心能完全静下来，更容易从他人的生命中找到自己曾经有过的触动，这种触动会迫使自己停顿下来，做长时间的思考，一种强烈的认同感使得这种"共鸣"如琴在手，久久地颤动。其次是被"唤醒"的深度不一样。孤独中面对沉默的文字，无论是远在千年的古人，还是近在眼前的后生，透过风格迥异的文字都会栩栩如生地立于面前，让你不再隐隐然地发现，过去不曾经意的所在，原以为只是一己之隐秘，不料早在他人的文字里有类似的珍藏，一经唤醒，心顿时会如洪水般泛滥开来，虽五味杂陈，但良药苦口的警觉更能直抵心扉。其三是阅读中留下的"痕迹"会不一样。因为缺乏切肤之痛，过去的阅读常停留在浅尝辄止的"也许""似乎""大概是"的层面。就算有震撼，也很难持久地达到忘我、淡泊、彻悟的境界。懂谦虚但处世中仍谦让不足，知宽厚但遇事时仍包容不够，明事理但入心入脑的不多。然而在经历一番大的坎坷之后，知世事无常，更能领会对与错、成与败、幸与不幸中蕴含的深刻，常会发出"然而未必不见得"的感叹。

还有一点就是阅读中得到的慰藉不一样。身处逆境，知晓命运多舛并非唯我独有，在阅读中你会情不自禁地把自己与书中某些命运悲惨的人相比较，于是你不难发现，你还是幸运的。尤其是读那些名著，生活困苦、含冤受屈的角色特别多，其中不乏反抗命运超越自我的人，在这些人的感召和启发下，你会变得自觉和乐观许多，从而坚定活下去的信念。

赫拉巴尔在《过于喧嚣的孤独》一文中这样写道：我阅读的时候，实际上不是读，而是把美丽的句子含在嘴里，啜糖果似的啜着，品烈酒似的一小口一小口地呷着，直到那词句像酒精一样溶解在伟大的身体里，不仅渗透我的大脑和心灵，而且在我的血管中奔腾，冲击到我的每根血管的末梢。看来，真正的阅读总是在"孤独中"完成的。过去看似一天未曾间断过的阅读，之所以没有达到赫拉巴尔的这种境界，是因为身心浮躁的结果，践行中又是扬长避短时多，取长补短时少，自然没有汲取到真正的营养，付出这番代价也算正常吧。

关于写作

感谢《散文》，在最近一期编辑了一组诺贝尔文学奖者的获奖感言，让我对写作有了全新的认识。当然，这首先应该感谢莫言，因为他代表汉语文学第一次站在万众瞩目的领奖台，实现了零的突破，激发出抑制很久了的民族情感，制造出又一个"蝴蝶效应"。

曾经认为，写作只是个人情感的一种宣泄。尽管后来也知道写作除了表达个人情感外，还有启迪心灵、激浊扬清等功效，但对于写作的认识一直不太明朗。"写作是一个虚拟的窗户，是我躲避风雨时的一种自我保护。"这是2008年诺奖获得者（文学奖，下同）让·马瑞尔·古斯塔夫·勒克莱齐奥的说法。这位"喜欢背叛、冒险和悉性"的作家，擅长"探寻文明支配下的神秘边缘人性"，他的代表作有《诉讼笔录》《战争》等。他的写作观，与2006年诺奖获得者费利特·奥尔罕·帕慕克如出一辙，"写作与阅读，就是逃离一个世界到另一个不同的陌生的惊人的世界寻找安慰"。他认为，书籍是我们借以逃脱自己文化的工作。他的代表作《雪》和《我的名字叫红》等告诉人们的是人性的基本恐惧，"他在追求故乡忧郁的灵魂时，无意间发现了文明之间的融合和冲突的新象征"。

再往前追溯，似乎1949年诺奖获得者威廉·福克纳持有的关于写作的意义更具代表性。"文学家存在于世的重要意义是：理解和消除恐惧。"他的这一见解被他的许多后来者所信奉，如1962年的诺奖获得者约翰·斯坦贝克和1982年诺奖获得者加布里埃尔·加西亚·马尔克斯，都曾在自己的获奖演说中，表出达对福克纳的这一观点的推崇。福克纳的《喧哗与骚动》《我的弥留之际》《去吧，摩西》等经典作品，对美国小说做出的贡献是无与伦比的，他对世界文学的影响力也是巨大的。

让我感到尤为震惊的是，这些文学巨匠中竟有多篇代表作与"鼠"有关。如1957年诺奖获得者阿尔贝·加缪，他的代表作有《局外人》和《鼠疫》；

1962 年的诺奖获得者约翰·斯坦贝克的代表作有《鼠之间》《愤怒的葡萄》等；1999 年的诺奖获得者君特·格拉斯的代表作有《猫与鼠》《母鼠》《铁皮鼓》等。这仅仅是某种巧合吗？尤其那个君特·格拉斯，还建议过应该授予实验鼠诺贝尔奖，应该是和平奖吧。实验鼠为了消除人类的疾病和痛苦实在是功不可没。加缪说，写作是与我同代的人一同感受悲痛与希望的誓言。"我们是腐朽时代的继承者，所以必须从否定自我开始，在内心和外部世界重建生命和死亡的尊严。"斯坦贝克说，"文学不是靠空旷教堂中那些苍白孱弱、咬文嚼字的教士们传播的，也不是供极少数走到户外的特权阶层娱乐的，更不是陷入绝望迷恋自吹自擂的乞丐的游戏。"马尔克斯对福克纳"我不接受人类末日的说法"表示忧郁，认为它"正在变成科学上的一种可能"。这也许与他出生在拉丁美洲这样一个特殊的现实有关吧，他的作品《百年孤独》和《霍乱时期的爱情》等，都将现实与幻想融为一体，打造出一个奇幻世界的同时，也突出了地球上生命与矛盾的纠结。这些大师们的作品都充满着悲悯的情怀和对真善美的呼唤。

"我心中没有上帝，我能做的仅仅是在那个迄今一直大有帮助能推动最笨重的石块的圣徒面前屈膝。"格拉斯擅长以嬉戏的黑色寓言描写被历史遗忘的一面；"文学最需要研究最需要告诉人们的是人性的基本恐惧，已被排斥在外的恐惧，碌碌无为的恐惧，以及由这些恐惧衍生而来的人生无意义的恐惧；集体性羞辱、挫折、渺小、委屈、敏感和臆想的侮辱，以及民族主义者的自大，对即将到来的通货膨胀的担心。"帕慕克对文学应该肩负的责任来自于对本民族文化感的匮乏；"作家有责任揭露人类众多可悲的缺陷和失败，并把我们阴暗的噩梦暴露于阳光之下，从而促进人类的进步"。现实主义大师斯坦贝克对作家的使命建立在对当局者"不满"的监督中。不仅仅是这些诺奖获得者的作品如此，中国的经典文学作品也都具有这一特质——挣扎、爱与悲剧。

诺奖获得者中不乏以写诗见长的诗人，如泰戈尔、乔治·赛菲利斯等，尽管他们选择表达的方式不同于小说，但他们对写作的态度是一致的。"诗歌并不认识世间万物，却能存在于全世界人的心中，并且具有超脱于世俗的魅力。"赛菲利斯认为，"诗歌总能成为遭受威胁时的避难所，而在被拒绝的时候，又能在意想不到的地方扎根"。

当然，这些都是世界级的文学大师们对写作高屋建瓴的认识，对于更多的写作者来说，可能很难达到这个高度，但"文学正在从公众生活中消失"的事实足以令所有写作者感到心痛，"因特网给青年一代作者提供了游戏场"，文学的表面上的繁荣"实际上是一种停滞"。

期待着第二个第三个莫言的早日诞生，期待着更多的作家在更为自由的创作空间，以更挑剔更深刻更尖锐的笔激浊扬清，以博大的胸怀和悲悯的情怀捕捉真善美。

关于诗和诗人

古希腊人认为，诗是真理。中国人认为，诗是语言的万花筒。

有的人认为诗就是画，画就是诗；诗是有声的画，画是无声的诗；有的人认为诗是一种文字游戏；有的人认为诗是年轻人的梦，人人都是诗人；有的人认为诗是使平凡的事物恢复初生状态的抽象表达……说的人多了，反而不知道什么叫作诗了。

诗的语言应该是凝练的，似乎与散文有区别，但好的散文也是要惜字如金的，散文和诗联姻叫散文诗。其他体裁的作品严格意义上说对文字的要求也是简约、凝练，故凝练不是诗特有的本质特征。

诗的使命是唤醒感觉，复活语言（周国平语）。散文等几乎所有的文学艺术都有这样的使命，诗是文学的一个支系，文学所具有的共同特征都是诗应该具备的。那诗的特质是什么？

意象中的哲理。这是我个人的理解。诗在创造意象，就创造者而言，诗是探索意象中的真理，过程是哲化了的思考，所以诗是哲理，不是或者说不都是真理。

古人的诗追求纯、朴、真，现代人生存的环境变了，朦胧的、意识流、超意识流，语言的花样确实多了，但能引起共鸣的人反而少了。但有人说，诗本就属于天才，只有歌才属于大众。

诗人是天才，这是一说；诗人是疯子，也有这么一说。其实天才和疯子的差别有谁能说得清楚？

诗人多愤青、多忧郁、多多情善感，但诗人的多情多是由多段专一的情感组成的，放射状的情感下写不出好诗来。

诗人的灵感来自于异性，而真正读得懂的还是自己的同性，能读得懂的异性一定是他（她）的现实情人或梦中情人。

诗人和政治家说对立的，所以真正的诗人是不能从政的，诗人不走运去从政，结果只会很惨。但政治家再走运也成不了诗人，这是诗人最自豪的地方。

关于道歉

作为礼仪之邦的后人，在继承中发展，在发展中创新，但不知不觉地回头看看，老祖宗的有些好东西却不知什么时候给弄丢了，比如说"道歉"。尽管"对不起！""请原谅！"仍然堂而皇之地写在文明礼貌用语里，摆放在服务窗口的显目位置，但会说的人越来越少了，即便从有些人嘴中说出来，也多流于形式，并不发自内心。至于更深层次的道歉，即做错了事情的一方及时、主动、勇敢地做出道歉，恐怕只能是异想天开了。近读两则有关外国人道歉的故事，颇有感触，不妨说给大家听听。

巴拿马总统里卡多上任后，觉得本国护照制作粗糙，下令重新设计、制作新护照。几个月后，经总统亲自审核的、制作精致的新护照投入使用。3个月后，这位总统先生无意中发现新护照上有一个非常细微的差错：巴拿马国徽中的一个十字叉是由铁锹和丁字镐组成，但新护照上印的是铁锹和长柄方锤。按照咱国人的思维，这事的处理方式是一方面紧急收回已发的护照；另一方面追究相关责任人的责任，而且是不事宣扬地悄悄地进行。可这位总统偏偏要公开向人民道歉，而且是要向已经领取新护照的4万人道歉。应该说登个报，发表个声明，顺便说上一两句道歉的话，就能解决问题了。但里卡多坚持要在电视上道歉，并且要一一念出4万个受害人的名字。有人劝阻，里卡多说："如果连具体名字都不念，那还谈什么尊重与道歉呢？如果连一个道歉都无法具体地落实到一个人的身上，那还指望我为你们落实什么呢？如果我连自己承担错误都做不到，谁还指望我来为这个国家承担什么呢？"里卡多在道歉进行将近4小时时，在民众的一再请求和原谅声中，听从大多数民众的意见，面对电视镜头深深地鞠躬："谢谢我可爱的巴拿马民众！"结束了道歉。

近日，数位英国顶尖经济学家联名致信女王陛下伊丽莎白二世，就没有预测到金融危机的"时间、幅度及严重性"做出诚恳的道歉，称这是许多"智慧人士的集体失察"。有人认为这是对女王在访问伦敦政治经济学院时一句不经意的问话——事前为什么没有一个人注意到呢？——所做出的回应。

"人非草木，孰能无过？"即使是最优秀、最神明的人，也会出错。犯了错做出道歉是天经地义的事，原谅他人的过错也是正常的包容心理。美国心理学家盖瑞·查普曼说："在你的生命中最重要的关系里，有一种东西是你必须付出的，而且需要勇气和真诚才能实现的，它就是道歉。"现如今"道歉"离我们愈来愈远了，是现在人聪明了不再犯错了？答案你比我更清楚。在许多人的概念中，对家人、亲人即使做错了什么没必要去道歉；对同事、朋友说道歉既显得生疏又觉得丢面子；只有一种情况是不得不说的，那就是对自己的领导、上级，与之相反的向下级或部下道歉那简直是不可思议，太失尊严。可人家的总统、顶尖的经济学家怎么会放下尊严呢？

就政府决策层面而言，我们的失误或过错还少吗？但有谁公开出来道歉过？"道歉"文化的缺失一个很重要的原因是"眼睛向上""层层对上负责"的制度安排使人忘记了"层层对下负责"，可是"层层对下负责"的实质是"为人民服务"，那可是我们"公仆们"的宗旨啊！

关于笑和哭

一直认为，笑是一件很容易的事。虽然我也知道，人是以哭声来面世的，哭的能力是与生俱来的、不用后天学习的。戴维·哈特利在《人类的观察》中就曾说过：婴儿在初生的几个月里并不会笑，第一次笑似乎有点惊奇，它开始带着一阵畏惧，畏惧之后便产生快感，这种现象大概同痛苦之后的幸福感相似，这也许是可能的。因为笑是初次的呼叫，然后突然中止；还因为如果同一种惊奇——使小孩笑的惊奇——有所增强的话，小孩就会哭。可见笑不是天生的，而且在学会笑之后。哭和笑是可以相互转换的。

国人对笑的研究，从专著上说，远远落后于西方，几乎算得上空白，但从实践中看，较之任何民族都不逊色。善意的笑和恶意的笑，开心的笑和狂妄的笑，皮笑肉不笑，让人人都感到很累。

笑应该来自哪里？昆迪连说：笑声来自某件事物或某个愿望的突如其来的破灭，用曲解别人的话表达一种自己并不想表达的意思或情感。（昆迪连《期望破灭说》）柏拉图说：我们笑朋友的愚蠢时，快感是和妒忌相连的。我们已承认在心理上是一种痛感，然则拿朋友的愚蠢做柄时，我们一方面有妒忌所伴的痛感，一方面又有笑所伴的快感了。（柏拉图《斐利布斯》）托马斯·霍布斯说：笑的情感不过是发现旁人的或自己的弱点，突然想起自己的某种优越时所感到的那种突然荣耀感。人们偶然想起自己过去的蠢事也往往发笑，只要那蠢事现在不足为耻。（托马斯·霍布斯《论人性》）康德说：笑是一种从紧张的期待突然转化为虚无的感情。正是这一对于悟性绝不愉快的转化却间接地在一瞬间极活跃地引起欢快之感。所以这原因必须是成立于表象对于身体和它们的互相作用对于心意的影响。（康德《判断力批判》）威廉·哈兹列特说：大脑受到突如其来的和暴力的情感冲击后，在它还没有时间使自己的感情适应新的环境时，眼泪可以认为是大脑的一种自然的、潜意识的源泉；而笑声则可以解释为一种同样的令人震惊的和暴力的运动。在没有更严重的感情支配时，笑常常由震惊或比较所引起，这时感情还来不及使自己的信念适应有矛盾的一面。（威廉·哈兹列特《英国喜剧作家讲座》）

尽管关于笑的来源有不同的认识，但有两点是共同的：一是引发笑的事物或事件是突发的、出其不意的；二是发自内心的本能的反应。从这个意义上说，耻笑就不属于笑的范畴。笑是严肃的反动。我们常觉得现实世界事物的尊严堂皇的样子是一种紧张的约束；如果突然间脱去这种约束，立刻就觉得喜溢眉宇，好比小学生在放学时的情景一样。（培恩语）手段和目的之间，原因和结果之间，思维和表达方式之间的不和谐，此外，伟大的、令人尊敬的、豪华的、壮丽的事物和无价值的、卑鄙的、低微的事物之间的对比，都是可笑的。对比的结果使我们并不感到尴尬。（摩西·门德尔松《哲学论文集》）如果笑那些卑鄙的、有害的东西，如果将它们与那些崇高的、有用的东西做一比较，由于所笑的东西都是卑微的，因此，笑的趋向就要同情和怜爱人类。当我们笑别人的蠢行时，我们便将自己的直观感觉借给了他们。（让·保尔·里克特《美学教育》）

喜剧和幽默均能引发发自内心的笑，但有很大的区别。亚里士多德认为：喜剧是对于比较坏的人的模仿。然而"坏"不是指一切而言，而是指丑而言，其中一种是滑稽。滑稽的事物是某种错误或丑陋，不致引起痛苦或伤害。现成的例子如滑稽面具，它又丑又怪，但使人感到痛苦。（亚里士多德《诗学》）黑格尔也认为：自在而自为的目的和性格都是没有实体性内容和自相矛盾的，因之不能实现。喜剧只限于使未来不值什么的、虚伪的、自相矛盾的现象归于自毁灭。（黑格尔《美学》）最平庸和最无聊的东西会惹人笑，同时最重要和最深刻的东西也会惹人笑，如果这里露出和他们的习惯与日常的观点相违背的最微不足道的情况。笑在这时只是一种自鸣得意的聪明的流露，只是一种说明他们有足够的聪明来理解这种对比和自己意识到这一点的标记。（黑格尔《西方文论选》）车尔尼雪夫斯基认为：丑，这是滑稽的基础、本质。只有到了丑自炫为美的时候，这才是滑稽。它内在的空虚和无意义以假装有内容和现实意义的外表来掩盖自己。丑在滑稽中我们是感到不快的；我们所感到愉快的是我们能够如此洞察一切，从而理解，丑就是丑。既然嘲笑了丑，我们就超过它了。（车尔尼雪夫斯基《论文学》）喜剧因为丑的存在而增强了感染力，笑因此而情不自禁。而幽默则不完全是这么回事。约翰·洛克说：机智存在于众多的意念之中，它以敏感的反应和多样的形式将这些意念汇集起来，它们总有相似或和谐之处，因此就构成了一幅幅生动的画面和一番番妙趣横生的景象。而判断正好与机智相反，它把意念一个个单独分开，很难找到它们之间的区别，因此也就不大容易从表面上判断出错误的结论，也就有可能因为它们之间的共同点而张冠李戴了。（约翰·洛克《论人类的理解》）乔治·埃利奥特说：机智的家系看来很奇特，它是谐趣、爱好、哲理和微妙感情的混合物，也许是一种对受折磨者不文明的揶揄。正是这种复杂的感情才构成了幽默——这就是事物朝着好的、美的方面转化的趋向。（乔治·埃利奥特《论德国机智》）

从笑的客体来说，可笑的事物都是属于玩具之类。小孩子在拿玩具游戏时要跳着笑，这是常见的。成人也喜欢拿玩具来取笑作乐。不过他们的玩具是经过化装的，比较更为复杂罢了。我们借游戏取笑，游戏本能就是笑的原动力。（莎笛斯语）能在一个人身上引起笑的反应的话题，好像用一种不愉快的感情替他做好了准备。看来，幽默是从不愉快变成愉快的感情转化中产生的。（赫伯特·巴里语）

剔除那些为人所耻的笑，所有的笑必须得由你自己的情不自禁来完成。一位德国母亲在1635年出版的《圣经》的扉页上写下这么一句话：上帝给了你一张脸，笑必须由你自己完成。

说得实在是太好了，值得细细咀嚼。笑，一种由内而外的心理表现形式，无论是莫逆于心的相视一笑，还是酣畅淋漓的开怀大笑，笑在脸上，享受在内心。"笑是最流动、最迅速的表情，从眼睛里到口角边。"钱钟书先生说，"因为发自内心，贴近灵魂，所以我们不能把它变成一个固定的集体的表情。"如果笑不是发自内心的，而是因为满足别人的某种需要装出来的，或者是受某种外力的影响或胁迫来完成的，笑作为勉强的产物，比哭更令人恶心。这是"笑，必须由你自己完成"的一层基本含义。

"笑，必须由你自己来完成"这句话的另一层含义也许更符合那位德国母亲的本意。这种笑，不仅仅是一种"从眼睛到口角边"的表情组合，而是一种直面生活的态度。无论你身处何种境地，都必须乐观地面对生活，尤其在困境中，哭和沮丧只会让你感到更绝望，只有笑着去面对，才能自己拯救自己。

哭和笑，若让人选择，恐怕选择笑的人多得多。其实，"笑，谁不会？哭，有多困难"。（倪匡语）稍大一点的孩子，在学校受到别人的欺负，一般不会在人面前流泪，但一旦回到家里，在亲人关切的询问中，会情不自禁地一把鼻涕一把泪。成年人也是一样，不论受到怎样的伤害或委屈，在大众场合是不会流泪的，回到家里，也不一定都流泪。但如果他（她）在你面前流泪了，你应该让他（她）哭个够，同时你应该感到幸福，因为在他（她）心目中你是最亲的人。

正常情况下，在你面前笑的人一定比哭的人多，尽管人人都希望有人面对自己笑，但一定要记住，有人在你面前哭，证明你更值得信赖。甚至可以这么说，如果一个人，一辈子看到的都是笑而没有哭是不幸的，即使是成功人士也是虚假的成功，这种人到死也很难听到哭声。

哭是一面镜子，有哭有笑的人生才是鲜活的人生。当有人在你面前笑时，你需要三思而后行，不要被假象迷惑住了；但当有人在你面前哭时，你一定要好好珍惜。

借口永远长不成理由

我不是一个勤于锻炼的人，以前在外面时，常常以工作忙等为由，"两天打鱼三天晒网"。身陷囹圄后，尽管许多亲朋好友劝慰我，无论如何把身体搞好，要坚持锻炼。无奈总觉得监狱里锻炼条件太差，把亲朋的建议搁置在"虚心接受，屡教不改"的层面上。

那天，一位曾经的老领导，一位令我特别敬重的长者来监狱探视我。闲聊中得知他刚从国外考察归来，我问曰："那段时间您没办法锻炼了吧？"因为老领导坚持长跑数十年如一日，风雨无阻。有几次我陪着他出差时，也未曾见他间断过。我问这句话的意思很明显，国外人生地不熟，就算你想跑也不认识路啊。他似乎看透了我的心思，反问了我一句："为什么不呢？难道还怕弄丢了不成？"

没等我回答，他把手一扬："每到一处，在宾馆住下，我都会取一张宾馆服务卡。早晨从宾馆出发，选择同一个方向，遇到十字路口，要么一律向右转，要么一律向左转，这样只会有两种结果：一是绕回了原地；二是圈子越绕越大，回不了原地。没关系，返回时，原先右转的一律向左转，原先左转的一律向右转，还能回不了宾馆？那服务卡揣在身上以备万一，实际上一次都没用过。"

就在我折服于长者的智慧时，他意味深长地对我说："借口永远是借口，成为不了理由。坚持锻炼只需要一个理由，强体健身，但不坚持下来会有各种各样的借口，什么天气不好啦，什么今天太累啦，等等，统统都是借口，千万别让它成为理由。"

借口不是理由，千万别让借口成为理由。很多天以来，我一直回味着长者的这句话，我之所以"两天打鱼三天晒网"，没坚持锻炼下去，不正是把各种各样的借口当作了理由吗？说到底，锻炼需要什么条件？作家郁风在监狱里待了七年，她说："七步之室，日行万步，没让身体垮下来。"只要想锻炼，能站的地方就能跑，能睡的地方就能做俯卧撑。监狱里的条件较之外面的自由世界固然差了许多，但这能成为不锻炼的理由吗？

其实，何止是身体锻炼这一件事如此，工作、学习、生活何尝不是如此！人常说：世上之事最怕"认真"二字。其实这"认真"二字中本就包含着"坚持"，不"坚持"，不持之以恒，何谈"认真"？有的人常以工作忙为理由而疏于学习；有的人常以年龄大了为理由而不再看书读报；有的人常以"礼尚往来"为理由放松对自己的要求，没有守住廉洁自律的防线；有的人常以社会大环境本就如此为理由，使拒腐防变的门洞开着……其实，这些"理由"统统只是"借口"。"借口"总比"理由"多，很容易挤走"理由"，一旦"借口"占了上风，一切正常就会变得不正常，悲剧能不发生吗？

由诸葛三兄弟想到的

《世说新语》关于诸葛亮三兄弟有这么一段文字：诸葛瑾弟亮及从弟诞，并有盛名，各在一国。于时以为蜀得其龙，吴得其虎，魏得其狗。诞在魏，与夏侯玄齐名；瑾在吴，吴朝服其弘量。读这段文字感想有二：

其一，三兄弟都为有识之士，能力超群，概其父母教育有方，但却忽略了"团结""和谐"教育。三国鼎立，蜀、魏、吴三分天下，三兄弟各据一方，若是联邦制国家，"三国"为一家，天下就是诸葛家族的了。但那时是三国鼎立，互为犄角为什么不同心协力、共事一主呢？你看后世多聪明，不要说三兄弟皆有盖世之才了，就是其中任何"一人得道"了，其他人还不都"鸡犬升天"了？三兄弟大可不必各为其主，苦心经营，只要凝成一气，不就能改写历史了吗？唯一解释得通的理由是：人各有志。古人有志气，现代人怎么就没有了呢？

其二，亮为龙，瑾为虎，留下英名，但诞却为何是狗呢？最早寻找的理由是，诸葛诞以魏国元老、征东大将军的身份要去投靠吴国，要做叛徒，没有坚守臣节。若果真如此，是应称之为狗。后读容若的《咏史》之四：诸葛垂名各古今，三分鼎足势浸淫。蜀龙吴虎真无愧，谁解公休事魏心。查找史料才知，诸葛诞并非背叛魏国，只是他不满司马氏的篡权阴谋。司马氏曾经派说客规劝诸葛诞投靠他的阵营，诸葛诞怒斥说客，言自己身受魏恩，已经抱了决死之心，不容有人篡权，结果被司马氏以叛乱的罪名害死。原来又是一起冤假错案。

那《世说新语》为什么还称诞为"狗"呢？在一次无意的读书中我找到了答案，"狗"并非污辱贬低之意。《尔雅》里说，熊和虎是势均力敌的猛兽，人们把熊和虎的幼崽称之为狗。如此回过头来读《世说新语》，"并有其名"才合情合理。

历史容易被误读，更多的时候是政治的需要，但历史终极会还其本来的面目。但愿历史在我们手上不要改变其本来的面孔，给后世一个明明白白的交代，希望这不是我"达达"的想法。

学费、扩招及其他

在我读小学的时候，教室里的墙上写着毛泽东的"好好学习、天天向上"，学校的围墙上写着更大的字"百年大计、教育为本"。那时候啥都不懂，但同村的二狗家几个孩子上学，凭着生产队的一张证明，不用交一分钱就能和我们一起上学，这事给我留下很深的难以磨灭的印象。

在读中学的时候，教室里的字换成"教育要面向科学、面向未来、面向现代化"，外面的字还是一样。但到高中，忽然学费高出了许多，一学期要交三四百块，好一点的学校复读生甚至按当年高考分数收学费，差一分一百，十分一千，一百分就是一万。那个时候，一个县里的万元户也没有几个，但望子成龙，借债复读的人大有人在，能够复读上的多半还要找关系。

我上大学的时候，正是教育产业化全面启动的时候，助学金取消，实行奖学金和助学贷款制度。每年最高奖学金是350元，贷款额度是300元。我是比较省吃俭用的，但四年下来还是背上了一千多元债务，毕业证扣在学校，等还清贷款才能领回来。别小看这一千多元钱，在今天是小事，但当时我们毕业一年后转为助理工程师，工资每月才106元。当时同时推出了九年义务教育制度，但乡下的侄子侄女上小学每学期要交几百元，我很是不解，不是义务教育吗？权威人士出来解释了，义务教育不等于无偿教育。这是什么逻辑？我们参加学校组织的义务劳动不是无偿的吗？现在懂了，这就是中国词汇的"特色"，下岗不等于失业，倒闭不同于破产。但我所谓的"懂"也只是一知半解，至于"下岗"和"失业"、"倒闭"和"破产"、"义务"和"无偿"有何区别还是没弄明白。

自从教育产业化推行后，学费就噌噌地一个劲儿猛涨，比那破土的竹笋长得还快。在产业化的指挥棒作用下，什么计划外招生、委托培养、定向招生、联合招生等等层出不穷。高额的学费让一些学生，尤其是农村里的孩子不得不早早地放弃读书的念头，一些父母因为孩子考上大学交不起学费而自杀的消息常见于报端。

其实，教育产业化不是咱中国先提出来的，加拿大、美国、英国等很早就提出了教育产业化这一办学方向。但人家的教育产业化是以什么为基础的呢？它根本不是以收取学生高额学费来实现产业化的，而是坚守传统的办学理念和办学目的为前提，拓展大学的社会作用，是基于"不抱着过去的成就向后看，而是创造未来向前看"，充分利用大学所共有的知识和智力优势，积极主动参与解决实际问题，通过产、学、研互动来实现。他们并没有把教育产业化的资金来源转嫁到学生头上。

有人对此提出异议，立即又有权威部门出来解释："人家是发达国家，我们是发展中国家，咱们国家很穷，国家负担不起。"有道理，咱们国家是穷，但国家不是一直在说"再穷也不穷教育"吗？国家穷是什么概念？是最基层的老百姓穷，最基层的老百姓孩子上不了大学，大学不就成为富人的俱乐部吗？再说，人家朝鲜穷吧，解体后的俄罗斯日子难过吧，咱中国改革开放的成就举世瞩目吧，为什么老百姓孩子上学交的钱越来越多呢？

又有人出来说话了，现在大学扩招，国家负担重了，一个大学生培养出来仅靠那么一点学费是不够的，国家还要贴进去许多钱。是的，这话没假，但有两个问题我不明白：其一，产业化就一定要扩招吗？其二，公共财政的支出方向和重点不是公共事业公益事业吗？对第一个问题，有人给出了这样的解释：不扩招就有许多农村孩子没有大学上。真的是这样吗？如果没有高额的学费门槛，公平竞争，农村的教育资源尽管不如城市，但能考取大学的比例未必比城市里低。对第二个问题，有一个更为奇怪的理论：财政收入里穷人的贡献少。这话也不假，但教育的公益性恰恰是通过税收杠杆来实现的。有些人不耐烦了，说你不了解中国的国情，一个字——穷。说得好，既然穷为什么要拼命扩招呢？真的是招收得多国民素质就提高得快吗？这个问题不用我回答，许多有责任心的教授早已给出了答案——如今的大学生不及过去的中专生。

现在的情况有所改观，"不让一个孩子因交不起学费而辍学"。这是政府工作报告说的话，我听了确实很感动，但我还是有些担心，如此高额的贷款，让一个大学生还没有走出校门就背负起如此沉重的债务，势必影响他们回报社会的激情，而且在一边毕业一边失业的背景下，许多很有天赋的孩子在中学就放弃了参加高考的念头，这种恶性循环的危害性是不可低估的。

最后谈一点招生方式存在的问题。在我们上大学填写志愿时还有一栏——"是否服从分配"，现在没有了，都是网上填写志愿了，这也没关系，但对于农村中学的孩子，在填写志愿时多少有些盲目性，不知道怎么填写，弄不好就"撞车"了，考了再高的分数也只能没学上，这对于农村家庭来说意味着什么？我们的教育当局"以人为本"的精神在哪里？

五官民主生活会

民主生活会是党内组织生活的一种重要形式，通过开展批评和自我批评，本着"有则改之，无则加勉"的态度，达到相互学习、相互监督、相互提高之目的。

笔者参加过很多次民主生活会，有几点心得体会：一是自我批评是必须的。通常情况下不要拘泥于具体问题，多从世界观、人生观和价值观上找问题，外加一个学习观。如：学习还不够深入、系统（活到老，学到老，有谁敢说自己学够了呢？）；世界观改造不够彻底（观念这东西本就没有底可言）；价值观没有做到与时俱进；人生观有待进一步改造，宗旨意识有待进一步提高，群众观念有待进一步深入……在这方面最好不要创新，根本不要担心重复，有抄袭之嫌，别人怎么说，你就怎么说，肯定不会有问题。二是相互批评要视情况而定，最基本的原则是，他不批评你，你不要批评他。即使是对你有意见或者你对他有意见的，也没必要做到：事说当面，做事明面，有道是"宰相肚里能撑船"。若是面对你的领导，批评还是需要的，如何不遵守《劳动法》，带头加班加点；如何不珍惜自己身体，有病硬扛着，要知道身体是革命的本钱，等等，即使前面有人说过了，你不要怕麻烦，怕浪费时间，得诚恳地再说一遍。三是整改计划要全面，要有高度，要以虚为主，以实为辅，切不可具体到到人到事到时间，如此就不会自己绑架自己，自己束缚自己。若有一份发言提纲，把它保存好，来年还可以再用，若没有也没关系，开会前到网上下载一下，放之四海而皆准。

私下认为，民主生活会是一种非常好的组织生活方式，糟蹋这样的一种好的东西太可惜，于是把它运用到家庭中，每年召开一次家庭民主生活会。记得第一次召开家庭民主生活会是在一个年三十的晚上，一家三口在看完春晚后由我提议召开的，并率先发言。我首先简要回顾一年中的得与失，尤其在承担家庭义务方面、照顾孩子方面、体谅妻子方面做深刻检查，以事实说话，举例说明，可谓声情并茂，声泪俱下。在我的带动下，妻子和女儿都先后发了言，都非常深刻。特别是年仅十多岁的女儿那天算是动了真感情，讲到某次考试私自改了成绩单，说到某次不该与妈妈顶撞，等等，高兴得她妈妈一把把她搂在怀里，直说女儿懂事了。

扯得有些远了，这与题目中的"五官"有些相距甚远。请诸位朋友不要误解，此处的"五官"不是指党政机关的五大官员，而是本人脸面上的五大器官——眼、耳、口、鼻、舌等。为什么要开这"五官"民主生活会呢？是不是闲得没事干？你还甭这么说，单位里的民主生活会开腻了，家庭民主生活会开出效果来了，"五官"既是一个"组织"，当以"组织"的方式要求它们，反正是第一次，有没有意义待会儿再请诸位评说。

"五官"都到齐了，我先委托嘴巴来个开场白。

嘴巴说：主人如今不再是千军万马之统帅了，孤身一人，连妻子儿女都不能伴其左右，只有我们五个还跟随在主人身上，大家这些年跟着主人吃了不少苦，受了不少罪，今天主人召集我们开个民主生活会，请大家畅所欲言，还谁先发个言？

眼睛眨了眨说：感谢组织上的关心，感谢主人给我这个机会。都说眼睛是心灵的窗户，算主人的厚爱，我跟随主人40余年了，至今不近视也不远视，生下来是两只，现在还是两只，没有少一只，也没有变成四只。最近在阴暗潮湿的地方蹲久了，有点散光，看东西有些模糊，但问题不大。这些年我虽尽心尽力，但仍感到对不起组织，对不起主人。第一，我不会察言观色，不会灵敏地捕捉他人内心世界，以至于让主人吃了不少亏；第二，我偏偏又喜欢嫉恶如仇，喜欢关注那些灰色阴暗的东西，让主人生了不少气；第三，都怪过去那个漂亮的英语老师，叫主人背单词背课文，主人白天背，晚上背，站着背，坐着背，躺在床上还要背，睁着眼睛，闭着眼睛，好了，养成了翻白眼的习惯，许多不了解的人还以为主人清高，瞧不起人，留下不好的印象，用时下流行的话说，这形体语言上的缺失给主人丢了不少分……

眼看眼睛要哭了，我忙打断了他的话，这一点不全是你的过错，是主人没把握好，不过，也不是一点积极作用没起过。还记得大学期间，那位漂亮的女孩是怎么找到我的吗？主人只是到她们宿舍去过一次，她就能依据"翻白眼"这条线索找上主人，虽没和主人成为终身伴侣，但和主人共同度过了一段美好的时光，不然哪有这般美好的回忆呢？

眼睛听我一说，果真喜上眉梢，接着说：我唯一感到自豪的是，我很坚强，即使主人手指被冲断，人被车撞到，我没流过一滴泪。当然，我也不是钢铁般无情，主人心软，流的泪也不少。最后我向主人提一个意见，看书的时候，每隔一段时间让我休息一下，看看窗外的花草树木，蓝天白云，请主人放心，我保证不看女人石榴裙下……

眼睛的发言很实事求是，算开了个好头，我赞许地点了点头。

鼻子耸了一下要发言了：主人你不要光点头，我要发言了。首先我要向组织上做深刻检查，我过去受到过的赞扬太多了，都说主人的鼻子生得好，既丰厚又挺拔，就连不少易学家都对我说，瞧这鼻子，一定是干大事业的。主人这些年官运亨通，在每一个层次都以最年轻的精英形象出现，我也信以为真了，盲目乐观起来。如今，主人落难了，我一直在反思这个问题。现在我终于明白了，我的丰厚本不是我本来的面目，是因为螨虫的污染，钻到我身体里，形成酒糟鼻所致。主人虽带我跑了很多医院，用了很多药，但都不见效果，反而越来越大，越来越红了。

还有一点，外人看不出来，主人也是前几年才知道的，我的鼻中隔是弯曲的，只有一个鼻孔能呼吸。那年主人没办法睡眠，常在睡梦中因呼吸困难而被憋醒，到医院做了鼻甲肥大切除手术。按医生的意见，还要再做鼻中隔弯曲矫正手术，但主人放弃了。现在想一想，主人此次灾难，是不是与这鼻中隔弯曲有关呢？

真是一语惊醒梦中人。鼻子的反思可谓思想解放，深刻精辟，见解独特。

我本想表扬两句，但这时耳朵说话了:鼻子兄弟，不要难过，要说对不起主人，首当其冲的是我。人常说，聋子耳朵是个摆设。我虽不聋，但基本上不起什么作用。主人对我的要求又严，小人的话不让我听，要听也是左耳进右耳出，批评的话主人倒是愿意让我听，但主人性情耿直，有些固执，常虚心接受，屡教不改。人们常称赞有出息的人为"方面大耳"，主人的脸虽不是正方形的，但也算得上长方形，至少不是圆头滑脑的，但我长得太小太张扬，耳垂不大，不可能给主人带来福气，长得又不服帖，不可能给主人找到好的靠山。主人在仕途中虽然风光多年，那是他用血汗换来的，现在之所以出这么大的事，与其没有靠山是有很大关系的。即使主人这次不落难，因为没有靠山也很难有大的发展。现在说这些算是"马后炮"了，要是早点把我向后拉拉，说不定主人的命运会有所改变。

看来这个民主生活会开得太迟了，耳朵虽小，但话说得也算与时俱进。

嘴巴发言了，这应该是它的强项，众兄弟都集中精力，想听听嘴巴的高论。

各位兄弟，我的发言必须要舌头兄弟配合才能完成，它是幕后英雄，我首先应该感谢它多年来默默地奉献。

我觉得最应该检讨的是我，嘴巴太笨，别看我做报告时，能抑扬顿挫，有时还能妙语连珠，博得个掌声如潮，但那顶个屁用，把十个字的一句话拆开成两个字三个字的，变成三四句话，那才叫有水平。

我最对不起主人的是不会甜言蜜语，不会阿谀奉承，不会到什么山唱什么歌，不会见人讲人话、见鬼讲鬼话，只会讲真话实话，不会讲假话空话，连赞扬的话也很少说过，批评人的话说得多，总认为成绩不说摆在那里飞不走，问题不讲搁在那里解决不了，迟早要出问题。总以为忠言逆耳、良药苦口是放之四海而皆准的伟大真理，哪知道如今时代不同了，"逢人只说三分话，不可尽抛一片心"，而且这三分话还要讲得艺术讲得和风细雨，讲得哈哈大笑为最妙，这是衡量一个人的领导水平和领导艺术的标志。

还有一点，就是眼睛兄弟，咱们不是一家人不进一家门，你老是看别人的毛病，看那些坏事、丑事、假事、恶事，这些信息传递给我，有时我忍住不说，但有时实在忍不住，主人又咬牙切齿了，我把它说了出来，也不知道把它"艺术"一下，于是惹了不少祸。真是祸从口出啊！我是真的该打啊！

我赶紧打断嘴巴的发言，舌头和嘴巴，你们也不要太自责，这些年你们跟着我吃了不少苦，当年踢足球摔的那一跤，被啤酒瓶刺伤，嘴巴缝了17针，去年舌头又被我咬断过，我没照顾好你们啊！

本想再说两句，要大家齐心协力，科学发展，和谐相处，共渡难关，但心猿意马，难以平静，于是把手一挥，宣布，今天的五官民主生活会到此结束。

法海多管闲事为哪般

《白蛇传》中的法海人皆恨之，千方百计要拆散白蛇和许仙，是为何故？

据民国以前的说法，事情是这样的：吕洞宾在西湖桥边卖汤圆，当时还是小孩的许仙，买了一碗汤圆吃了，结果三天三夜不想吃东西，急忙跑去找吕洞宾。吕洞宾清楚，他的汤圆实际上是仙丸，但终拗不过许仙吵闹，便将许仙抱上断桥，双脚倒拎，将汤圆吐了出来。结果汤圆掉进西湖，被正在湖中修炼的白蛇吃了，长了五百年的功力，白蛇就此与许仙结了缘。而同在此地修炼的乌龟，也就是日后的法海和尚，因没能吃到汤圆而对白蛇怀恨在心。

还有另一说，法海修炼时就追求过白蛇，但被白蛇拒绝了，所以法海恼羞成怒，誓要报仇。用现在的话说，我得不到的东西别人也别想得到。

这两种说法都比较可信。因为它不仅符合常理，而且也有现实基础。请看真实故事一例。

某学校一貌美副校长在校长即将退休时，想接替校长之位。校长和她的关系很好，两人同为学校领导，是领导和被领导的关系，她当上副校长与校长的提携和培养不无关系。学校里的老师对他们镜花水月的情意，早已有多义且美妙的议论。她在校长面前说话和行事向来横冲直撞，无所顾忌。此次机会出现，她更是直白表达："我要接你的班。"校长说："我已向组织上推荐了，接任校长估计问题不大，但书记可能是上面派人来。""那怎么行呢？你不是书记校长一肩挑的吗？"她拂袖而去了。去找谁呢？

她去找她的新任情郎——某检察院检察长，娇嗔着诉说自己的怨气。检察长先生说，这事好办，你等着好消息吧。三天后，校长被检察院带走，那位可能来接替任命为书记的人也被带走了。她顺理成章地成了新的校长兼书记，估计是检察长先生在审讯校长的过程中，发现了他和副校长之间的"多义和美妙"，校长被判十年，而那位"准书记"被放了回来，弄了个违纪处分。

"汤圆"也好，情也罢，都是挺美妙的东西，一旦有多人想得到，就会有斗争，腥风血雨是难免的。许仙无用，白蛇多情且武功高强，但法海还是千方百计把她困在雷峰塔下。现实生活中"法海"法道无边，囚禁了他人成就了自己。真该拍一部新版《白蛇传》了，可能还不够，《青蛇传》《黄蛇传》《黑蛇传》……世上有多少颜色就可以拍多少部《蛇传》，人比蛇复杂多了。不信，走着瞧。

由孔子的"义"和"道"想到的

春秋时期，鲁国有这样一条法规：凡是鲁国人到其他国家去旅行，看到有鲁国人沦为奴隶的，可以自己先垫钱把他赎回，待回到鲁国后，再到官府报销。官府用国库的钱支付赎金，并给予一定的奖励。

应该说鲁国的执政者出台这条法规，是充满人性的，是负责任的，是值得称道的。

孔子的一个学生到国外去，碰到一个鲁国人在当地做奴隶，就掏钱赎出了他。回国以后，这个学生没有张扬，也没有到官府去报销所垫付的赎金。按照现在的观点，这一做法，无疑是"雷锋"之举，是应鼓励和提倡的。但是，孔子知道后，非但没有表扬这个学生，还对他进行了严厉的批评，责怪他只为小义而不顾大道。

孔子认为：由于学生的这个做法而被人称赞，那么其他人在国外看到鲁国人沦为奴隶的，就要对是否垫钱赎回来产生犹豫。因为想赎回奴隶又想去报销费用的人，担心别人说他不高尚、不仗义。这样，客观上妨碍了更多的在外流浪的鲁国奴隶被赎回来，使这么好的政策在执行过程中大打折扣。

应该说，孔子看问题是深刻透彻的，不局限于一时一事，哪怕是件好事，他也从这件好事的背后或者另一个角度去深刻考虑它会产生什么样的后果。社会需要"义",需要义举,需要"雷锋",但社会更需要"道",需要秩序,需要规则和责任。尤其是作为"富一方百姓,保一方平安"的执政者,更应该清醒地看到这一点,千千万万不能把"义举"和"爱心"纳入自己的财政预算,应切实承担起自己应该承担的责任。

笔者有此忧虑,实为事出有因。笔者曾在政府工作多年,遇到过的灾害、灾难着实不少,每每在研究如何救灾、济困、扶贫时,通常都有几个"一点"的做法:政府财政出一点,个人承担一点,社会捐助一点。这本也无可厚非,但,面对"社会捐助"这个未知数,政府切出一大块来等待"善举""义举"之士的慷慨解囊,倘若这一大块有"缺口"了,怎么办?至少有人来补这"洞"吧,谁来补?天经地义的应该是政府,即使社会捐助这"一点"为零,也得尽快补上,因为这原本就是你的责任你的义务。可事实上呢?社会捐助了多少,有多少粉就有多少面,算是不错的了。此话怎讲?君不见下级政府每每克扣上级拨付的救灾款、扶贫款,买豪车、建豪宅的事见诸报端吗?能见诸报端的恐怕是被查到的,还有多少没查出来的,自然也未见诸报端的,又有多少?

社会救助是"义",越多越好,这是无疑的。政府帮扶是"道",是执政者的责任,是公共财政必须支出的范畴。"义"不可替代"道","道"更不能因为"义"的存在而不行其"道"。否则,"道"就不可道,久之,"义"亦不存,"道""义"丧尽,祸国殃民,难以收拾。"皮之不存,毛之焉附?"私下认为,这"皮"是"道",这"毛"是"义",公仆们,你觉得呢?

自重和面子

自重,《现代汉语词典》有两种解释:物体自身的重量;注意自己的言行,抬高自己的身份地位。其实这两种解释有着内在的必然的联系,读过这样一则故事:

一位元帅手下有一位年轻的将军,常满腹牢骚地埋怨元帅不提拔和重用他。一天,元帅对将军说:"你随我到炮营,我们搞一次炮击训练。"将军跟着元帅到了炮营。元帅吩咐士兵送几枚炮弹和几堆羽毛来,先是命令将军将羽毛装进炮膛开炮,结果可想而知,羽毛满天飞,有的落在炮身上,有的落在将军的头上。元帅再命令将军装进炮弹进行轰击,一声巨响,炮弹带着火焰射出炮膛,在几百米外的地方爆炸了。元帅问将军:"你回答我,为什么炮弹会射到几百米外,而羽毛最远的也不过十米?"年轻的将军低头回答:"因为羽毛太轻没有重量,炮弹却有自身的重量。"

自身的重量决定着"自重",从这个意义上说,"自重"的衍生含义仍是以"自身的重量"为基础。自重,常与自尊、自警、自省连在一起,警示人们保持清醒的头脑,约束自己的行为,以达到完善人格的目的。

常言道:"树要皮,人要脸。"这说明"脸"在人们生活中的地位极为尊贵。但这里的"脸"主要不是指人们可以看得见的那张脸,而是指看不见,摸不着的脸面,即面子。这面子代表着作为一个人的人格和尊严。给了面子,就是尊重了人格;扫了面子,就是侵犯了尊严。因此,人们向来很重视面子问题。

面子问题的确不能轻看。把面子问题看轻了,不是脊梁断了,就是骨里缺钙,就会为人所不齿。袁世凯卖国求荣,汪精卫甘当汉奸,不仅仅是自己不要面子,连老祖宗的面子也让他们给丢尽了,以至于得下千载骂名。晏子使楚,楚王让他们"狗门"入,意欲羞辱,不料晏子却以一句"出使狗国,方能从狗门入"的话反向羞辱了楚王。这不仅保全了自己的面子,更重要的是保全了齐国的尊严,所以赢得了万代景仰。

然而,也不能把面子问题看得太重了。在不该爱面子的时候爱面子,这恰恰是件很丢面子的事。鲁迅笔下的阿Q老兄、孔乙己老先生均是爱面子的典型,但丢了大脸的正是他们。现实生活中也有不少人,他们因为一句"丢面子"的闲言碎语而鸡争鹅斗,甚至不惜以命相抵,这更是愚蠢之举。

关于面子,有两个问题需要弄清楚:其一是面子要不要讲,值不值得去争?其二是面子到底是谁给的?对于第一个问题,关键是要看"面子的价值"。如果事关国家、集体的荣誉或者为了维护自己的正当权益,为扬正气、树道德、正法纪,那这个面子就一定要讲、要争,否则就是"窝囊废"。而如果是日常生活中的一些鸡毛蒜皮的事,如同事来往中的纠葛、朋友相处中的矛盾等,那这个"面子"就不必再费精力了。因为争这样的面子,一来会影响人际关系,二来给人小肚鸡肠之嫌,让人瞧不起,反而没面子。遇到这类的"面子"问题时,就想到从尊重对方面子以维护人际关系的立场出发来处理,要懂得,给人面子也是给自己面子。

常听人说"给你面子""给我面子"之类的话,似乎面子是他人给予的。但面子真的是他人给的吗?每个人都只有一张脸一个面子,他给了你,自己的面子便没有了,他会傻到连自己的"面子"都不要的地步吗?第二个问题的答案是:他人给不了你面子,面子是自己给的。自己如何给?两个字:自重。这是前提,是关键,更是本质所在。

春晚的鱼

央视春晚是道大餐,因众口难调,甚是难做。然有一观点正在被越来越多的人所接受,"春晚是父母们为儿女们准备的除夕的年饭,相聚在一起,重要的是品尝幸福和快乐,儿女们没必要去追究每道菜的具味"。这是我几年前对友人说的,用陈小川先生的话说,"形式重于内容"。

这么说,并不是说菜肴的质量、品味、口味不重要,若是父母精心准备的一桌子看似丰盛的年夜饭,子女们不动筷子,不仅父母会伤心,"形式"因为没有"内容"而真的没有意义了。这不,由于连续几年魔术的神奇魅力,今年春晚上了几道"魔术"菜,特别是那几条从画里"游"出来的鱼,既吉祥又鲜活,是道好菜。

可能与我品尝这道菜的心情和心境有关,当"鱼"从美丽的画中游到精致的鱼缸时,我的思维已经穿越了时空,想起纳兰容若的那条"美人鱼"——夫人卢氏。

"旋拂轻容写洛神,须知浅笑是深颦。十分天与可怜春。掩抑薄寒施软障,抱持纤影藉芳茵。未能无意下香尘。"这首《浣溪沙》是纳兰词中不多见的一抹亮色。在纳兰眼中,画中的女子,眼前的女子,怎么那么美呢?就连皱眉嗔怪的样子看上去也是一种浅笑。画中的妻子，衣衫是不是太单薄了，有一丝丝凉意？赶快，加上几笔，安置一道屏风，再加一个柔而暖的垫子。这般爱怜，画中的人难道不会为之感动，走出画幅，来到他跟前吗？

"身外事为心外事，眼中人是意中人，幸福的极致怕也就是这样了吧？"有人不无羡慕地说。美女就是美人鱼，但纳兰眼中的美女不是别人，而是自己的妻子。这多少让我感到有些意外，怎不是恋人抑或是情人呢？

鱼儿离不开水，这是人人皆知的道理，但我却觉得这恐怕是人们一厢情愿的想法，是人话，而不是鱼的话。若那位帅哥魔术师真的懂"鱼话"，你问问它这世界上对它最重要的是什么？想必它不会说是水。它也许是喜欢那只漂亮的鱼缸，或那翻腾的气泡，或色彩斑斓的石头，或杂草，或野芦苇，但不会想到水。"不识庐山真面目，只缘身在此山中。"完全置于其中，恣意取用，一切已成习惯。何时才能发现水的存在意识到水的重要呢？没有水的时候。

多余的话我也不说了，鱼如此，人呢？尤其是当下的人们。一盏一直亮着的灯，没人去注意；一直存在的亲情，没人去珍惜；生来就有的自由，没人去重视。一旦灯忽明忽暗，抑或灭了；亲情失去了；自由没有了，是人都会感觉到的，这些之于人原本和水之于鱼一样，最重要最根本的东西往往被忽略了，有些可惜，甚至可悲。

人生是一道菜

孩童时的女儿，口味很挑剔，对长年累月的几道菜乏味而失欢，吃饭成了实足的折磨。虽然妻子也想方设法变换做菜的花样，但并没有什么效果。

我对于吃是不太讲究的，只要能吃和吃饱就行了。看见女儿那样难熬和妻子那样难过，我忍不住对妻子说几句做菜的建议:能不能改成这样烧法……？妻子本来就窝着一肚子火，就冲我抱怨:"哪有那么做菜的！""人家都是那么做的！""从来就没有听说过你说的那样做法！"遭到如此反驳，我还能说什么呢！继续争辩下去，也不会达成共识，因为人的思想观念往往是根深蒂固的，想改变是很难的。幸运的是，妻子虽然有点执拗，但还是选择了改变的尝试。慢慢地，女儿竟感觉"饭香"了，还时常在同学那里对妈妈的厨艺津津乐道。

反观身边的人，乃至社会中的很多人，被自己成长过程中习得的"经验""常识""习惯""观念"所困，不能自我觉察进而导致思维僵化的，不在少数，这些人窒息了自己的心智，失去了变通、尝试中获得快乐与惊喜的机会。安于现状，当然会有轻车熟路的轻松，但生活也常常会陷入单调与枯燥，从而也失去了本来可以拥有的从改变中获得的惬意。

之所以改变起来很难，就是因为改变的前提是：需要打破既往稳固的思维模式与习惯方式，乃至深入骨髓的思想教规。这样做是需要勇气的——常常需要付出遭受挫折的代价。与其冒险改变，不如龟缩在既有的生活习惯与模式里来得悠哉。

这种改变的困难，造就了无数芸芸众生的平平凡凡。大凡那些取得成功的人，都具有与众不同的特质。在这些特质中，善于改变自己是异常突出的亮点——说得时尚一点，就是创新精神。

人只有不断地打破原来的自我框架，才能走上一条重塑自我的路。那种困囿于自我的人，无疑是在故步自封，和作茧自缚并无两样，但也注定布满着莫名的枯燥与寡然的索味。

当然，生活本身就源自于我们自身的选择，包括喜怒哀乐。只不过，我们完全可以通过改变，来尝试获得意想不到的喜悦，即使因为选择了改变而遭到挫折，但增添了人生的体验与阅历；而放弃改变，就会在陈规陋习中被窒息，错失了人生可以活得丰富多彩的契机。

人生就是一道菜，如果菜的基本原料差不多，那么菜的口味如何，就取决于选择做菜的方式与方法了。

雅俗之间

何为雅？何为俗？朱自清先生是这样认为的：雅俗原是都雅。这个雅就是成都人说的"苏气"；俗原是鄙俗，鄙是乡野，这个俗就是普通话里的"土气"。这两"气"本是不相容的，但为什么又有一个成语叫"雅俗共赏"呢？

其实，这期间经历了很长的磨合过程，我还是引用朱自清先生的观点。他说：中唐时期，禅宗的和尚就开始用口语记录大师的说教，其目的是求真与化俗，而化俗是为了争取更多的信众。尤其是在经历了安史之乱后，"士"和"民"这两个等级的分界不像之前的严格和清楚了，显示出现了口语记录，即"语录"这种著述体。到宋朝又出现了记述有趣杂事或发表自己意见的东西，叫作"笔记"，渐渐地使文字走上了"雅俗共赏"的道路。尤其是宋朝"做事如说话"，苏东坡等在黄山谷提出"以俗为雅"的主张并积极实践。

诗本是最雅的（这里的诗是指古体诗），词后来虽然渐渐雅化或文人化，可是始终不能"雅"到诗的地位，所以词又叫"诗赊"。而词变为曲，不是在文人手里变的，而在民间变化的，所以曲比词更俗，虽也经过雅化或文人化，可是"雅"不到词的地位。至于小说和戏剧在过去的文学传统里多半是没有地位的，包括《三国演义》《水浒》《西游记》《红楼梦》等现在被称之为"四大文学名著"的小说，基本是口语的文言或白话文，这些没经过雅化的作品，在雅化的传统里是没有正统的地位的。从这个意义上讲，是"雅俗共赏"成就了"四大文学名著"的地位。

"雅俗共赏"，标准是以雅为主，受众要兼顾俗人，雅的一方适当降低一些标准，俗的一方适当提高一些素养，做到"俗不伤雅"。一些大家的作品都能做到这一点，而有些文人却"俗"不出来，抑或不愿"俗"，写出的东西高深莫测，云里雾里，能读懂的人少之又少，有时连他自己也很难准确地表达出来。这类文人虽不敢把他归为"附庸风雅""矫揉造作"之列，然其实际效应也相差无异，不过好在他的受众面本就很少，多一篇少一篇，无伤大雅。

还有一类就比较危险了,借倡导"大雅大俗"之名,走向"雅得这么俗"或"俗得这么雅"的极端,和低级趣味的东西混在一起,真正是"俗不可耐",害人不浅。

雅和俗,不仅体现在文学中,生活中也有很好的体现。"叶公好龙"是在装"雅",现时一些不读书的人因为钱多了没处花,弄个大书房,摆满各类书籍,装点门面,也是在装"雅"。还有一些看起来衣着很文雅的人,一张口就是污浊之言,"俗"得全裸还不算,还要满身糊上臭鸡屎,看似雅俗集于一身,实乃草包一个。

雅和俗体现在爱情上也很耐人寻味,有些人渴望浪漫,过上优雅的情感生活,有些人又钟爱于物质,把情爱寄于物质的包围圈中。这两类人都谈不上真正幸福的人。真正的爱情,也是雅俗共赏的,平静地相守才是真正的可贵。如同林清玄先生所言,"守静"不只是爱情,也是生命的最高的情操。"那样的感觉像是:航过千辛万难,惊涛骇浪而渐渐驶进一个安全的港湾,纵然有万劫不复的情爱,终也会倦于漂泊流浪吧!"

雅俗共赏,是件不容易的事,无论是著书立说,还是生活爱情,不可能一挥而就,轻而易得,其实它不是结果,而是过程,故你我都能朝这个方向去努力,过程很多时候比结果更重要,只是往往被忽略了。

也说道德与法

之所以"也说",是因为这是一个常被人讨论的话题,大到"以德治国"和"依法治国"的国策大政,小到一个人的行为约束力。

提倡"以德治国",固然没错,但道德的力量是有弹性区间的,只有当社会的公平与正义能够得到法制很好的维护时,道德的力量才显得强大。而当社会的公平与正义遭到破坏时,道德的约束力是非常非常有限的。人们常说的一个词叫"道德底线",什么是道德底线?按常规的理解,那应该是不能再突破的最低防线。如果突破了怎么办?是不是就受到法律的而非道德的制裁呢？如果不能做到这一点，这种底线的存在还有什么价值？或者说，这个底线本身就不能称之为底线。

比如，包二奶是不是超越了道德的底线？我想绝大多数人会点头予以肯定，但又有哪部法律对此给予制裁打击了呢？所以说，法与道德在共同规范约束人们行为的时候，不应该留下如此明显的真空或者盲点，否则，就会相互消减彼此的力量。

作家易中天说，道德底线是属于内心层面的。对此一论，我不敢苟同。他说："我偷东西，但我不杀人。就算被人看见了，也不杀人灭口。或者说，我偷东西，但我不奸淫。"我很佩服易中天先生的勇气以及他的"盗亦有道"的逻辑，但问题是，你的道德底线是这样的，可能张三的道德底线不是这样的，还有可能李四的道德底线正好与你相反，怎么办？尽管这个时候每个人都在坚守自己的道德底线，但社会已经乱套了。道德的基础是公德，是属于整个社会层面的需要人人遵守的准则，"私有化"了还叫"公德"，还有约束力吗？

还有一个例子可举，我曾经在一篇文章中也说过。如果一对生活难以为继的夫妇，在如何找钱生活的问题上，面临两种选择：一是丈夫去偷抢钱财，一是让妻子去卖淫。这个问题大多数人给出的答案是一致的，宁可违法去偷抢，也不愿做那见不得人的事。比对一下这两者之间的利害关系，看上去好像道德的约束力更大些，其实不然，社会上以卖淫为生的人还少吗？只不过把它摆到桌面上就很难堪了。如果法律在这个问题上没有真空，道德的约束不是更有力量吗？

国人挂在嘴边的一句话"合理不合法"，或者倒过来说"合法不合理"，为什么会有这种逻辑的存在呢？这就是法与理不统一的结果，而这里面的"理"包含着的正是"道德"。看来，我们的立法者确实需要认真考虑考虑这个实际问题了，不能再拖了。

由《凡尔赛和约》想到的

学过世界史的人都知道那个著名的《凡尔赛和约》，这是一战结束后，世界正义力量催生出的一项伟大成果。1919年，世人对发动一战的德国口诛笔伐，协约国决定惩罚同盟国，使一战成为"终结所有战争的战争"。《凡尔赛和约》是在这种历史大背景下应运而生的。合约规定，德国裁军并放弃包括殖民地在内的大片领土，并实施战争赔款。应该说，这一合约是正义的产物，但正义带来了什么结果呢？

当时，德国虽在《凡尔赛和约》上签了字，但一部分德国人包括其他国家的一些经济学家认为，这个和约无助于和平，只会适得其反，招致更大的灾难。果然，不到两年，德国就开始不按照和约之规定，拖欠赔款，迫使协约国不得不削减赔款数额，1932年彻底终止了赔款。希特勒及其纳粹党则充分利用和约带来的痛苦，于1933年"顺应民意"地上了台，于是第二次世界大战不可避免地发生了。至此，梦想使一战成为"终结所有战争的战争"的人方感到一场噩梦真正降临了。历史无法再倒回去重来一次，我们无法设想，假使没有《凡尔赛和约》或者和约中没有如此难以承受的战争赔款，世界会朝哪里走去呢？二战会不会发生呢？但这一事件给我们的启示和反思是深刻的。维护和平不能仅靠良好的愿望，伸张正义所采取的措施，它的积极作用和消极作用都必须要同时考虑清楚，若超过了一定的度，不仅事与愿违，而且适得其反，会变本加厉出现"报复性"反弹。

联想到时下政府考核中的一些做法，如安全生产、社会治安综合治理、计划生育，包括一些地方政府追加的信访工作，都被纳入"一票否决"的范畴，看似突出这些工作的重要性，但如此苛刻的责任追究让承担此项工作的人如临深渊，避之不及，如此状态下为考核怕否决而工作，怎会长效，怎会深得民心？倘若出现了一起被"一票否决"的事件，接下来往往会陷入"破罐子破摔"的工作状态，反正已经被"一票否决"了。有的甚至利用这一"一票否决"搞起钱权交易,如早些年某些村以买生育卖指标搞创收等。

还有现在的司法实践中"罚"的力度问题,从立法开始就应充分考虑宽严相济的原则,真正使"惩前毖后,治病救人"的方针得到充分的体现。某一在校大学生一贯表现良好,常助人为乐,只因一小事和同学发生争执。对方邀请三名校外青年,对其进行围攻。他被对方用砖头击中头部,情急之下拿起旁边的一把西瓜刀挥舞,一刀刺中对方胸部致重伤后死亡,结果被判处有期徒刑20年。对于类似的初犯无主观故意的犯罪,更应把教育置于惩罚前,惩处从轻,如此重判恐怕难以实现预期的改造效果。郑观应在《盛世危言》中就曾指出,严厉的酷刑和过长刑期,使犯人孤立于社会之外,自毁其生命于阴暗的牢房中,是害大于利的。其实,在郑观应之前,司马光也曾有过类似的建议。在现在的司法理念中,我们也提教育、预防和惩治相结合,但在实践中重惩罚轻教育,重打击轻预防,把制度建设置于文字层面,束之高阁,这是不利于党风、政风和社会风气的根本好转的。

不幸中的万幸,在《凡尔赛和约》失效后,人们反思,惩罚性赔款带来了严重的政治危险,美国在二战结束后实施了"马歇尔计划",为包括德国在内的欧洲国家"输血",注入大量资金。尽管美国这样做有其自身利益的考虑,但终是实现了《凡尔赛和约》所未能实现的和平共处。这恰恰证明惩罚不是唯一的救世之宝。

也说婚姻和爱情

王伟忠在《我住宝岛一村》中有这样一段话:婚姻与爱情的最大差异在于愿不愿意改变。愿意为了对方改变自己是真爱;从头到尾都不想改变自己,充其量只是对方爱你。可以妥协,可退让,愿意尝试原本讨厌的,有这样的心,才能维系感情。这段话说得让人不知所云,且不说爱情和婚姻的差异是不是在此,但就其逻辑关系来看,也毫无章法。

没有爱情的婚姻还能叫婚姻吗?一味地改变自己的目的如果仅仅建立在

"维系感情"之上，还有维系的价值吗？这与虚伪、掩耳盗铃有何区别？婚姻有且只能是爱情的屋子，里面居住着的只能是爱着的两个人。爱情是本质，离开了这个本质，屋子就等于坟墓。

还是陆琪说得好："有些男人爱你，是想跟你过一辈子；有些男人爱你，只是想跟你过一阵子。感情的精彩在于分合跌宕，天长地久的真谛永远只有两个字：平淡。"当然，就人而言，谁都有喜新厌旧的毛病，说穿了，都不愿过一直平淡的日子，于是就有了阶段性的感情分裂，从婚姻的屋子走出来，寻找所谓真正的爱情，结果不外乎有二：一是真的找到了比原先好的感觉；二是成了一段或最美或最残酷的回忆。当一切恢复平静，或两鬓染白的时候，才懂得，即便是再好的感觉最终在婚姻的屋子里也还是以平淡为主题，即便是最美的回忆也不过是林徽因式的浪漫——断续的曲子，最美或最温柔的夜，带着一天的星。记忆的梗上，谁不有两三朵娉婷，披着情绪的花，无名地展开，野荷的香馥，每一瓣静处的岁月。

言语终究没有用。久久地握着手，就是较妥帖的安慰，因为会说话的人很少，真正有话说的人还要少。知晓人间风情的张爱玲都如此说，真正懂的人岂不更少！所以对婚姻要求不要太苛刻。就拿男人来说吧，你的女人想要的一切，无非是要你在乎她的那种感觉，想要偶尔奢侈一下，不是乱花钱，而是要检验你是否有为她舍得的心；想要你出差的礼物，其实要的是你的挂念；想要生日礼物，其实要的是你的心思；想要拥抱，其实要的是你的温暖；想要吵架，其实要的是你的包容。如果一切都把它当作恋爱时期的要求，就算平淡或过分，你感觉的仍是幸福。

心态决定状态，这话不仅仅适用于事业，对婚姻一样有用。

杂说"成功是失败之母"

妇孺皆知,"失败是成功之母",我也知道。既知道,又何言"成功是失败之母"呢?这可不是我发明创造的,这话可是出自大家之口、得伟人肯定之言。曾是毛泽东老师的周谷城教授,1949年从家乡进京看望毛泽东主席。主席说,失败是成功之母,太正确了,我们共产党失败了多少次,现在就成功了嘛。周谷城先生说:"主席,成功也是失败之母。"主席当时正处在胜利的喜悦之中,问:"怎么讲?"周谷城先生说:"成功了,容易骄傲;成功了,会腐化,因此,成功也是失败之母。"主席听过,拍手称赞:"讲得好,讲得好哇!"

这个故事是王蒙在一篇关于智慧的文章里谈到的,是周谷城先生亲口告诉他的,不容怀疑。王蒙先生说,智慧有一个层次,是立体思维和重新组合的能力。不知王蒙先生这篇文章成于何年,受众多少。反正,现在的人,尤其是领导干部,这种立体思维和重新组合的能力确实很强,非同小可也内涵丰富。

老子曰:美反而不美,善反而不善。今人改之:不美唯美,不善反善。玉有瑕,不美而显其美。

哲学书上说:马克思主义基本原理与中国具体实际相结合,中国革命的面貌为之一新。王蒙说:马克思主义基本原理与中国具体实际相结合,使马克思主义的面貌为之一新。现在,更科学了:马克思主义基本原理与中国具体实践相结合形成了中国特色的社会主义理论,把马克思主义基本原理提高到了新阶段,达到了新境界,开创了新局面,取得了新成果。

过去说,求真务实;现在说,务实求真。过去说,实事求是;现在说,实求事是。过去说,又快又好;现在说,又好又快;过去说,善始善终;现在说,以始为终。可别小看这种简单的颠倒或组合,均包含着匠心独具的真知灼见。电视里、广播中、网上、报上、权威刊物上均有详细阐述的大作。这种深思体悟和融会贯通的能力,是靠大智慧来支撑的。

民间里也有智慧之人，虽不敢言为大智慧，但立体思维能力不可小视。如过去说，眼见为实，耳听为虚；现在有人给改了，眼见为虚，耳听为实。听老百姓口口相传的东西，比看报纸文件里的东西，要真实得多。再比如，过去说，群众利益大似天；现在说，群众利益无小事。但有人说，老百姓的大事是当官的小事，当官的大事是老百姓的小事。举例说明，老百姓家的猪死了，当官的能放在心上吗？老百姓有牢骚的时候，可以指名道姓地骂某个领导，当官的敢骂吗？

过去说，大事讲原则，小事讲风格；现在呢？大会讲原则，小会讲风格。大事开小会，小事开大会。大会听众多，原则不可不讲；小会呢？多是酝酿人事调整、奖金分配、评先评优等，这些大事当然要讲风格。

扯远了，还是回到成功和失败上来吧。有人说，成功的大小，取决于一个人应付复杂环境的能力。这是成功的悲哀，更是社会的悲哀。为什么不能给成功的探索者提供一种良好的风正气顺的社会环境呢？从这种意义上讲，是复杂的环境成就了失败，使失败自豪地变成了成功之母。也正因为如此，许多身心疲惫的人，只好用诗人的语言去"阿Q"自己："我不去想，是否能够成功，既然选择了远方，便只顾风雨兼程；我不去想，身后会不会，袭来寒风冷雨，既然目标是地平线，留给世界的，只能是背影……"这是人的追求吗？与苍蝇的飞行有什么差别呢？

现在，有一门炙手可热的学术研究，叫成功学。抱着很大的期望，读了一两本，心凉得差点结了寒冰。这些学说，无一例外的，不在教唆人如何"逢人只说三分话，不可尽抛一片心""三分做事,七分做人""三分知识,七分人脉"等等。没有一本书是从查找干扰成功的主观因素入手，寻找根子性问题，而都是采取削足适履的方法，教人如何学会变通、如何伪装、如何投机结网等等。读这些书，你还没有迈出脚步，心就灰暗起来，就算成功了，蒙尘已久的心能感到成功的喜悦吗？

中国人是这世界上唯一同时能正话反说、反话正说都有道理的人。嘴上说，不以成败论英雄，心里说，成者为王败者为寇；嘴上说，人同此心，心同此理，心里说，人心不同，各如其面；嘴上说，坦诚相见，互助互信，心里说，人心隔肚皮，知人知面不知心；嘴上说，礼让三先，心里说，当仁不让；嘴上说，你在鸟尾巴上撒把盐就一定能抓到鸟,心里说,能把盐撒到鸟尾巴上不就直接抓住鸟了吗?

说的说,听的听。如果凡事都斤斤计较,这人还有得活吗?不信,你听听:说坐着容易得腰椎病的都是站着工作的;说名牌没什么意思的都是穿土布的;说坐车不运动寿命不长的都是走路的;说脑力劳动伤神的都是体力劳动的;说不贪的都是有权力的;说友谊第一的都是比赛得第二的;说内涵重要的都是外表难看的;说城里空气不好的都是进不了城的;说高处风大的都是躲在山底下的;说失败是成功之母的都是经常失败的。

必须声明一点,这些都不是原创的,只是道听途说,不可深究,切勿对号入座。

以儿子的心态立世

身陷囹圄,周遭除了高墙、电网和大盖帽,更多的是清一色的"和尚头"——罪犯。在这个特殊的群体中生活了六年,对他们的了解应该有点话语权。

不客气地说,在我未成为他们中的一分子之前,我对罪犯的感觉只有一个,十恶不赦,不寒而栗。在我成为其中的一分子之后,我无数次质问自己:你是一个十恶不赦的人吗?我终于找到了自己的答案,相信历史会给出更公正的评判,我就不去纠缠这一令我胆寒的问题了。在与其他罪犯相处的过程中,我小心翼翼地走进他们的内心,也不止一次地问自己,他们是十恶不赦的人吗?因为有过很长的时间,我的改造岗位是从事出监教育的教学工作——配合警官给即将刑满释放的服刑人员上"三观"教育课——与服刑人员的接触非常多,他们中除极少数是冤假错案的受害者,绝大多数都是严重触犯刑法的"魔鬼"——已经受到惩处的"魔鬼"。不容置疑的是还有一些"魔鬼"披着"天使"的外衣仍在逍遥法外。这么说不太准确,因为这世界不是由"魔鬼"和"天使"组成的,每个人都是"天使"和"魔鬼"的结合体,只不过"善"者抑制住了心中的"魔鬼","恶"者放纵了"魔鬼"而成为人们眼中的"魔鬼"。在"天使"

和"魔鬼"之间还有更多挣扎、徘徊的人。非白即黑的二元世界是不客观的。

在与这些"魔鬼"交流的过程中,我常被他们身上"天使"的性情所感动,如某个服刑人员原本是在建筑工地上打工的农民工,因为老板年前跑了,自己没钱给儿子买他所答应的书包和玩具,被迫抢劫。稍有常识的人都会推测,如果老板付了他的工钱,他会抢劫吗?再如,一个以贩卖、制售毒品的罪犯,他的犯罪事实是:因为无钱为身患晚期癌症的父亲治疗,哪怕是减轻他痛苦的杜冷丁,他也无力购买。在别人的指导下,他在自家地里种了罂粟,原本是为减轻父亲痛苦的,没想到有人也以同样的理由上门向其购买,于是触犯了刑法。

在我与他们交流的过程中,他们问得最多的一个问题是将来出去后怎么办?最初的时候,我把自己从一些励志书籍中收集上来的故事和道理讲给他们听,但讲着讲着自己也犯糊涂了。因为深受"阴""阳"文化和"中庸"思想熏陶的国人,向来都有"两把尺子"度量的标准,"两把尺子"度量着同一个人的不同事、同一件事的不同人、不同事的不同人、不同人的不同事。如:

兔子不吃窝边草 VS 近水楼台先得月!

在天愿作比翼鸟 VS 大难临头各自飞!

好男儿宁死不屈 VS 大丈夫能屈能伸!

嫁鸡随鸡,嫁狗随狗 VS 男怕入错行,女怕嫁错郎!

宁为玉碎,不为瓦全 VS 留得青山在,不愁没柴烧!

瘦死的骆驼比马大 VS 拔了毛的凤凰不如鸡!

三百六十行,行行出状元 VS 万般皆下品,唯有读书高!

人不犯我,我不犯人 VS 先下手为强,后下手遭殃!

善有善报,恶有恶报 VS 人善被人欺,马善被人骑!

车到山前必有路 VS 不撞南墙不回头!

一个好汉三个帮 VS 靠人不如靠己!

退一步海阔天空 VS 狭路相逢勇者胜!

金钱不是万能的 VS 有钱能使鬼推磨!

小心驶得万年船 VS 撑死胆大的饿死胆小的!

得饶人处且饶人 VS 有仇不报非君子!

明人不做暗事 VS 兵不厌诈！

百善孝为先 VS 忠孝不能两全！

邪不压正 VS 道高一尺魔高一丈！

人定胜天 VS 天意难违！

在经历过几轮教学后，在面对这一问题时，我变被动回答为主动提问：你们现在的身份是罪犯，不管你们现在有没有结婚生子，我问你，你希望将来自己的儿子成为怎么样的人？

答案收集上来，虽五花八门，有说希望儿子当大官的，有说希望儿子发大财的，但更多的是说希望儿子健健康康、平平安安地生活，有一份稳定的工作和一个幸福的家庭。面对这些答案，我没有采取统计学的方法去统计，因为我只关注一个问题，这里面有没有这样一个答案：希望儿子将来和我一样成为一名罪犯！

值得庆幸的是，几年上千例的反馈中没有一个这样的答案。

于是我的"三观"教育就变得异常简单起来，我给他们每个人都是同一句话：以儿子的心态立世，以对儿子的期望时刻提醒自己，内化为自己的行为准则。

其实，在很久以前，我还在自由世界时，就曾做过类似的教育工作——受朋友之托，为他正处于叛逆期的儿子做思想工作。孩子正在上初中，如同同龄的许多中学生一样，沉迷于网络游戏，父母用尽了各种办法都收效甚微。在与孩子沟通过程中，我反复强调一个问题："你将来是不是准备恋爱、结婚、生子？如果你面对一个你这样的儿子，你希望他怎么做？"孩子思索良久，几度欲言又止。我说，我不需要你给我答案，我相信你心中已经有了答案，你就按照你的答案去做"自己的儿子"。

以儿子的心态立世，这句话我觉得不仅仅适合于大墙内的"魔鬼"，也适合于大墙外的所有人。遗憾的是，能够明白这个道理并坚持这个准则的人不多，以至于许多成年人活得很"累"。换句话说，"累"之根源是没有"儿子"的心态，将自己的言行与期许分裂开来了。你反对孩子酗酒、打架，自己却常常烂醉如泥、寻衅滋事；你鼓励孩子在哪儿跌倒在哪儿爬起来，自己却一跌不起，萎靡不振；你告诫孩子任何时候都得注重身体，自己却常常透支生命；你教育孩子要以诚信为本，自己却谎话连篇；你要求孩子认真学习，努力工作，靠双手致富，自己却常做天上掉馅饼的梦；你希望孩子将来夫妻恩爱，自己却常常红杏出墙……你不"累"谁"累"？你为什么不在做事之前把自己当作自己的"儿子"去掂量掂量呢？这样做没有什么不对的，因为你本身就是你父母的儿子，你对儿子的期望和他们对你的期望没有什么两样！

由北大老校长们想到的

这辈子虽进过北大的门，但没做过北大的学生，挺遗憾的。

在我的思想深处，根深蒂固地存在着这样的想法：北大是文化精英的天堂，是学生运动的摇篮，五四运动是北大的骄傲。因为有了这样的想法，自然会推理出这样的结论：北大的学风是自由的，北大的老师是活跃的，北大的校长是开明的，北大的学生是幸运的。

然而，读过一些书后，尤其是读过北京大学过去的一些老校长们的故事后，才知道我过去的想法是一厢情愿的，甚至可以说是错误的。

蒋梦麟先生在《西潮》中坦言，他在任北大校长时是不赞成学生搞运动的，但"一二·九"运动中，一些同学被国民政府抓走后，他还是极力保释营救的。他当时还同时兼任教育部部长之职，算是政府的高级官员。他公然出面保释学生，是不是与政府当局作对？丢了官帽是不是值得？这些我无法揣度清楚，但有一点，若放在今天，恐怕是没人敢这么做的。

无独有偶。我所崇敬的蔡元培先生，也是不赞成学生运动的。但他既为校长，虽不赞成学生运动，但对出了事的学生他还是尽力尽为的。五四运动中一些被抓的学生，在他的努力下大多都放了回来。不过，紧接着他就辞去了校长职务。这令许多人不解，他自己是这么认为的，学生为运动胜利而陶醉，尝到权力的滋味，纪律难以维持，欲望难以满足，北大的管理成了问题。这正是他不赞成学生运动的最重要的理由。有人可能认为蔡先生做得有些"迂腐"，但我觉得他做得很合情理，"在其位谋其政"，谋不了"政"时就主动让位，不硬占着位子不让位，这与今日之官员站着茅坑不拉屎是有天壤之别的。

是你的学生，是你应该负责的对象，不管他干了什么自己并不赞成或反对的事，仍然要担起责任，关心到位，这是北大这些老校长们的情怀。再看看近日的大学校长们，他们会负起这样的责任会有这样的情怀吗？其实，不仅仅是大学校长们，那些口口声声自称为人民的"公仆"们，又有几个能有这样的责任这样的情怀呢？

原谅犯错误的人在今日恐怕只有在家庭里才能找到，老子原谅儿子不听话，出了这个范围，真的很难寻得。当领导的对部下平时不管不问，见了面你好我好大家好，民主测评投一票，一旦部下犯了错误，恨不得"上纲上线，一棍子打死"，哪还有心思去挽救去"惩前毖后，治病救人"呢？在这些人眼中，处分、处罚乃至绳之以法就是尽职尽责，似乎抓犯罪分子和抓 GDP 一样，越多越好。有人说，抓了一个犯罪分子，领导轻松一大截，因为腾出一个位子，带活一大片。领导最头痛的事就是位子不够用，隔三岔五抓几个人，位子问题就好解决多了，领导的"日子"自然也好过多了。

关心人在前，教育人在其中，惩治是为最后的下策。若把下策当上策，认为"救火"胜于"防火"，火是永远扑不灭的，说不定会烧了自己。私下里替这些"公仆"们担心，真想建议他们学学北大的老校长们，要干就负起责任，负不了责任就让位。

由外甥的工作想到的

计算机专业研究生毕业的外甥，一年前找到一份在银行收银台工作的工作。前两天来看我时，我说专业丢了很可惜。出乎意料的是外甥并没有附和我的感叹，而是说了这样一句话：要想不失业就得"去专业"。

想起自己当年高考结束时填写志愿的情景，为了选择一个适合于自己的专业，把几份招生简章都揉烂了。尽管自己后来也没干几年"专业"活儿，但主要原因是自己主动放弃了，而眼下"外甥式"的放弃，更多的是无奈和被动。差别还是有的。

差别时刻都在产生，接受事实是关键。我想起另外一件关于外甥的事：

外甥当年参加高考时，以全校第一名的成绩落榜了。成绩超过一本分数线50多分，但由于我这个做舅舅的"好心"，在帮其填报志愿时以"求稳"的心态做了自以为最稳妥最保险的决定，但偏偏撞了车。第二年复读，填报志愿时，尽管外甥一再征求我意见，但我还是躲避了。

外甥拿到入学通知书的时候，我总算长舒了口气。作为有过过错的舅舅，原本想借机表示一下，和妻商量，下了很大的决心，准备将几年前参加一次征文比赛获得的一台笔记本电脑送给外甥。这台笔记本电脑，我一直没舍得用，外形完好无损。但这个决定很快被一个无情的事实击破了。上初中的女儿听说我要将那台笔记本送给她表哥，直截了当地提出了反对意见。原以为她是不舍，想留着自己用的，没料到她给出的答案是，最好还是留着你自己用吧，那种配置早被淘汰了不说，恐怕电池早就废了。我不信，忙从包装箱里取出来充电，果真如她所说的那样，电池由于长期不用而报废了。不就一块电池吗，换一块新的不就得了。我很不服气，亲自跑去换电池，结果是换回一肚子怨气。跑了几家店，都说这款电脑早不生产了，哪有配套电池卖？最后总算找到一家专卖店，对方开口就是500元。我的天哪，神州笔记本一台才一千多，怎么一块电池就要这个价？

回到家里，我拿女儿出气，问她为什么不早点告诉我，白白浪费了一台电脑。女儿说，你问过我吗，再说你也不给我上网，我说了你会给我用吗？况且我知道电池长期不用会废掉也是前不久才听同学说的。拿女儿出气不成，我只得去书房看书。事也凑巧，那天竟在书中遇到了契佛的《金罐子》里的"艾丽斯"：

她原本有一块上等的英国制造的香皂，是15年前结婚的时候别人送给她最珍贵的礼物，她一直舍不得使用，计划着要在将来某个重要的日子使用。这个重要的日子也许是老公赚了一大笔钱的大喜日子，也许是某个特别具有纪念意义的日子，但，"上个星期我翻了翻我的柜橱，看到了这块香皂，都裂开了。我把它扔了"。

一块香皂扔就扔了，但一台原本价值不菲的笔记本就这般废了，实在有些心疼。是时代发展太快了，还是我走得太慢了，或者说挣钱的速度太慢了？

变化是绝对的，毕竟学过几年辩证法，但由量变到质变总得有个过程，这过程怎么越来越短了，短得甚至连你眨一下眼就面目全非了呢？！

草语寸心

这几年不知是怎么了，一到四月，心就像猫抓的一样，不是烦躁而是有种别样的情愫在胸里涌动。前年的四月，我写过一篇《感悟四月》的短文，去年的四月我又写了一篇题为《最美人间四月赋》的文章，写的时候似乎觉得抓住了内心涌动的"岩浆"，但见报后再读，总觉得没有真正捕捉住内心的"触点"，到底是什么"过敏原"在作祟呢？

又到了四月。我苦思冥想的结果仍是一片模糊。我自己不出生在四月，父母妻女的生日也都距离四月甚远。在我可以搜寻的记忆里，四月的每一天都没有特别纪念的日子，但就是这样的四月老是让我心神不定，是爬满蔷薇的土砖墙？是遍地鹅黄的油菜花？桃红？柳绿？还是一树两色的嫩芽和绿叶？是，好像又不是。那会是什么呢？难道是卑微的小草？

对于草，我对它的情感似难以一言蔽之。很小的时候，和小伙伴们以草地为床，在上面翻滚，追逐，嬉闹，确实喜欢过它。到了上小学的年龄，受父母之命，放牛当牧童时，总希望能遇到一块很好的草地，若是遇上简直可以谈得上"热爱"了。但当读到"野火烧不尽，春风吹又生"的句子时，我非但没有任何好感，反而异常厌恶它，因为那时我得跟着父母一起在炎炎烈日下，不是田间就是地头没完没了地除草，饱受它的折磨。待我读高中时，一个无情的事实迫使我憎恨它，"养女不嫁黄泥墩，不是看牛就是挖草根"，贫瘠的黄泥墩的土地上养大了一个又一个"和尚头"。"还是好好念书吧，不然长大了和他们一样老婆都没有。"也许母亲的这句话切中了要害，刺激着我真的把书当书念了，也真的离开了生我养我、遍地都是把根草的黄泥墩。

尽管在此后外乡打拼的日子里，"谁言寸草心，报得三春晖"的情怀也常涌动，但视野中的灯红、酒绿是多么风情，月季、玫瑰、郁金香哪一样不比草富有诗意？

那天夜读，于邦的一句诗——草回到草中间 / 挤挤身子 / 在草丛中扎下根来——让我心头一颤，如今的我不是漂泊多年重归故土的一棵小草吗？难道让我魂牵梦绕的不正是黄泥墩上的把根草吗？"草无言，却用自己的行动表态：我知道自己不是树，就不企图上天入地，我也知道自己不是牡丹玫瑰，就不求荣华富贵，我只想老老实实贴近温暖的大地，慢悠悠行走，靠骨子里的韧劲总能走遍天涯海角。"蔡成的话不正是草的心语吗？

我俯下身子，把脸贴近草地，草似乎在说——

你呀，和许多人一样，喜欢我的时候在我怀里打滚，一旦要你付出的时候就离我远远的，需要我时恨不得我疯长，不需要我时把我连根拔起。其实我也是一个生命，也活得不容易，不说四季变换寒来暑往吧，你们挖我一锄，割我一刀，我哭过闹过吗？火烧一把，雪盖三尺，枯了，焦了，我怨过悔过吗？

人啊，总是心太急，而且易变。我呢，把根始终扎在广袤的大地里，我不怕风霜雪雨，也不心急火燎，相信春天总会来的，相信春天总在寒冬之后才能来到。

是啊，是啊！青青河边草，绵绵思远道。卑微的小草之所以"野火烧不尽，春风吹又生"，不正是以生生不息的精神铺就出春的底色吗？它们顺逆一视，扎根土地，随遇而安，不求高大，手牵着手，肩并着肩，心连着心，走向辽阔，不正是以团结友善的品德承载着沉静朴实之美吗？

小草不自卑，不气馁，不存非分之想，不计较名利得失，这种珍贵的品质不正是我们人类所缺少的吗？"能够成为一棵小草是幸福的"，许俊文先生在《回到草中间》如此说让我释然。我能认知、感悟到这一点，更倍感欣慰和庆幸。

素面与素心

形容清秀、自然之美的女人，人们常用"素面朝天"这个词。"素面"因为少了胭脂粉墨，更贴近真实，美在自然。在当下社会，能做到"素面"的人似乎不多，但终究还是有的，至少比起"素心"之人还是要多得多。

卡夫卡，爱好文学的人无人不知，一个世界级的文学大师，留给世人的是他未完成的手稿。但就是这些"未完成"的手稿让他在世界文学的殿堂里璀璨无比。按照卡夫卡的想法，他的这些手稿是无意于留在世间的，他在他的遗书中这样写道：最亲爱的马克斯（他的挚友），我最后的请求是，我的遗物里，凡属日记本、手稿、来往信件、各类草稿等等，请勿阅读，并一点不剩地全部予以焚毁……从这份后来被米兰·昆德拉称之为"被背叛的遗嘱"中不难看出，他对名利的淡泊是非常罕见的。

还有一位在自己墓碑上书写"声名水上书"的大师济慈，他的诗歌风靡全球，这也不是他的初衷，更不是他的追求。他所写的东西通常都是随手写在小卡片上，写成之后，要么夹在书里做书签，要么随手扔了，包括那首著名的《夜莺颂》也是这样写出来的。好在这些东西被他的好友查尔斯发现了，才把它整理面世。

风行水上，原来只是路过。那些不朽的传奇，在诞生的一刻并不是为了流传。黎武静在评价卡夫卡、济慈他们时，用了一个比淡泊更贴切的词，叫"素心"。当下社会拥有素心之人更少，好在活生生的榜样还是出现了。"我想或许我在文学方面的成功，是因为我没有其他的天赋。"2013年诺贝尔文学奖得主爱丽丝·门罗说，"我并不是真正的知识分子，我只是一个普通的家庭主妇，没有什么其他的东西可以吸引我，所以我没有像很多人那样被太多的东西干扰。"

无欲则刚，因为少了这份说不清道不明的欲望，没有被太多的东西干扰，心真正地静下来了，所以留下来的东西多是真金。中国有句俗语，有心栽花花不发，无心插柳柳成荫。这里的"无心"是相对于"有心"而言的，多少还有机缘巧合的成分存在，与拥有一颗"素心"还是有段距离的。